रामधारी सिंह 'दिनकर'

जन्म : 23 सितम्बर, 1908 को बिहार के मुंगेर जिले के सिमरिया नामक गाँव में हुआ था। शिक्षा मोकामा घाट के रेलवे हाईस्कूल तथा फिर पटना कॉलेज में हुई जहाँ से उन्होंने इतिहास विषय लेकर बी.ए. (ऑनर्स) की परीक्षा उत्तीर्ण की। एक विद्यालय के प्रधानाचार्य, सब-रजिस्ट्रार, जन-सम्पर्क के उप-निदेशक, भागलपुर विश्वविद्यालय के कुलपति, भारत सरकार के हिन्दी सलाहकार आदि विभिन्न पदों पर रहकर उन्होंने अपनी प्रशासनिक योग्यता का परिचय दिया। 1924 में पाक्षिक 'छात्र सहोदर' (जबलपुर) में प्रकाशित पहली कविता से साहित्यिक जीवन का आरम्भ।

प्रमुख कृतियाँ : कविता–*रेणुका, हुंकार, रसवन्ती, कुरुक्षेत्र, सामधेनी, बापू, धूप और धुआँ, रश्मिरथी, नील कुसुम, उर्वशी, परशुराम की प्रतीक्षा, कोयला और कवित्व, हारे को हरिनाम* आदि। **गद्य**–*मिट्टी की ओर, अर्धनारीश्वर, संस्कृति के चार अध्याय, काव्य की भूमिका, पन्त, प्रसाद और मैथिलीशरण, शुद्ध कविता की खोज, संस्मरण और श्रद्धांजलियाँ* आदि।

सम्मान : 1959 में *संस्कृति के चार अध्याय* पर साहित्य अकादेमी पुरस्कार और पद्मभूषण की उपाधि। 1962 में भागलपुर विश्वविद्यालय की तरफ से *डॉक्टर ऑफ लिटरेचर* की मानद उपाधि। 1973 में *उर्वशी* पर *ज्ञानपीठ पुरस्कार*। अनेक बार भारतीय और विदेशी सरकारों के निमंत्रण पर विदेश-यात्रा।

निधन : 24 अप्रैल, 1974

अर्धनारीश्वर

रामधारी सिंह 'दिनकर'

लोकभारती पेपरबैक्स

पहला संस्करण : 2021
तीसरा संस्करण : 2025

लोकभारती पेपरबैक्स : उत्कृष्ट साहित्य के लोकप्रिय संस्करण

लोकभारती प्रकाशन
पहली मंजिल, दरबारी बिल्डिंग, महात्मा गांधी मार्ग,
प्रयागराज-211 001
द्वारा प्रकाशित
वेबसाइट : www.lokbhartiprakashan.com
ईमेल : info@lokbhartiprakashan.com

शाखाएँ : 1-बी, नेताजी सुभाष मार्ग, दरियागंज, नई दिल्ली-110 002
अशोक राजपथ, साइंस कॉलेज के सामने, पटना-800 006
1, अनमोल सोराबजी संतुक लेन, धोबी तलाव, मरीन लाइंस, मुम्बई-400 002

बी.के. ऑफसेट
नवीन शाहदरा, दिल्ली-110 032
द्वारा मुद्रित

मूल्य : ₹299

ARDHANAREESHWAR
Essays by Ramdhari Singh 'Dinkar'

ISBN : 978-93-90625-35-2

प्राक्कथन

पूज्य राष्ट्रकवि रामधारी सिंह 'दिनकर' को गुजरे छियालीस वर्ष हो गए। अब उनकी 110वीं जयन्ती का वर्ष बीत रहा है।

यूँ तो महाकवि दिनकर जी को राष्ट्रकवि कहा गया है पर महीयसी महादेवी वर्मा ने कहा था कि वे विश्वकवि हैं, क्योंकि उनकी कविताओं में मात्र राष्ट्रीयता की वाणी और उसकी स्वायत्तता का गौरवगान और संघर्ष नहीं है वरन् प्रेम का एक व्यापक क्षितिज है जो उन्हें विश्वकवि की श्रेणी में ले आता है। वस्तुतः दिनकर जी एक ही साथ विश्वकवि, महाकवि, राष्ट्रकवि और जनकवि–सभी हैं। उनकी विभिन्न कविताओं में भिन्न-भिन्न तौर पर उनके काव्य-व्यक्तित्व का वैशिष्ट्य प्रकट होता है।

दिनकर जी आज भी पाठकों के सर्वाधिक प्रिय कवि हैं और प्रासंगिक भी। उनकी कविताओं में आग है, राग है और अध्यात्म है। उनकी कविताओं का अवगाहन कर प्रतीत होता है कि वे अपने समकालीन कवियों से अलग तरीके से पाठकों के समक्ष प्रकट होते हैं।

दिनकर जी ने कहा था कि सच्चा कवि हमेशा जीवित रहता है–उसके प्रति राग और द्वेष के कारण उसके सामने उसका सही मूल्यांकन नहीं हो पाता। किसी कवि का सही मूल्यांकन उसके निधन के पचास वर्ष बाद होता है। और हम देख रहे हैं, जैसे-जैसे समय गुजरता जा रहा है, दिनकर जी की कविताओं की लोकप्रियता बढ़ती जा रही है।

पूर्व में दिनकर जी की सभी किताबें लोकभारती प्रकाशन से कुछ नवीन स्वरूप और अलग नाम देकर प्रकाशित हुई थीं। अब सभी पुस्तकें अपने पुराने नाम और प्रारूप में प्रकाशित हो रही हैं। आशा है, इससे दिनकर-प्रेमी हिन्दी साहित्य जगत् संतुष्ट होगा।

—अरविन्द कुमार सिंह

दिनकर भवन
आर्य कुमार रोड
पटना-800004

आमुख

नहीं चाहने पर भी, लेख मैं थोड़े-बहुत लिखता ही रहता हूँ, यद्यपि कविताओं की तरह सभी लेखों पर मेरी ममता नहीं रहती। तब भी जो लेख मुझे या उन लोगों को पसन्द आ जाते हैं, जिनके साथ मैं साहित्य पर विचार-विनिमय करता हूँ, उन्हें मंजूषा में सजा देने की इच्छा जरूर जग पड़ती है। वर्तमान संग्रह भी मेरी इसी प्रवृत्ति का फल है। इस संग्रह में ऐसे भी निबन्ध हैं जो मन-बहलाव में लिखे जाने के कारण कविता की चौहद्दी के पास पड़ते हैं और कुछ ऐसे भी हैं जिनमें बौद्धिक चिन्तन या विश्लेषण प्रधान है। इसीलिए मैंने इस संग्रह का नाम 'अर्धनारीश्वर' रखा है, यद्यपि इसमें अनुपाततः नरत्व अधिक और नारीत्व कम है। किन्तु यही अनुपात मेरी कविता में भी रहा है, अतएव आशा करनी चाहिए कि जिन्हें मेरी कविताएँ पसन्द हैं, उन्हें ये निबन्ध भी कुछ आनन्द दे सकेंगे।

—दिनकर

मुजफ्फरपुर
वसंत पंचमी,
सन् 1952 ई.

अर्धनारीश्वर

एक हाथ में डमरू, एक में वीणा मधुर उदार,
एक नयन में गरल, एक में संजीवन की धार।
जटाजूट में लहर पुण्य की शीतलता-सुख-कारी!
बालचन्द्र दीपित त्रिपुण्ड पर बलिहारी! बलिहारी!

प्रत्याशा में निखिल विश्व है, ध्यान देवता! त्यागो,
बाँटो, बाँटो अमृत, हिमालय के महानू ऋषि! जागो।
फेंको कुमुद-फूल में भर-भर किरण, तेज दो, तप दो,
ताप-तप्त व्याकुल मनुष्य को शीतल चन्द्रातप दो।

सूख गये सर, सरित; क्षार निस्सीम जलधि का जल है,
ज्ञानघूर्णि पर चढ़ा मनुज को मार रहा मरुथल है।
इस पावक को शमित करो, मन की यह लपट बुझाओ,
छाया दो नर को, विकल्प की इति से इसे बचाओ।

रचो मनुज का मन, निरभ्रता लेकर शरद्गगन की,
भरो प्राण में दीप्ति ज्योति ले शान्त-समुज्ज्वल घन की।
पद्म-पत्र पर वारि-विन्दु-निभ नर का हृदय विमल हो,
कूजित अन्तर-मध्य निरन्तर सरिता का कलकल हो।

मही माँगती एक धार, जो सबका हृदय भिंगोये,
अवगाहन कर जहाँ मनुजता दाह-द्वेष-विष खोये।
मही माँगती एक गीत, जिसमें चाँदनी भरी हो,
खिलें सुमन, सुन जिसे वल्लरी रातों-रात हरी हो।

मही माँगती, ताल-ताल भर जाये श्वेत कमल से,
मही माँगती, फूल कुमुद के बरसें विधुमंडल से।
मही माँगती, प्राण-प्राण में सजी कुसुम की क्यारी,
पाषाणों में गूँज गीत की, पुरुष-पुरुष में नारी।

लेशभात्र रस नहीं, हृदय की पपरी फूट रही है,
मानव का सर्वस्व निरंकुश मेधा लूट रही है।
रचो, रचो शाद्वल, मनुष्य निज में हरीतिमा पाये,
उपजाओ अश्वत्थ, क्लान्त नर जहाँ तनिक सुस्ताये।

भरो भस्म में क्लिन्न अरुणता कुंकुम के वर्षण से,
संजीवन दो ओ त्रिनेत्र! करुणाकर! वाम नयन से।
प्रत्याशा में निखिल विश्व है, ध्यान देवता! त्यागो,
बाँटो, बाँटो अमृत, हिमालय के महान् ऋषि! जागो।

अनुक्रम

विश्वे या किछु महान सृष्टि-चिर-कल्याण-कर
अर्धेक तार करियाछे नारी, अर्धेक तार नर।

—नजरुल

मन्दिर और राजभवन

मन्दिर है उपासना का स्थल, जहाँ मनुष्य अपने-आपको ढूँढ़ता है।

राजभवन है दंड-विधान का आवास, जहाँ मनुष्यों को शान्त रहने का पाठ पढ़ाया जाता है।

मन्दिर कहता है—आओ, हमारी गोद में आते समय आवरण की क्या आवश्यकता? पारस और लोहे के बीच कागज का एक टुकड़ा भी नहीं रहना चाहिए; अन्यथा लोहा लोहा ही रह जाएगा।

और राजभवन कहता है—हम और तुम समान नहीं हैं। हम प्रताप की पोशाक पहने हुए हैं; तुम अधीनता की चादर लपेटे आओ; क्योंकि हम शासक हैं और तुम शासित। हम तुम्हें गोद में नहीं बिठा सकते, अधिक-से-अधिक अपनी कुर्सी के पास स्थान दे सकते हैं।

मन्दिर कहता है—लोग संसार में लिप्त हैं; वासना के रोगों से पीड़ित हैं; हम उन्हें संसार से विरक्त करेंगे जिससे दंड-विधान की जरूरत ही नहीं रह जाए।

राजभवन कहता है—लोग संसार में अनुरक्त हैं। और जब तक वे अनुरक्त हैं, तब तक उन पर पहरा देने के लिए एक सत्ता की जरूरत है। वह सत्ता हम हैं।

मन्दिर कहता है, हम मनुष्यों को सुधारेंगे।

राजभवन कहता है, हम मनुष्यों पर शासन करेंगे।

गांधी जी अहिंसा सिखाते-सिखाते स्वयं हिंसा के शिकार हो गए। मन्दिर गिर गया और राजभवन का दंड-विधान अपनी जन्मपत्री में अपना भविष्य देख रहा है।

गांधी जी की मृत्यु के साथ संसार की एक पुरातन समस्या, मनुष्य-जाति का एक प्राचीन प्रश्न फिर अपनी विकरालता के साथ हमारे सामने आया है।

संतों, अवतारों और भविष्य को देखनेवालों की दृष्टि कानून बनानेवालों, शासकों और राजपुरुषों के कार्यों से किस प्रकार सम्बद्ध है? दोनों के बीच

कौन-सा नाता है? जो मनुष्य के स्वभाव पर पहरा देते हैं, क्या उनकी आत्मा का मेल उन लोगों से कभी नहीं बैठेगा, जो मनुष्य के स्वभाव को बदलने के लिए आया करते हैं? मन्दिर की स्थापना क्या राजभवन में नहीं ही होगी? अथवा राजभवन क्या मन्दिर में कभी भी नहीं समाएगा?

मन्दिर और राजभवन के बीच कोई प्रच्छन्न संघर्ष है जो बहुत दिनों से चल रहा है और जिसका कोई-न-कोई हल निकालना ही होगा; क्योंकि मनुष्य को बदलना भी जरूरी है और उसे अनुशासन के भीतर रखना भी आवश्यक है।

जो कानून बनाते हैं, जो शासन करते हैं, उनका दृष्टिकोण वर्तमान से सम्बद्ध रहता है। उनके कार्यों की भूमि ही वर्तमान काल है। मनुष्य अभी जैसा है, उसके सम्बन्ध में उनकी जैसी धारणा है, अपनी भावना, इच्छा और प्रवृत्तियों से शासक उसे जैसा समझते हैं, उसके साथ वैसा ही व्यवहार भी करते हैं। वे अदृश्य में प्रवेश नहीं कर सकते। उनके सामने मनुष्य का जो निश्चित, स्थूल रूप है और जिसे वे आसानी से समझ सकते हैं, वही उनके अंकुश का लक्ष्य होता है।

इसके विपरीत, जो नबी और अवतार हैं, जो भविष्य-द्रष्टा, सुधारक और संत हैं, वे मनुष्य के उसी रूप को नहीं देखते, जो उसका वर्तमान रूप है, वरन् उनकी दृष्टि मनुष्य के भीतर छिपी हुई सम्भावनाओं पर भी जाती है। भ्रमों और मलों का केंचुल उतार फेंकने पर मनुष्य कितना नवीन और मोहक हो सकता है, यह उनकी सहानुभूति के फैलने का कारण हो जाता है। नबी और अवतार उन अनुभूतियों को जगाना चाहते हैं जो अभी इनसानों को मिल नहीं सकी हैं। जो हाथ से दूर है, जो तुरत पकड़ में नहीं आ सकता, जो अदृश्य और अनुपलब्ध है, भविष्य को देखनेवाले संत उसे ही समीप लाना चाहते हैं और उसे समीप लाने के प्रयास में वे जो कुछ करते या बोलते हैं, वह साधारण मनुष्य की समझ में ठीक से नहीं आता। रहस्यवादियों की वाणी धुँधली और क्रिया आलोचना से परे होती है, जैसीकि बापू की थी। और इतर मनुष्य इस क्रिया और इस वाणी के सामने किंकर्तव्यविमूढ़-से खड़े रहते हैं।

राजमहल चाहता है कि प्रतिरोध और प्रताप, सम्पत्ति, शक्ति और विशालता। हम कुबेर हैं, हम सूर्य हैं, हम अर्जुन और भीम हैं, हम दहकते हुए अंगारे हैं और जो कोई हमारा स्पर्श करेगा, वह जल जाएगा। भला कौन कह सकता है कि राजमहल के उद्‌देश्य हीन हैं?

मगर मन्दिर सिखाता है अनवरोध; मन्दिर सिखाता है विनयशीलता; मन्दिर सिखाता है अपरिग्रह, दीनता और ब्रह्मचर्य।

शंकालु कहते हैं—ब्रह्मचर्य के अखंड पालन से मनुष्य-जाति समाप्त हो जाएगी।

अपरिग्रह और दीनता की प्रशंसा करते-करते हम ऐसी विपत्तियों में पड़ जाएँगे, जिनसे निस्तार पाना कठिन होगा।

विनयशीलता और अनवरोध को अगर हमने अपना जीवन-सिद्धान्त बनाया तो इसका परिणाम तो जघन्य शक्तियों की विजय और विकास ही होगा।

तब क्या संतों, नबियों, अवतारों और सुधारकों ने इस अत्यन्त स्पष्ट सत्य को ही नहीं समझा और आँख मूँदकर अपने प्रभाव में आए हुए मानव-समुदाय को आत्मघात करने की शिक्षा दे दी?

हम नहीं मानते कि एक मोटी बात जो सबकी समझ में आती है, सिर्फ संतों की ही समझ में नहीं आई। और न हम यही मानते हैं कि नबियों ने हमसे यह आग्रह किया है कि जो कुछ मैं कहता हूँ, तुम उसे अपने आचरण का कठोर नियम बना लो।

जब बापू चान्दपुर (नोआखाली) गए, उनसे कुछ बंगाली नवयुवकों ने वहाँ की विपत्ति की कहानियाँ सुनाईं और कहा कि आप जो अहिंसा सिखाते हैं, वह यहाँ एकदम असफल होगी। कोई युवती जीभ काटकर मर जाए या जहर खा ले, इससे दूसरी युवती का सतीत्व नहीं बच सकता और न अनुनय, विनय और अहिंसा तथा प्रेम का साँपों और भेड़ियों पर कोई प्रभाव ही पड़ता है।

राजमहल ने समझा था कि मन्दिर पराजित और निरुत्तर हो जाएगा। मगर मन्दिर निरुत्तर कैसे हो? जो भविष्य को देखता और समझता है, वह क्या वर्तमान को ही नहीं समझ सकता?

हठ और जिद तो अधकचरे दिमाग के लक्षण हैं। सत्य को खोजनेवाला पुरुष तो बराबर यही सोचता है कि सम्भव है, किसी बात में मैं ही गलत और दूसरे लोग ही ठीक हों! जब हम सत्य की ओर बढ़नेवाली सीधी राह पर आ जाते हैं, तब हमारी भावना उदार हो जाती है और हम किसी बात पर जिद नहीं करते। 1942 में गांधी जी ने लुई फिशर से कहा था कि 'मैं, प्रधानतः, समझौतों में विश्वास करनेवाला जीव हूँ; क्योंकि मुझे कभी भी यकीन नहीं रहता कि जो कुछ मैं कर रहा हूँ, वह ठीक ही है।'

किसी समय चटगाँव के शस्त्रागार पर छापा मारनेवाले नोआखाली के इन नौजवानों से बापू ने कहा, 'मैं यह हठ करने के लिए नहीं आया हूँ कि तुम उसी वीरता का प्रयोग करो, जिसका मैं अभ्यासी हूँ, तुम परम्परागत वीरता से भी

काम ले सकते हो। किन्तु स्मरण रहे कि मैं चटगाँव के शस्त्रागार पर छापा मारनेवालों के बीच हथियार बाँटने को यहाँ नहीं आया हूँ।'

मन्दिर हठ नहीं करता। मन्दिर यह नहीं कहता कि मेरी तमाम लकीरें तुम्हारे जीवन की पगडंडियाँ हैं और उन्हें छोड़कर तुम्हें और कहीं नहीं जाना चाहिए। ये तो रोशनी की छोटी-बड़ी शलाकाएँ हैं जिन्हें लेकर हमें जीवन के मर्म को समझना है।

ज्ञान और साधना के चरम शिखर पर बैठा हुआ संत यह नहीं कहता कि मैं तुम्हारे दैनिक जीवन के क्षण-क्षण के आचरणों के नियम बोलता हूँ, वरन यह कि मैं जो कुछ कहता हूँ, उसे सोच-समझकर तुम यह निश्चय करो कि जीवन के ये कौन-से उद्देश्य हैं, कौन-सी दिशाएँ हैं, जिनके प्रति तुम्हें वफादार रहना चाहिए?

संत कहते हैं कि तुम्हारे जिम्मे जिसका जो पावना है, उसे वह अदा कर दो; किन्तु अपनी अन्तिम भक्ति और आखिरी वफादारी उसके चरणों में अर्पित मत करो।

और अब नबियों की धुँधली वाणी के भेद हम पर खुल सकते हैं कि :

विनयशीलता का अर्थ इतना ही है कि दलीलों की घाटियों से होते हुए जब तुम विश्वास की चोटी पर जा पहुँचो, तब भी दुराग्रही मत बनो। तब भी तुम एक प्रकार के विरल संशय को अपने आसपास मँडराते रहने दो कि मुमकिन है कि दूसरी चोटियाँ भी ठीक हों।

अपरिग्रह का आशय इतना ही है कि अधिकार के मद में मत भूलो। समृद्धि, सुयश और सम्मान के बीच भी विराग ही तुम्हारी सबसे बड़ी शोभा है।

और अनवरोध का तात्पर्य यह है कि दुनिया में खड्गहस्त लोगों के बीच जो स्पर्धा और द्वन्द्व मचा हुआ है, हिंसा की जो भीषण घुड़दौड़ चल रही है, उसके अग्रगणी तुम मत बनो।

और चाहिए किरण जगत को और चाहिए चिनगारी

प्रकाश का निर्माण कर पंथी! क्योंकि इससे तुझे तेरी राह मिलेगी और इसके सहारे दूसरे लोग भी अपना मार्ग निर्धारित करेंगे।

पिता अपनी प्रगति के लिए प्रकाश ढूँढ़ता है, किन्तु वह उसे अपनी संतान को भी दे जाता है।

प्रकाश पर अधिकार व्यष्टि का नहीं, समष्टि का होता है। रोशनी सारी इनसानियत की पूँजी है और प्रकाश निखिल संसार की निधि।

भगीरथ एक होता है, किन्तु उसकी लाई हुई गंगा अनन्त मानवों का उद्धार करती है।

मनुष्य एक है : मनुष्य अविभाज्य है।

हाथ से कमाई हुई रोटी का रस क्या पाँव के लिए पुष्टिकारक नहीं होता?

मानवता अन्धकार की कारा से युद्ध कर रही है। संसार के कोने-कोने में इस प्राचीर पर प्रहार किये जा रहे हैं। पता नहीं, यह प्राचीर पहले कहाँ टूटेगा! मगर जहाँ भी टूटे, प्रकाश का जो प्रवाह फूट निकलेगा, वह एक-दो खंडों को नहीं, समस्त मानवता को प्लावित करेगा।

हम प्रकाश चाहते हैं; परम्परा की तमिस्रा को छिन्न-भिन्न कर देनेवाले विभाविशिखों से संवलित ज्ञान का प्रकाश; रूढ़ियों के जाल पर ज्वालापात करनेवाला उद्धारक प्रकाश; मनुष्य और मनुष्य के बीच जो एक नैसर्गिक सम्बन्ध है, उसे प्रत्यक्ष करके दिखलानेवाला समत्वविधायक प्रकाश।

और हम चिनगारियाँ भी चाहते हैं। प्रतिभा के मूल पुंज से छिटकनेवाली देदीप्यमान ज्ञान की चिनगारियाँ; कायरता को भस्मीभूत करनेवाले तेज और ओज की चिनगारियाँ; बलिदान के पंथ पर आरूढ़ रहने का प्रोत्साहन देनेवाली त्याग की चिनगारियाँ।

ओ मनुष्य! जो कुछ तुम्हें मिला है, वही तुम्हारा अन्तिम लक्ष्य नहीं था। यह प्राप्ति तो केवल इस आश्वासन के लिए है, तुममें केवल यह विश्वास उत्पन्न

करने के लिए है कि तुम्हारा श्रम व्यर्थ नहीं जा सकता; कि चलनेवाला आगे ही बढ़ता जाता है; कि चलनेवाला अपने लक्ष्य तक पहुँचकर रहेगा।

ये तारे और दीप तुम्हारी प्रगति के पथ के प्रकाश-स्तम्भ हैं। ये बतलाते हैं कि अनादि काल से मनुष्य अन्धकार को भेदने के लिए अपने प्रयत्नों से प्रकाश का निर्माण करता आ रहा है। ये बतलाते हैं कि इन छोटे दीपों और इन टिमटिमाते तारों से उसे संतोष नहीं। वह तो उस उद्‌गम-स्थल पर पहुँचना चाहता है, जहाँ विश्व का सम्पूर्ण प्रकाश विराज रहा है, जहाँ ज्ञान की सम्पूर्ण अग्नि अपने पूरे तेज के साथ शोभित है।

ज्ञान के उद्‌गम, प्रकाश के आदिस्रोत के आमने-सामने खड़े होकर हम अपने-आपको पहचानना चाहते हैं। ये दीप जिसके दूत हैं, ये तारे जिसके संकेत हैं, उस आलोक-पुंज का परिचय हमें मिलना ही चाहिए।

आकाशगंगा कहती है—ओ ज्योति के आकुल अन्वेषको! मेरे किनारे-किनारे चलो; तुम अपने लक्ष्य तक पहुँचकर रहोगे।

पृथ्वी कहती है—आलोक की जननी मैं हूँ। इन दीपों के प्रकाश में अपनी राह खोज लो।

मगर शुक्र को ही सूर्य मानकर जो भूल जाए, उसे क्या कहिए?

ऊपर, ऊपर, और ऊपर मेरे जीवराज! रोशनी की इन लकीरों से आगे भी कोई देश है, जिस पर तुम्हें कब्जा करना होगा :

सितारों से आगे जहाँ और भी हैं,
अभी इश्क के इम्तिहाँ और भी हैं।

[दीवाली, 1950]

दीपक की लौ अपनी ओर

अँधेरे में सभी लोग भटक रहे हैं। किसी को भी नहीं सूझता कि गलती किसकी है।

माँझी कहता है—पतवार ठीक है; गलती लग्गीवाले ने की होगी। और लग्गीवाला कहता है—मैं भी ठीक हूँ और नाव भी ठीक है। सारी फसाद इस नदी ने बरपा की है, जिसकी छाती पर हम लोग घूम रहे हैं।

पट्टाभि कहते हैं—कांग्रेस की हालत गड़बड़ है। कृपलानी जी ने उसे गड़बड़ मानकर अलग सेवाश्रम बसाना शुरू किया है। कांग्रेसवालों ने कहा—सरकारी अफसर बड़े मूजी हैं। वे समय के अनुसार बदलने में देर लगाते हैं। वे अगर ठीक होते, तो सारा काम यों हो जाता।

इस पर सरदार पटेल नाराज हो गए। उन्होंने कहा कि अगर सिविल सर्विसवालों पर तुम हाथ उठाओगे, तो मैं उनको साथ लेकर सरकार से बाहर हो जाऊँगा। कहूँगा, 'देखो, यह देश बदल गया है। अब हम और तुम यहाँ नहीं टिक सकते। इसलिए, चलो, कहीं दूर-दराज का रास्ता नापें।'

हिन्दू कहते हैं—सारा कसूर मुसलमानों का है। वे इस देश को अपना देश क्यों नहीं समझते?

और मुसलमान कहते हैं—बँटवारे के बाद से हिन्दुओं का मिजाज वही नहीं रह गया है, जो पहले था। अब तो वे आँखों से ही मारे डालते हैं।

सारा देश कहता है कि हमें एक राष्ट्र चाहिए, एक भाषा और एक सरकार चाहिए। मगर जब एक राष्ट्र बनाने का प्रस्ताव आता है, तब जाट कहते हैं, हमें जाटिस्तान दो; सिख कहते हैं, हमें सिक्खिस्तान दो और मराठे कहते हैं, हमें महाराष्ट्र की वैयक्तिकता का विकास चाहिए और बंगाल कहता है, पहले यह बताओ कि गोखले की इस उक्ति में तुम्हारा आज भी विश्वास है या नहीं कि 'जिस बात को बंगाली आज सोचते हैं, उसे सारा भारतवर्ष कल सोचेगा?'

और जब एक भाषा बनाने की बात आती है, तब बंगाल कहता है—हिन्दी 'मेडुओं' की बोली है; महाराष्ट्र कहता है कि मराठी हिन्दी से बुरी किस बात में है और मुसलमान मन-ही-मन पछाड़ खाकर रह जाते हैं कि हाय री किस्मत! अब उर्दू के लिए लड़ना भी असम्भव हो गया!

और सब मिलकर यह कहते हैं कि खैर, अगर इसी भाषा को राजगद्दी देनी है, तो इसकी एक टाँग सखुए की और दूसरी सागवान की होनी चाहिए और हो सके तो इसकी एक आँख भी निकालकर उसकी जगह पर शीशे की आँख लगा दो।

सबकी शिखाएँ जब अंग्रेजों के हाथ में थीं, तब कोई नहीं बोलता था। तब सिर्फ वे ही लोग बोलते थे, जिनमें कुछ दम था। मगर अंग्रेजों के हटते ही सबकी शिखाएँ हवा में फरफरा रही हैं और सबके पेट से कोई-न-कोई बात उमड़कर जुबान पर आ रही है। ईश्वर न करे कि अभागे एक-दूसरे से लड़ने भी लगें।

गांधी जी सब समझते थे। उन्होंने कहा, 'क्यों नाहक दूसरों के ऐब ढूँढ़ते चलते हो? माना कि सभी पापी हैं, सभी अन्धे हैं, सभी गुनहगार हैं, लेकिन तुम दूसरों को क्या उपदेश दे रहे हो? जरा अपने भीतर तो झाँककर देखो कि वहाँ सुधार की कोई गुंजाइश है या नहीं? अगर है, तो फिर तुम्हारे सामने काफी जरूरी काम मौजूद हैं। सबसे पहले इसी पर ध्यान दो। सबसे पहले अपना सुधार करो। और जब तक तुम खुद मैले हो, तब तक तुम्हें दूसरों को उपदेश देने का क्या अधिकार है? और तब तक दूसरे लोगों पर तुम्हारी बातों का असर भी क्या होगा?'

दीपक बड़े उद्योग से मिलता है और उसमें जो रोशनी चमक उठती है, उसके पीछे भी पुण्य का बहुत बड़ा संचय रहता है।

ऐसे कीमती दीपक को लेकर तुम आकाश में क्या ढूँढ़ते हो मनुष्य? ऐसी अलभ्य ज्योति को तुम दरवाजे के बाहर क्या सोचकर धर आती हो मेरी बहनो?

जिस अन्धकार को जलाकर छिन्न-भिन्न कर देने के लिए तुम मशालें लेकर बाहर कूद रहे हो, उसका असली उत्स तो तुम्हारे भीतर छिपा पड़ा है। भीतर भी अन्धकार है। भीतर भी कीड़े-मकोड़े उड़ रहे हैं।

और भीतर भी तूफान है, जिससे इस दीपक को बचाए रहना है।

और भीतर भी एक देवता है, जिसके मन्दिर में बहुत दिनों से कोई आरती नहीं सँजोयी गई है!

आज दीवाली के दिन तो उस मन्दिर में झाड़ू-बुहारू लगा दो कि देवता ठीक से दिखलाई पड़ें।

और दीपक की इस लौ को आज की रात बाहर मत रखो, बल्कि उसे भीतर की ओर मोड़ दो।

जो भी सुगन्ध हो, उसकी धारा को प्राणों में बहाओ।

जो भी चन्दन हो, उसका लेप अन्तर्वासी देवता को अर्पित करो।

जो भी फूल हैं, उनका हार अपने हृदय को चढ़ाओ।

यह आत्मपूजा सर्वात्मा की अर्चना है। यह भीतर की सफाई ही संसार की असली सफाई है।

भीतर एक दीप जलाओ और सोचो कि समस्या क्या है, उसका निदान कैसे मिलेगा और गांधी जी क्या कहते थे।

अगर गांधी जी की बात हमने मानी होती, तो भारतवर्ष के तैंतीस करोड़ लोगों के दिलों में रोशनी की तैंतीस करोड़ लकीरें हुई होतीं, जिन पर पाँव धरकर भारत की आत्मा ज्योति से अठखेलियाँ करती।

मगर, गांधी जी की बातों की अवज्ञा करके हमने अपने बाहर ही नहीं, भीतर भी अन्धकार फैला रखा है।

अन्दर-बाहर सर्वत्र ही अन्धकार! अन्दर और बाहर सर्वत्र ही चिल्लाहट! इतनी बड़ी चिल्लाहट कि हम अपने छोटे श्रवणों से उसे सुनने में भी असमर्थ हैं।

हर आदमी अपनी जिम्मेवारी दूसरों पर फेंक रहा है। हर आदमी अपने को निर्दोष और दूसरों को दोषी बता रहा है। हर आदमी अपने गले के फन्दे को किसी-न-किसी तरह दूसरों के गले में डाल देने की फिक्र में है!

नाव डगमगा रही है। बड़ा कोलाहल है। बड़ी हलचल है। और सब-के-सब डूब रहे हैं।

कौन है, जो हर आदमी के दिल में एक चिराग जला दे और उससे कहे कि पहले अपनी मलिनता और अपने अन्धकार को दूर करो? दीवाली की रात पूछती है कि कौन है।

[दीवाली, 1951]

हड्डी का चिराग

कार्तिक-अमावस्या की सरणी हिन्दू-इतिहास में आलोक की लड़ी बनकर चमकती आई है। प्रत्येक वर्ष की एक अँधेरी रात को भारत की मिट्टी अपने अंग में असंख्य दीपों के गहने पहनकर तारों से भरे आकाश से होड़ लेती है और आदर्शनिष्ठ हिन्दू प्रकृति को यह सन्देश देता है कि काल-निर्मित कुरूप अन्धकार को वह सौन्दर्य और ज्योति दे सकता है। आलोक सर्वजयी पुरुष का प्राण-धन और उसके भीतर बसनेवाली आशा का प्रतीक है। वर्ष में एक बार अँधेरी रात को पुरुष प्रतिज्ञा करता है कि वह अन्धकार की सत्ता को स्वीकार नहीं करेगा। जब सूर्य और चन्द्र पराजित होकर धरती को अन्धकार में छोड़ देंगे, तब वह मिट्टी के दीयों से आलोक का सर्जन करेगा और ज्योति में चलेगा।

आज हिमालय की गुहा में भीषण अन्धकार का साम्राज्य है। सूर्य, चन्द्र और कितने ही उपग्रह पराजय स्वीकार करके क्षितिज के पार उतर गए हैं। सत्ता दीखती है तो धूमकेतु और उल्कापात की, जो इस अन्धकार को और भी डरावना बना रहे हैं। तिमिरकाय दैत्य ने अपनी जादू की छड़ी घुमाकर जीवन के प्रत्येक अंग को जड़ता के पाश में बाँध रखा है। न कोई आहट है और न कोई नाद। ऐसा लगता है कि हमारा समग्र राष्ट्रीय जीवन ही शिथिल और विजड़ित हो गया है। चट्टानों के बीच केवल एक बूढ़े सिंह का हुंकार गूँजता है, लेकिन चट्टानें टूटतीं नहीं, केवल हिलकर रह जाती हैं और हुंकार की व्यंग्यपूर्ण प्रतिध्वनि को सिंह के ही इर्द-गिर्द लौटा देती हैं।

बरसों से देश के शेर सीखचों में बन्द हैं और बाहर शृगाल और भेड़िये अपनी तुरही बजा रहे हैं। देश ने गर्जन किया, लेकिन बन्दी-गृह के प्राचीर नहीं गिरे। देश ने तप्त आहें भेजीं, लेकिन सीखचे गले नहीं, कड़ियाँ पिघलीं नहीं। देश ने आक्रोश भेजा, लेकिन प्रलय के बादल घुमड़कर रह गए—शाप का एक वज्र भी आततायियों पर नहीं गिरा सके; क्रोध, आक्रोश, गर्जन, आँसू और आह—सब-के-सब बेकार हुए। अस्सी वर्षों की कठिन तपस्या जब सफल होने

जा रही थी, ठीक तभी इन्द्र का आसन डोल गया। मार ने आकर अभियानियों का मार्ग घेर लिया। निर्भीक प्रवाहित होनेवाला निर्झर सहसा ठिठककर रुक गया। वर्षों से उद्दीप्त होकर जलनेवाली आग ने अपनी लपटें समेट लीं, मानो किसी दुष्ट देवता ने उसकी गति बाँध दी हो!

कविता की भाषा छोड़कर हम सीधा प्रश्न उठाना चाहते हैं कि इस जड़ता का अन्त कब और कैसे होगा? इतिहास-निर्माण की अलभ्य घड़ियाँ, एक के बाद दूसरी, व्यर्थ बीतती जा रही हैं। जो समय और शक्ति स्वतंत्रता-स्थापन की तैयारी में व्यय होती, वह विफलता-बोध और अनुपयोगी विलाप के कारण नष्ट होती जा रही है। हमारा देश अब चौराहे पर नहीं है! वह उसे पार करके उस पथ पर आ गया है, जो सीधे स्वाधीनता के मन्दिर में जाता है। एक नहीं, हजार चर्चिलों का यह दावा झूठ है कि साम्राज्यवाद की हिलती दीवारें अब किसी प्रकार भी स्थिर की जा सकती हैं। जनशक्ति का प्राबल्य इस युद्ध से अदृष्टपूर्व भीषणता के साथ निकलता आ रहा है। जो शक्ति अपार संसार का मूल हिला रही है, उसके धक्कों के सामने चर्चिल और एमरी तूफान में रूई के फाहों की तरह उड़ जानेवाले हैं। किसी भी जाति का बलिदान व्यर्थ नहीं जा सकता। मिट्टी पर गिरा हुआ पानी भी सब्जी पैदा करता है। फिर कौन कह सकता है कि भारतीय वीरों का लोहू देश के लिए आलोक का सृजन नहीं करेगा? हमारा बलिदान व्यर्थ नहीं जा सकता :

चिनगारी बन गई लहू की बूँद गिरी जो पग से,
चमक रहे, पीछे मुड़ देखो, चरण-चिह्न जगमग से।

आवश्यकता इस बात की है कि हम विफलता को स्वीकार नहीं करें। इस समय हमें अधिक-से-अधिक विश्वास, निष्ठा और आदर्श के लिए दुराग्रह की जरूरत है। कर्मनिष्ठ योगियों का मार्ग कोई भी नहीं रोक सकता। युद्ध के बाद ही हमें बहुत बड़े राष्ट्रीय प्रश्न का सामना करना होगा। अचानक हम एक ऐसी राष्ट्रीय परिस्थिति के सम्मुख आ जानेवाले हैं, जिसका कभी अन्दाज भी नहीं किया गया था। वैधानिक संकटों के रहते हुए भी हमारे सामने जन-सेवा के अनन्त मार्ग खुले हुए हैं, जिन पर चलने से हमें कोई नहीं रोक सकता। देश की पीड़ित जनता को हमारी सेवाओं की जैसी आवश्यकता आज है, वैसी पहले कभी नहीं हुई थी। अकर्मण्यता तथा निष्फलता के विषैले वातावरण को दूर करने का केवल एक ही उपाय है कि हम अपनी पूर्व-परिचित तपस्या के मार्ग पर आरूढ़ हो जाएँ। जिन्होंने अपना जीवन देश के लिए अर्पित कर दिया है, उनकी सेवाओं से देश किसी भी परिस्थिति में वंचित नहीं रखा जा सकता।

इतिहास की सरणी में आई हुई आज की दीवाली उस पुरुष को खोज रही है, जिसने युग-युग से यह प्रतिज्ञा कर रखी है कि हम अन्धकार को स्वीकार नहीं करेंगे।

ज्योतिर्मय मनुष्य! तू अपने को भूल रहा है। तुझमें बुद्ध का तेज है, जिसने स्वर्ग और पृथ्वी, दोनों के लिए प्रकाश का निर्माण किया था। तुझमें राणा प्रताप का प्रताप है, जिसने वन-वन मारे-मारे फिरकर भी अपने आदर्श के प्रदीप को बुझने नहीं दिया। तुझमें मंसूर की जिद है, जिसके मर जाने पर भी उसके मांस की बोटी-बोटी 'अनलहक' पुकारती थी। आज का घनान्धकार तेरे पौरुष को चुनौती दे रहा है। नींद से जाग! आलस्य को झाड़कर उठ खड़ा हो! सूरज और चाँद के प्रकाश में चलनेवाले बहुत हो चुके हैं। इतिहास उनकी गिनती नहीं करता। आज तुझे अपने भीतर के तेज को प्रत्यक्ष करना है। तेरे लहू में तेल, शिरा में वर्त्तिका और हड्डी में चिराग है। मिट्टी के दीये शाम को जलते और सुबह से पहले ही बुझ जाते हैं। आज दीवाली की रात अपनी हड्डी के उस चिराग को जला, जिसकी लौ सदियों तक जलती रहती है।

[दीवाली, 1944]

महाकाव्य की वेला

कविगुरु रवीन्द्रनाथ ने लगभग दो हजार गीत और असंख्य कविताएँ लिखीं, किन्तु महाकाव्य उन्होंने एक भी नहीं लिखा। महाकाव्य तभी लिखा जाता है जबकि युग की अनेक विचारधाराएँ वेग से बहती हुई किसी महासमुद्र में मिलना चाहती हैं। जब ऐसी अनेक धाराएँ वेगवन्त प्रवाह में होती हैं, तभी महाकाव्य की रचना का समय आता है और जो कवि उनके महामिलन के लिए सागर का निर्माण कर सकता है, वही महाकाव्य लिखने का अधिकारी होता है। महाकाव्य की रचना मनुष्य को विकल करनेवाली अनेक भाव-धाराओं के बीच सामंजस्य लाने का प्रयास है। महाकाव्य की रचना समय के परस्पर-विरोधी प्रश्नों के समाधान की चेष्टा है। जब परम्परा से आनेवाले महान प्रश्नों और भावों की अनुभूति में परिवर्तन होता है, तब मनुष्य का संस्कार भी परिवर्तित होने लगता है तथा इस परिवर्तित संस्कार को चित्रित करने के लिए ही महाकाव्य लिखे जाते हैं। विश्व के महाकाव्य मनुष्यता की प्रगति के मार्ग में मील के पत्थरों के समान होते हैं; वे व्यंजित करते हैं कि मनुष्य किस युग में कहाँ तक प्रगति कर सका है।

किन्तु यह लक्षण जिन महाकाव्यों में घटित होते हैं, उनकी संख्या अधिक नहीं है। इलियड, एनिड, ओडेसी और डिवाइन कामेडी–ये पश्चिम के कुछ प्रसिद्ध महाकाव्य हैं। इसी प्रकार, प्राचीन भारत में जिन महाकाव्यों का निर्माण हुआ, उनमें रामायण और महाभारत प्रधान हैं। जो काम पहले महाकाव्य करते थे, वही काम बाद को नाटकों और उपन्यासों के द्वारा किया जाने लगा। अतएव, हम देखते हैं कि बाद के साहित्य में बहुत-से नाटककार और औपन्यासिक ऐसे हुए, जो अगर कवि हुए होते, तो उनका स्थान रामायण और महाभारत, इलियड और ओडेसी के रचयिताओं के ही समकक्ष होता। नाटककार इब्सेन और बर्नार्ड शॉ, उपन्यास लेखक रोम्याँ-रोलाँ और गोर्की–इनमें से प्रत्येक ने अपने समय की महान समस्याओं के भीतर पैठकर उनका निदान खोजने की

कोशिश की है और प्रत्येक ने अपने क्षेत्र में वही काम किया है, जो महाकाव्यों के द्वारा कवि किया करते थे। जर्मन कवि गेटे और जर्मन दार्शनिक नीत्शे की रचनाओं में भी हम महाकाव्य की ही झाँकी पाते हैं।

न जाने रवीन्द्रनाथ ने महाकाव्य क्यों नहीं लिखा! अगर उनकी प्रतिभा महाकाव्य की ओर प्रेरित हुई होती, तो अवश्य ही वे संसार को कोई ऐसी रचना दे जाते, जिसके सहारे हम अपने समय की अनन्त समस्याओं के बीच समीचीन सामंजस्य बिठा सकते थे। रवि बाबू ने चुन-चुनकर मनोहारी पुष्पों पर अपनी प्रतिभा की शबनम बरसाई! अगर उन्होंने महाकाव्य लिखा होता, तो वे शीतल जल से पूर्ण एक ऐसा जलाशय भी छोड़ जाते, जो सूखना नहीं जानता और जिसके घाट पर अनेक युगों के लोग अपनी प्यास बुझा सकते थे। अनेक युगों की आत्माओं की तृप्ति के लिए रवि बाबू यथेष्ट जल छोड़ गए हैं। किन्तु वह शबनम के रूप में फूलों की पत्तियों पर विकीर्ण है और यह शबनम कभी सूखेगी भी नहीं। किन्तु शबनम के लिए फूल-फूल पर घूमते फिरना एक बात है और प्यासे को एक सरोवर की ओर संकेत कर देना बिलकुल दूसरी बात।

तो भी ऐसा लगता है कि रवि बाबू ने जो अपने युग को, महाकाव्य को प्रेरित करनेवाले गुणों से रहित समझा, उसका कारण यह था कि वे 19वीं सदी में पैदा हुए थे और, यद्यपि, वे बीसवीं सदी के, प्रायः, पूर्वार्द्ध तक लिखते रहे, फिर भी उनकी मुद्रा 19वीं सदी की ही रही और जिन उपादानों का उन्होंने अपने यौवन-काल में संचय किया था, वे उपादान उनकी दृष्टि में अन्त तक मूल्यवान बने रहे!

यह भी सत्य है कि जिन प्रश्नों और समस्याओं के कारण, आज की मानवता विकल दीख रही है, वे 19वीं सदी में, बीज-रूप में ही परिलक्षित होती थीं और उनका अतिविकास वर्तमान शताब्दी में ही सम्भव हो सका है। किन्तु रवीन्द्रनाथ अपने यौवन-काल में जिस मनोदशा का निर्माण कर चुके थे, वह मनोदशा इन समस्याओं की विकरालता को स्वीकार नहीं कर सकती थी। अतएव वे अन्त तक अपने उसी मानस-जगत में धैर्य के साथ विराजमान रहे, जो उन्हें 19वीं सदी के हाथों प्राप्त हुआ था।

विशेषतः, भारत में उन्नीसवीं. शताब्दी बौद्धिक तृप्ति की शताब्दी थी और कर्म के साथ उसका उचित संयोग नहीं था। यह ठीक है कि राममोहन राय और दयानन्द तथा रामकृष्ण और विवेकानन्द के व्यक्तित्व में हम एक नवजागरण की आभा पाते हैं। किन्तु यह आभा हमारे मन को जो कुछ

दिखलाती है, वह प्रधानतः, धर्म और भक्ति का शृंग है, वह आत्मा की उपासना का मन्दिर और हृदय की आकुल भावनाओं का ताल है, जिस पर छाए हुए सेंवार को ये महात्मा दूर करने की कोशिश करते हैं। कर्म की प्रेरणा और लोगों की अपेक्षा विवेकानन्द की वाणी में कुछ अधिक थी। किन्तु देश के सामने पराधीनता की समस्या इतनी प्रचंड होकर खड़ी थी कि हम विवेकानन्द से जो स्फूर्ति प्राप्त कर सके, वह सीधे स्वातन्त्र्य-संग्राम में जा लगी और हम उन अनन्त समस्याओं को नहीं देख सके, जो पहले से ही विद्यमान थीं और जो भारतवर्ष को स्वतंत्रता-प्राप्ति के बाद भी विकल कर रही हैं।

एक दृष्टि से देखा जाए, तो स्वातन्त्र्य-संग्राम के दिनों में, भारत में सचमुच ही महाकाव्य की रचना नहीं की जा सकती थी; क्योंकि पराधीनता की समस्या के सामने और सारी समस्याएँ गौण एवं अप्रमुख हो गई थीं। लोगों के सामने केवल एक ही दीवार थी, जिस पर वे अहर्निश प्रहार करते थे। लेकिन समस्याएँ जब दिखलाई नहीं पड़ती हैं, तब भी उनका दंश तो हमें भोगना ही पड़ता है। और सच ही उनके दंशों का अनुभव हम भी करते थे, किन्तु हमारा भाव यह था कि गुलामी की दीवार ही इन दुःखों का असली मूल है और यह दीवार टूटी नहीं कि सारी मुसीबतें काफूर हो जाएँगी।

इन अनेक विपत्तियों की अनुभूति रवीन्द्रनाथ को हुई थी और उन्होंने 'ए बार फिराओ मोरे' नामक अपनी एक स्फुट कविता में उन विपत्तियों की ओर संकेत भी किया था :

कवि, तबे उठे एसो, यदि थाके प्राण,
तबे ताई लहो साथे, तबे ताई कोरो आजि दान।
बड़ो दुख, बड़ो व्यथा, सम्मुखेते कष्टेर संसार,
बड़ोई दरिद्र, शून्य, बड़ो क्षुद्र, बद्ध अन्धकार।
अन्न चाहे, प्राण चाई, आलो चाई, चाई मुक्त वायु,
चाई बल, चाई स्वास्थ्य, आनन्द-उज्ज्वल परमायु।
साहस-विस्तृत वक्षपट, एई दैन्य माझारे कवि,
एक बार निये एसो स्वर्ग होते विश्वासेर छवि।

'कवि, यदि तुममें प्राण है, तो उठो, उसे साथ लेकर चलो और उसका आज दान करो। इस संसार में बड़े ही दुःख हैं, बड़ी व्यथाएँ हैं, बड़ी गरीबी है। हाय, यह तो बड़ा शून्य है, बड़ा छोटा है, बड़ा अन्धकार है। अन्न चाहिए, प्राण चाहिए, रोशनी चाहिए, खुली हवा चाहिए, शक्ति चाहिए, स्वास्थ्य चाहिए,

आनन्द से उज्ज्वल आयु चाहिए और साहस से विस्तृत हृदय चाहिए। हे कवि! इस दीनता में एक बार स्वर्ग से विश्वास तो ले आओ' (मन्मथनाथ गुप्त कृत अनुवाद से)।

किन्तु, जहाँ विश्व की अगणित कुरूप पीड़ाएँ, उन्हें इस रूप में ललकार रही थीं, वहाँ उनके हृदय के निभृत कोने में एक प्रबल आध्यात्मिक विश्वास भी आसन जमाए बैठा था, जो उनके भीतर के मनुष्य को समाज की उलझनों से दूर रखकर वैयक्तिक मुक्ति की साधना के लिए तैयार कर रहा था :

विश्व यदि चले जाय काँदिते-काँदिते,
एका आमि बसे रबो मुक्ति-समाधिते।

कभी-कभी मुझे ऐसा मालूम होता है कि रवीन्द्रनाथ ने अगर बीसवीं सदी में जन्म लिया होता और जिन पीड़ाओं की ओर उन्होंने 'ए बार फिराओ मोरे' में संकेत किया है, उनकी अनुभूति में उन्नीसवीं सदी की ज्ञानप्रधान आध्यात्मिक मुद्रा उनकी सहायक या बाधक नहीं हुई होती, तो वे युग की समस्याओं को अचिर मानकर, उनकी ओर से मुँह नहीं फेर लेते। तब वे, शायद, इन समस्याओं के व्यूह में घुसकर वह करतब दिखाते, जो इब्सेन और शॉ, रोम्याँ-रोलाँ और गोर्की में से कोई भी नहीं दिखला सका है; क्योंकि कविता मनुष्य के हृदय को जिस सुगमता से पकड़ सकती है, उस सुगमता से आदमी को और कोई भी साहित्य नहीं पकड़ सकता। अगर परस्पर-विरोधी भावों का आक्रमण कवि को महाकाव्य लिखने की प्रेरणा दे सकता है, तो उसका समय आज है। अगर महाकाव्य की रचना का समय, वह युग होता है, जबकि प्रश्नों की विभिन्न धाराएँ अपना समाधान पाने के लिए किसी समुद्र की खोज में वेग से दौड़ती होती हैं, तो वह समय आज ही आया हुआ है।

मनुष्य ने आध्यात्मिकता को निस्सार समझकर जड़ता को जोर से पकड़ा और एक बार उसके मुँह से आनन्द की किलकारी भी निकली कि पहले जिन हाथों में हवा और शून्य ही आ पाते थे, अबकि उनकी पकड़ में एक ठोस चीज़ आ गई है। मगर यह किलकारी देर तक नहीं ठहरी। उसने हाथ में आई हुई चीज के घनत्व को तो समझा, किन्तु उसे निर्जीव देखकर दूसरे ही क्षण उसका चेहरा उतर गया। मनुष्य ने हृदय की राह पर चलते-चलते थककर मस्तिष्क की राह पकड़ी और यह सोचने लगा कि इस रास्ते से वह जहाँ चाहे, वहाँ जा सकता है। पानी के नीचे, आकाश के अन्तराल और पहाड़ की खोह

में वह बड़ी ही वीरता से चलता रहा और ज्यों-ज्यों प्रकृति उसके सामने पराजित होती गई, त्यों-त्यों उसका अहंकार बढ़ता गया, यहाँ तक कि आज वह यह भी सोचने लगा है कि इस सृष्टि को वह चाहे तो सिर्फ सात दिनों में बर्बाद कर सकता है। तो साफ बात यह है कि विज्ञान का उपयोग वह उन त्रासों को बढ़ाने के लिए करना चाहता है, जो त्रास अनन्त काल से संसार को सता रहे हैं। विज्ञान का उपयोग वह दूसरों को काटने के लिए करना चाहता है, किन्तु मन-ही-मन उसे यह भय भी लगा हुआ है कि विज्ञान की तलवार की धार एक ही नहीं, दोनों ओर है और उससे काटनेवाले का अंग भी मजे में कट सकता है। क्या बात है कि मनुष्य प्रत्येक कार्य का आरम्भ तो सदुद्देश्य से करता है, किन्तु परिणाम उसके दुखदायी हो रहे हैं? जीवन पर विजय पाने के प्रयास में, मनुष्य मृत्यु को प्राप्त हो रहा है, विश्व को सजाने की कोशिश में वह इसे और भी कुरूप बनाये जा रहा है तथा सत्य की समीपता की प्राप्ति के प्रयत्न में, वह उससे और भी दूर पड़ता जा रहा है? गांधी जी ने जीवनभर अहिंसा का उपदेश दिया; किन्तु मरने के पहले उन्होंने यह देख लिया कि आजीवन अगर वे लोगों को हिंसा भी सिखलाते रहते, तब भी लोग, शायद, इतनी घोर और इस नीच ढंग की हिंसा नहीं कर सकते थे। मार्क्स ने आधिभौतिकता की उपासना के द्वारा मनुष्यों को सुखी बनाने का उपदेश दिया था, किन्तु उनके मार्ग पर किए जानेवाले इतने बड़े प्रयोग के पास खड़ा होकर भी मनुष्य यह सोच रहा है कि आत्मा की सर्वथा उपेक्षा करना ठीक है, या नहीं। जीवन में कितना आकाश चाहिए और कितनी मिट्‌टी, कितना जल चाहिए और कितनी आग, तथा कितने फूल चाहिए और कितने पत्थर—यह समस्या केवल बौद्धिक नहीं रहकर प्रखर रूप से सत्य हो उठी है और वह अनेक रूपों में मानव-मस्तिष्क को झकझोर रही है। यह संस्कृति के बदलने का समय है। यह परम्पराओं के परिवर्तन की वेला है। पुरानी दीवार हिल रही है, पुराने प्राचीर धराशायी हो रहे हैं। क्षितिज के किनारे-किनारे एक लाल डोरी-सी दीख रही है, जिससे मालूम होता है कि आकाश का पुराना छिलका उखड़ रहा है और नीचे से एक नया-ताजा आकाश बढ़ता हुआ ऊपर जा रहा है। यह आकाश के भीतर से एक नये आकाश के निकलने की सूचना है। संसार में जो भी कोलाहल है, वह नवीन और पुरातन के संघर्ष की आवाज है। संसार में जो भी भीषिकाएँ हैं, वे मरणशील युग की मृत्यु के प्रतीक हैं और धरती जिन वेदनाओं से होकर गुजर रही है, वे नये विश्व के जन्म की वेदनाएँ हैं।

क्या महाकाव्य के लिए इससे भी और उपयुक्त समय चाहिए और क्या प्राचीन एवं मध्यकालीन नाटकों तथा महाकाव्यों में हम मानव-चरित्र के भीतर जिस द्वन्द्व एवं संघर्ष का प्रतिबिम्ब देखते हैं, वह आज के व्यक्ति एवं समाज में कुछ कम है? मनुष्य आज जिन शंकाओं और द्वन्द्वों से ग्रस्त है, उन्हें अगर वह काव्य के किसी एक ही दर्पण-खंड में देख पाए तो वह स्वयं चीत्कार कर उठेगा।

कविता का भविष्य

हिन्दी के तीन महाकवियों की प्रतिभा से चमत्कृत होकर कोई एक चौथा कवि बोल उठा :

सूर सूर, तुलसी ससी, उडुगन केसवदास।
अब के कवि खद्योत सम, जहँ तहँ करहिं प्रकास॥

जब मनुष्य कोई बड़ा आश्चर्य देखता है, तब वह सोचने लगता है कि आश्चर्य की रचना करनेवाली कला का यह चरम चमत्कार है। इससे बड़ा अब और क्या होगा? प्रस्तुत दोहे के रचयिता ने भी इसी भाव से अभिभूत होकर यह सूक्ति कही होगी, जिसका लक्ष्य कविता नहीं, प्रत्युत, कवि की सम्भाव्य असमर्थता की व्यंजना है।

फिर उर्दू में कोई शायर आया और सब कुछ देख-सुनकर उसने घोषणा कर दी :

शायरी मर चुकी जिन्दा नहीं होगी यारो!

किन्तु, कविता के सौभाग्य से रवीन्द्रनाथ और इकबाल, दोनों ही महाकवि, उर्दू के शायर और हिन्दी के इस दोहाकार के बाद जन्मे और अपनी कृतियों से उन्होंने सिद्ध कर दिया कि कविता की भूमि अभी भी उर्वर है तथा उसके हृदय से प्रकाश के फव्वारे अभी भी फूट सकते हैं।

यह तो हुई अपने देश की बात, जहाँ वैज्ञानिकता के व्यापक प्रचार के बहुत पहले ही लोगों को कविता के कदम डगमगाते दिखाई पड़े। किन्तु, जिन देशों में वैज्ञानिक सभ्यता ने अपना साम्राज्य स्थापित कर लिया है, वहाँ के कवि और काव्य-प्रेमी आलोचक तो आज, सचमुच ही, बेचैन हैं कि कविता की सत्ता कैसे अक्षुण्ण रखी जाए और जनता के भीतर कैसे यह विश्वास जमाया जाए कि कविता का रसास्वादन भी मनुष्य के चौकोर व्यक्तित्व के निर्माण के लिए आवश्यक है।

काव्यकला के सामने आज दो प्रकार की बाधाएँ उपस्थित हैं। एक बाधा तो यह है कि मनुष्य के संस्कार बड़े ही वेग से रूपान्तरित हो रहे हैं और

कल्पना-सेवी सम्प्रदाय के लिए इस प्रगति के कदम-से-कदम मिलाकर चलना जरा कठिन हो रहा है। मानव-जीवन के वृत्त में पड़नेवाले विभिन्न उपकरण यानी पेड़, पौधे, पर्वत, पशु, नदी, आकाश, ग्रह, नक्षत्र आदि को कविता अपने भीतर भली भाँति पचा चुकी थी और जीवन के प्रसंग में उनकी बहुविध व्याख्या करने में उसे कोई खास मशक्कत भी नहीं होती थी! किन्तु अब रेल, मोटरकार, पुतलीघर, वायुयान, अणुबम तथा एलेक्ट्रोंस और प्रोटोंस जीवन के वृत्त में एकबारगी घुस पड़े हैं और इन नवागन्तुकों ने मिल-जुलकर कुछ ऐसा कोलाहल मचा रखा है कि न तो कवि को ही यह सुविधा प्राप्त है कि एकान्त में बैठकर वह इनके साथ अपना रागात्मक सामंजस्य स्थापित करे और न जनता ही उसे फुर्सत में मिलती है कि कवि उसके साथ बैठकर इस सामंजस्य की दिशा निर्धारित करे। सभी दौड़ रहे हैं। सभी व्यस्त हैं। विज्ञान का चक्र जोरों से घूम रहा है और उसके साथ ही मनुष्य की बुद्धि भी चक्कर खा रही है। कवि किसको देखे और किससे बातें करे? वह तो सिर्फ हृदय से बातें कर सकता था मगर मानव का हृदय भी आज बुद्धि की गुलामी कर रहा है। अखाड़ा विज्ञान के हाथ में है और विज्ञान अपने औद्धत्य में किसी से कुछ बात करने को तैयार नहीं है। इस स्थिति से आजिज आकर इंग्लैंड के एक कवि ने कहा कि विज्ञान में जो गर्जन है, उसे चुराए बिना हमारा काम नहीं चलेगा। मगर, यह चोरी तो सभी के सामने करनी होगी; क्योंकि सारी दुनिया ही आज विज्ञान का पहरेदार बन गई है।

दूसरी बाधा, बहुत कुछ, पहली ही बाधा का स्वाभाविक परिणाम है। जब कविता और जीवन के बीच विज्ञान का कोलाहल और संस्कृति के रूपान्तरित होने का रोर छा गया और इस कोलाहल में कविता की सत्ता विलीन होने लगी, तब स्वभावतः ही कवि के व्यक्तित्व पर भी, इस प्रक्रिया का अनिष्टकारी प्रभाव पड़ा और लोग सोचने लगे कि जैसे ईश्वर और धर्म पर प्रश्न के बड़े-बड़े चिह्न लटक गए हैं, उसी प्रकार, शायद, कवि का आदर भी जनता के भ्रम के ही कारण था।

कवि ईश्वर और धर्म के बहुत समीप रहा भी था। अतएव, दोनों के साथ वह भी दंडित किया जा रहा है। जिन लोगों ने ईश्वर और धर्म का बहिष्कार किया, वे कवि का भी बहिष्कार कर देते, किन्तु, उन्हें एक बात सूझ गई कि ईश्वर और धर्म के समान कवि निराकार और बिलकुल अनुपयोगी चीज नहीं है! उसके रक्त, मांस और चेतना भी होती है। अतएव निर्दिष्ट दिशा की ओर निरत करके उसका थोड़ा-बहुत उपयोग किया जा सकता है।

किन्तु जिन लोगों ने ईश्वर और धर्म का बहिष्कार नहीं किया, सिर्फ श्रद्धा और तिरस्कार के बीच उन्हें त्रिशंकु बनाकर रोकने को छोड़ दिया है, उनके बीच का कवि भी त्रिशंकु की तरह ही डोल रहा है।

संसार के बहुसंख्यक देशों में प्राचीन विश्वास की परम्परा हिल गई है, किन्तु नया विश्वास अभी अपनी जड़ें नहीं जमा रहा है। परिणामतः अधिकांश देशों के लोग अभी यह निर्णय ही नहीं कर पाए हैं कि ईश्वर, धर्म और कविता से वे कोई काम लेंगे अथवा इन्हें त्याग ही देंगे।

ईश्वर, धर्म और कविता को एक साथ गिनने का कारण यह है कि भिन्नता के होते हुए भी इन तीनों के बीच एक प्रकार की मौलिक समता रही है। कहते हैं कि कविता का जन्म धर्म की गोद में हुआ था। किन्तु इससे अधिक उपयुक्त तो यह कहना होगा कि धर्म का उदय कविता की कुक्षि में हुआ होगा। कविता विस्मय से उद्भूत हुई और तब उसने मनुष्य में जिज्ञासा को प्रेरित किया और जिज्ञासा से ईश्वर की कल्पना और धर्म की परम्परा आरम्भ हुई।

मनुष्य के भीतर जो एक सूक्ष्म आध्यात्मिक व्यक्तित्व है, उसी ने अपनी अभिव्यक्ति का माध्यम खोजते हुए कविता का आश्रय लिया और इसी जीवन को अभिव्यक्त करने के लिए कविता प्रादुर्भूत हुई। मस्तिष्क में जो गुण हैं, बुद्धि में जो चमत्कार हैं, वे मनुष्य के स्थूल जीवन को सजाते, सँवारते और व्यक्त करते हैं। किन्तु मनुष्य के भीतरवाला मनुष्य इनकी पकड़ में नहीं आता। उसे पकड़ने के लिए भावना का जाल और हृदय की जंजीर चाहिए। और अनन्त काल से मनुष्य अपने इस आध्यात्मिक व्यक्तित्व को हृदय की भावनाओं में अभिव्यक्त करता आया है। अतएव ईश्वर, धर्म और काव्य–ये तीनों ही मनुष्य के भीतरवाले मनुष्य को प्रसार देते रहे हैं। तो क्या जिस प्रकार, ईश्वर और धर्म गौण होते जा रहे हैं, उसी प्रकार कविता को भी गौण होना ही पड़ेगा? और अगर किसी दिन मनुष्यों ने मिलकर ईश्वर और धर्म को आखिरी बन्दगी दे दी, तो क्या उस दिन कविता को भी मनुष्य से विदाई ले लेनी पड़ेगी?

तो फिर मनुष्य के भीतरवाले मनुष्य का क्या होगा? क्या उसकी सत्ता है ही नहीं? अथवा इतने दिनों में हम जो अपने सूक्ष्म व्यक्तित्व की अभिव्यक्ति के नाम पर विभिन्न ललित कलाओं का आश्रय ले रहे थे, वह कोई रोग था, जिससे मनुष्य मुक्ति पाने जा रहा है?

नवयुग के नबी और मसीहा ऐसे प्रश्नों का सामना करना नहीं चाहते, यह और भी दुर्भाग्य की बात है। और इन तमाम असंगतियों के बीच कविता जारी है। अगरचे उसके कदम धीरे-धीरे उठते हैं, मगर जो अटल है, उसके अस्तित्व

को उसने स्वीकार कर लिया है तथा विज्ञान के नगर में वह उसका गर्जन सीखने को आ पहुँची है।

मगर समाज के हृदय में प्रवेश करने की राह उसे नहीं मिल रही है; अथवा हृदय पर खड़ी होकर वह मनुष्य के मस्तिष्क को अपने सामने झुकाने में असमर्थ है। जीवन का जो एक नया महल तैयार हो रहा है, उसमें मनुष्य सभी विद्याओं से सहायता ले रहा है। सिर्फ एक कविता ही है, जिसकी सहायता की उसे कोई जरूरत महसूस नहीं होती। परिणामतः कविता और कवि, दोनों ही उपेक्षा के पात्र हो रहे हैं।

प्रशंसा और प्रोत्साहन—ये कवि-प्रतिभा के आहार हैं। किन्तु प्रशंसा कौन करे? और प्रोत्साहन कौन दे? हिन्दुस्तान में इन दोनों की प्राप्ति पहले दरबारों से होती थी। किन्तु बहुत दिन हुए कि दरबार उजड़ गए और जहाँ पहले राजा और नवाब थे, वहाँ अब जनता आसीन है। और जनता को यह अधिकार तथा गौरव तब मिला, जब विज्ञान ने उसकी भावनाओं में एक विचित्र प्रकार की हलचल मचा दी। युवराज जब सिंहासन पर आने लगे, तब बीच ही में किसी ने उनके कानों में कह दिया कि असल ताकत फौज है। वीणा और सितार से जरा वाजिबी-वाजिबी ही।

हमारे देश में हमारी स्वामिनी अशिक्षित है, यह बात तो है ही। मगर जो लोग शिक्षित और सुसंस्कृत हैं, उनका क्या हाल है? बी.बी.सी. के माध्यम से अभिनव अंग्रेजी कविताओं का व्यापक प्रसार करने की चेष्टा आज कई वर्षों से चल रही है। और यहाँ हिन्दुस्तान में तो कवि-सम्मेलनों और मुशायरों की बहुत बड़ी माँग है। किन्तु परिणाम में हम क्या देखते हैं? क्या अभिनव कविता का इंग्लैंड या हिन्दुस्तान में कोई वास्तविक प्रचार हो रहा है? तालियों की गड़गड़ाहट और महज सिर हिलाने को हम कविता के लोकप्रिय होने का प्रमाण नहीं मान सकते। हम तो यह जानना चाहते हैं कि समाज में फैली हुई अन्य विद्याओं से लोग जो प्रेरणा ग्रहण करते हैं, वह प्रेरणा वे कविता से लेते हैं या नहीं? अखबारवाले अपने मत की पुष्टि में राजनीतिज्ञों और वैज्ञानिकों के अनुभवों का प्रमाण देते हैं किन्तु कवि की अनुभूति का अवतरण देकर अपने पक्ष की पुष्टि करने की आवश्यकता वे नहीं समझते। पार्लियामेंटों और विधायिका सभाओं में सदस्य जब बोलने लगते हैं, तब उन्हें भी उद्धरणों की आवश्यकता होती है। किन्तु ये उद्धरण साहित्य के कोश से नहीं लिये जाते। यहाँ तक कि जो राजनीतिक दल (जिसमें राजनीति के, प्रायः, सभी दल सम्मिलित हैं) साहित्य को ढोल बनाकर अपना प्रचार करते हैं, वे भी जब गम्भीरता से अपने पक्ष की

स्थापना करने लगते हैं, तब उन्हें साहित्यकार की उक्ति और अनुभूति के उद्धरणों की आवश्यकता नहीं होती।

ऐसी आलोचनाएँ सुनकर समाज का संचालन करनेवाले लोग कुपित होकर कह बैठेंगे कि यदि यह चाहते हो, तो जीवन के सान्निध्य में आओ। हम फूल-पत्ती और चिड़िया-चुनमुन की चर्चा किसलिए करें?

किन्तु क्या कवि जीवन से दूर है? क्या हमारी रचनाओं के भीतर जीवन की आर्द्रता और उसका दाह मौजूद है? क्या हम जो कुछ सोच या लिख रहे हैं, वह समाज के काम की चीज नहीं है?

दरअसल, कारण कुछ और है। संसार बड़े वेग से उपादेयता की ओर मुड़ा है और उपादेयता की परिभाषा भी नये स्थूल जीवन से बाँध दी गई है। आनन्द उपेक्षित हो गया है और सारी प्रमुखता सुखों को दी जा रही है। दो रोटियाँ मनुष्य की दोनों आँखों के अत्यन्त समीप आकर खड़ी हो गई हैं। इतना समीप कि उनसे आगे मनुष्य कुछ देख ही नहीं सकता। जो नौकरी दिलवाए, जो व्यवसाय में वृद्धि का कारण हो और जो खेतों की उर्वरा शक्ति को तेज करे, आज मनुष्य सिर्फ उसी विद्या की कामना से पीड़ित हो रहा है। हृदय से हृदय को मापने और मन को मन से थाहने की वृत्ति का लोप हो गया है और आदमी के हाथ में आज उपयोगितावाद का एक स्थूल गज मौजूद है, जिससे वह शरीर ही नहीं, बल्कि आत्मा को भी मापने की कोशिश कर रहा है।

उससे मनुष्य के सूक्ष्म जीवन की चर्चा मत करो; क्योंकि सूक्ष्म जीवन तो गज की माप में आएगा नहीं।

उससे यह मत कहो कि रोटियों में जो मजा है, वैसा ही मजा भाव-चिन्तन में भी होता है; क्योंकि यह बात उसकी समझ में नहीं आएगी।

उससे यह भी मत कहो कि जिस दुनिया पर सोच-सोचकर राजनीति, अर्थशास्त्र और विज्ञान के पंडित नई-नई बातों की ईजाद किया करते हैं, उस दुनिया का एक और पक्ष है, जिस पर चिन्ना करनेवाले लोगों की उक्ति गीत, कविता, उपन्यास और नाटक कहलाती है; क्योंकि तुरन्त ही वह कह उठेगा कि यह तो निरी कविता की बात है।

कविता का एक बुरा अर्थ भी है; जैसाकि एक बुरा अर्थ राजनीति, अर्थशास्त्र और विज्ञान का भी हो सकता है। और इन पंक्तियों का क्षुद्र लेखक उन लोगों में से है, जो विषयों के इन बुरे अर्थों से घबराते हैं तथा जो कच्ची भावुकता से पीड़ित इस महान देश को कविता की अवस्था से निकालकर विज्ञान की अवस्था में पहुँचाना चाहते हैं। अच्छे अर्थ में विज्ञान सुस्पष्टता का

द्योतक होता है। विज्ञान वह कला है, जिससे मनुष्य हर चीज को प्रमाण के साथ उसके सही रूप में समझना सीखता है। विज्ञान अतिरंजन का विरोधी और भावुकता का शत्रु है। वह मनुष्य को सत्य से दूर जाने देना नहीं चाहता।

किन्तु कविता भी अतिरंजन और कोरी भावुकता को दुर्गुण मानती है और सत्य से दूर तो वह कभी जाती ही नहीं :

देखो ये हैं हरी हरी घासें,
मानो, ये हैं बड़ी-बड़ी गाछें।

यह कविता नहीं है। कविता है :

रूखी री यह डार वसन वासंती लेगी।

कविता कोई हवाई चीज नहीं है। योगी, वैज्ञानिक अथवा समाजशास्त्री सत्य की खोज करने के लिए जितनी गहरी समाधि लगाता है, उतनी गहरी समाधि लगाये बिना कवि भी सत्य को नहीं पा सकता। किन्तु कवि और वैज्ञानिक के सत्यों में भेद है। विज्ञान स्थूलता की कला है। वह एक चीज से दूसरी चीज की दूरी मापता है और हर चीज को अपनी काठ की उँगलियों से छूकर यह बतलाता है कि वह कड़ी या मुलायम है। किन्तु कविता वस्तुओं के सूक्ष्म रूप का मूल्य ढूँढ़ती है, वह उनके उन पक्षों का विश्लेषण करती है जो गणित की भाषा में व्यक्त नहीं किये जा सकते। और चूँकि बुद्धि भी गणित को छोड़कर और भाषा समझ नहीं सकती; इसलिए कविता अपने विश्लेषण का परिणाम बुद्धि नहीं, बल्कि हृदय के सामने निवेदित करती है; क्योंकि हृदय उन संकेतों को समझ सकता है, जिनके माध्यम से कवि अदृश्य और अनिर्वचनीय का वर्णन करता है।

ऐसी अवस्था में, निरी कविता कहकर जो लोग कविता को आसानी से बर्खास्त कर देना चाहते हैं, उन्हें यों ही नहीं छोड़ देना चाहिए। आखिर किस गुण या दुर्गुण के कारण कविता इस अनादर के साथ बर्खास्त कर दी जाएगी? कविता का प्रधान गुण उक्ति या वर्णन का सौन्दर्य है। कविता में शब्दों की लड़ी संगीतपूर्ण होती है और उसके भीतर एक मोहक चित्र होता है, जो आनन्द के प्रवाह में मनुष्य के मन को बहा ले जाता है। जो लोग कठोर वस्तुवादी हैं, वे कहते हैं कि यह आनन्द एक प्रकार की मदिरा है, जो हमें अपने नशे से मतवाला बनाकर हमारा ध्यान जीवन की ठोस घटनाओं और क्रियाओं से अलग ले जाकर हमें कल्पना में निमग्न कर देती है। हमें उस दुनिया में भटकने को मजबूर करती है, जो सच्ची नहीं है, जहाँ रोटी कमाने का काम नहीं चल सकता, जहाँ निन्नानवे को सौ में परिणत करने का कोई उपाय नहीं है।

मैं अपने को वस्तुवादी मानता हुआ भी वस्तुवादियों की बहुत-सी झड़पें झेल चुका हूँ। किन्तु, आज भी मुझे यह शंका ग्रसित किये हुए है कि अगर सौन्दर्य को हम कविता का पहला गुण नहीं मानें, तो फिर उसका और कौन गुण प्रथम स्थान पर रखा जा सकता है? फूल, चाँद, नदी, वन, पर्वत, जलप्रपात, तारे और आकाश–इनका भी पहला गुण सौन्दर्य ही है। हम मानते हैं कि प्रकृति के इन विविध उपकरणों का कोई-न-कोई वैज्ञानिक उपयोग भी है या कालक्रम में हो सकता है। किन्तु मनुष्य को वे उपयोगों के कारण प्यारे नहीं हैं। प्रिय तो वे सिर्फ इसलिए हैं चूँकि उनमें सौन्दर्य है। और बच्चों के बारे में हमारा क्या विचार हो सकता है? क्या माँ-बाप उन्हें इसलिए प्यार करते हैं कि वे बड़े होने पर उन्हें कमाकर खिलाएँगे? तो फिर जवाहरलाल जी दिल्ली-भर के बच्चों को बुलाकर अपना समय क्यों बर्बाद करते हैं?

एक लेखक ने अभी हाल में कविता की तुलना सुन्दरियों से की है। कविता की तरह स्त्रियाँ भी सुन्दर होती हैं, किन्तु, सुन्दर कविता से परहेज करनेवाले लोग सुन्दर स्त्रियों की उपेक्षा नहीं करते और न कभी वे यही कहते हैं कि स्त्रियों को सौन्दर्य-परिहार के लिए प्रयत्न करना चाहिए; क्योंकि उनकी रूप-मदिरा से समाज के कर्मठ लोग 'ठोस घटनाओं' से विमुख हो रहे हैं। यह ठीक है कि यदा-कदा नारी-सौन्दर्य का प्रभाव वैयक्तिक शैथिल्य अथवा वैराग्य का कारण हुआ है, किन्तु उसे हम नियम नहीं, अपवाद ही कहेंगे। सच तो यह है कि जिस प्रकार पुरुष और नारी के अंगों में अभिव्यक्त सौन्दर्य सच्चा और मूल्यवान है, उसी प्रकार पुरुष और नारी के द्वारा विरचित काव्य से फूटनेवाला सौन्दर्य भी सच्चा और मूल्यवान होता है।

मनुष्य हर चीज को इसलिए प्यार नहीं करता चूँकि वह उपयोगी होती है। चीजें एक साथ ही प्यारी और उपयोगी हो सकती हैं, किन्तु पहले उपयोग और पीछे प्यार, यह क्रम दुनिया में नहीं देखा जाता। फूल देवता पर चढ़ाये जाते हैं और उनसे इत्र और सेंट भी निकाली जाती है। मगर हम फूलों को सिर्फ इसीलिए नहीं चाहते क्योंकि वे हमें इत्र और सेंट देते हैं।

एक बात और है कि वस्तुओं का सौन्दर्य-तत्त्व उनके स्थूल उपयोग से एक भिन्न गुण है। बहिन, बेटी, माता, पत्नी, मित्र और समाज की सदस्या के रूप में स्त्रियों का उपयोग है। किन्तु इस उपयोग से स्त्रियों के सौन्दर्य का क्या सम्बन्ध हो सकता है? बेटे तो कुरूप और रूपवती, दोनों ही प्रकार की नारियों के होते हैं। फिर यह कैसे कहा जा सकता है कि नारियों का सौन्दर्य हमारे उपयोग की चीज है और उस सौन्दर्य से हम इसीलिए प्रभावित होते हैं चूँकि वह उपयोगी है?

किन्तु एक भिन्न दृष्टि से देखने पर सौन्दर्य भी उपयोगी समझा जा सकता है। फूल, नदी, पर्वत, बच्चे, कविता और नारी–सभी के सौन्दर्य में एक अलक्षित प्रभाव है, जो हमारे भीतरी जीवन को पूर्ण करता है। प्रत्येक प्रकार के सौन्दर्य को देखकर हमारे हृदयों में एक विशिष्ट प्रकार की अनुभूति उत्पन्न होती है, जिससे हमारा जीवन समृद्ध होता है। सुन्दरता का प्रभाव सिर्फ सनसनीवाला हलका आनन्द नहीं है। प्रत्युत, सौन्दर्य को देखकर हम अपने स्तर से कुछ ऊँचा उठते हैं और हमारे भीतर जो विस्मय की आनन्दमयी अनुभूति जगती है, वह हमें एक अपर लोक में पहुँचा देती है। इस प्रकार, सौन्दर्य के उपभोग से मनुष्य की आत्मा विस्तृत होती है तथा उसके आन्तरिक व्यक्तित्व को फैलाव मिलता है।

प्रश्न यह है कि अभिनव मनुष्य उस सूक्ष्म जीवन की सत्ता स्वीकार करता है या नहीं, जिसे हम आत्मा अथवा आभ्यन्तर व्यक्तित्व कहकर व्यक्त करते हैं? अगर वह इस आन्तरिक व्यक्तित्व को मिथ्या कल्पना मानता है, तो निश्चय ही अन्य सभी चीजों की तरह कविता भी उसकी रोटी का साधन, उपकरण और शृंगार बनकर रह जाएगी। किन्तु यह मनुष्य के मानने और नहीं मानने का सवाल नहीं है। मनुष्य के भीतर कोई एक और मनुष्य है, जो अभावों में भी संतुष्ट और समृद्धियों के बीच भी भूख से व्याकुल रहता है! उसका आहार रोटी और दाल नहीं, बल्कि, फूल, नदी, पर्वत, भाव और विचारों का सौन्दर्य है। जीवन की परिधि में जो भी उपकरण प्रवेश करते हैं, उनका एक उपयोग तो स्थूल मनुष्य करता है और दूसरा वह सूक्ष्म मनुष्य, जो स्थूल के भीतर निहित है। कहते हैं, देवता ग्रास नहीं, गन्ध के प्रेमी होते हैं। विज्ञान स्थूल मनुष्य का ग्रास है। सूक्ष्म मनुष्य खोज रहा है कि उसकी गन्ध कहाँ है। और सूक्ष्म मनुष्य को समाधान देने के लिए या तो कविता को विज्ञान को आत्मसात करना होगा अथवा कविता की पकड़ में आने के लिए विज्ञान को ही संशोधन स्वीकार करना पड़ेगा; क्योंकि सूक्ष्म के अनशन से स्थूल की आयु बढ़ती नहीं, न क्षीण होती।

नई कविता के उत्थान की रेखाएँ

एक मित्र ने पूछा—हिन्दी कविता इतनी पतली क्यों हो गई है? मैंने उत्तर दिया—विशिष्ट होते-होते। स्थूल और मोटी चीजों को जब हम विशिष्टीकरण की खराद पर चढ़ाते हैं, तब वे कुछ-न-कुछ पतली हो ही जाती हैं; क्योंकि पतलापन चुस्ती का ढाँचा है।

विशिष्टीकरण वर्तमान सभ्यता का सार है। आज तो हर मोटी चीज अपने को पतली बनाने के क्रम में है। केवल कविता ही नहीं, गृहनिर्माण, पोशाक और साज-सज्जा में एक प्रकार की सूक्ष्मता, एक तरह के पतलेपन या चुस्ती की माँग है। यह ठीक है कि इस सभ्यता के साथ बहुत-सी अनावश्यक आवश्यकताएँ भी लिपटी हुई हैं; किन्तु वे मुख्यतः औद्योगिकता की देन हैं। जहाँ तक मूल प्रवृत्ति का प्रश्न है, हम उन सामग्रियों को छोड़ देने के पक्ष में होते जा रहे हैं, जिनके बिना हमारा काम चल सकता है। औरतों ने भारी-भारी गहने छोड़ दिये, मर्दों ने पगड़ी, चोगा और फेटा छोड़ दिया और शस्त्रीकरण की प्रक्रिया में अब तोपों और टैंकों को छोटे-छोटे बम नीचा दिखा रहे हैं। प्राचीन काल के जड़ाऊ वस्त्रों को देखकर मन में श्रद्धा तो आज भी होती है; किन्तु उन्हें पहनकर निकलने की हिम्मत अब बिरले ही लोगों में रह गई है। यहाँ तक कि अब राजे-महाराजे भी भारी-भरकम पोशाकों की अपेक्षा सीधी-सादी, हल्की पोशाक पहनने में ही सुविधा और सम्मान देखते हैं। एक बुश्शर्ट को ही देखिए। जिस तेजी से इसका प्रचार सभी श्रेणियों के लोगों में बढ़ रहा है, उससे यह साफ जाहिर होता है कि वर्तमान सभ्यता हल्केपन और चुस्ती को सबसे अधिक अंक देने के पक्ष में है।

जो अनावश्यक है, उसकी उपेक्षा और त्याग तथा जो कुछ अनिवार्य है, उसका अधिकाधिक विकास, विशिष्टीकरण के ये दो सामान्य लक्षण हैं। सड़कों की विशेषता उनकी समतलता और चिकनाई है। अतएव इन दोनों का हम अधिकाधिक विकास कर रहे हैं। मकानों की विशेषता उनका हवादार होना और आराम की सुविधा है। अतएव सबसे अधिक खयाल हम उन्हीं का करते हैं।

और भोजन की विशेषता उसकी पौष्टिकता है। इसलिए विटामिनों पर आज सबसे ज्यादा जोर है। 'छिलके नहीं, बीज'–यह विशिष्टीकरण का मुख्य नारा माना जा सकता है।

काव्य के क्षेत्र में भी वही हुआ, जो जीवन के अन्य क्षेत्रों में हो रहा है। एक तरह से देखिए, तो नई कविता का जन्म ही इस कारण हुआ कि लोग स्थूलता को छोड़कर बारीकी की ओर जाना चाहते थे। अलंकार, भाषा और छन्द–सभी काव्य के उपकरण माने जाते हैं। मगर उनके संयोग से कविता की केवल मूर्ति ही तैयार होती है, जान तो उसमें कवि की आत्मा, उसकी अनुभूति की सच्चाई और मनोदशा की उस विह्वलता से आती है, जो कवि को अकवि से भिन्न करनेवाला प्रधान गुण है। कविता के भीतर जो एक अनिर्वचनीय विलक्षणता है, वही कविता की असली जान होती है और उसी के संसर्ग में आने से भाषा, छन्द और अलंकार सजीव हो उठते हैं। यह विलक्षणता प्राचीन कविता में भी थी। किन्तु, तब उसके चारों ओर और भी अनेक सामग्रियाँ अपने को प्रधान मानकर जुड़ी रहती थीं। कालक्रम में कविता ने सोचा, वह उसी तत्त्व को लेकर जिएगी, जो उसकी जान है। बाकी सामान न भी रहें या कुछ कम भी हो जाएँ, तो कोई मुजायका नहीं। शरीर में आत्मा ही प्रधान है। और आज तो शरीर की मोटाई अवगुण ही मानी जा रही है। तभी तो लोग भोजन में नियंत्रण करके अथवा व्यायाम के द्वारा अपने बदन को हल्का, पतला, चुस्त और फुर्तीला बनाना चाहते हैं। जिसे हम आधुनिक कविता कहते हैं, वह भी ठीक, इसी तरह पतली, चुस्त और फुर्तीली होने की कोशिश में है। और जिस प्रकार, वर्तमान युग, जीवन में विषमता की सत्ता को नहीं मानना चाहता, खान-पान और कपड़े-लत्ते में एक प्रकार की समानता लाना चाहता है; उसी प्रकार, नई कविता भी सामान्य उपयोग में आनेवाली भाषा को अपनी भाषा बनाना चाहती है। जमाना नहीं चाहता कि श्रोता एक भाषा बोले और कवि एक दूसरी भाषा में बात करे। अगर कविता की रूह अलंकार और काव्यात्मक भाषा से भिन्न वस्तु है, तो कवि को उनके ऊपर अपना दारोमदार नहीं रख के, रोज की बोली में अपनी मनोदशा का चित्र उपस्थित करना होगा। ऐसा नहीं चल सकता कि काव्यात्मक भाषा के प्रयोग के द्वारा कवि का अपना परिश्रम तो घट जाए और पाठक को चित्र तक पहुँचने के लिए आवरण तोड़ने को परिश्रम करना पड़े। कविता की भाषा भी बोलचाल की सामान्य भाषा हो, इस आन्दोलन का आरम्भ अंग्रेजी में वड्र्सवर्थ ने किया था और हिन्दी में कदाचित स्वयं भारतेन्दु ने। किन्तु अब तक के प्रयोगों से काम पूरा नहीं हुआ। कविता बार-बार अपने लिए

विशिष्ट भाषा उत्पन्न कर लेती है। फिर भी प्रयास जारी है कि कवि की भाषा सामान्य मनुष्य की भाषा से भिन्न नहीं हो।

तुलना और विश्लेषण करने से यह भी पता चलता है कि नई कविता प्राचीन काव्य से इसलिए भी भिन्न है कि उसमें आनेवाली तसवीरें कारण-कार्य के नियमों की अधीनता को नहीं मानकर, अक्सर, भावों की संगतियों और संसर्गों तथा विचारों की समता से ही उत्पन्न हो जाती हैं, कि जो कुछ परम्परा से काव्यात्मक माना जाता है, उसकी उपेक्षा करके नई कविता उसे भी काव्यात्मक मानती है, जो उपेक्षित रहा है अथवा जो सामान्य और साधारण है। वह उदात्त नायक और महापुरुषों को छोड़कर बहुधा जनसाधारण को भी अपना नायक चुन लेती है। छन्दोबंध और अनुप्रासों की झड़ी को वह अपना अनिवार्य गुण नहीं मानती। वह वस्तुओं के तद्गत रूप का वर्णन नहीं करके, उनके आत्मगत रूप का वर्णन करती है, यानी वह इसे नहीं देखती कि फूल स्वयं कैसा है, बल्कि वह यह दिखलाना चाहती है कि फूल देखनेवाले को कैसा लग रहा है तथा उसे देखने से उसमें किन-किन भावों की स्फुरणा होती है। वह अरूप का रूप और रूप का अरूप विधान करती है तथा अपने समय की शीतलता और उष्णता का चित्रण करने के लिए अपने अनुरूप नवीन भाषा, नये छन्द और दूसरी अनेक नई शैलियों को जन्म देती है।

मगर, इनमें से अधिकांश गुण तो सभी अच्छी कविताओं में पाए जाते हैं। इसीलिए मनोदशा की सच्चाई को लेकर सभी उत्तम कविताओं में एक प्रकार की समानता देखी जाती है; क्योंकि सभी कवि एक ऐसी चेतना के वाहक होते हैं, जो काव्य की भूमि से अलग काम करनेवालों में नहीं होती। यह वही चेतना है, जिसे देखकर लोग अक्सर ही कह उठते हैं कि यह तो कविता हो गई अथवा यह तो कवि के समान हो गया। कविता का जो मौलिक गुण है, उसे लेकर कितने ही प्राचीन कवि भी नवीन कवियों के समीप पड़ जाते हैं। तुलसी, सूर, विद्यापति, घनानन्द, मीरा और कबीर जैसे कवियों में हमें ऐसी पंक्तियाँ मिलती ही रहती हैं, जिन्हें देखकर हम सोचने लगते हैं कि ये तो बहुत-कुछ नवीन कविताओं के ही समान हैं। और, सच ही, ये पंक्तियाँ आनेवाली कविता की पूर्व कल्पना-सी लगती हैं :

जहँ बिलोकु मृगशावक नैनी, जनु तहँ बरसु कमलसित सैनी।
सुन्दरता कहँ सुन्दर करई, छबिगृह दीप-शिखा जनु बरई।

अथवा :

सब जग जलता देखिए, अपनी-अपनी आगि।
ऐसा कोई ना मिला जासों रहिए लागि॥

तुलसीदास जी की पहली अर्द्धाली में सीता जी की आँखों का वर्णन नहीं, बल्कि इस बात का वर्णन है कि उन आँखों से निकलनेवाली ज्योति कितनी कोमल लगती है। और दूसरी अर्द्धाली में भी अवयवों का चित्रण नहीं, बल्कि, अनिर्वचनीय प्रभाव का वर्णन है, जो सभी अवयवों के सम्मिलित योग से फूटनेवाले सौन्दर्य से उत्पन्न होता है।

और कबीर का यह दोहा भी उस समय के साहित्य के लिए एक नया स्वर मालूम होता है; क्योंकि, इसमें संसार की वेदना प्रधान नहीं है, बल्कि, असर यहाँ कवि की उस आत्मगत विह्वलता का है, जो विश्ववेदना को देखकर उसके अपने हृदय में उत्पन्न हुई है।

किन्तु नई कविता का जन्म कब हुआ? क्या पंत और निराला की रचनाओं में; अथवा प्रसाद जी की उन कविताओं में, जो 'प्रेम पथिक', 'चित्राधार' और 'झरना' में संगृहीत हैं? या उससे भी पहले माखनलाल जी की इन पंक्तियों में, जिनकी रचना वर्तमान शताब्दी के पहले दशक के अन्त और दूसरे के प्रारम्भ में हुई थी?

मुझसे कह छल-छन्द बने जो शान दिखानेवाले,
मैं तो समझूँगा बाहर क्या? भीतर भी हो काले।

(1908)

मार पाँच बटमार साँवले, रह तू पंचवटी में,
छिने प्राण-प्रतिमा तेरी भी काली पर्णकुटी में।

(1911)

कुटिल कटाक्ष कुसुम-सम होंगे, यह प्रहार गौरव होगा,
पद-पद्मों से दूर स्वर्ग भी जीवन का रौरव होगा।

(1914)

मगर इतना ही नहीं, हमें और भी पीछे जाना होगा। सन् 1877 के लगभग भारतेन्दु बाबू हरिश्चन्द्र ने कितनी ही ऐसी कविताएँ लिखी थीं, जिनमें आनेवाली कविता की नन्ही किरणें जहाँ-तहाँ प्रक्षिप्त मिलती हैं। भारतेन्दु हिन्दी के गद्य ही नहीं, उसकी नई कविता के भी जनक सिद्ध किये जा सकते हैं। यह सिर्फ इसलिए ही नहीं कि खड़ी बोली में काव्य रचने का सचेष्ट प्रयोग उन्होंने आरम्भ किया और कविता के हृदय में समकालीनता के प्रति जो एक झिझक थी, उसे दूर करने की कोशिश की; बल्कि इसलिए भी कि उनकी सम्पूर्ण दृष्टि नवीन थी तथा उसकी चेतना और मनोदशा में नवयुग की रश्मियाँ स्पष्ट रूप से जगमगा रही थीं। जब समाज में नई चेतना

आती है, जब उसकी अनुभूति की दिशा में परिवर्तन होता है, जब मनुष्य में नये विकार उत्पन्न होते हैं और वह जीवन को पहले की अपेक्षा किसी भिन्न दृष्टिकोण से देखना चाहता है, तब साहित्य में क्रान्ति होती है और उसकी शैलियाँ परिवर्तित होने लगती हैं। कभी तो मूल्यों में परिवर्तन होने पर साहित्य की निन्द्रा टूटती है और वह नये मूल्यों की स्थापना की ओर अग्रसर होता है और कभी साहित्य ही जीवन में मूल्य-परिवर्तन का कारण बन जाता है। हिन्दी में मूल्य-परिवर्तन की प्रक्रिया पहले आरम्भ हुई और साहित्य उसके पीछे सँभला।

हमारे यहाँ छायावाद के नाम से जो आन्दोलन आया था, उसकी बीसों प्रकार की व्याख्याएँ की गई हैं और, प्रायः, अधिकांश कविताएँ 'सान्त' और 'अनन्त' के इर्द-गिर्द चक्कर काटती रही हैं। किन्तु ऐसी व्याख्याओं से समस्या का निदान नहीं होता। असल सवाल यह नहीं है कि छायावादकालीन रचनाओं में वह धुँधला-जैसा कौन-सा तत्त्व था, जो लोगों को रहस्यवाद-सा दीख पड़ा, प्रत्युत समीचीन प्रश्न तो यही हो सकता है कि क्या कारण था कि हिन्दी के कवि परम्परा से दूर हटकर नये स्वर में बोलने लगे।

तो भी माखनलाल, प्रसाद, पंत, निराला और महादेवी का स्वर आकस्मिक नहीं था; क्योंकि उसका यत्किंचित् आभास भारतेन्दु बाबू की रचनाओं में पहले ही मिल चुका था। सच पूछिए तो, अंग्रेजी भाषा और साहित्य तथा यूरोपीय सभ्यता और विज्ञान के संसर्ग से भारतीय जीवन में जो एक नई चेतना उत्पन्न हुई थी, हिन्दी में उसकी अनुभूति सबसे पहले भारतेन्दु जी को हुई। और इसका कारण भी था। भारतेन्दु बाबू केवल संस्कृत और फारसी के ही नहीं, बल्कि अंग्रेजी, बंगला और मराठी के भी विद्वान थे, जिन भाषाओं का साहित्य यूरोपीय साहित्य से प्रभाव ग्रहण करके नया रूप धारण कर रहा था। इसके सिवा, देश के तत्कालीन कितने ही सुधारक और विद्वान उनके अपने मित्रों में से थे। यह भी ध्यान देने की बात है कि वे केवल विद्यारसिक ही नहीं थे, प्रत्युत् अपनी समस्त विद्या-बुद्धि और आन्तरिक जागरण के द्वारा वे समाज के रूप को प्रभावित करना चाहते थे। संस्कार में रस पहुँचानेवाली उनकी शिराएँ केवल प्राचीनता के गह्वर से ही लगी हुई नहीं थीं, बल्कि उनमें से अनेक का लगाव नवीनता के अनन्त उत्सों से भी था और वे नये फूलों का भरपूर रस ले चुके थे। यही कारण है कि परम्परा से आनेवाली सामग्रियों के ढेर में बैठे रहने पर भी वे भविष्य की ओर इंगित करते हैं। उनके एक ओर पद्माकर, द्विजदेव और पजनेस हैं तथा दूसरी ओर द्विवेदी, मैथिलीशरण,

शंकर और पूर्ण की गोष्ठी पड़ती है। इन दो गोष्ठियों के बीच बैठे रहने पर भी उनका कंगूरा सबसे ऊपर दिखाई देता है और ऐसा लगता है कि इस कंगूरे की पगड़ी सिर्फ उसी चोटी में बाँधी जा सकती है, जिसे माखनलाल, प्रसाद, पंत, निराला और महादेवी ने खड़ा किया है। प्राचीनता के भार से लदी हुई ब्रजभाषा में लिखते हुए भी उनका स्वर अपने पूर्वजों के स्वर से भिन्न था। इतना ही नहीं, बल्कि कहीं-कहीं तो ऐसा मालूम होता है, मानो आनेवाले युग की कविता के अंकुर उनकी रचनाओं के भीतर से झाँक रहे हों :

स्रवनन पूरो होइ मधुर सुर अंजन ह्वै दोउ नैन।

× × ×

बैन हूँ अथान लागै, नैन कुम्हिलान लागे,
प्राननाथ आओ अब प्रान लागे मुरझान।

× × ×

देख्यो एक बारहूँ न नैन भरि तोहि यातें,
जौन जौन लोक जैहैं तहीं पछितायँगी।
बिना प्रानप्यारे भये दरस तिहारे हाय,
देखि लीजो आँखें ये खुली ही रहि आयँगी।

ये पंक्तियाँ किसी भी प्रकार पद्माकर या द्विजदेव अथवा उनसे पूर्व के रीति-कवियों की रचनाओं में नहीं खप सकतीं। तीनों उद्धरणों में कवि की जो वैयक्तिक विस्वलता व्यंजित होती है, वह और किसी की भी अपेक्षा छायावादकालीन कवियों से समीपता रखती है और, निश्चय ही, इनमें हम उस कविता की पूर्व कल्पना पाते हैं, जो बहुत आगे चलकर निखरनेवाली थी।

यह भी ध्यान देने की बात है कि इन पंक्तियों की भाषा में न तो बहुत तोड़-मरोड़ है और न वह जटिलता, जिसे भारतेन्दु के पूर्वज कवियों ने पैदा किया था और जो उनकी कविताओं का एक खास अवगुण बन गई थी। भाषा तो उनकी भी ब्रजभाषा ही है, किन्तु कविता पर उसका तनिक भी रौब नहीं है। ऐसा लगता है कि भाषा की परम्परा-पूजित काव्यात्मकता का तिरस्कार करके कवि सीधी-सादी बोली में अपनी व्यथा दूसरों तक पहुँचाने को बेचैन है। अनुभूति की विह्वलता काव्य की असली प्रेरणा होती है। यहाँ हम सिर्फ उसी का चमत्कार देखते हैं। यह गुण तो हम भारतेन्दु की, प्रायः, सभी कविताओं में देखते हैं और यह देखकर हमें आश्चर्य भी होता है कि पजनेस तक आते-आते जब ब्रजभाषा इतनी जटिल और दुर्बोध हो गई थी, तब

भारतेन्दु के हाथ में आते ही वह फिर से सरल कैसे हो गई? इसका एक प्रबल कारण उनकी समर्थता रही होगी। किन्तु वैसा ही दूसरा प्रबल कारण यह भी था कि भारतेन्दु सच्चे मानी में नये मूल्यों के निर्माता थे और एक सच्चे आधुनिक कवि की भाँति वे अपनी अनुभूति, वेदना और विश्वास को ही अपनी सबसे बड़ी पूँजी मानते थे, उसे सहारा देनेवाले टेढ़े-मेढ़े उपकरणों को नहीं। कविता हृदय की चीज है और उसे वे अपने हृदय से निकालकर दूसरों के हृदय में ही उँड़ेलना चाहते थे, उनकी आँखों या कानों में नहीं। मेरा विचार है कि हिन्दी कविता के विशिष्टीकरण की प्रक्रिया की नींव, इस प्रकार, भारतेन्दु ने ही डाली। भारतेन्दु ने कहा था :

भाव अनूठो चाहिए, भाषा कोऊ होय।

अगर वर्तमान व्याख्या के प्रसंग में हम इस टुकड़े के अर्थ की व्याप्तियों पर विचार करें, तो सम्भव है कि इसका एक अभिप्राय यह भी निकले कि कविता जिस गुण के कारण कविता कहलाती है, वह भाषा अथवा शैली की सजावट के अधीन नहीं है। महाकवि अकबर का भी एक शेर है, जो इसी से मिलता-जुलता अर्थ देता है :

मानी को छोड़कर जो हों नाजुक बयानियाँ,
वह शेर नहीं, रंग है लफ्जों के खून का।

मगर भारतेन्दु बाबू ने जो प्रयोग किया, उसे उठाकर आगे ले चलनेवाले लोग ठीक उनके बाद नहीं आए। ऐसा लगता है, मानो उनके गोलोकवास के बाद उनके उत्तराधिकारियों ने यह समझ लिया हो कि भारतेन्दु उनसे खड़ी बोली में देशभक्ति का राग अलापने को कह गए हों। इस उत्तराधिकार का निर्वाह बड़ी ही भयंकरता से किया गया। सन् 1885 (भारतेन्दु के निधन का वर्ष) से लेकर सन् 1915 या 1920 तक हिन्दी कविता में खड़ी बोली का प्रयोग तो बड़े ही उत्साह और अध्यवसाय से किया जाता रहा। किन्तु भावपक्ष में इस काल की कविता, प्रायः, रसहीन हो गई। कहते हैं, स्वामी दयानन्द के पवित्रतावादी आन्दोलन के चलते इस काल की कविता में सौन्दर्य का आलोक नहीं रहा। तब भी नवीन कविता के हम सभी प्रेमी इस काल के कवियों के ऋणी हैं; क्योंकि 30 वर्षों तक उन्हीं के जोतते रहने से खड़ी बोली की भूमि इतनी चिकनी और नम हो सकी, जिसमें से छायावादकालीन कविता के द्रुम लहलहा उठे। खड़ी बोली को काव्यभाषा के रूप में विकसित करने का कार्य भी नवीनता के ही सन्देशों की स्वीकृति थी और समसामयिक जीवन को काव्य में अधिष्ठित करके भी ये कवि कविता

की भाव-भूमि को ही विस्तृत बना रहे थे। इस दृष्टि से वे सब-के-सब क्रान्तिकारी माने जा सकते हैं। क्योंकि उन्होंने इस परम्परा को तो तोड़ ही डाला कि कविता सिर्फ ब्रजभाषा में हो सकती है। उन्होंने जिस दूसरी रूढ़ि का खंडन किया, वह यह भावना थी कि धर्म, स्त्री, प्रेम, विरह, पावस, वसंत, राजा और युद्ध के सिवा और कोई भी वस्तु या व्यक्ति कविता का विषय नहीं हो सकता है।

इन दो कारणों से, भारतेन्दु और छायावाद, इन दो युगों के बीच पड़नेवाले कवि भी क्रान्तिकारी थे और उन्होंने जो कुछ भी लिखा, उससे आगे आनेवाली कविता के लिए भूमि तैयार हुई। केवल माखनलाल और प्रसाद की ही पंक्तियाँ नहीं, बल्कि, 1912 या 1913 में स्वर्गीय लक्ष्मणसिंह 'मयंक' द्वारा पत्नी-वियोग पर लिखा गया यह पद भी बतलाता है कि नई कविता के जो बीज भारतेन्दु ने मिट्टी में गिराये थे, वे भली भाँति सिक्त होकर अब अंकुरित हो रहे थे :

गंगा माँ के वक्षस्थल पर, उस दिन शीतल निर्मल जल पर,
देखी थी तब स्वर्गीय छटा, फिर सघन घनों की घोर घटा।
गूँजा था स्वर झंकार नया, दीखा था सब संसार नया,
मानस को उथल-पुथल करके, गंगाजल को उज्ज्वल करके,
*तू किधर गई? उड्डीन हुई? हा, किस दिगन्त में लीन हुई?**

फिर भी आश्चर्य होता है कि नई चेतना के जो रूप माखनलाल, प्रसाद और मयंक की इन पंक्तियों में मिलते हैं, वे तत्कालीन अन्य कवियों में क्यों नहीं मिलते? इन तीन कवियों को हम छायावाद की आरम्भिक कड़ी कह सकते हैं, क्योंकि नवयुग की चेतना पहले इन्हीं की प्रतिभा पर चढ़कर हिन्दी-काव्य में पहुँची।

वैसे छायावाद का आविर्भाव हिन्दी में सन् 1920 ई. से माना जाता है; जिस वर्ष को हम, शायद, असहयोग-आन्दोलन के कारण अधिक प्रमुखता देते हैं।

---

* इस लेख के प्रकाशित होने के बाद लेखक को अत्यन्त प्रामाणिक रूप से ज्ञात हुआ है कि इस कविता के संस्कार में राष्ट्रकवि श्री मैथिलीशरण जी का भी हाथ था। असल में, छायावाद के आविर्भाव के पूर्व हिन्दी कविता में नवीनता की जो आभा झलकने लगी थी, उसके बहुत से उदाहरण मैथिलीशरण जी की 'झंकार', प्रसाद जी की 'चित्राधार' और 'प्रेमपथिक' और माखनलाल जी की 'हिमतरंगिनी' नामक पुस्तकों में तथा पं. रामनरेश त्रिपाठी और मुकुटधर पांडेय एवं बदरीनाथ भट्ट की स्फुट कविताओं में ढूँढ़े जा सकते हैं। **—लेखक**

छायावाद-आन्दोलन पर हिन्दी में काफी लिखा गया है और मैं भी अपनी 'मिट्टी की ओर' नामक पुस्तक में उस पर अपना विचार प्रकट कर चुका हूँ। अब हम यह, प्रायः, मानने लगे हैं कि हमारे साहित्य में यह उसी प्रकार का आन्दोलन था, जिस प्रकार का आन्दोलन अठारहवीं सदी के अन्त में अंग्रेजी साहित्य में आया था तथा इसके पीछे केवल रवीन्द्र ही नहीं बल्कि अंग्रेजी के रोमांटिक कवियों के स्वर भी विद्यमान थे। यह भी ध्यान देने की बात है कि हिन्दी में जब छायावादी आन्दोलन जारी था, तब उसके कवि अपने समर्थन में घनानन्द, मीरा और कबीर की वैयक्तिक अनुभूतियों का भी उद्धरण देते थे। किन्तु उस समय किसी भी दिशा से यह आवाज नहीं आई कि जिसे तुम छायावाद कह रहे हो, वह और कुछ नहीं होकर राष्ट्र की एक नई मुद्रा की अभिव्यक्ति का प्रयास है—वह मुद्रा, जो अंग्रेजी साहित्य और यूरोपीय सभ्यता तथा विज्ञान के सेवन से उत्पन्न हुई है और जो अपनी पूर्ण अभिव्यंजना के अनुरूप विशिष्ट शैलियों का माध्यम खोज रही है।

छायावाद के विपक्ष में भी मतों का अभाव नहीं है और न मैं ही उसकी सभी बातों का समर्थक हूँ। सबसे बुरी बात तो मुझे यह लगती है कि छायावाद अत्यन्त सुकुमार था और अजब नहीं कि तितलियों के दंश से भी उसे पीड़ा होने लगती रही हो। किन्तु छायावादी कवियों का साहित्य के इतिहास में चाहे जो भी स्थान बननेवाला हो, एक बात है कि वे हर बात को बड़ी ही नजाकत से कहना चाहते थे और समकालीन अवस्थाओं की गर्मी को भूलकर वे काल्पनिक शीतलता के देश में बड़ी ही निश्चिन्तता से विचरण कर सकते थे।

इस आन्दोलन के अन्दर जो कुछ भी सुन्दर और सारवान था, वह मुख्यतः हिन्दी के चार कवियों में विभक्त हुआ। उसकी दार्शनिकता प्रसाद जी के हाथ लगी तथा उसका पौरुष निराला जी को मिला। इसके विपरीत, पंत जी ने उसकी प्रभाती अरुणिमा, गन्ध और ओस को ग्रहण किया एवं आदरणीय महादेवी जी के बाँटे उसकी धूमिलता आई, जिससे उनकी आध्यात्मिक विरह की कल्पना और भी गम्भीर हो गई है। हिन्दी में गीत की परम्परा भी छायावादकाल में ही सुदृढ़ हुई, यद्यपि ये गीत उन पक्षियों के कंठ से फूटे थे, जिनके चारों ओर तूफान चल रहे थे अथवा जिनके आस-पास गुजरे हुए तूफानों की छाया मौजूद थी। लेकिन तूफान में गाए जाएँ या तूफानों की छाया में, गीत फिर भी गीत ही होते हैं।

जब दो सभ्यताएँ परस्पर मिलती या टकराती हैं, तब उनसे प्रायः कोई नई चीज पैदा होती है। इस्लाम और हिन्दुत्व के मिलन से पठानों के समय में हिन्दी साहित्य में एक नवीनता उत्पन्न हुई थी, जिसे हम कबीर और दूसरे संत अथवा सूफी कवियों की रचनाओं में देखते हैं। इसी प्रकार, यूरोपीय साहित्य और भारतीय संस्कार के सम्पर्क से एक नई चेतना उत्पन्न हुई, जो अपनी सम्यक् अभिव्यक्ति प्राचीन कवियों के द्वारा निर्मित शैली में नहीं कर सकती थी। वैज्ञानिक चिन्तन की प्रक्रिया को ग्रहण कर लेने के बाद हम अपनी परम्परागत अनुभूतियों और विश्वासों में से अनेक को शंका की दृष्टि से देखने लगे और इस प्रकार, जन्मान्तरवाद और कर्मफलवाद की वह लक्ष्मण-रेखा विलीन होने लगी, जो हमारे चिन्ता-जगत को चारों ओर से घेरे हुए थी और जिसका अतिक्रमण हमारे यहाँ नास्तिकता का पाप समझा जाता था। किन्तु इस रेखा के विलीन होते ही भारतीय मनीषियों की युगों की वन्दिनी और सूखी जिज्ञासा मनचाही दिशाओं में उड़-उड़कर नई सनसनाहट और नवीन चेतना का सुख अनुभव करने लगी। छायावादकालीन कविता में जितने भी नये प्रयोग नजर आते हैं, वे सब इसी सनसनाहट और सुगबुगाहट को व्यक्त करने के प्रयास थे।

बारह-पन्द्रह वर्ष बीतते-बीतते लोगों ने सुना कि हिन्दी-कविता में एक और आन्दोलन आया है। इस दूसरे आन्दोलन को हम प्रगतिवाद के नाम से अभिहित करते हैं, जो आज भी समग्र विश्व-साहित्य में अपना झंडा उड़ाये चल रहा है। कुछ दिनों तक तो ऐसा लगा, मानो प्रगतिवाद के भीतर से राजनीति साहित्य पर चढ़ी आ रही हो। किन्तु यह उफान अब दब गया है और लोग मानने लग गए हैं कि प्रगतिवाद राजनीति नहीं, वरन् साहित्य में ही एक विशिष्ट प्रकार की नवीनता का द्योतक है, जिसका समाज की प्रगतिशील प्रवृत्तियों से पूरा सामंजस्य है।

किन्तु, भारतेन्दु ने जिस आन्दोलन का सूत्रपात किया था, वह अभी भी पूरा नहीं हुआ है। नई कविता इसलिए चली थी कि वह जनता की भाषा में बोले और अनावश्यक सामग्रियों को छोड़कर वह कवि की चेतना को आसानी से पाठकों तक पहुँचा दे। सभी तरह की अनुभूतियों को सरल भाषा में आसानी से जनता तक पहुँचा देना यह नई कविता का लक्ष्य था और इसी दलील का सहारा उन लोगों ने भी लिया, जो कवियों को यह उपदेश देते थे कि तुम्हें जनता के लिए साहित्य लिखना चाहिए। इस आन्दोलन से एक लाभ यह हुआ कि कविता के भीतर अद्यतनता की स्थापना दोष नहीं

रह गई। किन्तु समाज के प्रति उठा हुआ विद्रोह इतनी प्रबलता से आया कि कविता के रूप में की जानेवाली क्रान्ति पीछे पड़ गई और आज तो भीड़ से अलग रहने की भावना और एक प्रकार की घरेलू भाषा के मोह से वे भी ग्रसित हैं, जिनके बारे में यह अनुमान किया जाता है कि वे जनता के लिए लिखते हैं।

एवोल्यूशन या विकास की दृष्टि से देखने पर हिन्दी की आधुनिक कविता चार सीढ़ियाँ पार कर चुकी है। आदि सोपान तो भारतेन्दु ने ही निर्मित किया, जबकि खड़ी बोली पहले-पहल प्रयोग में आई, ब्रजभाषा को अपनी जटिलता का त्याग करना पड़ा, समकालीनता काव्य के भीतर झाँकने लगी और कवि की वैयक्तिकता ने अपने अधिकारों की माँग की। दूसरा सोपान उन लोगों की रचना है, जिन्होंने खड़ी बोली को निश्चित रूप से काव्य की भाषा बना दिया और कविता के प्राचीन विषयों की उपेक्षा करके उसे नवीन विषयों की ओर प्रेरित किया, भले ही ये नवीन विषय शुष्क और नीरस रहे हों। तीसरा सोपान उन महाकवियों की देन है, जो कविता को लेकर उस स्वप्न-महल में चले गए, जिसे अंग्रेजी में 'आइवरी टावर' कहते हैं। इतिवृत्तात्मकता के दिनों में हिन्दी कविता जितनी ही सादी और स्थूल थी, आइवरी टावर में पहुँचकर वह उतनी ही सूक्ष्म और रंगीन हो गई और लोगों ने कहना शुरू किया कि कविता इतनी ऊँचाई पर जा पहुँची है कि हमें वह दिखाई भी नहीं पड़ती।

अतएव प्रगतिवाद ने जो सोपान बनाया, वह एक तरह से उतार का सोपान था। कामायनी, यामा और तुलसीदास की रचना करके हिन्दी कविता निश्चित रूप से आइवरी टावर से नीचे उतर आई है। यह उन लोगों के लिए दुःख का विषय है जो आइवरी टावर में विश्वास करनेवाले हैं। किन्तु जो लोग कविता की अपार्थिवता में विश्वास नहीं करते, वे इस उतार को भी आधुनिक कविता की प्रगति का ही सोपान मानते हैं।

कविता को हम मिट्टी पर नहीं घसीटना चाहते और न यही चाहते हैं कि वह नीचे रहे। किन्तु उसे बराबर हमारे जीवन के बीच से उठकर ऊपर जाना चाहिए। यह फूलों, पादपों और पर्वतों का धर्म है। इससे विपरीत धर्म किरणों और नदियों का होता है जो ऊपर से जन्म लेकर नीचे आती हैं। और जीवन किरणों तथा नदियों के बिना भी नहीं चल सकता। इन दोनों वर्गों की चीजें जीवन से मिली होती हैं। पर्वत का मूल जीवन के कन्धे पर होता है और किरणों की उँगलियाँ आकाश से उतरकर मनुष्य के शरीर पर भ्रमण करती हैं। मगर

साहित्य में इस मिलन का क्षेत्र कहाँ हो सकता है? क्या भावों और विचारों में अथवा भाषा और छन्द में? उत्तर किसी एक के पक्ष में नहीं दिया जा सकता। नई कविता विशिष्टीकरण को लक्ष्य मानकर चली थी। विशिष्टीकरण यानी चुस्ती। विशिष्टीकरण यानी अच्छा लगनेवाला हलकापन। विशिष्टीकरण यानी गहन-से-गहन मुद्राओं को भी सरल-से-सरल ढंग से लोगों तक पहुँचा देना। सादगी और प्रभावपूर्णता, इन्हीं के संतुलित योग से नई कविता अपने लक्ष्य को प्राप्त कर सकती है।

पाकिस्तान के पीछे साहित्य की प्रेरणा

आम तौर से कहा जाता है कि हिन्दुस्तान के बँटवारे की फिलॉसफी सर इकबाल की देन है। यह इसलिए नहीं कि सर्वप्रथम उन्होंने ही मुस्लिम लीग के एक वार्षिक अधिवेशन के सभापति की हैसियत से, दबी जबान में, इस बँटवारे की बात चलाई थी, बल्कि इसलिए कि मुसलमानों में कुछ दिनों से चली आती हुई एक अस्पष्ट मनोवैज्ञानिक धारा को उन्होंने सुस्पष्ट बना दिया तथा उसे दर्शन की भूमि पर लाकर भिन्नता की ओर मोड़ दिया। इकबाल के समय से कुछ पहले से ही भारत के मुसलमान, कुछ-कुछ अज्ञात रूप से, अपनी सम्प्रदायगत इकाई को प्रधानता देते आ रहे थे, किन्तु अपनी नई भावदशा को वे तब तक स्पष्टता के साथ नहीं जान पाए थे। इसके सिवा, हिन्दुओं के साथ बहुत दिनों तक दूध-पानी की तरह मिले रहने के कारण उनमें जो एक सामाजिक उदारता और पारस्परिक बन्धुत्व का संस्कार आ गया था, उसे देखते हुए वे हिन्दुओं से भिन्न अपनी इकाई की घोषणा करते हुए शरमाते भी थे। एकता का यह संस्कार हिन्दुओं और मुसलमानों के लगभग छह वर्षों के सम्मिलित जीवन के इतिहास से निकला था और, स्वभावतः, उसके पक्ष में अगणित तर्क वर्तमान थे। हिन्दुस्तान में रहकर हिन्दुओं से भिन्न मुस्लिम इकाई की अनुभूति अभी बिलकुल नई और कच्ची थी तथा उसके पक्ष में कोई नैतिक दलील या दार्शनिक तर्क नहीं था। यह भी कारण था कि मुसलमान अपनी आन्तरिक भावना को न तो ठीक-ठाक जानते ही थे और न उसे बोलकर प्रकट करने की उन्हें हिम्मत ही होती थी। इकबाल ने अपनी अद्भुत प्रतिभा के बल से यह दर्शन उन्हें दे दिया और उस दृष्टि को पाकर अब मुसलमान उस बात को वीरतापूर्वक बोल रहे हैं, जिसे बोलने में उन्हें पहले लाज लगती थी।

अंग्रेजों के आने से पहले मुसलमान इस देश के स्वामी थे और हिन्दू संस्कारों के आक्रमण से अपनी रक्षा का प्रश्न उनके सामने प्रमुख नहीं था।

स्वामित्व का गौरव–शासक होने का संतोष कुछ इतना अधिक था कि इस्लाम पर पड़नेवाले हिन्दू-प्रभावों की ओर उनकी दृष्टि ही नहीं गई। और, यह योग्य भी था; क्योंकि वे यहाँ विदेशी बनकर राज नहीं कर रहे थे। किन्तु, जब उनके हाथ से हिन्दुस्तान की सल्तनत छिन गई, वे, स्वभावतः, एक प्रकार की विफलता की भावना से आक्रान्त हो गए। निराश और किंकर्तव्यविमूढ़ मनुष्य प्रायः, उन लोगों से भी चिढ़ जाता है जो उसके हितेच्छु अथवा उसके प्रति उदासीन होते हैं। सम्भव है, मुसलमानों की भी यह मनोदशा उस समय हुई हो! किन्तु, सिपाही-विद्रोह के दिनों तक उनकी इस प्रकार की अप्रसन्नता के कोई स्पष्ट लक्षण दिखाई नहीं पड़े। पर, उसके बाद की घटनाओं के आधार पर यह सोचना अयुक्तिसंगत नहीं दीखता कि हिन्दुओं के प्रति उनकी अकारण अप्रसन्नता के कुछ कारण मनोवैज्ञानिक भी रहे हों, तो कोई आश्चर्य नहीं।

हिन्दुस्तान में अंग्रेजों के पैर जमते-न-जमते यहाँ हिन्दुओं और मुसलमानों के बीच, सांस्कृतिक जागरण आरम्भ हो गया। जिस प्रकार हिन्दू-समाज ने उस समय दयानन्द, राममोहन राय, रामकृष्ण और विवेकानन्द को उत्पन्न किया, उसी प्रकार मुसलमानों के बीच से भी सर सैयद अहमद खाँ, वकारुलमुल्क, नजीर अहमद, मौलाना शिबली और मौलाना हाली उत्पन्न हुए। यह जागरण विद्या, अध्यात्म और प्राचीन संस्कारों का जागरण था तथा मनोवैज्ञानिक न्याय से इसे पलायनवाद का उदाहरण कहना अधिक युक्तियुक्त होगा। देह से हारी हुई जाति, आत्मा की भूमि में अपने तेज का चमत्कार दिखलाकर, अपनी ग्लानि को भूलना चाहती थी। सामने के आकाश पर हिन्दू और मुसलमान–दोनों ही के कलंक और पराजय की कथा लिखी हुई थी और दोनों ही उसकी ओर देखने से घबराते थे। इस कलंक को धोने का जो उपाय था, उस पर आरूढ़ होने की हिम्मत दोनों में से किसी में भी नहीं थी। अतएव इस ग्लानिजनक दृश्य से आँख फेर लेने के उद्देश्य से दोनों ही अपने-अपने प्राचीन गौरव की ओर भगे! वेद और प्राचीन सभ्यता! कुरान और अरब का पाक रेगिस्तान! यह कल्पना दोनों के ध्यान में उद्दीप्त होती थी और इस अस्तमित महिमा का ध्यान पराजय के घाव पर एक प्रकार की ठंडक भी पहुँचाता था। यह ठीक है कि यही जागरण आगे चलकर हमारी राष्ट्रीयता का जनक हो गया; किन्तु इसका एक कुप्रभाव भी था। वेद और कुरान की विशेषताओं, हिन्दुत्व और इस्लाम की विशिष्टताओं पर रीझते हुए दोनों ही एक-दूसरे से दूर होते जा रहे थे तथा उनका जोर उन्हीं बातों पर पड़ता जा रहा था, जो उन दोनों को अलग करनेवाली थीं–उन बातों पर नहीं, जो उनके

पारस्परिक मिलन की कड़ी थीं। हिन्दुओं की दृष्टि इतिहास के गह्वर से घूमकर वर्तमान की भूमि पर आ गई और चूँकि अब और कोई राह नहीं थी, इसलिए, उन्होंने राष्ट्रीयता को पकड़ा। किन्तु मुसलमानों की भावना हिन्दुस्तान की सीमाओं के बाहर चली गई, जहाँ वृहत्तर इस्लाम के सपने ने उसे मोहित कर लिया। जब तक हिन्दुस्तान में राष्ट्रीयता का जन्म होने ही जा रहा था, तब तक मुसलमानों की कल्पना संसार-भर के मुसलमानी राज्यों के एक धार्मिक संघ की स्थापना के धुँधले चित्र पर आसक्त हो चुकी थी।

हाल के विश्वेतिहास में यह भी एक विचित्र बात हुई है कि संसार भर के मुसलमानों को एक सूत्र में बाँधने का आन्दोलन सबसे अधिक हिन्दुस्तान में ही चला। जो मुसलमान हिन्दुस्तान में अपनी सल्तनत कायम नहीं रख सके, उन्हीं के सिर पर विश्व के मुसलमानी देशों की एकता का भूत सवार हुआ। आश्चर्य है कि अंग्रेजों के चाटुकार अमीर अली शिया और आगा खाँ खोजा खिलाफत का उद्धार करने टर्की दौड़े! लेकिन, 'टर्की का गाजी उन्हें देखकर भूत हो गया। घृणा के साथ उसने अंग्रेजों के साथ उनकी मिताई की चर्चा की और कहा कि इस युद्ध (1914-18) में भी तुम अंग्रेजों के ही साथ थे–जब अंग्रेज टर्की के साम्राज्य को मटियामेट कर रहे थे!' इसी प्रकार, सन् 1931 ई. के दिसम्बर में, मौलाना शौकतअली ने जेरूसलेम में जब इस्लामी देशों की एक महासभा की तब उन्हें देखकर आश्चर्य हुआ कि मुसलमानों की सार्वभौमिक समस्या पर बोलनेवाले प्रतिनिधियों की दृष्टि इस्लाम की अपेक्षा उनके अपने देश पर ही अधिक जाती थी।

अंग्रेजों से पराजित हो जाने के बाद मुसलमानों में एक प्रकार की पस्ती आ गई, जिसने उन्हें उचित दिशा की ओर देखने नहीं दिया–जो वास्तविकता से मुठभेड़ करने में सदैव उनकी बाधक रही। इस पराजय से उनकी मानसिक स्थिति में कुछ ऐसे विकार आ गए कि उन्होंने कभी विश्वासपूर्वक हिन्दुस्तान की आजादी के लिए सामूहिक प्रयत्न नहीं किया; बल्कि, देश में सामूहिक या छिट-पुट जो भी प्रयत्न हुए, उनसे उन्होंने अपनी इकाई को ही बढ़ाने का सबक लिया। उन्नीसवीं सदी में उनके बीच जो वहाबी-आन्दोलन आया था, वह साम्प्रदायिक नहीं था; किन्तु उसका भी अन्तिम परिणाम इस्लाम की सम्प्रदायगत इकाई का ही पोषक सिद्ध हुआ। और, कौन कह सकता है कि सन् सत्तावन के गदर का भी एक परिणाम उनकी इसी भावना को दृढ़ करनेवाला सिद्ध नहीं हुआ? वहाबी और अलीगढ़-दल के आन्दोलनों से लेकर खिलाफत-आन्दोलन तक मुस्लिम विचारधारा पश्चिम के मुस्लिम-राज्यों की

ओर कुछ अकथनीय तृष्णा एवं कुछ अनिर्वचनीय रहस्यात्मकता की दृष्टि से देखती रही है और इसी रहस्यवाद की रेती में वह खो भी गई। पच्छिम उसे बराबर दुत्कारता रहा, किन्तु उसने पच्छिम की ओर प्रवाहित होना नहीं छोड़ा और अन्त में जाकर वह जिन्ना साहब की दो जातियोंवाली 'थ्योरी' (कल्पना) की दरार में गुम हो गई!

अंग्रेज सबसे पहले मुसलमानों के दुश्मन थे; क्योंकि उन्होंने राज्य मुसलमानों से ही छीना था। हिन्दू, कांग्रेस का संगठन करके, अंग्रेजों से उस राज्य को वापस लाना चाहते थे और उनकी यह आशा उचित थी कि इस कार्य में मुसलमानों का मुक्त सहयोग उन्हें प्राप्त होगा। किन्तु, मुसलमान कांग्रेस में नहीं पड़े; क्योंकि सर सैयद ने इसकी मनाही कर दी थी। वे अलग संगठन करके भी अंग्रेजों के खिलाफ उभरना नहीं चाहते थे; क्योंकि सर सैयद और अलीगढ़-दल के नेताओं ने उन्हें अच्छी तरह समझा दिया था कि अंग्रेजों से मिलकर मुसलमानों में शिक्षा फैलाना और उनके लिए अच्छी-अच्छी नौकरियाँ हासिल करना विद्रोही हो जाने की अपेक्षा कहीं अच्छा और लाभदायक काम है। इसके सिवा वे कांग्रेस में जाने से इसलिए भी डरते थे कि कांग्रेस में हिन्दुओं की भरमार थी और मुसलमानों के सांस्कृतिक नेताओं ने उन्हें आगाह कर रखा था कि हिन्दू-संस्कृति की पाचन-शक्ति बड़ी ही विकराल है; उसके पेट में बहुत कुछ पच चुका है और इस्लाम पर भी उसने गहरे दाँत मारे हैं। मगर, शायद, ये बातें तब तक स्पष्ट नहीं हुई थीं। मुसलमान हिन्दुओं के प्रति कुछ सशंक हो उठे थे और वे उनसे खिंचने भी लगे थे। किन्तु, तब तक न तो हिन्दुओं को ही यह मालूम था कि इस खिंचाव का कारण क्या है अथवा यह कि मुसलमान क्या सचमुच ही खिंचते जा रहे हैं; और न मुस्लिम जनता को ही इसका ज्ञान था कि हिन्दू और मुसलमान के बीच के प्रेम-दुग्ध में कहीं कोई खटाई पड़ गई है। मगर, अंग्रेज इस झीनी घटा को भाँप गए थे और उन्हें यह उम्मीद भी हो गई थी कि इस पतले मेघ को गाढ़ा बनाना बहुत कठिन कार्य नहीं है। किन्तु यहाँ हमारा अभिप्राय उनसे नहीं है। हम तो यह जानने बैठे हैं कि एकता के दूध को फाड़ने के काम में साहित्य ने क्या योग दिया।

भारतीय मुसलमानों में हिन्दुओं के प्रति जो एक हल्की-सी झिझक, हिन्दुओं के द्वारा आयोजित अभियानों के प्रति एक दबी-दबी विरक्ति तथा वृहत्तर इस्लाम की कल्पना के प्रति जो एक प्रकार की रहस्यात्मक अनुरक्ति आ गई थी, उसकी पहली झाँकी सर सैयद के प्यारे कवि मौलाना हाली की

आवाज में मिली। उनका 'मुसद्दस' हिन्दुस्तान का नहीं, इस्लाम का महाकाव्य होकर आया। मुसलमानों के मानसिक स्तर पर जो कामनाएँ ऊँघ रही थीं, उन्हें 'हाली' अच्छी तरह पकड़ न सके, किन्तु एकमात्र इस्लाम का गौरव-गान करके उन्होंने उन्हीं भावनाओं की प्रतिक्रिया को मूर्त किया। यों तो 'मुसद्दस' एक प्रशंसनीय काव्य है और उसकी कविताओं ने मुसलमानों को बहुत ही उत्साहित भी किया। किन्तु ये सारी गोलमटोल बातें थीं। हाली की असली देन तो यह है कि उन्होंने पहले-पहल मुसलमानों को इस बात का ध्यान दिलाया कि गंगा और जमुना के दो-आबे में आकर इस्लाम की किश्ती डूब गई है और इसे उबारना है तो मुसलमानों को चाहिए कि वे इस्लाम के उत्स, अरब की ओर देखें।*

हाली ने इससे आगे, शायद और कुछ नहीं कहा। किन्तु इतना कहना भी उस समय के लिए हिम्मत का छोटा काम नहीं था। और, तब भी देश के किसी कोने से उनके खिलाफ आवाज नहीं उठी! उनके 'मुसद्दस' पर राय देते हुए सैयद ने कहा था, 'मरकर जब खुदा के सामने जाऊँगा और जब वह मुझसे पूछेंगे कि मैं दुनिया से क्या करके वापस आया, तब मैं कहूँगा कि हाली से 'मुसद्दस' लिखवा आया हूँ।' और, मौलाना हाली देश के सिरताज मान लिये गए। उनके काव्य के खिलाफ कोई बड़ा प्रमाण नहीं मिलता; किन्तु इतना स्पष्ट है कि बदगुमानी की घटा—वृहत्तर इस्लाम की कल्पना का पक्षी, साहित्य की भूमि पर उतरने के लिए, हाली की कविता में अपने डैने तौल रहा था। ज्यों-ज्यों यह भावधारा फैलती गई, मुसलमान मानसिक धरातल पर हिन्दुओं से अलग होते गए। हिन्दुओं के साथ दूध और पानी की तरह मिलकर रहने का उनका पुराना भाव शिथिल पड़ता गया और उस समय से लेकर आज तक कांग्रेस ने जो भी आन्दोलन चलाए हैं, उनमें से किसी में भी

* वो दीने-हेजाजी का बेबाक बेड़ा,
निशां जिसका अक्साये-आलम में पहुँचा,
मजहम हुआ कोई खतरा न जिसका,
न अम्माँ में ठटका न कुलजम में झिझका,
किए पै सिपर जिसने सातो समुन्दर,
वो डूबा दहाने में गंगा के आकर।
वो दीं जिससे तौहीद फैली जहां में,
हुआ जलवागर हक जमीं-आसमां में।
रहा शिर्फ बाकी न बहमो-जमां में,
वो बदला गया आके हिन्दोस्तां में।

मुस्लिम जनता यह सोचकर नहीं पड़ी कि यह हिन्दुस्तान की आजादी का सवाल है। 1920-21 का असहयोग-आन्दोलन हिन्दू-मुस्लिम एकता का ज्वलन्त प्रमाण माना जाता है। किन्तु यह भी तो सोचने की बात है कि 1920 में 10 मार्च को गांधी जी ने असहयोग-आन्दोलन का जो घोषणा-पत्र (मेनिफेस्टो) लिखा था, उसमें उन्होंने मुसलमानों के हृदय के क्षोभ को ही आन्दोलन का प्रधान कारण माना। यह ठीक है कि एक बार जब हिन्दू और मुसलमान एक होकर आगे बढ़े तब भारतीय स्वाधीनता में ही उन्हें खिलाफत और हिन्दुस्तान, दोनों के उद्धार का मार्ग दिखाई पड़ा। किन्तु बाद की घटनाओं ने जो सबक छोड़ा है, उसे देखते हुए कौन कह सकता है कि गांधी जी ने उस समय अगर खिलाफत के प्रश्न को प्रधानता न दी होती, तब भी मुसलमान कांग्रेस का साथ उसी प्रकार देते जिस प्रकार उन्होंने उस समय देने की कृपा की? फिर यह भी विचारणीय है कि खिलाफत के मसले के खत्म होते ही मुसलमान कांग्रेस से खिसकने क्यों लगे? हिन्दुस्तान की आजादी की लड़ाई तो अभी जारी थी।

भारतीय मुसलमानों के हृदय में जो एक अस्फुट-सी भावना उत्पन्न हो रही थी कि वे हिन्दुओं से (और, शायद दुनिया की अन्य जातियों से भी) भिन्न हैं, उसकी ओर हाली ने सिर्फ एक संकेत भर किया था। हाली के बाद अकबर इलाहाबादी आए। वे सर सैयद के घोर विरोधियों में से थे और अलीगढ़-दल की राजनीति से उनका सहज वैर था। उनकी सारी जिन्दगी सर सैयद और अलीगढ़-दल के नेताओं के खिलाफ लड़ते बीती। वे हिन्दू और मुसलमान–दोनों की दृष्टि को आपसी मतभेद से हटाकर उस समान विपत्ति पर ले जाना चाहते थे जो पाश्चात्य शासन और सभ्यता के कारण हिन्दुस्तान पर आ पड़ी थी। उनका यह उद्योग इतना सबल और निश्छल था कि वे अगर सरकारी मुलाजिम न होकर समाज और राजनीति के क्षेत्र में खुलकर खड़े हुए होते, तो देश के भविष्य पर उनकी वाणी का प्रभाव कुछ अधिक प्रबल और व्यापक रूप में पड़ता। किन्तु देश के दुर्भाग्य से उन्हें सारी जिन्दगी बन्धनों में काटनी पड़ी और जिस समय वे अपने खानगी कमरे में बैठकर छिपे-छिपे (और, शायद, सहमे-सहमे भी) अमृत के छींटे उड़ा रहे थे, ठीक उसी समय, भगवान ने कालकूट का भाँड देकर इस देश में 'इकबाल' को उतार दिया! बीसवीं सदी के प्रथम चरण के अन्त तक इकबाल ने अपनी सारी भावनाओं को फारसी साहित्य और उर्दू साहित्य में बिखेर दिया। वे दर्शन के विद्वान और स्वयं भी एक दार्शनिक पुरुष थे। उनकी विशाल दृष्टि के वृत्त में मुसलमानों

की स्पष्ट और धुँधली भावनाएँ साकार हो उठीं। उन्होंने मुस्लिम-समाज के हृदय की गहराइयों में प्रवेश किया। वहाँ जाकर वे उन सभी अस्फुट एवं अर्द्ध-स्फुट कामनाओं को ढूँढ़ने लगे जो, प्रायः, एक सदी से मुसलमानों को बेचैन कर रही थीं; किन्तु जिन्हें मुसलमान भली भाँति समझ नहीं पाते थे। वे ज्यों-ज्यों उनका अनुसंधान करते गए, मुसलमानों के सामने यह बात प्रत्यक्ष होती गई कि उनकी सम्प्रदायगत इकाई काल्पनिक नहीं, प्रत्युत्, एक वास्तविक सत्य है। इकबाल के आगमन के समय मुस्लिम-समाज दो भावनाओं के सन्धिस्थल पर खड़ा था। एक भावना थी हिन्दुओं से अलग होकर अपनी सत्ता को आत्मतंत्र रूप देने की और दूसरी थी भारतीय राष्ट्रीयता में सहयोग देकर गैर-मुस्लिम लोगों के उत्थान के साथ अपना उत्थान खोजने की। लेकिन, चूँकि पिछली भावना मुसलमानों के हृदय से नहीं निकली थी–जनमत के द्वारा उनके सामने लाई जा रही थी, इसलिए उसका जोर कुछ कम था। तो भी यह सच है कि इकबाल अगर राष्ट्रीयता से समझौता करके मुसलमानों का पथ-प्रदर्शन करने को आगे बढ़ते, तो आज हिन्दुस्तान के इतिहास का ढाँचा कुछ दूसरा ही होता। किन्तु यह सम्भव न हुआ। अपनी शिक्षा-दीक्षा, संस्कार और नीति के कारण इकबाल एक मात्र इस्लाम के उद्धारक बनकर खड़े हुए और उन्होंने मुसलमानों की उन भावनाओं को दुलराना शुरू किया जो इस्लाम की इकाई की पुष्टि के लिए बेचैन थीं।

कोई भी लेखक या कवि संस्कारों की किसी विशेष दिशा की ओर क्यों मुड़ता है, यह एक रहस्य की बात है।* इकबाल के पूर्वज ब्राह्मण थे और ब्राह्मणत्व का संस्कार इकबाल को विरासत के रूप में जरूर मिला होगा। उन्होंने यूरोप जाकर विद्वत्समाज का सान्निध्य प्राप्त किया था। वे कवि थे और कवियों का स्वाभाविक झुकाव कोमलता, आदर्शवादिता और वृत्तियों की सूक्ष्मता की ओर होता है। यह क्यों हुआ कि उन्होंने यूरोप जाकर केवल 'नीत्शे' को पसन्द किया? यह क्यों हुआ कि यूरोप से वे 'अफलातून' की फिलॉसफी के विरोधी होकर लौटे? यह क्यों हुआ कि एक आस्तिक कवि के भीतर ऐसी फिलॉसफी पैदा हो गई जो ईश्वर की अवज्ञा और उससे गुस्ताखी करने से भी नहीं डरती थी? लेकिन, एक दूसरी दृष्टि से यह सब स्वाभाविक मालूम होता है। मुस्लिम जाति ने हिन्दुस्तान में अपनी सत्ता इसलिए नहीं खोई थी कि उसका प्रतिपक्षी अधिक बलवान था, बल्कि इसलिए कि उसके अपने संस्कार कमजोर हो गए थे। सूफियों का वैराग्योत्पादक प्रभाव; गुल, बुलबुल

* देखिए, इसी पुस्तक का अन्तिम निबन्ध।

और शराब की शायरी के दुष्परिणाम; आपसी वैर-फूट; जीवन में संघर्ष से विमुखता—ये कुछ कारण थे, जिनके चलते वह निर्वीर्य हो गई थी। इसके सिवा, जब इकबाल आए, उसके पहले से ही मुसलमान किंकर्तव्यविमूढ़ हो रहे थे। उनकी अपनी शक्ति क्षीण हो गई थी और वे अपने पड़ोसी हिन्दुओं के अभियान को शंका की दृष्टि से देखते थे—शंका इस बात की कि हिन्दुओं का अभियान अगर सफल हो गया तो क्या होगा? मुसलमान अभी कल तक शासक थे और वे इस दृश्य को बर्दाश्त नहीं कर सकते थे कि हिन्दुस्तान की सल्तनत फिर से वापस आए और वह एकमात्र मुसलमानों की ही न हो। और, अभी वे अपने अहंकार को भूलकर इतना उदार भी न हो पाए थे कि सबकी आजादी के साथ अपनी आजादी को, सबकी गुलामी के साथ अपनी गुलामी से, श्रेष्ठ समझ सकें। किंकर्तव्यविमूढ़ता के बीच वे शायद इस ख्वाहिश में तड़प रहे थे कि काश, कोई ऐसी सूरत निकलती जिससे हम हिन्दुओं के सामने झुके बिना ही, अपने कल के गुलामों को अपनी बराबरी का दर्जा दिये बिना ही अपना खोया हुआ गौरव फिर से प्राप्त कर पाते—कि काश, हम किसी तरह तहजीब और ताकत का उसी तरह से मरकज (केन्द्र) बने रह पाते जिस तरह से पहले थे और हिन्दुस्तान पर हमारा वही रौब रहता जो हमारी हुकूमत के दिनों में था! मगर कांग्रेस बढ़ती जा रही थी और हिन्दू उसमें भरते जा रहे थे। इस बाढ़ का प्रतिकार मुसलमानों के हाथों सम्भव नहीं था और वे इसमें कूदने से भी डरते थे; क्योंकि वैसा करने से उनकी अपनी इकाई के बह जाने का पूरा खौफ था। लिहाजा, वे वृहत्तर इस्लाम की कल्पना के साथ और भी जोर से चिपकने लगे; किन्तु आँख मूँदकर—महज वास्तविकता से दृष्टि फेर लेने के उद्‌देश्य से और बिना यह सोचे-समझे हुए कि वृहत्तर इस्लाम का भारतीय रूप क्या हो सकता है।

ऐसी अवस्था में इकबाल हिन्दुस्तानी मुसलमान के नये नबी बनकर आए, मानो मुसलमानों के हृदय की अविश्लिष्ट बेचैनियों और अपरिज्ञात आशंकाओं ने ही उन्हें अपने निदान के लिए उत्पन्न किया हो! इकबाल ने वास्तविकता का सामना ठीक वस्तुवादी दृष्टिकोण से किया और उन्होंने बड़ी ही वीरता के साथ उन भावनाओं की व्याख्या शुरू कर दी जो मुसलमानों के भीतर खुलकर भी नहीं खुल पा रही थी। उन्होंने आते ही अपने हिन्दुस्तानी धर्म-बन्धुओं से सवाल किया :

यों तो सैयद भी हो, मिरज़ा भी हो, अफ़गान भी हो,
तुम सभी कुछ हो, बताओ तो, मुसलमान भी हो?

इकबाल को इस प्रश्न के उत्तर के लिए इन्तजार करने की कोई जरूरत नहीं थी। इनसे पहले कई लोग इशारा कर चुके थे कि हिन्दुस्तान में आकर इस्लाम की किश्ती गर्क हो गई है। और, उत्तर की प्रतीक्षा किये बिना ही वे कहने लगे :

हाथ बेज़ोर हैं, अलहाद से दिल ख़ूगर हैं,
बुतशिकन उठ गए, बाकी जो रहे बुतगर हैं।
कौम मज़हब से है, मज़हब जो नहीं, तुम भी नहीं,
जज़्बे-बाहम जो नहीं, महफ़िले-अंजुम भी नहीं।
वज़े में तुम हो निसारी तो तमद्दुन में हनूद;
ये मुसल्माँ हैं? जिन्हें देख के शरमाएँ यहूद।
मिस्ले-अंजुम उफ़के-क़ौम पै रौशन भी हुए,
बुते-हिन्दी की मुहब्बत में बरहमन भी हुए।
फिरक़ाबन्दी है कहीं और कहीं ज़ातें हैं,
क्या ज़माने में पनपने की यही बातें हैं?
हरमें-पाक भी, अल्लाह भी, क़ुरआन भी एक,
*कुछ बड़ी बात थी होते जो मुसलमान भी एक?**

मौलाना हाली ने जिस बात को संकेत में कहा था, इकबाल उसे वीरतापूर्वक जोर से दुहराने लगे :

वजे में तुम हो निसारी तो तमद्दुन में हनूद

× × ×

बुते-हिन्दी की मुहब्बत में बरहमन भी हुए।

इकबाल ने मुसलमानों के दिमाग पर इस बात को बिठा दिया कि हिन्दुस्तान में आकर इस्लाम वास्तविक इस्लाम नहीं रह गया है; वह तो सनातन धर्म का ही अरबी तर्जुमा हो गया है, ठीक वैसे ही, जैसे सिक्खों का खालसा धर्म इस्लाम का ही भारतीय संस्करण है। हिन्दुओं और मुसलमानों ने अपने सामाजिक जीवन के मेल-मिलाप से जो एक सांस्कृतिक एकता प्राप्त की थी, इकबाल ने उसे गलत बताया तथा मुसलमानों के भीतर उन्होंने यह अनुभूति

---

* बेज़ोर = कमज़ोर। अलहाद = नास्तिकता। ख़ूगर = अभ्यस्त। बुतशिकन = मूर्तिभंजक। बुतगर = मूर्ति गढ़नेवाला। जज़्बे-बाहम = पारस्परिक ऐक्य का उत्साह। महफ़िलें-अंजुम = तारों की सभा। वज़े = रीति-रिवाज या सजधज। निसारी = ईसाई। तमद्दुन = संस्कृति। हनूद = हिन्दू। यहूद = यहूदी। मिस्ले-अंजुम = सितारों की तरह। उफ़क़ = क्षितिज। हरम = निराकार-उपासना का स्थान।

पैदा कर दी कि इस्लाम के दौर्बल्य का कारण है उस पर हिन्दू धर्म का घातक रूप में प्रभाव पड़ना। इसी अनुभूति के ज्ञान ने हिन्दुओं और मुसलमानों के सामाजिक जीवन में बहिष्कार और विच्छिन्नता को प्रेरित किया और धीरे-धीरे (तथा आरम्भ में अदृश्य रूप से भी) उस वस्त्र के ताने-बाने अलग किए जाने लगे जिसे दोनों ने एक साथ मिलकर बुना था। हम नहीं कह सकते कि इकबाल की वाणी का जो दुष्परिणाम देश की किस्मत पर पड़ा, वही उनके जीवन का उद्देश्य भी था। सम्भव है कि साहित्य-रचना का काम हाथ में लेते समय उन्हें किसी भी ऐसे उद्देश्य का ज्ञान न रहा हो! और, सम्भव है, देश की शक्ति को बढ़ाने के लिए ही वे मुसलमानों की इकाई को पुष्ट करने में लगे हों! अथवा, यह भी सम्भव है कि स्वयं न चाहते हुए भी वे परिस्थितियों के धक्के में पड़कर साम्प्रदायिक बन गए हों! यह द्वन्द्व हमें इसलिए घेरता है कि आरम्भ में इकबाल राष्ट्रीय विचारों के पोषक थे और हिन्दुस्तान की किस्मत पर उन्होंने खून के कुछ ऐसे आँसू बहाए हैं जिनकी सच्चाई पर हमें शंका हो ही नहीं सकती। उनकी एक ही कविता 'तसवीरे-दर्द' इस बात को प्रमाणित करने के लिए यथेष्ट है कि उनके दिल में हिन्दुस्तान की दुरवस्था के लिए बहुत ही कठिन ऐंठन चल रही थी और वे विदेशी शासन से काफी बेजार थे। किन्तु आरम्भ से ही हम उनमें राष्ट्रीयता और साम्प्रदायिकता के बीच एक प्रकार का द्वन्द्व भी पाते हैं। 'सारे जहां से अच्छा हिन्दोस्तां हमारा'—इस गजल का आरम्भिक अंश भारत का राष्ट्रीय गीत समझा जाता है, पर इसी जमीन पर लिखी उनकी ये पंक्तियाँ :

अय आबे-मौजे-गंगा! वह दिन है याद तुझको
उतरा तेरे किनारे जब कारवां हमारा?
चीनो-अरब हमारा, हिन्दोस्तां हमारा,
*मुस्लिम हैं हम, वतन है सारा जहां हमारा।**

साफ बतलाती हैं कि राष्ट्रीयता के इस उत्साह का असल उत्स कहाँ था!

इकबाल की पुण्यमती आत्मा हमें क्षमा करे, क्योंकि अज्ञान में पड़कर हम उनकी बुराई करना नहीं चाहते। समुचित प्रमाण के अभाव में हम यह भी नहीं कह सकते कि उन्होंने जान-बूझकर भारतीय राष्ट्रीयता का अहित चाहा था; और बहुत सम्भव है कि उनका जैसा भी विकास हुआ, प्रकृति के स्वाभाविक नियमों के अन्दर ही हुआ। किन्तु अगर यह ठीक है कि मुसलमान हिन्दुओं से अलग

---

* इस लेख के 'हिमालय' में प्रकाशित होने के बाद स्वर्गीय स्वामी भवानीदयाल जी संन्यासी ने लेखक को पत्र द्वारा यह बतलाने की कृपा की थी कि इकबाल की ये पंक्तियाँ बहुत बाद की रचना हैं।

होकर अपनी स्वतंत्र सत्ता स्थापित करने का सपना देख रहे थे और वे एक योग्य दार्शनिक नेता की ताक में बैठे थे, तो इस बात के मानने में भी किसी को आपत्ति न होनी चाहिए कि यह नेता इकबाल ही हुए और उन्होंने ही मुसमलानों के दिल में अस्फुट या अर्द्धस्फुट रूप से गूँजनेवाले भावों को प्रत्यक्ष करके उन्हें दिखला दिया तथा इन भावों के विकास और परिणति की दिशा भी उन्हें बतला दी।

इकबाल ने जीवन की अनन्त राहों में से कविता की राह पकड़ी; इसका कारण यह था कि बुद्धि को छोड़कर उन्होंने हृदय को पसन्द किया था और स्पष्टतापूर्वक वे यह मानते थे कि वास्तविकता के असली रूप तक पहुँचने के लिए दर्शन और विज्ञान की अपेक्षा कविता का मार्ग कहीं अधिक सुगम है। किन्तु वे ऐसे कवि नहीं थे, जो फूलों और बादलों की तसवीर लेकर थकी हुई जनता का मनोरंजन करने आता है। प्रतिभा की रेती से पत्थर खरादना उनका काम नहीं था और न वे कारीगरी का दावा ही करते थे। जो लोग कविता और कारीगरी के बीच अविच्छिन्न सम्बन्ध के विश्वासी हैं, इकबाल को वे कवि नहीं मानेंगे। किन्तु जो लोग यह मानते हैं कि कविता केवल कारीगरी ही नहीं, वरन् एक औजार भी है जिससे नये मूल्यों, नये संस्कारों और नूतन क्षितिजों का निर्माण किया जाता है, वे केवल एक पारायण के बाद ही इकबाल को एक ऐसा कवि मान लेंगे जिसका जोड़ एक तो क्या, कितनी ही सदियों के बाद भी, शायद ही, उत्पन्न होता है। स्वयं इकबाल भी कवि होने का दावा नहीं करते थे। 'मुझे कला के सूक्ष्म तत्त्वों का ज्ञान नहीं', 'मैं कविता नहीं लिख रहा हूँ', आदि पंक्तियाँ उनकी रचनाओं में मिलती ही रहती हैं। जब वे कविताएँ लिखते हैं, उनकी दृष्टि सौन्दर्य पर केन्द्रित नहीं रहती; ऐसा भासता है, मानो कोई दर्शन उन्हें पुकार रहा हो और कविता, शायद, वह सिर्फ इसलिए लिखते हैं कि यह विचारों के व्यक्त करने का एक सबल माध्यम है—ऐसा माध्यम जिसमें भावनाएँ और आवेग भली भाँति केन्द्रित किये जा सकते हैं, जिस माध्यम में जोर और चमत्कार है तथा जो विचारों को आसानी से फैला भी सकता है—और प्रतिपक्षी का तर्क जिसकी प्रगति को ठीक उसी तरह से नहीं रोक सकता जिस तरह से वह दर्शन, राजनीति या विज्ञान की राह को रोकता है। उनकी सभी रचनाओं में हम एक प्रकार की वास्तविकता से संघर्ष की अवस्था को मौजूद पाते हैं। कोई पहाड़ है, जिसे वे तोड़ना चाहते हैं; कोई अनुल्लंघ्य समुद्र है, जिसे वे पार करना चाहते हैं; कोई योद्धा है, जिसे वे बैठने देना नहीं चाहते। कविताओं के भीतर उनकी मुद्रा गुल और बुलबुल से खेलनेवाले कवि की सरल और प्रसन्न मुद्रा नहीं, बल्कि उस नायक, उस नेता अथवा उस नबी की गम्भीर मुद्रा है जो अपने

कन्धों पर एक विशाल जनसमुदाय की किस्मत का बोझ महसूस करता है। आरम्भ में यह बात प्रत्यक्ष नहीं थी कि वे जिस वास्तविकता से उलझ रहे हैं, वह है क्या। किन्तु ज्यों-ज्यों समय बीतता गया, उसका यथार्थ रूप प्रत्यक्ष होता गया। यह वास्तविकता थी इस्लाम के उद्धार की, उसे हिन्दू-प्रभावों से विमुक्त करने की; यह वास्तविकता थी इस्लाम के आरम्भिक रूप को प्रत्यावर्तित करने की। वृहत्तर इस्लाम की सृष्टि और विकास इकबाल के जीवन के सबसे प्यारे उद्देश्य निकले। किन्तु इस उद्देश्य की प्राप्ति के लिए उन्होंने धर्म की कोमलता और उज्ज्वलता पर जोर नहीं दिया, प्रत्युत मुसलमानों से यह कहा कि वीरता, निर्भीकता, युद्धप्रियता और खतरों का प्रेम ही इस्लाम के विशिष्ट गुण हैं तथा इस्लाम को अगर पुनरुज्जीवित करना है तो इन गुणों को वापस लाओ। उनका सन्देश जीवन, जागरण और आक्रमण का सन्देश है तथा घूम-फिरकर वे मुसलमानों को आक्रमणकारी होने की सलाह देते हैं। उनकी आँखों के सामने विश्व नहीं, इस्लाम है और वह इस्लाम के उद्धार में ही संसार के उद्धार का सपना देखते हैं। उनके सामने जो यह वास्तविकता खड़ी थी, उनकी तमाम रचनाएँ उसी की पुकारों के जवाब हैं। मुसलमानों ने एक स्वर से उन्हें अपना जातीय कवि स्वीकार किया था और उन्होंने इस पद के गौरव को ऐसा सँभाला कि मुस्लिम-जीवन की वास्तविकता की कोई भी पुकार उनके सामने से बिना उत्तर के नहीं लौटी।

इकबाल ने कविता का माध्यम तो चुन लिया; किन्तु वे जानते थे कि इस्लाम के पतन में हाफिज-जैसे हालावादियों की जृम्भोत्पादक वाणी का भी कम हाथ नहीं था। इसलिए अपनी कविता को उन्होंने फूल, मदिरा और मोहिनी के प्रभाव से मुक्त रखा। हिन्दुस्तान के कलाकारों की नारी-उपासना से वे कैसे बेजार थे, यह बात उनकी निम्नलिखित पंक्तियों से प्रत्यक्ष हो जाती है :

हिन्द के शायरो? सूरतगरो? अफसानानवीस?
*आह! बेचारों के आसाब पर औरत है सवार!**

हाफिज को तो एक कविता में उन्होंने 'गुलाबों के बीच छिपकर रहनेवाला वह साँप' कह दिया 'जिसके पास घातक विष होता है तथा जो मरने के पहले अपने शिकार को नींद में सुला देता है।' अस्तु।

कविता का माध्यम तो ठीक था; किन्तु मुसलमानों के लिए जिस मोहक भविष्य की उन्होंने कल्पना की थी, उसकी प्राप्ति के निमित्त शक्ति-संचय करने

* शायर = कवि। सूरतगर = चित्रकार। अफसानानवीस = कथाकार। आसाब = धमनी या शिरा : पुट्ठा।

के लिए एक नया दर्शन और इतिहास की एक नई व्याख्या भी जरूरी थी, और यह भी जरूरी था कि यह व्याख्या और दर्शन इस्लाम के मूलभूत सिद्धान्तों के अनुकूल हों। किन्तु इस्लाम का भारतीय रूप इकबाल को विकृत-सा लगा। भारत के बाहर भी उसमें ईसाई और सूफी संतों के मतों का धुँधलापन भर गया था। हिन्दुस्तान के मुसलमान इस्लाम के उस रूप में कुछ दूर जा पड़े थे जिसके माननेवाले लोग मुजाहिद या धार्मिक योद्धा समझे जाते थे। वे तो उसके उस रूप पर आसक्त थे जिस पर सरमद, मंसूर और हजरत चिस्तीं-जैसे संतों का प्रभाव था तथा जो आध्यात्मिकता के आलिंगन में पड़कर अपनी आरम्भिक क्रूरता छोड़, कुछ कोमल हो गया था। इसके सिवा, बहुत दिनों से साथ रहने के कारण, हिन्दुस्तान के मुसलमानों ने (जो अधिकांश में हिन्दू-वंश से ही निकले थे) हिन्दुओं के निवृत्तिवाद से भी कुछ-न-कुछ प्रभाव ग्रहण कर लिया था, जो उनके सूफी-मत-सम्मत इस्लाम का पोषक ही पड़ता था। इकबाल ने इस्लाम के इस निवृत्तिमूलक रूप का विरोध किया और मुसलमानों के सामने उन्होंने इस्लाम का वह युद्धपरक रूप रखा जो उसके इतिहास के आरम्भ के दिनों में प्रचलित था। इस्लाम के आरम्भिक इतिहास की व्याख्या से उन्होंने अपने मत को पुष्ट किया तथा अपने अनुयायियों को उन्होंने यह शिक्षा दी कि धर्म के नाम पर तलवार उठाना जीवन का सबसे बड़ा पुण्य है। 'शिकवए-खुदा' नाम्नी अपनी ओजस्विनी कविता में खुदा के सामने खड़े होकर जब वे इस्लाम की वकालत करने लगे, तब अपने पक्ष की सबसे आगे बढ़नेवाली गोटी उन्हें यह सूझी :

बस रहे थे यहीं सलजूक़ भी, तूरानी भी,
अहले-चीं में, ईरान में सासानी भी,
इसी मामूरे में आबाद थे यूनानी भी,
इसी दुनिया में यहूदी भी थे, नसरानी भी।
पर, तेरे नाम पर तलवार उठाई किसने?
*बात जो बिगड़ी हुई थी वह बनाई किसने?**

भगवान की बिगड़ी हुई बात तो बन गई—यानी मूर्तियाँ तोड़ डाली गईं और तौहीद (एकेश्वरवाद) में विश्वास करनेवालों की संख्या में वृद्धि हो गई; किन्तु इकबाल बीसवीं सदी के कवि थे—यह बीसवीं सदी, जो युद्ध की लपटों में झुलसती हुई युद्ध की व्यर्थता को भली भाँति समझ रही है। फिर यह कैसे हो

---

* सलजूक = एक कौम जिसका अस्तित्व अब नहीं है। तूरानी = एक दूसरी अस्तित्वहीन कौम। अहले-चीं = चीनी जाति। सासानी = पारसी जाति। मामूरा = दायरा, घेरा, दुनिया। नसरानी = ईसाई।

सकता था कि वे युद्ध का समर्थन युद्ध के लिए ही करें? अतएव उसी कविता में उन्होंने खूँरेजियों के औचित्य को यह कहकर सिद्ध किया कि वे ईश्वर के नाम पर की गई थीं :

हम जो जीते थे तो जंगों की मुसीबत के लिए,
और मरते थे तेरे नाम की इज़्ज़त के लिए,
थी न कुछ तेग़ज़नी अपनी हुकूमत के लिए,
सर-बकफ फिरते थे क्या दह्र में दौलत के लिए?
कौम अपनी जो ज़रोमाले-जहां पर मरती,
*बुतपरस्ती की एवज़ बुतशिकनी क्यों करती?**

मगर सच तो यह है कि तेगजनी दौलत के लिए हो अथवा ईश्वरसिद्धि के लिए, वह दोनों ही हालतों में एक-सी निंद्य है। आज हिन्दुस्तान में यह तेगजनी दोनों मकसदों के लिए एक साथ की जा रही है। काश, सर इकबाल इस दम जिन्दा होते और देखते कि उनकी फिलॉसफी ने हिन्दुस्तान में क्या गजब ढा रखा है! और, क्या सचमुच ही बुतशिकनों ने दौलतपरस्ती नहीं की? तो फिर सोमनाथ के मन्दिर की मूर्तियों का सोना गजनी क्यों ले जाया गया था? 'शिकवए-खुदा' और 'जवाबे-शिकवा'–इन दोनों कविताओं की रचना 'बागे-दरा' के दिनों में हुई थी और ये दोनों ही रचनाएँ हाल के उर्दू-काव्य में बिलकुल बेजोड़ चीजें हैं। इन कविताओं के भीतर हाली का वह जोश और भी उबाल खा रहा है जिसे उन्होंने 'मुसद्दस' में व्यक्त किया था। इस्लाम की अस्तंगत वीरता का वही बखान, हिन्दू धर्म से प्रभावित होने के कारण मुसलमानों की वही निन्दा, जो मुसद्दस में है, इकबाल के शिकवों में भी उतरी और पहले से अधिक उग्रता के साथ; क्योंकि हाली की अपेक्षा इकबाल कहीं अधिक चैतन्य, उग्र और ज्वलन्त कवि थे। हिन्दुस्तान में मुसलमानों की सल्तनत छिन गई थी, किन्तु वह हिन्दुओं के पास नहीं आई थी, अतः यह कैसे हो सकता था कि हिन्दू मुसलमानों पर हँसते? मगर इकबाल को जान पड़ा, जैसे मुसलमांनों को ह्रास पर तमाम मूर्तिपूजक हँस रहे हों! और उन्होंने इसकी शिकायत भगवान के यहाँ तक पहुँचा दी :

बुत सनमखानों में कहते हैं, मुसलमान गए,
है खुशी उनको कि काबे से निगहबान गए।

× × ×

---

* तेग़ज़नी = तलवारबाजी। सरबकफ़ = हथेली पर सिर लिये हुए। दह्र = संसार। जरोमाल = धन-दौलत। सनमख़ाना = प्रतिमालय। काबा = निराकार-पूजा का स्थान। निगहबान = रखवाला।

दिल तुझे दे भी गए, अपना सिला ले भी गए,
*आके बैठे भी न थे और निकाले भी गए।**

शिकवे के अन्त में जब भगवान से वे अन्तिम वरदान माँगने को हाथ पसारते हैं तब उनके मुख से बेसाख्ता निकल पड़ता है :

जिन्से-नायाब मुहब्बत को फ़रोजां कर दे,
*हिन्द के दैरनशीनों को मुसल्मां कर दे।***

इकबाल की दृष्टि में हिन्दुस्तान के मुसलमान दैरनशीन (प्रतिमापूजक) हो गए थे, अतएव उन्होंने अल्लाह से दुआ की कि वे इन बहके हुए मुसलमानों को फिर से असली मुसलमान बना दें! इकबाल आजीवन धर्म की आड़ में बोलते रहे; किन्तु धर्म का पर्याय उनके लिए एक मात्र इस्लाम था और इस्लाम की सबसे बड़ी विशेषता वह खड्गवाद को समझते थे।

'बाले-जिब्रइल' की एक कविता में वे कहते हैं :

सोचा भी है अय मर्दे-मुसल्मां कभी तूने
क्या चीज़ है फ़ौलाद की शमशीर जिगरदार?
इस बैत का य' मिसरए-अव्वल है कि जिसमें
*पोशीदा चले आते हैं तौहीद के असरार।****

तलवार के मंत्र में तौहीद के रहस्य प्रच्छन्न हैं, इसे अब तक किसी ने भी नहीं देखा था। किन्तु इकबाल ने उसे देखा और अपने धर्मबन्धुओं को भी दिखला दिया। लारेंस-जैसे कुछ कवियों ने यौन-चेतना को धर्म की पवित्रता प्रदान कर दी है। इकबाल के सम्बन्ध में भी यह कहा जा सकता है कि उन्होंने खड्गवाद को धर्म के पार्श्व में अधिष्ठित कर दिया। पाकिस्तान की माँग के पीछे कौन-सी भावना काम कर रही है, केवल नौ करौड़ मुसलमान कोई तीस करोड़ लोगों के खिलाफ युद्ध ठान देने की कैसे हिम्मत कर रहे हैं, इस सभ्य और सुसंस्कृत युग में भी लोग हलाकू और चंगेज खाँ को अपना आदर्श क्यों मान रहे हैं तथा क्या कारण है कि मुसलमानों के नेता सबसे अधिक गांधी जी से ही नाराज हैं–इन बातों को समझने के लिए यह जान लेना आवश्यक है कि इकबाल का जीवन-दर्शन क्या था।

---

* सिला = एवज़, बदला या पुरस्कार।

** जिन्स = चीज। नायाब = अप्रतिम, अलभ्य। फ़रोजां = रौशन। दैरनशीन = प्रतिमापूजक, प्रतिमा के सामने बैठनेवाला।

*** फौलाद = लोहा। शमशीर = तलवार। जिगरदार = हिम्मत से भरी। बैत = कविता, पद। मिसरए-अव्वल = छन्द की पहली पंक्ति। पोशीदा = प्रच्छन्न। तौहीद = एकेश्वरवाद। असरार = भेद।

इस्लाम की स्वेच्छाचारी (Autocratic) परमात्मा की सत्ता में विश्वास करता है, जिसकी इच्छा के बिना संसार में एक पत्ता भी नहीं हिल सकता। उसके माननेवाले जितने लोग हैं, सभी उसकी प्रजा हैं, सभी उसके बन्दे हैं। बन्दे को यह हक नहीं कि वह मालिक के कामों को शंका की दृष्टि से देखे अथवा उससे शोखी करे। इकबाल एक दृढ़ मोमिन के रूप में पूजनीय हो गए हैं; किन्तु उनकी कल्पना का भगवान स्वेच्छाचारी नहीं है और न उसका बन्दा ही बन्दा मात्र है। जीव को वे ब्रह्म से स्वतंत्र मानते हैं; किन्तु उनका कहना है कि जीव ईश्वर से जितना ही दूर रहता है, उतना ही वह अपूर्ण होता है। उसकी पूर्णता ईश्वर के सामीप्य में है। किन्तु इस सामीप्य को वे लय की अवस्था नहीं मानते। उलटे, वे यह कहते हैं कि जीव ईश्वर में नहीं, प्रत्युत पूर्ण रूप से विकसित जीव के भीतर ईश्वर ही विलीन हो जाता है। जीव के सम्बन्ध में, शायद, इसी कल्पना के आधार पर उन्होंने 'खुदी' का सिद्धान्त निकाला जिसके कारण उनके खिलाफ नास्तिक होने का फतवा दिया गया था तथा जिसकी व्याप्तियों से अब भी कितने ही धर्मभीरु उलेमा सहमत नहीं होते। 'खुदी' का सही अर्थ करना जरा कठिन है। इसे हम 'आत्मसत्ता का सिद्धान्त' कह सकते हैं। इस विस्तृत ब्रह्मांड में हमारी भी एक अलग सत्ता है जो किसी से भी न्यून नहीं है। ज्वलन्त पौरुष, अहंकार और आत्माभिमान इस सत्ता के गुण हैं। हम सर्वश्रेष्ठ हैं और हमारी मर्जी के खिलाफ कोई बात नहीं चल सकती। इन कुछ लक्षणों में खुदी के सिद्धान्त की कुछ स्थूल विशिष्टताएँ आ जाती हैं। दार्शनिक पक्ष में अब तक के सभी महात्माओं और कवियों ने मनुष्य को परम सत्ता के सामने झुकने का सन्देश दिया था, किन्तु इकबाल ने भक्तों से भी कहा है :

खुदी को कर बुलन्द इतना कि हर तकदीर से पहले
*खुदा बन्दे से पूछे, बता, तेरी रजा क्या है?**

कहते हैं, खुदी के इस सिद्धान्त के अनुसंधान में उन प्रभावों का हाथ है जो इकबाल के मस्तिष्क पर मौलाना रूमी और जर्मन दार्शनिक नीत्शे की रचनाओं के अध्ययन से पड़े थे। मौलाना रूमी एक दर्शनिक संत और रहस्यवादी पुरुष थे, किन्तु वे जीव के स्वतंत्र अस्तित्व में विश्वास करते थे। ईश्वर और जीव के पारस्परिक मिलन के सम्बन्ध में उनका भी कहना है कि जीव ब्रह्म में लय नहीं होता, प्रत्युत ब्रह्म की सत्ता के आलोक में पड़कर वह

---

* तकदीर = भाग्यलिपि। खुदी = आत्मसत्ता। बुलन्द = ऊँचा। रजा = इच्छा।

स्वयं भी दीप्त हो उठता है एवं उस दीप्ति के साथ उसकी सत्ता भी स्वतंत्र रूप से कायम रहती है, ठीक वैसे ही, जैसे अंगारों के पुंज में पड़कर एक लौहखंड अंगार बनकर कायम रहे। इसके विपरीत, 'नीत्शे' पूर्ण रूप से नास्तिक था। अपने मोह के कारण इकबाल ने उसे हृदय से आस्तिक और बुद्धि से नास्तिक कहा है। किन्तु आस्तिकता का कोई प्रमाण नीत्शे की रचनाओं में नहीं मिलता। नीत्शे ज्वलन्त पौरुष एवं उत्कट वैयक्तिकता का घोर उपासक था। उसके सामने ऐसे किसी भी सिद्धान्त की इज्जत नहीं थी जो मनुष्य को विनय और शील सिखाता है। वह बौद्ध धर्म, ईसाई मत तथा सुकरात और अफलातून के सिद्धान्तों का प्रचंड शत्रु था; क्योंकि ये सिद्धान्त मनुष्यों में कोमलता, उदारता, अपरिग्रह, निवृत्ति और वैराग्य का प्रचार करते हैं। ईसाई धर्म को उसने गुलामों, कमजोरों और बकरियों का धर्म कहा एवं ऐतिहासिक अनुसंधानों से उसने यह सिद्ध कर दिखाया कि जब यहूदियों पर रोमनों का प्रभुत्व था तब यहूदियों ने रोमनों के नैतिक पक्ष को कमजोर बनाने के लिए ही इस धर्म का आविष्कार किया था। नीत्शे का कहना है कि ईसाई धर्म की ईजाद करके गुलाम यहूदी लोग दैन्य, दुरवस्था, निर्धनता एवं उदारता की प्रशंसा इसलिए करने लगे कि इस प्रकार, वे रोमनों के हृदय में वैभव, प्रताप और पौरुष के प्रति ग्लानि उत्पन्न कर, उनके इन गुणों का विनाश करके उन्हें शासक के पद से च्युत करना चाहते थे। नीत्शे की राय में यही वह अस्त्र था जिसके प्रयोग से यहूदियों ने रोमनों को पराजित भी किया। नीत्शे ऐसे सभी धर्मों को निंद्य और त्याज्य बताता है जो मैत्री, करुणा और समानता के प्रचारक हैं अथवा जो शिक्षित से अशिक्षित, विद्वान से मूर्ख, धनिक से दरिद्र और सबल से निर्बल को अच्छा समझते हैं। उसका कहना है कि ऐसे दर्शनों की ईजाद हमेशा गुलाम किया करते हैं जो अपने ऊपर चढ़े हुए मालिकों से मुक्ति पाना चाहते हैं तथा इन धर्मों का अनुसरण बकरियाँ करती हैं जो बाघों को शाकभोजी बनाकर स्वयं उनके दंष्ट्राओं की चोट से बचना चाहती हैं। नीत्शे के कोश में पुण्य के मानी शक्ति के हैं तथा पुण्यवान वह उन्हीं लोगों को समझता है जो शक्तिशाली हैं। ईसाई और बौद्ध धर्म के आचरण-विधान (Ethics) को वह गुलामों का आचरण-विधान कहता था और जीवन की केवल वही फिलॉसफी उसे मान्य थी जो मनुष्य को शक्तिशाली तथा आक्रमणशील बना सके–वह नहीं, जो उसमें पुण्य और विनयशीलता के नाम पर दुर्बलता एवं दरिद्रता को प्रेरित करती हो। वैयक्तिकता का घोर प्रेमी होने के कारण नीत्शे प्रजासत्ता का द्रोही था। प्रजासत्ता के समुचित विकास के

लिए यह आवश्यक है कि कोई भी व्यक्ति अपने गुणों की विशिष्टता के अनुरूप किसी विशेष लाभ या मर्यादा का दावा न करे। इसी से वह कहा करता था कि प्रजासत्ता बिलकुल ही निंद्य वस्तु है; क्योंकि इसकी स्वीकृति से औसत से बड़े मनुष्य के विकास में बाधा पड़ती है। नीत्शे की कल्पना का पुरुष अतिमानव (Superman) है जो सामाजिक समानता के साधारण नियमों से परे हैं एवं जिसकी योग्यता और मर्यादा का माप उसी दंड से नहीं किया जा सकता जिससे साधारण मनुष्यों की योग्यता मापी जाती है। मनुष्य-मनुष्य के बीच समानता के सिद्धान्त को नीत्शे नहीं मानता। उसके हृदय के सभी ऊँचे भाव केवल उनके लिए सुरक्षित हैं जो तेजस्वी एवं जाज्वल्यमान हैं। जो लोग दुर्बल एवं दीन हैं, उनके निमित्त नीत्शे के पास घृणा को छोड़कर और कोई उपहार उपलब्ध नहीं।

प्रत्येक देश में जब कोई प्रबल दार्शनिक अपना काम कर जाता है, तब वहाँ उसी के अनुरूप कर्मठ नेता अवतार लेते हैं। जमाने से यही होता आया है। पहले बुद्धदेव हुए, तब अशोक। पहले रूसो हुआ, तब रोबसपियर। पहले मैजिनी हुआ, तब गेरीबाल्डी। पहले नीत्शे हुआ, तब हिटलर, और इसी प्रकार हिन्दुस्तान में भी पहले इकबाल हुए, तब जिन्ना! कई स्थलों पर इकबाल ने सफाई दी है कि वे नीत्शे के अन्धभक्त नहीं हैं। एकाध कविताओं में भी उन्होंने नीत्शे के कुछ सिद्धान्तों का खंडन किया है। नीत्शे से अपने को भिन्न और स्वतंत्र दिखाने की चिन्ता केवल इकबाल को ही नहीं थी; आज भी उनके तमाम प्रशंसक उन्हें नीत्शे से बिलकुल अलग ले जाने की कोशिश करते हैं। और यह सब, शायद, इसलिए कि नीत्शे को नास्तिक होने की बदनामी मिली हुई है। अन्यथा हम देखते हैं कि नीत्शे के सिद्धान्त–केवल सार-रूप से ही नहीं, बल्कि पूरे-के-पूरे–इकबाल की कृतियों में परिव्याप्त हैं। इकबाल का वासस्थान अध्यात्म की चोटी पर नहीं, प्रत्युत राजनीति के व्यूह के बीच था। वे मुसलमानों को धर्म सिखाने के लिए नहीं, बल्कि संसार में उन्हें विजय दिलाने को आए थे। और, चूँकि सच्चे अर्थों में वे धार्मिक नेता नहीं थे, इसलिए विजय की राह उन्होंने खड्गवाद के भीतर से बनाई–करुणा, प्रेम और क्षमाशीलता के बीच से नहीं। मौलाना रूमी को उन्होंने अपना गुरु कहा है, किन्तु रूमी से भी उन्होंने भक्ति और अपरिग्रह की नहीं, मनुष्य की ज्वलन्त वैयक्तिकता की ही विरासत ली! अरबी और फारसी के अनेक सूफी संतों में से इकबाल ने अपना गुरु रूमी को चुना, इसका कारण यह नहीं था कि रूमी में परम सत्ता के लिए अन्य संतों की अपेक्षा कुछ अधिक अधीरता थी, बल्कि

कारण यह था कि रूमी संत होते हुए भी संसार में वीरता और तेजस्विता की इज्जत करते थे। जिस खुदी के सिद्धान्त को इकबाल ने प्रसिद्ध किया, वह रूमी की कविताओं में भी यत्र-तत्र विद्यमान मिलता है। अपनी एक कविता में मौलाना रूमी कहते हैं, 'यदि तू दाने का एक कण बनकर रहेगा, चिड़िया तुझे चुग जाएगी। यदि तू फूल बनकर रहेगा, बच्चे तुझे तोड़ लेंगे। इसलिए दानों को छिपाकर खुद जाल बन जा—फूल को हृदय में मूँद ले और वह घास बनकर फैल, जो अट्टालिकाओं के मस्तक पर खेलती है।'

महात्मा जलालउद्दीन रूमी प्रेममार्गी संत थे। किन्तु वे जीव की स्वतंत्र सत्ता में विश्वास करनेवाले थे। लौकिक पक्ष में वे व्यक्ति की स्वाधीनता के उन्नायक थे। मनुष्य के स्वभाव और उसकी सम्भावनाओं के विकास की व्याख्या उन्होंने ऐसी निर्भीकता से की है कि कुछ लोग उन्हें नीत्शे-जैसे स्वाधीन चिन्तकों का अग्रदूत भी मानते हैं। अपने समय और अपनी परम्परा के वे शायद अकेले कवि हैं जिसने सतत संघर्ष को मनुष्य का भाग्य कहा है। इकबाल का जीवन-दर्शन रूमी और नीत्शे के इन्हीं सिद्धान्तों पर अवस्थित है। इस्लाम की तात्कालिक आवश्यकता एवं अपनी अनुभूति के अनुसार उन्होंने इन सिद्धान्तों में काट-छाँट भी की। जहाँ आवश्यक समझा, उनका विकास भी किया और ऐसा करके उन सब पर अपनी मौलिकता की मुहर लगा दी। किन्तु, उनके विचारों की दिशा वही है, जो नीत्शे की थी तथा जीवन, व्यक्ति और समाज को देखने का उनका दृष्टिकोण भी वही है जो नीत्शे का था। जीवन को उन्होंने पाचन (Assimilation) की एक प्रगतिशील प्रक्रिया के रूप में देखा एवं व्यक्तित्व के विकास को उन्होंने संघर्ष की अवस्था कहा। उनका सन्देश है—संघर्ष, संघर्ष और अधिक संघर्ष! जिस बदनसीब को संघर्ष का क्षेत्र प्राप्त नहीं है, उसे वे ऐसी भूमि खोजने के लिए प्रेरित करते हैं; क्योंकि उनका दृढ़ विश्वास है कि संघर्ष अगर कायम न रहा तो जीवन में शिथिलता आ जाएगी और शिथिलता के मानी हैं—मृत्यु। ध्यान देने की बात है कि उनका कहना था कि इस्लाम का सबसे बड़ा दुर्भाग्य यह हुआ कि उसके अनुयायियों ने साम्राज्य स्थापित किए। निर्विघ्न साम्राज्य संघर्ष के अभाव का द्योतक है और इसी के कारण इस्लाम खोखला हो गया। संघर्ष से विहीन जीवन की वे कल्पना भी नहीं करते और न उसके अस्तित्व में विश्वास ही करते हैं। जीवन के भीतर जो एक पाचन की प्रक्रिया है, वह संघर्ष में ही कायम रहती है। आदमी की असली जिन्दगी वह है जो संघर्षों के बीच सबको पराजित करती हुई, सबको लीलती हुई—केवल 'मैटर' को ही नहीं, 'स्पिरिट' को भी आत्मसात

करती हुई—आगे जा रही है। जीवन के अभियान का क्षेत्र केवल इसी लोक तक नहीं, परलोक तक भी विस्तृत है और उनके लक्ष्य के दायरे में देवता ही नहीं, परमात्मा भी आते हैं। सच्चे मुसलमान का लक्षण बताते हुए एक जगह वे कहते हैं :

जँचते नहीं कंजश्को-हमाम इसकी नज़र में,
*जिबरीलो-सराफील का सैयाद है मोमिन।**

इसी प्रकार, अपनी एक फारसी-कविता में वे कहते हैं, 'हिम्मतवाले मर्द, अपना जाल अगर कहीं फेंकना हो तो उसे खुद परमात्मा पर फेंक।'

नीत्शे के समान ही, इकबाल भी मनुष्य की वैयक्तिकता के अनन्य उपासक हैं। जहाँ जाने से अपनी इकाई के डूब जाने का भय हो, वे ऐसी जगह को दूर से ही प्रणाम करते हैं। सार्वभौमिकता के सिद्धान्त को वे एक पल के लिए भी नहीं मानते और न इसकी स्वीकृति में संसार का कल्याण ही देखते हैं। उनकी दृष्टि में सम्पूर्ण जीवन इकाइयों में विभक्त है। मनुष्य अपनी इकाई को जितना ही आत्मतंत्र एवं औरों से भिन्न बनाता है, वह उतनी ही पूर्णता को प्राप्त होता है। इसीलिए उनका उपदेश है कि अपनी वैयक्तिकता की रक्षा करो एवं तुम्हारी इकाई के साथ तुम्हारे वातावरण का जो संघर्ष चल रहा है, उसमें पराजित होकर विलीन मत हो जाओ। धर्म की रहस्यात्मकता और राजनीति की स्थूलता के मिलन से जो विचित्रता पैदा हो सकती है, वही विचित्रता उनकी फिलॉसफी की रीढ़ है। नीत्शे के अतिमानव वाले सिद्धान्त को उन्होंने मोमिन (सच्चे मुसलमान) पर लागू कर दिया और बिना इस बात की चिन्ता किये ही कि संसार क्या कहेगा। उन्होंने यह मान लिया कि संसार का सबसे सच्चा धर्म इस्लाम, उसका सबसे श्रेष्ठ संघ मुस्लिम-राष्ट्र-संघ एवं मानवता का सबसे बड़ा रहनुमा (मार्गदर्शक) मुस्लिम-मिल्लत है। अपनी कल्पना में उन्होंने समस्त संसार के मुस्लिम राष्ट्रों का एक संघ बनाया जिसकी राजधानी काबा में थी और जिसके सभी सदस्य एक ईश्वर के प्रेम-सूत्र में आबद्ध थे। 'रमूज़े-बेखुदी' नामक अपने फारसी-काव्य में उन्होंने इसी मुस्लिम-मिल्लत की महिमा गाई है। वृहत्तर इस्लाम की जो तसवीर उन्होंने बनाई थी, हिन्दुस्तान के बाहर उसकी कद्र बहुत ज्यादा नहीं हुई; किन्तु हिन्दुस्तान के किंकर्तव्यविमूढ़ मुसलमान उस पर टूट पड़े। बात यह है कि जातियाँ जैसे दर्शन को ग्रहण करती हैं, उनके कर्तव्य भी वैसे ही हो जाते हैं।

* कंजश्को-हमाम = गौरैया और फुदकी-जैसे छोटे पक्षी। जिबरील और सराफील = स्वर्ग में विचरनेवाले देवदूत (दो फरिश्तों के नाम)।

जातीय दर्शन वह उत्स है, जहाँ से कर्तव्य का निर्झर जन्म लेता है। निवृत्तिवाद के अतिसेवन ने हिन्दुओं का जो हाल कर रखा है, वह सर्वविदित बात है। बहुत अच्छा होता कि पाश्चात्य देशों के लोग भी सच्चे ईसाई बने रहते। किन्तु ईसामसीह की जगह उन्होंने कंचन को बिठला दिया। परिणाम यह हुआ है कि वे अपने साथ ही समस्त संसार को ले डूबने को तैयार हैं। इकबाल ने व्यक्ति के इकाईवाले सिद्धान्त से मुस्लिम-सम्प्रदाय की इकाई का सिद्धान्त निकाला और उसकी परिणति इतर मानव-जाति से भिन्न संसारभर की एक मुस्लिम-मिल्लत में कर दी। किन्तु, इस लक्ष्य की प्राप्ति कोई साधारण बात नहीं थी। हिन्दुस्तान में और हिन्दुस्तान के बाहर, दोनों ही जगहों पर अंग्रेज विराजमान थे। मुस्लिम देशों के चारों ओर कठिन खड्गवाले शासक पहरा दे रहे थे। ये शासक स्नेह से पराजित नहीं हो सकते थे और इकबाल को स्नेह एवं सौहार्द का मार्ग पसन्द भी न था। फिर उनकी कल्पना का हर एक मुसलमान नीत्शे की कल्पना का अतिमानव (सुपरमैन) भी था। अतएव उन्होंने मुसलमानों के भीतर, पौरुष के नाम पर, एक प्रकार की बर्बरता को भरना शुरू किया। मुसलमानों को उन्होंने उकाब और शाहीं (गरुड़ और बाज) कहा–वे ही उकाब और शाहीं, जो पक्षियों का खुलकर शिकार करते हैं! इकबाल नीत्शे से सीख आए थे कि दुनिया में इज्जत के साथ जीना हो तो शिकार नहीं, शिकारी बनकर जियो। अब वे इस उपदेश को मुसलमानों पर उतार रहे थे। उन्होंने यह भी समझ लिया था कि हिन्दुस्तान की सल्तनत अब फिर मुसलमानों के हाथ नहीं आ सकती है। फिर उन्हें यह भी मालूम था कि साम्राज्यजन्य विलासिता एवं संघर्षहीनता से ही भारतवर्ष में इस्लाम का पतन सम्भव हुआ था। अतएव उन्होंने मुसलमानों को उपदेश दिया :

उकाबी रूह जब बेदार होती है जवानों में,
नज़र आती है उसको अपनी मंजिल आसमानों में;
नहीं तेरा नशेमन कस्रे-सुलतानी की गुम्बद पर,
*तू शाहीं है, बसेरा कर पहाड़ों की चट्टानों में।**

शाहीं उनकी कल्पना के पुरुष का प्रतीक हो गया। वे इन शिकारी पक्षियों के गुणों का वर्णन कुछ इस तन्मयता के साथ करने लगे जिससे मुसलमान उनकी ओर आकृष्ट हों एवं उनके गुणों को सीखें। यों तो वे इस्लाम के आरम्भिक इतिहास की व्याख्या के सिलसिले में ही यह बता आए थे कि ये गुण

---

* उकाब = गरुड़-जाति का एक शिकारी पक्षी; कोई-कोई इसे गिद्ध भी बतलाते हैं। बेदार = जाग्रत। नशेमन = नीड़, घोंसला। क़स्र = महल। शाहीं = 'बाज' पक्षी।

मुसलमानों के सनातन भूषण रहे हैं। कभी तो उनका यह शाहीं, आत्मपरिचय देता हुआ कहता है :

हमामो-कबूतर का भूखा नहीं मैं,
कि है जिन्दगी बाज की ज़ाहिदाना;
झपटना-पलटना, पलटकर झपटना,
*लहू गर्म रखने का है एक बहाना।**

और कभी वे स्वयं ही, घर के बूढ़े उकाब की हैसियत से, अपने बच्चों को उपदेश देते हैं :

जो कबूतर पर झपटने में मजा है अय पिशर,
*वह मजा शायद कबूतर के लहू में भी नहीं।***

आज की दुरवस्था में ऐसा दीखता है, मानो इकबाल की ये पंक्तियाँ इन्हीं दिनों के लिए भविष्यवाणी के तौर पर लिखी गई हों! मानो उन्होंने अपने शाहीं और उकाबों को पहले से ही आगाह कर रखा हो कि इस 'जंगल में' अगर चैन से रहना हो तो इर्द-गिर्द के 'कबूतरों' पर अकारण भी झपटते रहो! झपटते रहने से जहाँ तुम्हारी रगों का खून गर्म रहेगा, वहाँ ये 'कबूतर' भी तुम्हारे रौब में रहेंगे।

ज्यों-ज्यों समय बीतता गया, इकबाल उन सभी आदर्शों से दूर होते गए जिन्हें भारतीय राष्ट्रीयता अपना रही थी। वे मुसोलिनी की प्रशंसा में कविता लिखते थे और, प्रायः, हर चीज की टीका फैसिस्ट दृष्टिकोण से करते थे; इधर आकर वे किसानों और मजदूरों की ओर भी मुखातिब हुए थे; किन्तु आश्चर्य की बात है कि एक पूरी नज्म (कविता) उन्होंने केवल 'पंजाब के दहकान' से कही है। जब देश में प्रजासत्ता की आवाज बुलन्द होने लगी तब उन्होंने जमहूरियत (प्रजासत्ता) की नीत्शेनुमा टीका करते हुए लिखा :

इस राज को एक मर्दे फिरंगी ने किया फ़ाश,
हरचन्द कि दाना इसे खोला नहीं करते।
जमहूरियत एक तर्जे-हुकूमत है कि जिसमें,
*बन्दों को गिना करते हैं, तोला नहीं करते।****

---

* हमाम = एक छोटा पक्षी। ज़ाहिदाना = साधुओं-सी पवित्र।

** पिशर = बेटा। कबूतर = दब्बू जाति।

*** राज = रहस्य। फ़ाश = निरावृत्त, स्पष्ट। दाना = बुद्धिमान। जमहूरियत = प्रजासत्ता। तर्जे-हुकूमत = शासन का तरीका। बन्दा = भक्त, आदमी।

इस प्रकार, समानता के सिद्धान्त पर चोट करते हुए उन्होंने अन्यत्र कहा है कि 'दो सौ गधों के भेजों से एक मनुष्य का मस्तिष्क नहीं बन सकता'। सम्भव है, यह टुकड़ा पाश्चात्य प्रजासत्ता पर व्यंग्य के रूप में लिखा गया हो; किन्तु, इसका संकेत उस आशंका की ओर साफ है जो प्रजासत्ता के प्रति पाकिस्तान के पक्षपातियों के हृदय में उठती रही है। गांधी जी ने मैत्री और अहिंसा का जो आदर्श भारतवर्ष के सामने रखा, वह इकबाल के जीवन-दर्शन के बिलकुल विपरीत था और वे उस पर बराबर चोट करते गए। 'असरारे-खुदी' में प्लेटो को उन्होंने प्राचीन समय की भेड़ कहा तथा उसी पुस्तक में भेड़ और बाघ का एक किस्सा गढ़कर उन्होंने अहिंसा और दया के सिद्धान्त पर गहरे वार किए।

जब भारतवर्ष गांधी जी के नेतृत्व में अहिंसा की लड़ाई लड़कर संसार को चकित-चमत्कृत कर रहा था, तब वे लिख रहे थे :

ऋषि के फ़ाकों से टूटा न बरहमन का तिलिस्म,
*असा न हो तो कलीमी है कारे-बेबुनियाद।**

जब देश में प्रजासत्ता के लिए बेचैनी बढ़ती जा रही थी तब वे प्रजासत्ता पर ताने कस रहे थे। जब देश की आँखें दिल्ली पर लगी हुई थीं, तब वे मुसलमानों का रुख और पच्छिम की ओर फेर रहे थे। और, ज्यों-ज्यों भारतवर्ष अपनी मंजिल के करीब आता गया, वे मुसलमानों को लेकर भारतीय राष्ट्रीयता से दूर हटते गए। और जब यह स्पष्ट दीखने लगा कि देश में किसी प्रकार के स्वराज्य की नींव पड़ने ही जा रही है, तब उन्होंने मुस्लिम-लीग के सभापति की हैसियत से पाकिस्तान के आदर्श की घोषणा कर दी। उस समय कहते हैं, जिन्ना साहब को भी यह आदर्श कवि-कल्पना के समान ही अलभ्य-सा लगा था और उन्होंने हँसकर कहा था कि आखिर इकबाल तो कवि ही ठहरे। किन्तु, कौन जानता था कि इकबाल की कल्पना जिन्ना साहब के ही सिर चढ़ सत्य बनकर पुकार उठेगी? आरम्भ में इकबाल भी जरा पसोपेश में थे और यदा-कदा उनके मुँह से उनकी कठिनाइयाँ और निराशाएँ भी व्यंजित हो जाती थीं। किन्तु ऐसा प्रतीत होता है कि अन्त में जाकर उन्हें इस बात का भरोसा हो गया था कि उनकी वाणी के बीज पत्थर पर नहीं गिरे हैं। अपनी एक गजल में वे बड़ी ही प्रसन्नता के साथ कहते हैं :

---

* फाकों = उपवास। तिलिस्म = जादू। असा = लाठी। कलीमी = कलीम उसे कहते हैं जिसकी पहुँच ईश्वर तक हो, अतः कलीमी का अर्थ ऐसे पुरुष का काम। कारे-बेबुनियाद = अस्तित्वविहीन कार्य।

गए दिन कि तनहा था मैं अंजुमन में
*यहाँ अब मेरे राज़दाँ और भी हैं।**

राजदाँ तो जरूर बढ़ गए हैं; किन्तु समय को अब भी यह लिखना बाकी है कि इकबाल का सपना हिन्दुस्तान की आकस्मिक विपत्ति है अथवा उसकी किस्मत की कोई अटल लकीर!

---

* तनहा = अकेला। अंजुमन। महफिल, राज़दाँ = रहस्यज्ञाता।

[यह लेख सन् 1946 में लिखा गया था। किन्तु देश के दुर्भाग्य से कवि इकबाल की वाणी सत्य हो गई। **—लेखक**]

स्वतन्त्रता के बाद

स्वतंत्रता के युद्ध की समाप्ति के साथ भारतीय इतिहास का एक महत्त्वपूर्ण युग समाप्त हो गया है और आज हम जिस काल में खड़े हैं, वह सचमुच ही, एक नवीन युग का आरम्भिक काल है। संघर्ष और आक्रोश, नारे और चीत्कार तथा धूलि और धुएँ से ध्वनित एवं आच्छादित एक वायुमंडल छूटकर हमारे पीछे रह गया है। पीड़ाएँ और अतृप्त कामनाएँ तो आज भी हमारे साथ हैं। किन्तु अपने समस्त अभावों को लेकर हम काल के एक दूसरे क्षेत्र में पहुँचे हुए हैं, जहाँ दायित्व को छोड़कर कोई और बन्धन नहीं तथा जिम्मेदारियों को छोड़कर दूसरी जंजीर नहीं है। यहाँ के वातावरण में एक गूँज है, जिसे केवल वे ही सुन सकते हैं, जिनकी श्रुतियाँ चैतन्य तथा जिनका हृदय जागरूक है। जिन्होंने भी इस आवाज को सुना है, वे जानते हैं कि स्वाधीनता की रक्षा और पालन ही कठिन होता है, उसे प्राप्त करना नहीं।

आज जो अवस्था भारतीय जनसमूह की है, वही दशा उसके साहित्य को भी व्याप रही है। पिछले वर्षों में राजनीति से उपेक्षित और तिरस्कृत होकर भी साहित्य ने जनता का साथ दिया; मगर आज बदली हुई परिस्थिति में वह भी ठिठककर सोच रहा है कि आगे की दिशा कौन-सी है। जैसाकि लेविस ने यूरोप के साहित्यकारों के विषय में लिखा है, भारतीय साहित्यकार भी दो विश्वों के सन्धिस्थल पर खड़ा होकर अपने हृदय का मन्थन कर रहा है। एक तो वह विश्व है, जिसे ध्वस्त करके हम आगे बढ़ जाना चाहते हैं और दूसरा वह है, जो अभी कल्पना से उतरकर जमीन पर खड़ा ही नहीं हुआ है। हमारी कठिनाई का कारण यह भी है कि पुरानी दुनिया के भस्मावशेष में से अनेक मूल्यवान उपकरणों को चुनकर हम अपने साथ ले लेना चाहते हैं और हमारी अभिलाषा है कि हम अपने लिए जो नया महल तैयार करें, उसमें इन उपकरणों को भी यथास्थान खचित कर दें। मगर पुरानी दुनिया में जो आग लगी हुई है, उसके शमित होने पर क्या बचेगा और क्या नहीं, इसका हमें ठीक ज्ञान नहीं है, और

न हम यही जानते हैं कि आनेवाले विश्व में प्राचीन विश्व के किन उपकरणों के उपयोग की हमें आजादी रहेगी।

हमारे देश में यह संघर्ष, प्राचीनता और नवीनता के संघर्ष से अधिक, नवीनता की ही दो कल्पनाओं के बीच के संघर्ष का रूप धारण करता जा रहा है। केवल भारतवर्ष में ही नहीं, प्रत्युत समस्त संसार में मनुष्यमात्र का चरम लक्ष्य और विकास वैयक्तिक मुक्ति की प्राप्ति समझा जाता था। आज से पहले प्रत्येक धर्म और प्रत्येक देश के लोग समझते थे कि मनुष्य का अन्तिम ध्येय मोक्ष की प्राप्ति है और उसी के लिए किया जानेवाला प्रयास मानव का सबसे बड़ा प्रयास है। भारतवर्ष में तो इस भावना का इतना अधिक विकास हुआ कि ब्रह्मविद्या सभी विद्याओं से श्रेष्ठ तथा आत्मज्ञान सभी ज्ञानों से ऊपर माना जाने लगा। इसी प्रकार, मुसलमानों और क्रिस्तानों के बीच भी वे ही लोग सबसे अधिक पूज्य समझे जाते रहे, जो अपनी आत्मा की पवित्रता के माध्यम से ईश्वर को प्राप्त करने का प्रयास करते थे। यह बात बहुत दिनों तक चलती रही; और तब विज्ञान आया, जिसने मनुष्य की बुद्धि को सत्य के उस रूप की ओर उन्मुख किया, जो गणित तथा स्थूल प्रमाणों से सिद्ध किया जा सकता था। मनुष्य ने धीरे-धीरे यह अभ्यास प्राप्त किया कि सत्य वही है, जो मानवीय तर्कों से ज्ञान के नानाविध स्थूल साधनों और प्रमाणों से सिद्ध किया जा सके। इनके अतिरिक्त, अन्य अनुभूतियों के माध्यम से, जिस सत्य की उपलब्धि होती है, वह सत्य सिर्फ काल्पनिक हो सकता है, वास्तविक नहीं। विज्ञान ने अपनी काठ की उँगलियों से प्रत्येक तत्त्व को छू-छूकर उसकी सच्चाई की जाँच करनी शुरू की। परिणाम यह हुआ कि ताराओं पर बैठनेवाली कविता विज्ञान को देखते ही वहाँ से उड़ गई और सन्ध्या तथा उषा के आलोक से विस्मय का संचार कम होने लगा। विज्ञान स्वयं तो खगोल में आँखें गड़ाकर एक नक्षत्र से दूसरे नक्षत्र की दूरी का हिसाब निकालता रहा, किन्तु, उसका प्रभाव मनुष्य की दृष्टि को नीचे ले आनेवाला सिद्ध हुआ। और जब मनुष्य की दृष्टि नीचे पृथ्वी पर आई, तब उसने समाज में फैले हुए वैषम्य को देखकर सोचा कि क्या इतनी विषमताओं और अनाचारों के होते हुए भी कोई यह दावा कर सकता है कि वह ईश्वराराधना में इसलिए लगा चूँकि धरती पर उसके करने योग्य कार्यों का अभाव था? मनुष्य में इस नवीन जिज्ञासा के जन्म लेते ही, ईश्वर और धर्म की ओर से उसकी रुचि फिरने लगी तथा वह इस निष्कर्ष के समीप जाने लगा कि मनुष्य का सर्वोत्तम कर्तव्य यह नहीं है कि वह विश्व से विमुख होकर ईश्वराराधना में जा लगे; बल्कि यह कि

संसार में फैली हुई अनीतियों का विरोध करके वह अधिक-से-अधिक मनुष्यों को सुखी बनाने का प्रयत्न करे। इस भावना की परिणति कार्ल मार्क्स के सिद्धान्तों में हुई जिनका अन्तिम निचोड़ यह है कि मोक्ष व्यक्ति का नहीं, बल्कि समाज का होना चाहिए।

मानवता की सभी समस्याओं पर गवेषणापूर्वक विचार करके कार्ल मार्क्स ने जो निदान और हल उपस्थित किया, उससे केवल यूरोप ही नहीं, बल्कि एशिया भी चमत्कृत हो उठा तथा मनुष्यमात्र ने समझा कि दुनिया का आखिरी पैगम्बर अब आया है। संसार में दलितों की संख्या अधिक तथा सुख भोगनेवालों की कम है और यह भी ठीक है कि जो लोग अधिक सुख भोगने के आदी हैं, वे अगर अपनी जेब में आनेवाले हर पैसे की राह की खोज करें तो उन्हें मालूम हो जाएगा कि संसार में जो अनीति और शोषण कायम है, उसकी जिम्मेदारी किसी-न-किसी अंश में हर विलासी मनुष्य पर है। अतएव शोषितों ने कार्ल मार्क्स को अपना त्राता समझा तथा शोषण से लाभ उठानेवाले लोग उसका नाम सुनकर चौंकने लगे।

किन्तु बातें यहीं खत्म नहीं हुईं। मनुष्य ने एक बार आत्मा की उपासना में शरीर को भुला दिया था। मार्क्स को सामने रखकर जब वह शरीर की सेवा में जुटा, तब उसकी आत्मा बिलखने लगी और आलोचकों ने पूछना शुरू किया कि समाज की मुक्ति क्या शरीर की सेवा और आत्मा के हनन का ही दूसरा नाम है?

और इसी समय, विश्व के रंगमंच पर, महात्मा गांधी का आविर्भाव हुआ, मानो प्राच्य लोक की सारी परम्परा और संस्कार ने मानवता की समस्याओं को सुलझाने के लिए अपनी तमाम अच्छाइयों को एकत्र करके दुनिया के सामने एक नमूना पेश कर दिया हो! गांधी जी ने आते ही कहा–शरीर ठीक है और आत्मा भी ठीक है। शरीर को रोटी नहीं मिले तो आत्मा ही क्या कर सकेगी? और भूखों के सामने तो ईश्वर को भी रोटी तथा रोजी को छोड़कर किसी और रूप में प्रकट होने की हिम्मत नहीं हो सकती। मगर मुक्ति बराबर आत्मा की होती है, यद्यपि उसे प्राप्त करने के पहले शरीर की मुक्ति भी परमावश्यक है यानी मुक्ति तो व्यक्ति की ही हो सकती है, किन्तु उसकी प्राप्ति का साधन समाज को मुक्त करने का प्रयास है। मनुष्य अपनी मुक्ति के लिए जो भी तपस्याएँ कर सकता है, वे तपस्याएँ समाज की मुक्ति के लिए ही की जानी चाहिए। क्योंकि आज समाज की ही मुक्ति से मनुष्य की वैयक्तिक मुक्ति सम्भव हो सकती है।

कार्ल मार्क्स के सिद्धान्त और गांधीवाद के बीच खड़ा भारतवर्ष यह सोच रहा है कि वह किधर जाए। कुछ लोगों का विचार है कि ये दोनों ही परस्पर विरोधी सिद्धान्त हैं तथा उनसे एक-दूसरे का खंडन होता है। सम्भव है, कई अंशों में यह दलील ठीक हो। किन्तु जहाँ तक मानवता को शोषण से बचाने का सवाल है, मुझे दोनों ही सिद्धान्तों की दार्शनिकता बहुत कुछ समान दीखती है। क्योंकि कार्ल मार्क्स और गांधी जी में से दोनों ही व्यक्ति दोहन और पूँजीवाद के खिलाफ हैं, और दोनों ही उस समाज की कल्पना करते हैं जिसमें एक मनुष्य भी अभाव-पीड़ित या विपन्न नहीं रहेगा। फर्क यह है कि समत्व-विधान के लिए जहाँ मार्क्स का यह कहना है कि जो ऊँचे हैं, उन्हें ठोंककर नीचे करो, वहाँ गांधी जी कहते हैं कि जो लोग भी नीचे हैं, उन्हें उठाकर ऊपर ले जाओ।

अक्सर गांधी जी आत्मा के प्रतीक और मार्क्स शरीर के प्रतिनिधि समझ लिये जाते हैं। किन्तु गांधी जी के पक्ष में यह उक्ति यथेष्ट नहीं है। वे सिर्फ आत्मा के ही प्रतीक नहीं, शरीर के भी पालक और त्राता हैं। बात यह है कि यूरोप तथा भारतवर्ष की आत्माओं के मौलिक भेदों पर जोर देते-देते हम इस भ्रम में पड़ गए हैं कि भारतवर्ष में उत्पन्न होनेवाली प्रत्येक विलक्षणता यूरोप की विशिष्टताओं की विरोधिनी होती है। यह ठीक है कि भारतवर्ष अनादि काल से अदृश्य तथा अगोचर की आराधना करता रहा है तथा यूरोप ठीक उसी मात्रा में गोचर अथवा दृश्य को पूजता रहा है। हम शान्ति के कामी तथा यूरोप शक्ति का पुजारी रहा है। हमारी शक्ति अन्तर्मुखी और यूरोप का उत्साह बहिर्मुख है। हम जिस जोर से मोक्ष की कामना करते रहे हैं, यूरोप उसी आतुरता के साथ राजनीतिक मुक्ति के लिए प्रयास करता रहा है। हम पारलौकिक सुखों की आशा में सभी लौकिक सुखों पर लात मारते रहे हैं; किन्तु पाश्चात्य देशों के लोग पारलौकिक सुखों को अनिश्चित मानकर बराबर इस प्रयत्न में रहे हैं कि वे लौकिक सुखों की तह में चले जाएँ। संक्षेप में, हम कल्पना के स्वर्ग की आशा में मिट्टी की उपेक्षा करते रहे हैं और यूरोपवाले मिट्टी को ही स्वर्ग बना डालने की चेष्टा में तल्लीन रहे हैं। किन्तु, साथ ही, यूरोप हमारी ओर तथा हम यूरोप की ओर आशा से भी देखते रहे हैं।

इस विरोधाभास को देखकर स्वामी विवेकानन्द ने कहा था कि यूरोप की सभ्यता सर्वथा तिरस्कार की वस्तु नहीं है; क्योंकि मैं भी उस ईश्वर में विश्वास करना नहीं चाहता जो मरने के बाद मुझे शान्ति तो दे सकता है, किन्तु जीवन में मुझे रोटी नहीं दे सकता। स्पष्ट ही, स्वामी विवेकानन्द भारतीय अध्यात्म का सम्बन्ध उस वस्तु के साथ जोड़ना चाहते थे, जो हमारे पास नहीं थी–जो,

शायद, हमारे पूर्वजों के पास भी नहीं थी। उन्होंने धर्म की गोद में ऊँघते हुए भारतवर्ष को जगाने के लिए शंखनाद किया और कहा कि तुम्हें जीवन में स्पन्दन भरनेवाली प्रेरणा की जरूरत है; तुम्हें शक्ति का वह विद्युत्प्रवाह चाहिए जिससे धरती जवान रहती है और जिससे यूरोप के अंग-अंग में चेतना और स्वास्थ्य का सौन्दर्य छलक रहा है।

विवेकानन्द की वाणी में भारतीय अध्यात्मवाद ने एक नया घोष सुना, और जब गांधी जी आए, तब उन्होंने अपने कर्म-कलाप के द्वारा मिट्टी और आकाश के इस मिलन को साकार करना आरम्भ किया। गांधी जी सिर्फ आत्मा के प्रतीक बनकर संसार से विदा नहीं हुए हैं। उनका अपरिग्रह का सिद्धान्त मार्क्स के शोषण-विरोधी सिद्धान्तों का पर्याय है तथा उनकी शान्ति और प्रेम की कल्पना संसार को सभी मलों से मुक्त करके उसे शान्त एवं कोमल बनाने की योजना है। जो मनुष्यता को सभी प्रकार के दाहों से मुक्त करना चाहते हैं, जो मनुष्यों को सभी अभावों से स्वच्छन्द करके समाज को सुन्दर बनाना चाहते हैं, उन्हें गांधी जी से भी उतनी ही प्रेरणा मिल सकती है, जितनी मार्क्स तथा एंजिल से। और देश के जो भी चिन्तक इस निष्कर्ष पर पहुँचे हैं कि गांधीवाद की एक पूरी खुराक से समाजवाद के बल की वृद्धि हो सकती है, वे सत्य से जरा भी दूर नहीं हैं।

देश के सामने जो सपने मँडरा रहे हैं, जो कल्पनाएँ तैर रही हैं, उनकी प्राप्ति गांधी जी करवा सकते थे। मगर अफसोस कि हमने उन्हें खो दिया। किन्तु, साहित्य के दर्पण में इन स्वप्नों की जो छाया पड़ रही है, वह हमें जागरूक और चैतन्य रख सकेगी, इसमें कोई सन्देह नहीं।

जब तक गांधी जी जीवित थे, वे हमारे सबसे बड़े नेता होने के साथ, हमारे सबसे बड़े कवि और चिन्तक भी थे। किन्तु उनके शरीरपात के साथ उनका कवित्व और नेतृत्व, दो श्रेणियों के लोगों में बँट गया है और यह कहना कठिन है कि दोनों में से किस श्रेणी के लोगों पर पड़नेवाला भार अधिक गुरुतर है। नेतृत्व की विरासत ढोनेवाले लोग, चाहे कितने ही विशाल और महान क्यों नहीं हों, किन्तु भविष्य के गह्वर में ऊँचा सिंहासन तो उन्हीं का रहेगा, जो गांधी जी के चिन्तन और कवित्व के उत्तराधिकार का भार वहन करने को तैयार हों। यह मैं इसलिए भी कहता हूँ, चूँकि हर मनुष्य का नाम और स्थूल व्यक्तित्व उसके विचारों की अपेक्षा छोटा होता है। और दुनिया की किस्मत का असली लेखा राजनीति के मैदान में नहीं, बल्कि, साहित्य के कुंज में लिखा जाता है। कवि की कल्पना और अवतार के चरित्र में से कौन अधिक सत्य है, यह विवाद बहुत

प्राचीन है तथा अब तक भी इसका सम्यक् निपटारा नहीं हो सका है। हम तो सिर्फ इतना जानते हैं कि अयोध्या की राजपुरी में राम के लिए जो महल बना था, वह कब का ही भस्मसात् हो गया; किन्तु वाल्मीकि ने अपने हृदय में उनके लिए जो कुटी बनाई थी, वह आज भी कायम है तथा उसमें प्रवेश करते ही हम राम को पूर्ण रूप से जीवित एवं चैतन्य पाते हैं। और इस जिज्ञासा का समाधान कौन करेगा कि गीता के श्लोकों को भगवान कृष्ण ने व्यास के मुख में रखा अथवा व्यास ने भगवान कृष्ण के मुख में?

साहित्य स्वप्नों को रूप तथा सन्देशों को अमरत्व प्रदान करता है। शून्य में मँडरानेवाले सपने सबसे पहले साहित्यकार को दिखाई पड़ते हैं। हवा में गूँजनेवाली अस्पष्ट ध्वनियाँ सबसे पूर्व चिन्तकों को सुनाई पड़ती हैं। वर्तमान की स्थूलता पर जो क्रीड़ाएँ हो रही हैं, उनमें सभी भाग ले सकते हैं; किन्तु स्थूलता के भीतर प्राणों का जो गूँज चलता है, उसे भी तो वे ही सुन सकते हैं जिनकी श्रुतियाँ सृष्टि के आन्तरिक तारों से लगी हुई हों।

भारतवर्ष के आकाश में जो अनेक छायाएँ घूम रही हैं, उन्हें जाँचने और परखने के लिए हमें पूर्णरूप से जाग्रत और चैतन्य साहित्यकारों की आवश्यकता है। आज की शंकाओं और हिलती हुई आस्थाओं को शमित एवं स्थिर बनाने का काम उस साहित्यकार के आगमन की प्रतीक्षा कर रहा है जो भविष्य के उपवन में खिलनेवाले फूलों का संवाद आज के मनुष्य को सुना सके। हृदय-हृदय में जो एक उत्साह है, प्राण-प्राण में जो एक अनिर्वचनीय उमंग है, तथा जन-जन में जो एक मूक आशा किलोल कर रही है; उसकी परिभाषा साहित्य में लिखी जाएगी, राजनीति और विज्ञान में नहीं। बुद्धि और तर्क मनुष्य के मस्तिष्क को संतुष्ट करते हैं; कर्म की प्रेरणा तो हमेशा हृदय से ही आती है। हमारे सामने जो सपने घूम रहे हैं, उन्हें मूर्त रूप देने के लिए मनुष्य को प्रेरित करना लेखकों और कवियों का काम है।

वे दिन चले गए, जब साहित्य वैयक्तिक प्रेम और विरह के हलके गाने गाकर समाज में आदर का अधिकारी समझा जा सकता था। आज उसे वैयक्तिकता से ऊपर उठकर समूह के सपनों, समूह की आकांक्षाओं को चित्रित करना होगा। जिस प्रकार, वैयक्तिक मोक्ष की जगत सामाजिक मुक्ति ने ले ली है, उसी प्रकार साहित्य में भी वैयक्तिक भावनाओं के ऊपर सामूहिक आवेगों को प्रधानता मिलनी चाहिए। और जिस प्रकार, समूह की मुक्ति को गांधी जी ने वैयक्तिक मोक्ष का साधन माना था, उसी प्रकार हमें वैयक्तिक अनुभूतियों को भी सामूहिक अनुभूति के माध्यम से लिखना होगा। व्यक्ति और समूह के बीच

जो यह द्वन्द्व छिड़ा है, उससे भारतवर्ष के ही नहीं, प्रत्युत अखिल विश्व के साहित्यकार कुछ विचलित-से हो रहे हैं। किन्तु, यह विचलित होने की बात नहीं है; साहित्यकारों के बीच सबसे बड़ी सफलता तो हमेशा उन्हीं को मिली, जो अपनी अनुभूतियों को उस समाज की अनुभूति से मिलाकर लिखते थे, जिसमें उनका जन्म और विकास हुआ था। संक्रमणशीलता साहित्य का सबसे बड़ा गुण है। और संक्रमणशीलता में वृद्धि भाषा की सफाई अथवा काव्य के उस गुण से भी नहीं होती, जिसे हम 'प्रसाद' कहा करते हैं। वह तो कवि की विशिष्ट प्रकार की मनोदशा से उत्पन्न होती है। वह तो इस बात पर अवलम्बित रहती है कि कवि अपनी बात को अधिक-से-अधिक लोगों तक पहुँचाना चाहता है या नहीं। जो अधिक-से-अधिक पाठकों के हृदय को छूना चाहता है, जो समय के अधिक-से-अधिक विस्तार में झंकार उत्पन्न करना चाहता है, वह अपनी वैयक्तिक अनुभूति को भी समूह की अनुभूतियों के साथ अवश्य विजड़ित करेगा। और यह कार्य उतना कठिन भी नहीं, जितना कि लोग समझ लेते हैं। क्योंकि प्रत्येक व्यक्ति समाज का ही एक खंड है और जो अनुभूति एक के हृदय में उत्पन्न होती है, उसे सभी रसज्ञों की समझ में आना ही चाहिए। महात्मा तुलसीदास ने रामचरितमानस की रचना 'स्वान्तः सुखाय' आरम्भ की थी, किन्तु उनकी प्रत्येक अनुभूति हममें से प्रत्येक के हृदय में अपनी झंकार उत्पन्न करने में पूर्ण रूप से समर्थ है। इसका प्रधान कारण तुलसीदास की भाषा अथवा उनकी प्रसन्न शैली नहीं प्रत्युत यह बात है कि वे अपनी अनुभूति को सार्वजनिक अनुभूति से मिलाकर लिखना चाहते थे। कविता की कितनी ही परिभाषाएँ युग-युगान्तर से लिखी जाती रही हैं :

कीरति भणिति भूति भलि सोई,
सुरसरि सम सब कहँ हित होई।

किन्तु इस परिभाषा के द्वारा काव्य के आनन्द को सर्वजन-सुलभ बनाने का संकेत सिर्फ तुलसीदास ही दे सके; क्योंकि वे जानते थे कि वैयक्तिक विशिष्टताएँ समूह का हृदय छूने में कवि को बाधा नहीं दे सकतीं।

वैयक्तिक अनुभूति को सामूहिक रूप देना इसलिए भी आवश्यक है, चूँकि जनता पर कोई भी विचार हम जबरदस्ती लादना नहीं चाहते। आज वैयक्तिक अभिमान की कहीं कोई गुंजाइश नहीं रह गई है; जो कुछ हो रहा है, समूह के लिए हो रहा है; जो कुछ किया जा रहा है, समूह के द्वारा किया जा रहा है। यहाँ तक कि वैयक्तिक विशिष्टताओं की सेवा भी आज समूह को ही अर्पित है। हम इस अहंकार से पीड़ित नहीं होंगे कि जो कुछ मैं कह रहा हूँ, वही ठीक है; और

न हमारा यही आग्रह होगा कि आज गांधी जी अथवा आज से सौ वर्ष पहले मार्क्स और एंजिल जो कुछ कह गए, वह त्रिकाल के लिए सत्य है। ऐसा मान लेने से मनुष्य की स्वाधीन चिन्ता अवरुद्ध हो जाएगी। मानवता की प्रगति के लिए यह आवश्यक है कि हम उपलब्ध ज्ञान और अनुभूति को अपनी पूँजी बनाकर उसका उपयोग करें, किन्तु नई चिन्ताओं एवं नये प्रयोगों के लिए द्वार तो हमेशा ही खुला रहना चाहिए। विशेषतः साहित्य में किसी प्रकार का भी रेजिमेंटेशन नहीं चल सकता। साहित्य की भूमि तभी तक उर्वर रह सकती है, जब तक उसमें फिरनेवाली वायु स्वाधीन हो, उसमें पड़नेवाली किरणें मुक्त हों तथा उस पर बरसनेवाले बादल पर किसी भी प्रकार की जंजीर नहीं हो।

समाजवाद के अन्दर साहित्य

लोहपुरी जमशेदपुर के अंक में जैसे स्थल-स्थल पर फूलों की क्यारियाँ बनी हैं और बगल में पत्थर, हरियाली और पुष्पों के बीच डिमना नाला बहता है, वैसे ही जयप्रकाश जी का व्यक्तित्व चिमनी के धुएँ और मेघों की सजलता का समन्वित प्रतिबिम्ब है। वे दिमाग से वैज्ञानिक और दिल से कलाकार हैं। उनकी बुद्धि के महल पर हृदय की लता का प्रसार है और जिस कोने में बैठकर वे वैज्ञानिक बुद्धि के औजारों से काम करते हैं, वहाँ जूही की कली और चम्पा के फूल भी झरते हैं।

इधर जब से समाजवादी दल के लोगों ने नवसंस्कृति-संघ कायम किया है, तब से मेरे मन में बराबर यह शंका उठती रही है कि आखिर प्रगतिशील लेखक-संघ के रहते हुए इस नये संस्कृति-संघ की क्या जरूरत थी? कौन-सी चीज है जो प्रगतिशील लेखक-संघ में नहीं है और नवसंस्कृति-संघ में हमें मिल सकती है? अथवा प्रगतिशील लेखक-संघ में कौन ऐसा दूषण है जिसका नवसंस्कृति-संघ परिहार करेगा? साम्यवादी लोग क्रान्ति की पद्धति से समाज को जहाँ ले जाना चाहते हैं, क्या समाजवादी नेता चुनाव के रास्ते से वहीं जानेवाले नहीं हैं? फिर भी समाजवादी अपने को साम्यवादियों से भिन्न बतलाते हैं; मगर, भिन्नता की यह रेखा जो राजनीति में इतनी स्पष्ट है, साहित्य में तो उसी स्पष्टता से प्रकट नहीं हो सकती। साहित्य समाज के नये आदर्श को प्राप्त करने के लिए जिस शक्ति का क्षरण करता है, वह तो साम्यवाद और समाजवाद, दोनों के लिए एक समान लाभदायी होगी और जो लोग गांधी-मार्ग से समता की ओर जा रहे हैं, वे भी चाहें तो इस शक्ति को समेटकर अपने साथ ले जा सकते हैं। फिर प्रगतिशील लेखक-संघ और नवसंस्कृति-संघ के बीच विभाजक रेखा कहाँ पर खींची जा सकती है?

अतएव एक दिन सुयोग पाकर मैंने जयप्रकाश जी से इस विषय की चर्चा छेड़ दी और कहा कि आपके नवसंस्कृति-संघ को प्रगतिशील लेखक-संघ से

अलग समझना सबके लिए आसान नहीं है। दोनों संघों का नारा है कि हम जन-संस्कृति के निर्माण के लिए आए हैं। प्रगतिशील लेखक-संघ के लक्ष्य और प्रक्रिया के सम्बन्ध में देश काफी जानकारी प्राप्त कर चुका है, किन्तु नवसंस्कृति-संघ की प्रक्रिया क्या होगी?

जयप्रकाश जी ने कहा कि सहसा एक संस्कृति को समाप्त करके उसके भस्म पर हम दूसरी संस्कृति की रचना नहीं कर सकते। संस्कृति मरती नहीं, वह केवल रूपान्तरित होती है और जो लोग संस्कृति के बदलने के प्रयास में हैं, उनका कार्य केवल इस रूपान्तरण की गति को तीव्र बनाना है। हमारे संस्कारों में जो परिवर्तन हो रहे हैं, उन्हें सही रास्ते पर ले चलना ही नवसंस्कृति-संघ का ध्येय हो सकता है। किन्तु इस ध्येय की प्राप्ति के लिए हम रेजिमेंटेशन का आश्रय नहीं लेना चाहते; क्योंकि हम मानते हैं कि व्यक्तियों के खंडन-मंडन और स्वाधीन चिन्तन से जो शक्ति निःसृत होती है, वह समूह को आगे बढ़ाती है। समाज किधर जाए और उसके कदम किस तरफ उठें, इस सवाल पर किसी एक आदमी का जोर नहीं चल सकता; बल्कि, जितने भी लोग समाज के अंग हैं, उन्हें यह सोचने और समझने का पूरा अधिकार है कि उनका समाज किस दिशा की ओर जाए; क्योंकि समाज का चलना तो, अन्ततः, उसके अंगभूत व्यक्तियों का ही चलना होता है।

उन्होंने कहा, 'जहाँ तक नवसंस्कृति-संघ का सम्बन्ध है, हम इसके मंच पर लेखकों और कवियों तथा कलाकारों को हाँक-हाँककर नहीं लाना चाहते। जीवन की जो समस्याएँ हैं, उन्हें साहित्य और कला के पुजारियों के सामने रख देना संघ का काम है। बाकी काम तो कलाकारों को खुद करना चाहिए। हम चाहते हैं कि वे स्वयं एकत्र होकर इन पर विचार करें। शोषणहीन समाज की कल्पना ऐसी नहीं है, जिसके प्रति साहित्य और कला में उत्साह नहीं हो। हम तो यह भी चाहते हैं कि मूल-प्रेरणा चिन्तक और साहित्यकार ही दें। 'देश-विदेश' नामक ग्रन्थ के सुप्रसिद्ध लेखक श्री ऐयूब ने कलकत्ता में मुझसे कहा कि प्रगतिशील लेखक-संघ में हम इसलिए जाते हैं कि कम्यूनिस्ट हमें पूछते हैं। और भी कई लेखकों की यही शिकायत है कि नवसंस्कृति-संघ उनके प्रचार के लिए उचित क्षेत्र का प्रबन्ध नहीं करता। मेरा खयाल है कि प्रचार का लोभ दिखाकर कलाकारों को बुलाना एक गलत काम है और हम यह गलती कभी नहीं करेंगे। अगर आदर्श आपको आकृष्ट नहीं करता, अगर पद्धति आपमें प्रेरणा नहीं भरती, तो आप जहाँ हैं, वहीं ठीक हैं; क्योंकि कलाकार के पाँवों के नीचे अगर विश्वास की जमीन नहीं हो, तो उसकी तूलिका और लेखनी में चमत्कार कहाँ से आएगा?'

मैंने कहा, 'तो इसके मानी ये हुए कि आप न तो लेखकों का प्रचार करेंगे और न लेखक आपके आदर्श का?'

जयप्रकाश जी बोले, 'एक तरह से आप ठीक कहते हैं; किन्तु, यहाँ थोड़ी-सी व्याख्या की जरूरत है। लेखक अपने विश्वास के कारण लिखता है, प्रचार के लोभ से नहीं। मगर, विश्वास जब प्रबलता से व्यक्त होता है, तब प्रचार तो उसका स्वयं होने लगता है। और जिसे आप हमारा आदर्श कहते हैं, वह केवल हमारा ही नहीं, सारे समाज का आदर्श है। हम यह कभी नहीं चाहते कि कलाकार हमारे प्रचार का साधन बनें। हाँ, लेखकों और कवियों को हम सिर्फ इस बात का ध्यान दिलाना चाहते हैं कि समाज जिस महान लक्ष्य की ओर चल रहा है, उस लक्ष्य का एक साहित्यिक पहलू भी है और उसे साहित्यकार ही चित्रित कर सकता है। प्रत्येक घटना के दो पक्ष होते हैं : एक वह, जिसे इतिहास अपने यहाँ अंकित करता है और दूसरा वह, जिसे कवि लिखता है। क्या यह उचित होगा कि इतिहास तो अपने हिस्से का काम करता जाए और कवि उसकी उपेक्षा करे, जो उसके हिस्से का काम है? और क्या इतिहास को हिलानेवाली घटनाओं की कविता लिखने से कवि के गौरव का हनन होनेवाला है?'

मैंने कहा, 'घटनाओं का जो काव्यपक्ष है, वह तो साहित्य की पूँजी है। भला उसे लिखने में साहित्यकार को ग्लानि क्यों होने लगी? यह ठीक है कि समकालीनता को कुछ लोग अल्पायु मानते हैं, किन्तु यह तो दृष्टिभेद है। असल में, ऐतिहासिक दृष्टि से देखने पर तो हम काल के सम्पूर्ण व्यक्तित्व को जीवित तथा चैतन्य पाते हैं। इलियट का कहना है कि अतीत का भी एक अंश है, जो वर्तमान में जी रहा है और वर्तमान तथा भविष्य दोनों के कुछ-न-कुछ अंश अतीत में विद्यमान हैं। जागरूक कलाकार तो अतीत की घटनाओं की भी अपने समय के अनुरूप ही व्याख्या करता है और जब उसके विषय वर्तमान से आते हैं, तब भी वह उन पर इसी भाव से रंग छिड़कता है, मानो वे अतीत और भविष्य, दोनों ही से सम्बद्ध हों! अतएव वास्तविक विवाद का कारण समकालीनता नहीं, प्रत्युत यह आग्रह है कि तुम्हारे चारों ओर हमने जो लक्ष्मण-रेखा खींच दी है, तुम उसके बाहर मत जाओ यानी आदर्श की ओर उन्मुख रहना यथेष्ट नहीं है; बल्कि आदर्श की ओर जाने की जो पगडंडी हमने बना दी है, तुम्हें भी उसी पर चलना होगा। जब ऐसी बातें होने लगती हैं, तब साहित्य उदास हो जाता है और वह सोचने लगता है कि राजनीतिवाले उन गुणों को नहीं चाहते जो मेरे अपने गुण हैं, बल्कि वे मुझे उन्हीं बातों तक सीमित रखना चाहते हैं, जो उनके काम की हैं।'

जयप्रकाश जी बोले, 'यह फिर रेजिमेंटेशन ही घूमकर आ गया। चिन्तक लक्ष्मण-रेखा से घबराते हैं, यह कोई अस्वाभाविक बात नहीं है और जो लोग यह रेखा खींचने का साहस करते हैं, वे भी अपने माथे पर बहुत बड़ी जिम्मेदारी लेते हैं; क्योंकि क्या ठिकाना है कि यह रेखा मानवता की प्रगति के आगे भी नहीं खिंची जा रही है? प्रजातंत्र के सम्यक् विकास के लिए तो यही स्वास्थ्यकर होगा कि उसके जो भी सदस्य सोचने की शक्ति रखते हों, वे समाज की प्रगति के प्रश्न पर अपने-अपने ढंग पर सोचें। इसमें कोई हानि नहीं है; क्योंकि व्यक्तियों के विचार-मंथन से जो नवनीत निकलेगा, उसे समाज तो तभी ग्रहण करेगा, जब वह सबके कल्याण के योग्य हो। हम समाज के मस्तिष्क को एक निर्दिष्ट दिशा की ओर जबरन प्रेरित करें, इससे अधिक गौरवपूर्ण मार्ग तो यह है कि हम व्यक्तियों को जगाकर उन्हें उस ओर जाने को मुक्त छोड़ दें, जिधर जाने के लिए समाज कदम उठा रहा है। राजनीति और साहित्य के क्षेत्र अलग-अलग और भिन्न हैं तथा उनमें से एक के फार्मूले से दूसरे की प्राप्ति की अपेक्षा नहीं की जा सकती। किन्तु जीवन तो दोनों का समान लक्ष्य है। फिर जीवन का तो ताप राजनीति महसूस करती है, उससे साहित्य कैसे मुक्त रह सकता है? हाँ, उस ताप की अनुभूति और अभिव्यक्ति, दोनों ही अपने-अपने ढंग पर करेंगे।'

मैंने कहा, 'अगर ऐसी बात है, तो क्या समाजवादी राज्य में लेखकों के विचारों पर कोई अंकुश नहीं होगा और हम जो चाहेंगे, आसानी से लिख सकेंगे?'

जयप्रकाश जी बोले, 'चिन्तकों को स्वाधीनता देना उनके प्रति कोई रियायत नहीं है, बल्कि यह एक आवश्यक धर्म है, क्योंकि आदमी के दिमाग से नई-नई उपयोगी बातें तभी निकल सकती हैं, जब वह सोचने को स्वाधीन हो। लेखकों और कवियों से अच्छी कृतियों की उम्मीद तभी की जा सकती है, जब वे मनचाहे ढंग पर उन्हें रचने और सँवारने का सुयोग पा सकें। कृतियों को आकर्षक और प्रभावपूर्ण बनाने की जो बातें हैं, उन्हें पार्टी या राज्य तो किसी लेखक में नहीं भर सकता। वह शक्ति तो लेखक की अपनी आत्मा में ही निहित होनी चाहिए। गोर्की ने जब 'मदर' लिखा तब वह कम्यूनिस्ट पार्टी का सदस्य नहीं था। कहते हैं, रूस की किसी एक कवयित्री के गीतों में उदासी पाई गई और सत्ताधारियों ने उससे सवाल कर दिया कि तुम्हारी कविता में निराशा के भाव क्यों हैं? किन्तु अगर उस कवयित्री के भीतर उदासी की भावना ही प्रधान हो तो वह और क्या लिख सकती है? और, अगर उस पर किसी किस्म का दबाव डाला जाए तो इसके दो ही परिणाम हो सकते हैं : एक तो यह कि वह

उन भावनाओं को गीतों में बाँधे जिनकी अनुभूति उसके पास नहीं है; और दूसरा यह कि वह एकदम चुप हो जाए। मगर इन दोनों हालतों को हम उस कवयित्री की मृत्यु ही कहेंगे।

'रह गई जो चाहे वही लिखने की बात, सो इस मामले में हम इतना जरूर चाहेंगे कि समाजवादी राज्य जिन आदर्शों और सिद्धान्तों की स्थापना और विकास के लिए कायम किया जाए, लेखकगण उन आदर्शों और सिद्धान्तों के प्रतिकूल नहीं लिखें। और ये आदर्श तथा सिद्धान्त हैं क्या? समाज के असंख्य लोगों की कामनाओं के प्रतिबिम्ब और जनता की आकांक्षाओं के प्रतिरूप ही तो? फिर इनके प्रति साहित्य में कृपणता अथवा अनुदारता क्यों होगी? मेरा खयाल है कि प्रत्येक कलाकार अधिक-से-अधिक लोगों के हृदयों को छूना चाहता है और अधिक-से-अधिक लोगों के हृदयों को छूने के लिए यह आवश्यक है कि वह अपनी खानगी से खानगी अनुभूतियों को भी सामान्य अनुभूतियों के स्तर पर उतारकर लिखे। साहित्य, संगीत और कला आज तक कुछ थोड़े से लोगों के उपयोग की वस्तु रही है। सच पूछिए तो आज की अवस्था में यह सम्भव भी नहीं है कि जनता का विशाल समुदाय कला को घेरकर खड़ा हो और कलाकार यह महसूस करे कि वह जिनके लिए लिखता है, वे ये ही लोग हैं। पूँजीवादी समाज की एक विशेषता यह भी है कि उसके कलाकार या तो वर्गविशेष के लिए लिखते हैं अथवा अपने-आपके लिए। ऐसे समाज में बाधाओं का ऐसा जाल बिछा रहता है कि वे असली स्वामिनी यानी जनता के पास पहुँच ही नहीं पाते और उधर जनता निरुपाय होकर अपनी सांस्कृतिक प्यास को बुझाने के लिए गन्दे नालों और गड्ढों से पानी पिया करती है। किन्तु जब पूँजीवाद को हटाकर सच्चे शोषणहीन समाज की स्थापना कर दी जाएगी, तब जनता अशिक्षित नहीं रहेगी तथा कला का आनन्द उठाने के लिए जिस छूट और अवकाश की आवश्यकता होती है, वह भी कुछ थोड़े लोगों के आधिपत्य से निकलकर सर्वसाधारण में बँट जाएगा और इस प्रकार हम कला के वक्ता और श्रोता को आमने-सामने खड़ा करके कलाकार की इस समस्या को आसान बना देंगे कि वह किसके लिए लिखे।'

मैंने कहा, 'यह तो डिमांड और सप्लाई का सिलसिला हुआ और समाजवादी आदर्शों के विरुद्ध लिखने की मनाही करके तो आप भी लेखक के व्यक्तित्व की सीमा बाँध रहे हैं।'

जयप्रकाश जी बोले, 'डिमांड और सप्लाई का सिलसिला तो आज भी विद्यमान है। क्या आज सभी प्रकाशक सभी तरह की किताबें छापने को तैयार

हैं? अथवा क्या आज के पाठकों की रुचि का प्रभाव प्रकाशन और लेखन पर नहीं पड़ रहा है? दुख तो यह है कि हमारी जनता अशिक्षित है और शिक्षित समुदाय में भी आज उन्हीं का प्राधान्य है, जो साहित्य को मनोरंजन का साधन समझते हैं और इसलिए वे ऐसी चीजों की माँग करते हैं जिनमें शान्ति और कोमलता अथवा रोमांस की गुदगुदी भरी हो। जब जनता सचेष्ट और शिक्षित होगी, इस डिमांड के रूप में भी परिवर्तन होगा और उसकी पूर्ति के लिए साहित्य को अपना रूप स्वतः बदल देना होगा।

'जहाँ तक लेखकों के व्यक्तित्व की स्वच्छन्दता का प्रश्न है, हम नहीं समझते कि समाज के आदर्श और उद्देश्य को अंगीकार करना कोई ऐसा बन्धन है, जिसे वे स्वेच्छा से स्वीकार नहीं करेंगे। मगर, तब भी, सम्भव है, ऐसे लोग हों, जो समाज के वृत्त से बाहर निकलना चाहें। मेरा खयाल है, राज्य की ओर से उन पर कोई रोक नहीं लगाई जा सकती। अधिक-से-अधिक यही हो सकता है कि राज्य ऐसी चीजों को स्वयं प्रकाशित नहीं करे।

'और आपको जो यह शंका होती है कि समाजवाद के अन्दर लेखकों के व्यक्तित्व अथवा वैयक्तिकता का ह्रास होगा, सो आज कितने लोग हैं, जो अपने व्यक्तित्व का विकास कर पाते हैं? मैं उन लोगों में नहीं हूँ, जो यह मानते हैं कि गरीबी और अभाव कलाकारों के लिए वरदान हो सकते हैं। उलटे, मैं तो यही समझता हूँ कि कला और साहित्य का काम करनेवाले लोगों को आर्थिक निश्चिन्तता और अवकाश जरूर चाहिए; क्योंकि इनके बिना वह साधना पूरी ही नहीं हो सकती जिससे कृतियों में शक्ति और चमत्कार उत्पन्न होते हैं। मगर भारतवर्ष में यह निश्चिन्तता और अवकाश कितने लेखकों को उपलब्ध है? प्रायः, सब-के-सब प्रकाशकों के शोषण अथवा उनकी उपेक्षा के शिकार हो रहे हैं। यह भी सोचिए कि पाठकों के मंडल में आज जिनका बहुमत है, क्या उनकी रुचि को धक्का देनेवाले लेखकों की किताबें भी बिक पाती हैं? देश में जिनका अपार बहुमत है, उनके पास न तो शिक्षा है और न रुचि। जो थोड़े से लोग, सम्पत्ति जमा करके बैठ गए हैं, आज साहित्य में भी उन्हीं की रुचि का बोलबाला है। ऐसी अवस्था में यह सोचना ही बेकार है कि समाजवाद से किसी के व्यक्तित्व का ह्रास होगा। सच्चे व्यक्तित्व के विकास के लिए स्वतंत्रता और निश्चिन्तता की दरकार है और स्वतंत्रता कहते हैं इस चिन्ता से मुक्त होने को कि कल को मेरा रोजगार छूट गया, तो मैं रहूँगा कहाँ और खाऊँगा क्या। जिस दिन समाज के प्रत्येक व्यक्ति को इस चिन्ता से छुटकारा मिलेगा, व्यक्ति की वैयक्तिकता भी उसी दिन सिर तानकर चल सकेगी और तब व्यक्तित्व के

निर्माण या विकास की सुविधा कुछ थोड़े-से लोगों के हिस्से की चीज नहीं रहकर सर्वसाधारण की वस्तु हो जाएगी और तभी, शायद, हमारे बीच इतने लेखक, कवि और कलाकार भी पैदा होंगे जो अपार जनता की सांस्कृतिक क्षुधा को योग्य भोजन से तृप्त कर सकें।'

मैंने सोचा, जयप्रकाश जी ठीक कहते हैं। रचनात्मक प्रतिभा में जो कुछ भी सर्वश्रेष्ठ है, वह आर्थिक सहायता से ही प्रकट होता हो, ऐसी बात नहीं है। कलाकार के चारों ओर एक ऐसा अनुकूल आध्यात्मिक वातावरण होना चाहिए जिसमें वह प्रसन्नतापूर्वक और उत्साह के साथ लिख सके। मगर, लिखने या अपने-आपको अभिव्यक्त करने की जो प्रवृत्ति और शक्ति है, वह इन आर्थिक सहायताओं से उत्पन्न नहीं की जा सकती। कला की ऊँची कृतियों का निर्माण कलाकार इस भाव से नहीं करता कि समाज उनके बदले उसे पुरस्कारों और रुपयों से लाद देगा; किन्तु रचनात्मक प्रवृत्ति को जीवित रखने के लिए तथा लेखक को लिखने का अवसर और क्षेत्र देने के लिए समाज में अनुकूल परिस्थितियों का कायम रहना बहुत जरूरी है। समाज की जो पद्धति लेखक की प्रतिभा को खुलकर काम करने नहीं देती, उस पर किसी किस्म का घेरा डालती अथवा उसे अनुर्वर बनाती है, वह अन्य दृष्टियों से चाहे कितनी भी उपयोगी क्यों नहीं हो, किन्तु प्रतिभाशाली लोगों के व्यक्तित्व का ह्रास करने के कारण वह निन्दित और हेय ही समझी जाएगी। समाज की प्रगति उसके व्यक्तियों में प्रकट होती है और इनमें से भी कुछ ही लोग होते हैं, जिनमें यह प्रगति पूर्णता को प्राप्त होती है। ये थोड़े-से लोग सर्वसाधारण की अपेक्षा अधिक जीवित और चैतन्य होते हैं। वे उन विचारों, मानसिक चित्रों और भावनाओं को याद रखते तथा उनका आनन्द उठाते हैं जो पहले के साहित्य या कला में आ चुकी हैं तथा वे मनुष्य के भीतर आनन्द की नई-नई भूमि का भी अनुसंधान करते रहते हैं। उनकी सत्ता सर्वसाधारण की सत्ता के साथ पूर्ण रूप से एकाकार नहीं की जा सकती। उनके व्यक्तित्व के विकास के लिए कुछ-न-कुछ विशेष प्रबन्ध रहना ही चाहिए।

मगर यह बात भी ठीक है कि जिसे हम व्यक्तित्व कहते हैं, उसकी जड़ में कहीं-न-कहीं आर्थिक निश्चिन्तता का सवाल है। ऑस्कर वाइल्ड की एक बात याद आती है कि बायरन, शेली, ब्राउनिंग, विक्टर ह्यूगो, बादेलेयर और उनके ही समान कुछ और लोग जरूर हुए हैं जो खाने-पीने से निश्चिन्त थे, जिन्हें जीवन की आवश्यकता की पूर्ति के लिए एक दिन भी मजदूरी नहीं करनी पड़ी, जो दरिद्रता की पीड़ा से मुक्त थे, जो समाज में लाभ और निश्चिन्तता के बिन्दु

पर खड़े थे; यही कारण है कि वे अपने व्यक्तित्व का विकास कर सके और जिस दिशा की ओर उनकी नीति थी, उस दिशा में वे काफी आगे जा सके।

बर्ट्रेंड रसेल का भी विचार है कि रचनात्मक प्रतिभावाला मनुष्य अपनी योग्यता का उपयोग तभी कर सकता है जबकि उसे कला की आराधना के लिए पूरा अवकाश हो। आज की अवस्था में तो यह उन्हीं के लिए सम्भव दीखता है जिनके पास गृहस्थी चलाने के पूरे सामान हैं अथवा जो किसी ऐसे काम के जरिये अपनी जीविका चलाते हैं जिसमें उनका अधिक समय नहीं जाता यानी पेट के लिए कुछ थोड़े समय तक खटकर बाकी समय को वे अपने ब्रह्म की उपासना में लगा सकते हैं। रसेल ने यह भी कहा है कि जिन्होंने वैयक्तिक सम्पति के सहारे कला के अच्छे काम किए, उनकी संख्या थोड़ी, किन्तु नाम बड़े उजागर हैं। इस सम्बन्ध में उन्होंने मिल्टन, शेली, कीट्स और डारविन के नाम लिये हैं और लिखा है कि अगर इनमें से किसी को भी अपनी जीविका चलाने के लिए मजदूरी करने की नौबत आई होती, तो निश्चय ही, वह उतनी अच्छी कृतियाँ हमें नहीं दे सकता था, जैसी कि वह दे गया है। सच तो यह है कि अगर डारविन किसी विश्वविद्यालय में अध्यापक हुए होते, तो निश्चित ही, मनुष्य को बन्दर की संतान सिद्ध करने के कारण उन्हें अपनी नौकरी से हाथ धोना पड़ता।

और तब मैं लुई फिशर की इस बात पर विचार करता हूँ कि रूस में अगर कोई वर्ग सुखी, सम्मानित और सम्पन्न है, तो वह साहित्यिकों का वर्ग है। तो क्या रूसी लेखकों की यह समृद्धि स्वच्छन्दता की कीमत पर आई है? या क्या यह इस समझौते का परिणाम है कि तुम मुझे शरीर दो, मैं तुम्हें आत्मा दे दूँगा?

रूसी लेखकों को यह स्पृहणीय स्थिति कैसे प्राप्त हुई, इसकी व्याख्या करते हुए इंग्लैंड के कवि स्पेंडर ने लिखा है कि रूसी लेखकों के चिन्तन और शोध की जो सीमाएँ बाँधी गई हैं, उनसे वे इतना नहीं घबराते जितना बाहरवालों को मालूम होता है। बाहरवालों को ये सीमाएँ घाटे-सी दीखती हैं, किन्तु, क्रान्ति के प्रमुख नेताओं की दृष्टि में वे घाटा नहीं, बल्कि, लाभ हैं।

सम्भव है, हम लोग वैयक्तिकता को जितना महत्त्व देते हैं, वह हमारे निष्क्रिय बौद्धिक चिन्तन का परिणाम हो! सम्भव है, डिक्टेटरशिप के अन्दर चिन्तन के चारों ओर जो लक्ष्मण-रेखा खींची जाती है, उसके भीतर व्यक्तित्व के वर्द्धन और विकास के लिए बहुत बड़ा अवकाश हो अथवा यह भी सम्भव है कि बुर्जुआ-समाज में जो गिने-चुने व्यक्ति व्यक्तित्ववाले होते हैं, डिक्टेटरों के अधीन स्थापित किए जानेवाले शोषणहीन समाज में वैसा ही व्यक्तित्व बहुत लोगों को

प्राप्त होता हो और ऊँचाई की दृष्टि से (Vertically) हम जो नुकसान उठाते हैं, वह फैलाव में (Horizontally) पूरा हो जाता हो! किन्तु, इन सारी चिन्ताओं के बाद जो बात प्रमुख होकर सामने आती है, वह यही है कि हर प्रकार के व्यक्तित्व के लिए आर्थिक निश्चिन्तता आवश्यक है।

अतएव मैंने जयप्रकाश जी से पूछा कि आपकी कल्पना के समाजवाद में लेखकों की रोटी-दाल का क्या सामान होगा? अगर प्रकाशन-सम्बन्धी वैयक्तिक उद्योगों को रोककर राज्य खुद प्रकाशन करने लगे, तो इसका एक परिणाम यह होगा कि इस दिशा में राज्य जिस बोर्ड की राय से चलेगा, उस बोर्ड के सदस्यों की पसन्द और नापसन्द का साहित्य पर गहरा प्रभाव पड़ेगा और जो लोग बोर्ड के सदस्यों के विचारों का खंडन करनेवाले होंगे, उनकी पुस्तकों का यथेष्ट प्रचार नहीं किया जा सकेगा। यह भी एक प्रकार का बन्धन ही है! इसके सिवा, बोर्ड तो, अक्सर उन्हीं लेखकों की पांडुलिपियों को स्वीकार करेगा जो प्रसिद्ध हो चुके हैं। मगर उन उदीयमानों का क्या हाल होगा जिनके झुंड में से हर तीसरे-चौथे साल कोई-न-कोई बड़ा लेखक और कवि आता ही रहता है?

जयप्रकाश जी बोले, 'यह समस्या अभी जितनी कठिन है, प्रजातंत्री समाजवाद के अन्दर वह उतनी कठिन नहीं रह जाएगी। यह ठीक है कि प्रकाशन का मुख्य काम राज्य के द्वारा ही होगा और राज्य की तो कहीं-न-कहीं कोई सीमा अवश्य होगी। किन्तु, प्रजातंत्री समाजवाद सहयोग-समितियों को भी प्रश्रय देगा और इन समितियों के द्वारा वे सभी ग्रन्थ प्रकाशित किए जा सकेंगे, जिन्हें जनता पढ़ना चाहेगी। दरअसल, प्रजातंत्री समाजवाद शोषणहीन समाज का वह रूप है जिसमें डिक्टेटर नहीं होगा और जहाँ सभी कार्यों में जनता की ही इच्छा प्रधान होगी। आज जनता के अशिक्षित रहने के कारण लेखक तंगी में हैं, किन्तु जनता की शैक्षिक उन्नति के बाद तो यह स्थिति टिक ही नहीं सकेगी। जिस देश की जनता शिक्षित, जागरूक और चैतन्य हो, उस देश में किसी भी प्रकार की स्वतंत्रता के अपहरण का षड्यंत्र नहीं चल सकता। ऐसे षड्यंत्र के लिए यह आवश्यक होता है कि सरकार जनता को गलत ढंग पर शिक्षित करे यानी जनता को वह उन बातों तक पहुँचने ही नहीं दे जिनकी जानकारी से सरकार का अहित होता है। किन्तु यह डिक्टेटरों की पद्धति है। प्रजातंत्री समाजवाद में जो सरकार बनेगी, जनता की इच्छा से बनेगी और उसके पास कोई भी ऐसी बात नहीं होगी जिसे जनता से छिपाना जरूरी हो। जब तक हम अपने दैनिक कार्यक्रमों में जनता को पूर्णरूप से साथ नहीं लेते, तब तक तो प्रजातंत्री समाज का ध्येय ही अधूरा रह जाता है। फिर ऐसे समाज

में कोई भी ऐसा ज्ञान अप्रकाशित कैसे रह सकेगा जिसे जनता प्रकाश में लाना चाहती हो?'

मेरा खयाल है कि स्वाधीन चिन्तन का काम कभी भी खतरों से खाली नहीं होगा। पहले भी ऐसे लोग हुए हैं जो अपने विचारों के कारण कष्ट में रहे और आज भी ऐसे लोग हैं जो अपने विचारों की स्वाधीनता के कारण बड़ी ही मुश्किल से जी रहे हैं। विचारों की राह से मानवता को प्रगति की ओर ले जानेवाले लोग बराबर विद्रोही होते हैं और विद्रोहियों को राजसत्ता कभी भी प्यार नहीं करती। तो भी विद्रोही अगर कष्ट झेलकर भी अपनी बात कहता जाए, तो इससे समाज का कल्याण और बागी का गौरव ही बढ़ता है। किन्तु जहाँ विद्रोहियों की जुबान पर ताले जड़ दिये जाते हैं, समाज का वास्तविक अकल्याण और मानवता की असली क्षति वहीं आरम्भ होती है। अगर क्राप्टकिन की कल्पना का समाज धरती पर लाया जा सके, तब तो विद्रोहियों को सकुशल जीने की सुविधा मिल सकती है, अन्यथा संसार में जितने भी प्रकार के राज्यों की कल्पना की जाती है, उनमें से हर एक में बागी बागी ही रहेगा। ऐसी अवस्था में हम अपेक्षाकृत छोटी नुकसानी को ही स्वीकार कर सकते हैं और वह यह है कि बागी को सताना अगर तुम नहीं छोड़ सकते, तो मत छोड़ो, किन्तु कम-से-कम इतना तो करो कि वह अपने मन की बात बोलता जाए।

रजत और आलोक की कविता

I have gathered my dreams in a silver air,
Between the gold and the blue;
And wrapped them softly and left them there
My jewelled dreams of you.

—श्री अरविन्द

जब तक गांधी जी जीवित थे, विदेशों में लोग उनके कल्पव्यापी महत्त्व को नहीं समझ पाते थे। दूर से उन्हें सुनाई पड़ता था कि भारतवर्ष में एक आदमी पैदा हुआ है, जो अंग्रेजों के साम्राज्यवाद को खुले-मैदान ललकार रहा है और इतना सुन लेने के बाद वे और कुछ सुनने की जरूरत महसूस नहीं करते थे। बल्कि राज्यों और साम्राज्यों को ललकारनेवाले संसार में जो और नेता हो गए हैं, उनके लक्षणों को गांधी जी के चरित्र में मिलाकर वे समझ लेते थे कि अवश्य ही यह कोई गेरीबाल्डी, रोबसपियर या लेनिन होगा। किन्तु आज दुनिया समझ रही है कि गांधी जी रोबसपियर, गेरीबाल्डी और लेनिन होते हुए भी उनमें से प्रत्येक से महान थे और उनके प्रभाव की सीमा किसी एक ही देश या काल की परिधि तक नहीं रुकनेवाली है।

श्री अरविन्द के सम्बन्ध में भी कुछ ऐसा ही हुआ है। वर्तमान पीढ़ी उन्हें एक ऐसे साधक के रूप में जानती है, जो साल-का-साल अपने साधना-कक्ष में बन्द रहता है, जिसे संसार से कोई सम्बन्ध नहीं, जो अपने देशवासियों और मानव-बन्धुओं को उपेक्षित छोड़कर केवल अपनी वैयक्तिक मुक्ति के लिए प्रत्यनशील है। हमने यह भी सुन रखा है कि कभी वे कैम्ब्रिज के अत्यन्त मेधावी छात्र थे। उन्होंने 'वन्दे मातरम्' नामक अपने जोशीले पत्र के माध्यम से एक समय देश में वीरता, निर्भयता और उग्र राष्ट्रीयता का व्यापक प्रचार भी किया था और अन्त में, वे अलीपुर-बम के मुकदमे में फँसा लिये गए तथा देशबन्धु चित्तरंजनदास ने उनकी ओर से ऐसी वकालत की कि अदालत को रिहा कर देना

पड़ा। श्री अरविन्द के सम्बन्ध में ये ही कुछ बातें हैं जो हवा में मँडराती फिरती हैं और जिन्हें सुनकर हम उनके सम्बन्ध में अच्छी या बुरी धारणा बना लेते हैं।

किन्तु अब उनके रहस्यपूर्ण व्यक्तित्व और क्रिया-कलाप पर से आवरण का कुहासा धीरे-धीरे दूर हो रहा है तथा हम उनके असली रूप को कुछ अधिक स्पष्टता के साथ समझने लगे हैं।

पुस्तकों और महात्माओं के मुख से हमने योग की बड़ी महिमा सुन रखी है तथा हममें से अनेक ने अध्यात्म के उन्मेष में आकर उसकी थोड़ी-बहुत साधना भी की होगी। किन्तु यह विषय अपनी दुरूहता तथा असुलभता के कारण उपेक्षित कर दिया गया और मानवता के जो भी नेता इस नवीन युग में उत्पन्न हुए, उन्होंने इसे कोई भी महत्त्व नहीं दिया। निदान, श्री अरविन्द का, योगेश्वर के रूप में, सुयश सुनकर हमने उन्हें मस्तक तो जरूर नवाया, किन्तु अपनी गम्भीर भक्ति हम उन्हें अर्पित नहीं कर सके, क्योंकि हमारे हृदयों में कहीं-न-कहीं यह भाव छिपा रहा है कि योग व्यर्थ है। यदि वह सार्थक है भी तो उन दो-चार विशिष्ट लोगों के लिए जो जीवन के कोलाहल से बहुत दूर, किसी कन्दरा या कुंज में छिपकर, अपनी वैयक्तिक मुक्ति के लिए प्रयास करना चाहते हैं। किन्तु जिस युग में वैयक्तिक मुक्ति की जगह सामाजिक मोक्ष ने ले ली हो, उस युग में वैयक्तिक मुक्ति दिलानेवाले साधन का ही क्या महत्त्व रह जाता है? इसके सिवा, मनुष्य ने जिस विज्ञान की सृष्टि की है, उस विज्ञान ने उसे यह सिखलाया है कि 'सत्य वह है, जिसे हम काठ की उँगलियों से छू सकते हैं। सत्य वह है, जिसे हम सहज स्थिति में देख सकते हैं; विकृति के माध्यम से जो चमत्कार देखने में आता है, वह सत्य नहीं हो सकता।' विज्ञान ने उदाहरण दिया, 'तुम जब आँख के कोने को दबाते हो तब सूर्य दो, चन्द्रमा दो और संसार की प्रत्येक वस्तु दो दीखने लगती है। किन्तु असल में वह एक ही है। उसका दूसरा रूप तो सिर्फ प्रतिबिम्ब है जिसे तुम सहजता से नहीं, प्रत्युत विकार की अवस्था में देख सकते हो।' मनुष्य ने इस गूढ़ विश्लेषण पर विज्ञान की दी हुई बुद्धि से विचार किया और कहा कि 'विज्ञान ठीक कहता है। विश्वसनीय अवस्था तो सहजावस्था ही है। अपने को विकृत करके हम सत्य के समीप कैसे जा सकते हैं?'

लगभग चालीस वर्षों की साधना के बाद श्री अरविन्द का जो रूप कुहासे से ऊपर आ रहा है, वह इन सभी 'प्रीजुडिसेज' या रूढ़ धारणाओं को चुनौती देनेवाला है। कुहेलिका के घेरे में से वे एक प्रकाशमान सूर्य के समान उठते हुए ऊपर आ रहे हैं, एक अनिर्वचनीय प्रसन्नता की दीप्ति लिये हुए, एक अकथनीय

करुणा की लाली से सराबोर। उनका व्यक्तित्व पहले के सभी कवियों, ऋषियों और नेताओं के व्यक्तित्व से भिन्न है; क्योंकि उनकी विशेषता केवल योग ही नहीं है जिसे लोग गुप्त रखने के आदी हैं; प्रत्युत वे एक दार्शनिक काव्य अथवा काव्यात्मक बौद्धिकता के भी आगार मालूम होते हैं, जिसकी व्याख्या आगामी युगों को अपने तेज से भर दे तो इसमें कोई आश्चर्य नहीं करना चाहिए। अपनी रिक्त गुफाओं को भरने के लिए, अपनी शून्य कन्दराओं को आबाद करने के लिए मनुष्य को जिन किरणों की आवश्यकता है, वे सभी किरणें श्री अरविन्द के मुख से निःसृत वाणी तथा उनके अलौकिक व्यक्तित्व में लिपटी हुई आ रही हैं। और विस्मय की बात तो यह है कि उनका आविर्भाव एक ऐसे युग में हो रहा है जो युग शंका, अविश्वास, श्रद्धाहीनता और नास्तिकता के कोलाहल से एकदम आक्रान्त है।

कहते हैं, विश्व की उपेक्षित आत्मा को सम्यक् आवास देने का दायित्व भारत का है। भारत इस व्रत के साथ आविर्भूत हुआ है कि वह मनुष्य के भीतर मरनेवाले मनुष्य को पुनरुज्जीवित करेगा; वह उन कोमल किरणों को फिर से अधिष्ठित करने के लिए संघर्ष करेगा जो अन्धकार से पराजित होकर निर्जन स्थानों में अनाथ और विधवा के समान निस्सहाय-सी घूम रही हैं। गांधी जी ने भारत को स्वाधीन किया। क्या अन्धकार और प्रकाश की नूतन अमर-भूमि में आलोक के नेता श्री अरविन्द होंगे?

मगर, योग को तो जनता ग्रहण नहीं करेगी और कोरे अध्यात्म की ओर भी समूह की अनुरक्ति को प्रेरित करना कठिन है। हाँ, जड़ता और आध्यात्मिक चेतना के बीच काव्य एक ऐसा माध्यम है, जिससे मनुष्य का हृदय पकड़ में लाया जा सकता है। योग-साधना से मनुष्य में और जो भी शक्तियाँ उत्पन्न होती हों या नहीं, किन्तु एकाग्रता तो आती ही है और एकाग्रता तथा एकान्त चिन्तन से मनुष्य के भीतर नई-नई अनुभूतियों के द्वार खुलते हैं, उसके मन में नये-नये रूप-रंगों के फूलों का प्रस्फुटन होता है। मनुष्य के अभाव को भरनेवाली जो भी अनुभूतियाँ श्री अरविन्द की चालीस वर्ष की साधना से उत्पन्न हुई हैं, उन्हें मनुष्य उनकी कविता के द्वारा अपने लिए शक्य मात्रा में अवश्य ग्रहण कर सकता है। कविता और योग की साधना में एक प्रकार का साम्य है। कवि और योगी एकाग्रता तथा समाधि के माध्यम से सत्य के पास पहुँचते हैं। यह बहुत अच्छा हुआ कि योगेश्वर अरविन्द ने अपनी समाधिजन्य किरणों को काव्य बनाकर उन लोगों के लिए यत्किंचित् उपलब्ध कर दिया है, जो योग और कविता, दोनों के विश्वासी हैं।

जब से श्री अरविन्द के 'सावित्री' नामक महाकाव्य का प्रकाशन हुआ और देश में यह चर्चा चलने लगी कि उन्हें नोबल-पुरस्कार मिलना चाहिए, तब से उनके सम्बन्ध में जिज्ञासा करनेवालों की संख्या बढ़ गई है। किन्तु सच तो यह है कि अरविन्द आज कोई नये-नये कवि नहीं हुए हैं; प्रत्युत काव्य, समाधि और चिन्तन आरम्भ से ही उनके प्रधान साधन रहे हैं। राजनीति में उनका पदार्पण ऐश्वर्य-भोग के लिए नहीं, प्रत्युत अन्याय का प्रतिरोध करने के लिए हुआ था। आँखों के सामने घटित होनेवाले अनीति के कार्यों को सहने से केवल गृहस्थ ही अपने धर्म से पतित नहीं होता, बल्कि कायरतापूर्ण तटस्थता की नीति को अपनाने से संन्यासी, कवि, ऋषि, चिन्तक, ज्ञानी और संत, सब-के-सब अपनी मर्यादा से गिर जाते हैं। ऐसा लगता है कि अरविन्द का राजनीतिक अभियान भी उनकी ऊँची साधना का ही एक अंग था और जब वे अपने देशवासियों के हृदय में निर्भयता की वह्नि प्रज्वलित कर रहे थे, तब भी उनके भीतर योग और काव्य-साधना की ज्वाला एकाकार होकर अलक्षित रूप से जल रही थी। और उस समय भी देश में ऐसे लोग थे, जो श्री अरविन्द की इस विशिष्टता को समझते थे, जो उन्हें केवल आन्दोलनकारी ही नहीं, बल्कि एक ऐसा पुरुष समझते थे, जिसकी वाणी देश और काल की सीमाओं को भेदकर अनन्त काल तक गूँजती रहती है। उदाहरणार्थ, अलीपुर बम-केस में अरविन्द की ओर से बहस करते हुए स्वर्गीय चित्तरंजन दास ने कहा था कि 'इस विवाद के बन्द हो जाने के बाद, इस उपद्रव और हलचल के शान्त हो जाने के बाद, इस आन्दोलन के खत्म हो जाने पर और श्री अरविन्द के अन्तर्हित हो जाने के बहुत दिनों बाद भी वे देशभक्ति के ज्वलन्त कवि, राष्ट्रीयता के सन्देशवाहक और मानवता के प्रेमी के रूप में पूजित होंगे। मृत्यु के बहुत बाद, अरविन्द की आवाज सिर्फ भारतवर्ष में ही नहीं, बल्कि समुद्रों के आर-पार सारे संसार में गूँजेगी। इसलिए मैं कहता हूँ कि जिसे आप अपनी अदालत में खड़ा किये हुए हैं, वह सिर्फ आपके सामने ही नहीं, प्रत्युत इतिहास की बहुत बड़ी अदालत के सामने खड़ा है।'

जिन दिनों यह मुकदमा चल रहा था, उन दिनों अरविन्द का कवि अध्यात्म के किस स्तर तक पहुँच चुका था, यह बात उन कविताओं से प्रत्यक्ष होती है, जिनकी रचना उन्होंने अलीपुर जेल में की थी। समूह और व्यक्ति, दोनों ही के उद्धार का मार्ग वे उसकी आत्मा में देखते थे। राष्ट्र का उद्धार बाह्य सहायताओं से नहीं, प्रत्युत आभ्यन्तर साहस के विकास से होता है। गिरफ्तार तो वे बम के सिलसिले में ही हुए थे, किन्तु उनकी दृष्टि में देशोद्धार का साधन बम नहीं,

बल्कि वेदना, बलिदान और अधिकाधिक तपस्या थी। इस प्रकार, वे व्यक्ति के उद्धार के लिए भी सहिष्णुता, तपस्या और बलिदान को आवश्यक समझने लगे थे। भगवान अपने भक्तों को जिस मार्ग पर चलाना चाहते हैं, वह मार्ग फूलों से सुसज्जित राजपथ नहीं है। उस पर बदन को फाड़ देनेवाले काँटे और नुकीले पत्थर बिछे हैं; उस पर हृदय को दहला देनेवाली घटनाओं का अम्बार लगा है। कबीर ने कहा था :

कबिरा खड़ा बजार में, लिये लुकाठी हाथ,
जो घर जारै आपना, चलै हमारे साथ।

श्री अरविन्द के मुख से यह अनुभूति निम्नलिखित रूप में निःसृत हुई :

With wind and the weather beating around me
Up the hill and the moorland I go;
Who will come with me? who will climb with me?
Wade through the brook and tramp though the snow.
Not in the petty circle of cities
Cramped by your doors and walls I dwell.
Over me God is blue in the welkin,
Against me the wind and the storm rebel.

'वायु के झकोरों और मौसम के थपेड़ों को सहता हुआ मैं पहाड़ों और चट्टानों पर चढ़कर आगे जा रहा हूँ। जो भी मेरे साथ आना चाहे, जो भी मेरे साथ ऊपर उठना चाहे, वह नालों को चीरकर आए, वह बर्फों को कुचलकर आगे बढ़े।

'दीवारों और दरवाजों से सीमित नगरों के क्षुद्र वृत्त में मैं नहीं बसता। मैं तो वहाँ हूँ, जहाँ ऊपर के सुनील व्योम में भगवान हैं और नीचे मेरी छाती से विद्रोही तूफान टकरा रहे हैं।'

इसी से मिलती-जुलती अनुभूति की चोट खाकर इकबाल ने कहा था :

ओकाबीं रूह जब बेदार होती है जवानों में,
नज़र आती है उसको अपनी मंज़िल आसमानों में।
नहीं तेरा नशेमन कस्रे-सुलतानी की गुम्बद पर,
तू शाहीं है, बसेरा कर पहाड़ों की चट्टानों में।

कबीर के दोहे में संन्यास का साहस है। इकबाल की रुबाई संसार में फैलकर बसने के लिए बाज बनकर जीने का सन्देश देती है। किन्तु श्री अरविन्द की इस कविता में वैराग्य और वीरता की समन्वित दीप्ति झलक रही है। आज हम अरविन्द-आश्रम से जिस महामानव की, अस्पष्ट कल्पना का संवाद सुन रहे हैं, उसकी एक धुँधली झाँकी श्री अरविन्द को, शायद, अलीपुर

जेल में ही मिली थी। महामानव की कल्पना, मनुष्य के, कदाचित, उस व्यक्तित्व की कल्पना है, जिसमें अध्यात्म और आधिभौतिकता, दोनों ही अपने-अपने उचित भाग लेकर संतुलन में रहेंगे। उसमें मनुष्य का वह रूप है, जो तूफानों पर शासन करेगा, पहाड़ों की चोटियों पर अपनी पद-रेणु का तिलक लगाएगा, खतरों को अपना मित्र समझकर हमेशा निर्भीक रहेगा और उन किरणों के उद्गम को अपने हृदय में बसाए रहेगा जिनकी विभा ज्ञात और अज्ञात विश्व में एक-सी फैली हुई है :

I am the lord of tempest and mountain,
I am the spirit of freedom and pride,
Stark must he be and a kinsman to danger,
Who shares my kingdom and walks at my side?

उन्हीं दिनों कवि ने 'सपनों की माता' नामक एक दूसरी कविता भी लिखी थी, जिसमें उनकी तत्कालीन विकास की रेखाएँ और भी दीप्तिमयी मालूम होती हैं। बाहर से जो पुरुष हिंसात्मक आन्दोलन का नेता बना हुआ था, भीतर ही भीतर वह किस अज्ञात देश की सीमा पर पहुँच गया था, यह बात इस कविता से प्रत्यक्ष हो जाती है। यह कल्पना है या दृश्य, स्वर है या चित्र जो हमें आनन्द की लहर में डुबोए जा रहा है? समाधि ने श्री अरविन्द को जो झाँकियाँ दिखलाई थीं, उनकी शक्तिशालिनी कवि-प्रतिभा ने उन झाँकियों को शब्दों के सुनहरे और रुपहरे तारों तथा रहस्यमयी वाणी के रेशमी धागों में बड़ी ही कुशलता से बाँधकर रख दिया है :

Open the gate where thy children wait
In thy world of beauty undarkened.
High throned on a cloud, victorious and proud
I have espied Maghavan ride
When the armies of wind are behind him.

× × ×

Thine is the shade from which visions are made :
Sped by thy hands from celestial lands,
Came the souls that rejoice for ever.
In to thy dream-worlds we pass or look in thy image glass.
Then beyond thee we climb out of space and
Time to the peak of the divine endeavour.

ऐसी स्वपूर्ण कविता पर शंका करना व्यर्थ है। यह तो इस बात का ज्वलन्त प्रमाण है कि कवि अनन्तता के किनारे खड़ा होकर उसके भेदों की झाँकी ले रहा

है तथा उसमें शक्ति भी आ गई है कि इस अदृश्य जगत के अप्रेषणीय चमत्कारों को गीतों की नादवती धारा में उँडेल दे।

गीता की ज्ञानेश्वरी-टीका अथवा तिलक के गीता-रहस्य के पूर्व की अन्य कितनी ही टीकाओं में संन्यास का जो अर्थ निरूपित किया गया है, उस अर्थ में संन्यास श्री अरविन्द के योग का अंग नहीं है। योग की उपादेयता मानस जगत पर से विचारों के बोझ को दूर करने में है और उसकी सिद्धि इस बात में कि मन के आकाश में बादलों की तरह मँडरानेवाले क्षणिक विचारों की छाया भी नहीं पड़े। किन्तु मन की इस निर्मलता से जो शक्ति उत्पन्न होती है, उसे किसी लोकोपकारी कार्य में लगाना ही चाहिए। श्री अरविन्द की आरम्भिक कविताओं में (जिनसे किसी भी महाकवि की गौरव-वृद्धि हो सकती है) मानवात्मा का यह प्रयास अपनी असंख्य ज्योतियों के साथ देदीप्यमान है। 'ए गॉड्स लेबर' नाम्नी उनकी एक प्राचीन रचना से नीचे जो उद्धरण दिये जा रहे हैं, उनसे श्री अरविन्द के महान पुरुषार्थ का पता चलता है :

I had hoped to build a rainbow-bridge
Marrying the soil to the sky,
And sow in this dancing planet midge
The moods of Infinity.
But too bright were the heavens, too far away,
Too frail their Ethereal stuff;
Too splendid and sudden, our light could not stay,
The roots were not deep enough.

'मेरी आशा थी कि किसी दिन मैं इन्द्रधनुष का सेतु बनाकर मिट्टी को आकाश से ब्याह दूँगा तथा इस क्षुद्र ग्रह पर अनन्तता की मुद्राएँ बोऊँगा। किन्तु स्वर्ग बड़ा ही जाज्वल्यमान और बहुत दूर था तथा वियन्मंडल के उपकरण भी बहुत ही कोमल थे। आकाश की आभा इतनी प्रबल और आकस्मिक थी कि मेरी आँखें वहाँ ठहर नहीं सकीं। और मूल की गहराई भी इतनी बड़ी नहीं थी कि उसमें अनन्तता के बीज समा सकें।'

He who would bring the heavens here.
Must descend himself into clay;
And the burden of earthly nature bear
And tread the dolorous way.

'जो स्वर्ग को पृथ्वी पर उतारना चाहता है, उसे पहले स्वयं को मिट्टी पर उतार लेना चाहिए। पृथ्वी का जो स्वभाव है, उसके भार का वहन पहले उसे

स्वयं करना चाहिए; पृथ्वी के पथ में जो वेदनाएँ हैं, उन्हें भोगते हुए पहले उसे स्वयं अग्रसर होना चाहिए।'

I have been digging deep and long
Mid a horror of filth and mire,
A bed for the golden river's song.
A home for the deathless fire.

'मलिनता और भयानकता से भरी भूमि पर मैं एक गहरी खाई खोद रहा हूँ, जिसमें सुनहरी नदी का संगीत निवास कर सके तथा अमरता की वह्नि प्रज्वलित रह सके।'

ऊपर के पदों में कर्मन्यासवाले संन्यास का स्पष्ट परिहार है। श्री अरविन्द अपनी समस्त साधनाओं के बाद इस योग्य बनना चाहते हैं कि वे मिट्टी और आकाश के बीच एक इन्द्रधनुष का निर्माण कर सकें, धरती की मलिन कुक्षि में सुनहरी नदी का संगीत बो सकें और मर्त्यलोक में अमरता की आभा बिखेर सकें। किन्तु इन महान उद्देश्यों की प्राप्ति केवल कल्पना से सम्भव नहीं है। उसके लिए तो अनवरत अध्यवसाय की आवश्यकता है। अदृष्ट की ओर से श्री अरविन्द को अध्यवसाय का जो संकेत मिला है, उसकी ओर इंगित करते हुए वे कहते हैं :

A voice cried, 'Go where none have gone.
Dig deeper, deeper yet,
Till thou reach the grim foundation stone
And Knock at the keyless gate.'

'एक आवाज आई, तुम्हें वहाँ पहुँचना है जहाँ अब तक कोई भी नहीं पहुँच सका है। नीचे की ओर खोदते हुए दूर, बहुत दूर तक चले जाओ और नींव के पत्थर पर पहुँचकर दम लो, जहाँ पहुँचकर तुम्हें उस दरवाजे पर दस्तक देनी है, जिसकी कुंजी किसी के पास नहीं है।'

इसी कविता में योगी-कवि ने उन मार्गों का वर्णन किया है, जिनसे होकर वे सत्य की उपलब्धि के लिए प्रयास करते रहे हैं। कहते हैं, 'मैंने मन के ऊपरी धरातल पर बसनेवाले देवताओं को छोड़कर तथा जीवन की अतृप्त कामनाओं के अम्बुधि से अलग हटकर शरीर के अन्ध-मार्ग में डुबकी लगाई और नीचे के रहस्यपूर्ण देश में जा पहुँचा। मेरे ऊपर नाग फुंकार रहा था और दैत्य की आवाजें मँडरा रही थीं, किन्तु मैं नीचे उतरता ही चला गया और उस शून्य में प्रविष्ट हुआ, जहाँ से विचारों का जन्म होता है। जिस खाई के पेंदी नहीं है, उसमें भी जाकर मैं विचरण कर चुका हूँ। अलोक का अभियान बहुत दूर तक गूँज चुका है। सुनहरे सोपान के नीचे से प्रकाश के शिशु अन्धकार के अवसान

का संवाद सुनाने ही वाले हैं। थोड़ी ही दूर के बाद, नये जीवन का द्वार रजत-प्रकाश से विभासित होगा। ज्योति के उस जगमगाते हुए विश्व में पहुँचकर मैं वहाँ की रुपहरी वायु में अपने स्वप्नों को विसर्जित कर दूँगा और तब तुम्हारे अस्तित्व का जीवित सत्य, रूप धरकर, पृथ्वी पर विचरण करेगा।'

I shall leave my dreams in their argent air,
For in a raiment of gold and blue,
There shall move on the Earth embodied and fair
The living truth of you.

किन्तु, ये रचनाएँ श्री अरविन्द की साधना के दिनों की हैं। उनकी सिद्धि का महाकाव्य तो, सचमुच, 'सावित्री' ही है, जिसके कितने ही खंड प्रकाश में आ चुके हैं; यद्यपि इसकी आशा कम दीखती है कि इस समय उस काव्य का सम्यक् अध्ययन आरम्भ हो सकेगा। श्री अरविन्द एक काल, एक देश अथवा एक समाज के महापुरुष नहीं, प्रत्युत; वे मानवता के विकास के नेता हैं। श्री अरविन्दाश्रम के साधकों का विश्वास है कि जिस प्रकार के मनुष्य पृथ्वी पर विद्यमान हैं, उनसे मानवता की सभी समस्याओं का निराकरण नहीं हो सकेगा। मानव जाति की सभी समस्याओं का मूल कारण यह है कि मनुष्य अभी छोटा है, पशुता से अभी वह पूर्ण रूप से मुक्त नहीं हुआ है। कविवर जोश ने हँसी-हँसी में आदमी को लक्ष्य करके कहा है कि 'अभी तो इसकी फकत पूँछ झड़ी है।' श्री अरविन्द जिस महामानव को पृथ्वी पर लाना चाहते हैं, उसके लक्षण पहले भी कितने ही महापुरुषों में व्यक्त हो चुके हैं और आज उसकी आहट श्री अरविन्द की कविता में स्पष्ट रूप से मिल रही है। मुझ-जैसे सामान्य मनुष्य की कल्पना में वह ठीक से नहीं समा सकता। किन्तु सोचता हूँ कि वह ऐसा मनुष्य होगा जिसमें आज के मनुष्यों की क्षुद्रता नहीं होगी, जो भीतर और बाहर, सर्वत्र ज्योतिष्मान तथा पवित्र और शक्तिशाली होगा एवं जिसके लिए एकमात्र वे ही सत्य ग्राह्य नहीं होंगे जिनकी स्थापना विज्ञान कर रहा है। सम्भव है, वह अदृश्य को भी ग्राह्य बनाने के लिए विज्ञान-जैसी ही किसी अन्य विधि का आविष्कार करे! सम्भव है, वह मिट्टी और आकाश के बीच इन्द्रधनुष के सेतु पर विचरे और धरती के वक्ष में सचमुच ही किसी सुनहरी नदी का संगीत भर दे! वह कब आएगा, इसका संकेत नहीं है। किन्तु, जब सपने आ गए हैं, तब उनका सत्य रूप कभी-न-कभी आएगा ही। अभी तो हम समाधि में ही उसकी झाँकी ले सकते हैं :

He knew things by their soul and not their shape,
As those who had lived long made one in love,

Need word nor sign for heart's reply to heart,
He met and communed without bar of speech
With beings unveiled by a material frame.
All objects were like bodies of the God.
A spirit symbol environing a soul,
For world and soul were one reality.

[सावित्री : द्वितीय भाग : 14वाँ सर्ग]

'वह चीजों को उनकी आत्मा से पहचानता था, स्वरूप से नहीं; ठीक वैसे ही, जैसे दो प्रेमी बहुत दिनों तक प्रेम में निवास करते-करते एकाकार हो जाते हैं, तब वे दिल से दिल को जवाब देने के लिए शब्दों और संकेतों की आवश्यकता नहीं समझते। आधिभौतिकता के ढाँचे से अनावृत्त जीवों के साथ जब उसकी भेंट होती, वह उनसे भाषा की दीवार के बिना ही बातें करता था। संसार में जितने भी पदार्थ हैं, वे उसे ईश्वर के स्वरूप मालूम होते थे। स्पिरिट (रूह) उसकी दृष्टि में एक प्रतीक थी जो प्रत्येक आत्मा को अपने आवेष्टन में लिये हुए थी, क्योंकि उसकी दृष्टि में विश्व और आत्मा में कोई भेद नहीं था।'

महामानव के जो लक्षण ऊपर दिये गए हैं, वे शब्दों में पूरी तरह नहीं समा सकते। भाषा प्रत्येक स्वप्न को साकार कर दे, यह असम्भव है। ऊपर के सन्दर्भ से यह स्पष्ट झलकता है कि कवि अरविन्द के ध्यान में महामानव का जो स्वरूप आया है, उसका चित्रण उन्होंने भी केवल संकेतों से किया है। महामानव की आत्मा शरीर का बन्धन नहीं मानती, वह मूकता में ही अन्य आत्माओं तक अपने भावों का प्रसार करती है, रक्त और मांस का बन्धन नहीं; स्पिरिट और मैटर में भेद नहीं; जन-जन के भीतर जो एक आत्मिक एकता है, बाहर की विभिन्नताएँ उसके सामने परास्त हो जाएँगी। तो क्या महामानवता में पहुँचकर मनुष्य की स्थूलता लुप्त हो जाएगी? मगर यह कैसे होगा? वर्तमान स्पेसीज (Species) के संस्कार से अथवा एक नई स्पेसीज के आविर्भाव से? अरविन्द की कविता ने एक महान जिज्ञासा को जन्म दिया है। किन्तु समाधान के लिए हमें कब तक प्रतीक्षा करनी पड़ेगी?

कविता, राजनीति और विज्ञान

कविता की अवस्था कुछ बहुत अच्छी नहीं है। समस्त संसार में आज राजनीति और विज्ञान की तुलना में कविता का कंगूरा बहुत ही नीचे है। किसी समय कवि द्रष्टा और मनीषी तथा मनुष्य का नेता समझा जाता था, मगर आज वह सिर्फ मनोरंजन का साधन हो गया है। और मनोरंजन भी ऐसा जिसकी कीमत सिनेमा और कार्निवाल से बहुत अधिक नहीं है। यों तो कवि-सम्मेलनों के प्रति देश में बड़ी ही जागृति है और अखबारों में भी हर रोज कम-से-कम तीस मन कविताएँ छपा करती हैं, मगर इनका मूल्य सम्मान के स्तर पर, शायद ही, आँका जाता हो। कविताओं के पाठक वे लोग नहीं हैं, जिनके लिखने-बोलने या काम करने से देश की किस्मत में तबादले होते हैं। हमारे सबसे प्रमुख श्रोता छात्र हैं, जिनमें जीवन का नया उन्मेष है, जिनमें उषा की ताजगी को सराहने की सलाहियत है; हमारे दूसरे पाठक गृह-देवियाँ हैं, जो कसीदे काढ़ने के बीच-बीच कविताओं का भी आनन्द ले लेती हैं; और हमारे तीसरे श्रोता वे अल्पसंख्यक लोग हैं, जो सभ्यता से चिढ़कर कभी-कभी शरणार्थी होकर हमारे कुंजों में चले आते हैं। मगर ये ही छात्र जब पढ़-लिखकर जीवन में प्रवेश करेंगे, तब उन्हें कविता पढ़ने की फुर्सत नहीं मिलेगी और आज जिन कवियों के गले में वे पुष्पहार डालते हैं, उनकी याद वे जरा भी उत्साह के साथ नहीं करेंगे।

एक समय था, जबकि भोज की राजधानी में डॉक्टरों और इंजीनियरों को भी कुछ हद तक कवि होना लाजिमी था। आज वह समय है, जबकि डॉक्टर और इंजीनियर कविता की ओर झाँकते भी नहीं तथा पहले जहाँ भोज और विक्रमादित्य कला का आनन्द लेने को अपने व्यस्त जीवन में से काफी समय निकाल लेते थे, वहाँ आज शासकों को कविता के लिए उतना समय मिलना भी असम्भव हो जाता है, जितना समय वे बीसियों फिजूल कामों में खुशी-खुशी लगा देते हैं। कहते हैं, रोम जब अपने पूरे उत्कर्ष पर था, तब

उसकी राजसभा में देश के प्रसिद्ध लेखक और कवि आदर के साथ बिठाए जाते थे, वे राज की पार्लामेंट के सदस्य बनाए जाते थे। किन्तु अपने यहाँ विधान-परिषद् में कोई व्यक्ति सिर्फ इसलिए नहीं रखा जा सका कि वह देश की कविता या चित्रकारी का प्रतिनिधि है। देश की पार्लामेंटों में कोई भूलकर भी उन सत्यों का उद्धरण नहीं देता, जिनकी स्थापना साहित्य में की गई है। सर राधाकृष्ण ही, शायद, एकमात्र अपवाद हैं। किन्तु उनकी सदस्यता इस बात का प्रमाण नहीं है कि देश की राजनीतिक सत्ता साहित्य के प्रति सम्मान रखती है। उलटे, इससे तो यही सिद्ध होता है कि राजनीति साहित्य को तब तक अपने पार्श्व में स्थान नहीं दे सकती, जब तक कि उसे यह भरोसा नहीं हो जाए कि इसके अपनाने से मेरा मान बढ़ेगा। अधिकार के आसपास पहुँचने के लिए योग्यता और लियाकत की जो सबसे बड़ी शर्त रखी गई है, वह सिर्फ साहित्य के लिए है। दूसरे लोग तो चाहे जैसी भी योग्यता को लेकर अधिकार के कक्ष में दाखिल हो सकते हैं। देश की सबसे बड़ी, सबसे शक्तिशालिनी और सबसे आदरणीय सार्वजनिक संस्था कांग्रेस के भीतर भी उन लोगों की पूछ नहीं है जो नाटक, संगीत, चित्रकारी या काव्य में कोई चमत्कार उत्पन्न करते हैं। विज्ञान और राजनीति ने मिलकर एक ऐसी अवस्था पैदा कर दी है जिसमें साहित्य के पौधे उपेक्षित और म्लान होते जा रहे हैं।

राजनीति ने अब एक नया नारा निकाला है कि साहित्य राजनीति का रणवाद्य है। संसार के एक बहुत ही प्रगतिशील देश ने अनुभवों से यह पता लगाया है कि राजनीति के सिद्धान्त अगर साहित्य के भीतर पचा दिये जाएँ, तो वे मनुष्य के संस्कार बन जाते हैं और उन्हें फिर कोई हिला-डुला नहीं सकता। अतएव उस देश के शासकों की दृष्टि में साहित्य का मान बहुत-कुछ बढ़ गया है और कहा जाता है कि वहाँ साहित्यिकों का दल सबसे सुखी और सम्मानित है। किन्तु डूबकर देखने से पता चलेगा कि वहाँ भी गुलाब की प्रशंसा के लिए जो पुरस्कार दिया जाता है, वह उस पुरस्कार से कहीं न्यून है जो गेहूँ के विकास के लिए अत्यन्त आदर के साथ प्रदान किया जाता है ('गेहूँ और गुलाब' की सूक्ति के लिए बेनीपुरी जी को धन्यवाद)। रूस की देखा-देखी अब हिन्दुस्तान में भी राजनीतिक दल साहित्य का सहारा लेना चाहते हैं। हम मानते हैं कि यह उपेक्षा की अवस्था से अच्छी अवस्था है। किन्तु इससे उस उद्देश्य की सिद्धि दुर्लभ होगी जिसके लिए साहित्य की आवश्यकता है।

साधारणतः, जीवन में साहित्य का वही स्थान है, जो फूलों, पक्षियों, घटाओं और नदियों का है। इसके बिना जीवन नीरस और धरती निःस्वाद हो जाती है। किन्तु साहित्य की महत्ता वहीं तक सीमित नहीं रहती। साहित्य जब बढ़कर क्षितिज पर छाने लगता है, तब उसके भीतर से ऐसे नक्षत्र भी फूटते हैं, जिनकी रोशनी में मनुष्य भविष्य की राह देखता है। अक्सर, लोग कहते हैं कि कला हमें उड़ाकर जीवन की धूल और धुएँ से बाहर ले जाती है। सम्भव है, यह ठीक हो। बल्कि यों कहना चाहिए कि यह गलत नहीं है। मगर कला मनुष्य को उड़ाकर जीवन के भीतर भी ले जाती है और पहली उड़ान तो तभी सार्थक समझी जाएगी, जबकि दूसरी उड़ान भी साध्य हो। अगर कवि शून्य में भरमाने के सिवा और कुछ नहीं करे तो उसका पद मद-विक्रेता से ऊपर हो ही नहीं सकता। जिसे आप पलायनवाद कहते हैं, उसका मैं कटु आलोचक नहीं हूँ, क्योंकि मैं जानता हूँ कि कल्पना के महल में जब-तब बन्द हो जाने से कवि की शक्ति का विकास ही होता है और उसकी वाणी कला के चमत्कारों से युक्त रहती है।

कवियों के विरुद्ध जो वातावरण तैयार हुआ है, उसका एक कारण यह भी है कि लोग कल्पना को एक ऐसी शक्ति मानते हैं, जिससे छोटी-छोटी बातें भी बड़ी बनाकर कही जा सकें। कवि को देखते ही लोग उसे अत्युक्तिपूर्ण बातें बोलनेवाला और अव्यावहारिक मान लेते हैं। मगर ये दोनों ही बातें गलत हैं। कल्पना केवल कवि के लिए ही नहीं, बल्कि इतने जनों के लिए भी एक आवश्यक गुण है। कल्पना का उपयोग हम उन चीजों को देखने के लिए करते हैं, जिन्हें हमारी बाहरी आँखें नहीं देख सकतीं। कल्पना के जरिये हम उन आवाजों को सुनते हैं, जिन्हें हमारे बाहरी कान नहीं सुन सकते। और कल्पना के माध्यम से हम द्रव्यों के उस रूप का वर्णन करते हैं, जो रूप साधारण भाषा के माध्यम से व्यक्त नहीं किया जा सकता। जो कल्पना का निरादर करते हैं, वे जान-बूझकर अन्धे हो रहे हैं। आँखों पर जो एक प्रकार का मोतियाबिन्द चढ़ता है, कानों पर जो एक प्रकार की पपरी जमती है, उसे दूर करना कल्पना का काम है। कल्पना के बिना न तो कमल का सौन्दर्य देखा जा सकता है और न पक्षियों के गीत ही सुने जा सकते हैं। और तो और, कल्पना के बिना एक मनुष्य दूसरे मनुष्य से प्रेम भी नहीं कर सकता। मनुष्य परस्पर भाई-भाई है, यह कल्पना का सत्य है, जो प्रत्यक्ष सत्यों से भी कहीं बलवान है। और हम हिन्दू और वह मुसलमान है, यह जीवन की कुरूपता की बोली है, जो सत्य होने पर भी घातक और विषाक्त है। कल्पना के अभाव ने संसार को युद्ध-शिविरों में

बाँट रखा है। कल्पना के प्राचुर्य से सारी दुनिया एक होगी। जहाँ कल्पना नहीं, वहाँ निर्दयता होती है; जहाँ कल्पना नहीं, वहाँ भयंकर स्वार्थ होता है और जहाँ कल्पना नहीं, वहाँ मृत्यु होती है।

विज्ञान और राजनीति के समान ही साहित्य की भी अपनी सत्ता है और वे सब-के-सब जीवन की ओर ही उन्मुख होते हैं। मगर अफसोस की बात है कि कुछ साहित्यकार भी अपने को जीवन की पहुँच से परे मानते हैं और तब भी वे चाहते हैं कि जीवन उनकी वाणी पर आसक्त रहे। ये दोनों बातें एक साथ नहीं चल सकतीं। आज तक साहित्य जीवन के साथ विकसित होता आया था; इसीलिए लोग उसे अपने हृदय का हार बनाए हुए थे। किन्तु विज्ञान के आगमन के साथ अवस्था बदलने लगी। जंगलों में इंजनों की सीटी सुनकर वनदेवी और कविता की परी, दोनों ही घबरा उठीं और शहरों में चिमनियों को धुआँ उगलते देखकर कवियों ने उनकी ओर से अपनी आँखें फेर लीं। कवि विज्ञान से विमुख होता गया और विज्ञान भी उसी अनुपात में साहित्य से बौद्धिकता का हरण करता गया। आज जनमत यह मानने लगा है कि बौद्धिकता का सारा कोश विज्ञान के पास है; कवि तो सिर्फ गाना गाता है। और ऐसे जनमत के बन जाने से जो शाप निकले हैं, उन्हें साहित्यकार खूब ही भोग रहा है। अपने देश में उद्योग अभी कम फैले हैं, इसलिए समस्या की गहनता को हम ठीक से नहीं समझ सकते। किन्तु औद्योगिक देशों में आज साहित्य की सबसे बड़ी समस्या यही है कि विज्ञान के साथ साहित्य का क्या सलूक हो।

बात चिन्ता की जरूर है; क्योंकि कविता का जन्म जादू और विस्मय से हुआ था और विज्ञान इन दोनों का दुश्मन है। किन्तु बालकालीन विस्मय से निकलकर कविता ने बुद्धि के साम्राज्य पर शासन किया है। हम यह क्यों भूलें कि सत्य के सम्बन्ध में मनुष्य को जो ज्ञान प्राप्त होता है, वह कला के माध्यम से भी उसी प्रकार व्यक्त किया जा सकता है, जैसे विज्ञान के माध्यम से? जिस कला ने पेड़, पर्वत, समुद्र और रेगिस्तान को आत्मसात् कर दिखाया, वह क्या कारखानों और आकाशगामी विमानों को ही नहीं पचा सकेगी? विज्ञान अगर मनुष्य-समाज में ठहरने को आया है, तो कविता उसकी कुरूपता को भी रंगीन बना डालेगी। कहते हैं, विज्ञान के पास आत्मा नहीं है। हम मानते हैं कि वह चाहे तो कविता से अपनी आत्मा ले सकता है।

हम विज्ञान का अनादर नहीं करते। किन्तु हम देख रहे हैं कि वह सिर्फ मूर्तियों की रचना करना चाहता है; प्रतिमाओं के मुख में वह जीभ नहीं दे सकता

और न उनके हृदय को ही जीवित कर सकता है। नतीजा यह हुआ है कि देश-देश में विज्ञान की प्रतिमाएँ आपस में टकरा रही हैं और सारा संसार कोलाहल से परिपूर्ण है। विज्ञान-विरचित प्रतिमाओं के भीतर अगर हृदय नाम की कोई जानदार चीज हुई होती, तो ये प्रतिमाएँ आपस में प्रेम करके विश्वकल्याण को सम्भव कर दिखातीं। किन्तु, यह काम साहित्यकारों के लिए रुका हुआ है, क्योंकि दर्शन और विज्ञान के लक्ष्य को भी प्राप्त करने के लिए मनुष्य को क्रियारूढ़ करना साहित्य का ही काम है।

यह सच है कि युद्ध को मनुष्यों के मन में एक आकर्षक भाव बनाकर स्थापित करने का अपराध साहित्य ने ही किया है। किन्तु एटम के अनुसंधान से युद्ध नहीं रुकेगा। उसे रोकने के लिए तो मनुष्य के मन से इस भाव को ही दूर करना होगा कि युद्ध कोई आकर्षक, प्राणप्रेरक या प्रिय पदार्थ है। साहित्य ने मनुष्य को युद्ध का प्रेमी बनाया। और यह उसी का दायित्व और उसी के बूते की बात है कि वह मनुष्य की दृष्टि में युद्ध को घृणास्पद बना दे। दुनिया के सामने आज जो यह सबसे ऊँचा सवाल है, उसका हल राजनीति या विज्ञान नहीं निकाल सकता।

मैं कविता को जीवन तक पहुँचने की सबसे सीधी और छोटी राह मानता हूँ। यह मस्तिष्क नहीं, हृदय की राह है। मस्तिष्क ने संसार को भयंकर उलझनों में डाल रखा है और इन उलझनों से वह तब तक नहीं निकल सकता, जब तक कि वह हृदय की राह नहीं पकड़े। तुलसीदास जी ने जो 'ज्ञान को पंथ कृपान के धारा' कहा था, वह आज के संसार में पूर्ण रूप से चरितार्थ हो रहा है। दिमाग से निकली हुई एक के बाद दूसरी योजनाएँ असफल होती जा रही हैं, फिर भी लोग दिल की राह नहीं पकड़ते। मगर दिमाग, शायद, अभी थका नहीं है। जिस दिन वह पूर्ण रूप से थक जाएगा, उस दिन संसार हृदय के उस मार्ग पर चलने को विवश होगा जो मार्ग गांधी जी बता गए हैं।

मैंने कहा कि राजनीति की ओर से साहित्य की जो आराधना शुरू हुई है, वह कोई बुरी चीज नहीं है। किन्तु, मैं यह भी कहना चाहता हूँ कि साहित्य राजनीति की अनुचरता स्वीकार करके मनुष्य का कल्याण नहीं कर सकता। जनता साहित्य का विश्वास सिर्फ इसलिए करती है, क्योंकि झूठ बोलना अथवा मिथ्या-प्रचार साहित्य के स्वभाव के विरुद्ध है। जनता के अवचेतन में कौन-सी कामनाएँ ऊँघ रही हैं, जनता के विकास की भावी दिशा क्या होनी चाहिए, ये बातें सबसे पहले साहित्य को ही मालूम होती हैं और इसीलिए, साहित्यकार को यह आजादी रहनी चाहिए कि वह अपने हृदय की बात को निर्भीकतापूर्वक कहे

और यह आजादी उन्हें भी नहीं अखरनी चाहिए जो साहित्य के प्रतिपालक के पद पर आरूढ़ होते हैं।

अगर कवि संघर्ष के भीतर बिठलाया जाता है तो संघर्ष से ऊपरवाली जगह भी उसी की होनी चाहिए। कवि की उदारता, कवि की सहानुभूति और कवि का रोने का अधिकार कहीं भी सीमित नहीं किया जा सकता। क्योंकि इस भयंकर संसार में वही तो एक ऐसा जीव है जो 'एक दल का पक्ष लेते हुए भी अपनी सहानुभूति का अर्द्धांश शत्रुओं के लिए भी सुरक्षित रखता है।'

गांधी से मार्क्स की परिष्कृति

समाज में गरीबी और विषमता की समस्या, आदिकाल से ही मौजूद रही है और जितने भी अवतार, नबी और पैगम्बर तथा सुधारक पृथ्वी पर अवतीर्ण हुए, उन सबने इसके जहर का अनुभव किया और सबने घूम-फिरकर गरीबी की सत्ता को स्वीकार कर लिया तथा लोगों से कहा कि जो अभाव से पीड़ित हैं, उनके लिए दान दो, उनके लिए अपने सुखों का त्याग करो।

लेकिन जब मार्क्स आए, उन्होंने सारी स्थिति का विधिवत् अध्ययन करके कहा कि गरीबी कोई दैवी-सत्ता-कृत अटल वस्तु नहीं है और न दान इसका उपचार है। दरअसल, समाज में गरीबी इसलिए फैली हुई है कि समाज की पद्धति शोषण को स्वीकार करती है और शोषण से चोर पैदा होते हैं। ये चोर धन जमा करनेवाले चोर हैं और ये चोर जब तक मौजूद रहेंगे, तब तक समाज में गरीबी भी कायम रहेगी। अतएव समाज से गरीबी को दूर करने का तरीका दान नहीं, बल्कि, क्रान्ति और उच्छेद है।

मार्क्स, शायद, मानवता के पहले पैगम्बर हैं जिन्होंने गरीबी की सत्ता को स्वीकार नहीं किया। मगर, क्रान्ति के जिन साधनों को उन्होंने अंगीकार किया, वे इतिहास के पुराने साधन थे। फिर भी, उन्होंने स्पष्ट संकेत किया कि क्रान्ति के रक्तमिश्रित साधनों का प्रयोग तभी करना चाहिए तब प्रतिपक्षी कमजोर हो और जनता के अधिक-से-अधिक सदस्य क्रान्तिकारियों के साथ हों जिससे क्रान्ति के सिलसिले में कम-से-कम रक्तपात हो।

किन्तु यह बात चली नहीं। क्रान्ति जब आने लगी तब भी उसने समाज के अनन्त जीवों, विश्वासों और मूल्यों को तहस-नहस कर डाला और जब वह आकर सिंहासन पर बैठ गई, तब भी उसे रोज ही लहू की प्यास सताती रही। वह अपने पक्ष की प्रबलता को जानती है और वह यह भी जानती है कि समस्त संसार के बुभुक्षित और त्रस्त मनुष्य उसकी ओर आशाभरी दृष्टि से देख रहे हैं। भला जिसके उद्देश्य इतने पवित्र और महान हों, उसे डर किसका है?

किन्तु तब भी भय और आशंकाएँ झूठ नहीं, सच हैं। क्रान्ति इस बात से नहीं डरती कि लोग उसके उद्देश्य को झुठलाने की हिम्मत करेंगे, क्योंकि अब संसार में ऐसे बेहया लोग आगे नहीं हैं जो सामाजिक विषमता को श्रेष्ठ बताने अथवा पूँजीवाद के शोषण का समर्थन करने की हिम्मत कर सकें। मगर तब भी क्रान्ति को भय लगा है, क्योंकि जिस रास्ते से वह आई है, वह रास्ता मानवीयता के शान्तिमय विकास और मानव-स्वभाव की उन्नति का रास्ता नहीं है, वह रास्ता ऐसा नहीं है जिसे मनुष्य स्वेच्छा से अथवा समझ-बूझकर स्वीकार कर ले। जो मनुष्य दुष्कर्म में लीन हो, उसे सुधारने के लिए लाठी मारने की नीति का समर्थन राजनीति, अर्थनीति अथवा धर्मनीति के भी किसी-किसी कांड में मिल सकता है। किन्तु सुधार के ये तरीके मनुष्य को पसन्द नहीं होते। आप तो लाठी के बल पर उसे अच्छी राह पर लाना चाहते हैं, किन्तु, प्रभाव उस पर यह पड़ता है कि उसके साथ जबर्दस्ती की जा रही है।

जब आप अधिकारों को अपने हाथ में केन्द्रित करके मनुष्य से यह कहते हैं कि 'मैं जो कुछ कर रहा हूँ, तुम्हारे कल्याण के लिए कर रहा हूँ, तुम उसी राह पर चलो जिसे मैं बता रहा हूँ', तब मनुष्य का गौरव बढ़ता नहीं, कम होता है और अपने गौरव के ह्रास की प्रक्रिया को वह सुख से नहीं देखता। अतएव उसके भीतर इस प्रवृत्ति का जाग्रत होना स्वाभाविक है कि नियंत्रणों को तोड़कर वह स्वेच्छा से विचरण करे तथा अपनी उन जिज्ञासाओं का समाधान खोजे जिनका समाधान अधिनायकवाद के लौह-बन्धन के नीचे खोजा ही नहीं जा सकता।

यही प्रवृत्ति मनुष्य के स्वाभाविक विकास की प्रवृत्ति है। यही प्रवृत्ति उसके गौरव की शिखा है और निर्दलन के रथ पर चढ़कर आनेवाली क्रान्ति मनुष्य की इसी प्रवृत्ति से घबराती है। किन्तु क्रान्ति की जिस प्रक्रिया में मनुष्य की इस प्रवृत्ति के फैलाव की गुंजाइश होगी, उस प्रक्रिया को मनुष्य का पूरा विश्वास प्राप्त होगा और तब क्रान्ति को किसी से कोई भय नहीं रहेगा।

जब खेतों में पानी भर जाता है तब उसे बाहर निकालने के दो ही तरीके होते हैं—एक तो यह कि हम प्रवाह को रोकनेवाले बाँध या बाधा को काट देते हैं, जिससे कि जरूरत से फाजिल पानी आप ही बहकर बाहर निकल जाए, और दूसरा यह कि हम जबर्दस्ती उस पानी को उलीचकर बाहर फेंक देते हैं जो अपेक्षाकृत अधिक श्रमसाध्य और कुरूप कार्य है। जड़ उपकरणों के सम्बन्ध में इस दृष्टान्त की भीषणता भले ही नहीं भासित हो, किन्तु चैतन्य प्राणियों के विषय में इस नीति से काम लेना बड़ा ही दुर्द्धर्ष है।

मनुष्य के मस्तिष्क पर आसन जमाकर उसे अपनी इच्छा के अनुसार हाँकनेवाला नेता या शासक राशन और कंट्रोल के नियमों के अनुसार मनुष्य को उसके सुखों का भाग भले ही दिलवा दे, किन्तु यह हीन प्रकार ही सेवा है। इससे भी ऊपर एक स्तर है जो ऊँची मनुष्यता का स्तर है और जहाँ पहुँचने पर मनुष्य को सामाजिक न्याय की अनिवार्यता सिखाने के लिए अंकुश की आवश्यकता नहीं होगी।

हम समाज की रचना-विशेष के द्वारा मनुष्य को सुखी बनाना चाहते हैं। किन्तु समाज की पद्धति अगर मनुष्य की वैयक्तिकता को ही लील गई, तो फिर सुखी कौन होगा?

मगर मनुष्य की वैयक्तिक स्वच्छन्दता की बात इतनी सूक्ष्म है कि लोग उसकी आवश्यकता को उपेक्षित छोड़ देते हैं। संसार के नेताओं की दृष्टि मनुष्य के व्यक्तित्व को छोड़कर उसकी दौलत पर चली गई है। आज वे सभी विद्याएँ गौण अथवा हेय हो गई हैं जो मनुष्य के बाह्य रूप को छोड़कर उसकी आन्तरिक आवश्यकताओं की व्याख्या करती थीं। जो लोग मनुष्य के नेता हैं, जिन पर मानव-समाज के संचालन का भार है, वे, प्रायः राजनीति, अर्थनीति और समाज-विज्ञान की रेखाएँ पकड़कर चल रहे हैं। वे मनुष्य पर नहीं सोचकर उस समाज की रूप-रेखा पर विचार कर रहे हैं, जिसमें वे मनुष्य को रखना चाहते हैं। वे धन के उत्पादन के विषय में सोचते हैं, वे धन के वितरण के सम्बन्ध में विचार करते हैं, वे सम्पत्ति के आधार पर बने हुए उस समाज के रूप का चिन्तन करते हैं जिसकी कल्पना उन्हें रुचिकर प्रतीत हुई है और जिसमें वे मनुष्यों को जबर्दस्ती ठूँस देना चाहते हैं! किन्तु यह तो साधनवाला पहलू है। असल उद्देश्य तो मनुष्यों को सुख और आनन्द देना है। मनुष्य के सम्बन्ध में जो अन्तिम प्रश्न है, उसमें यह नहीं पूछा जाता कि किसने कितना कमाया; बल्कि यह कि किसे कितना प्राप्त हुआ। संतोष, आनन्द और प्रसन्नता ही वह तुला है जिस पर हम समाज की प्रगति का असली मूल्यांकन कर सकते हैं। सिर्फ समाज के ढाँचे को ठीक समझकर यह समझ लेना कि उसमें रहनेवाले व्यक्ति भी सुखी हैं, न्याय नहीं है। साधनों का अन्तिम मूल्य व्यक्ति में आँका जाता है, समाज में नहीं। आखिर समाज की रचना का उद्देश्य उसके सदस्यों को सुखी बनाने के सिवा और हो भी क्या सकता है? इतने वैज्ञानिक आविष्कारों, सुख के इतने अधिक साधनों और मनुष्य-समाज में आई हुई इतनी बड़ी जागृति के होते हुए भी अगर मनुष्य सुखी नहीं हो रहा है, तो इसका प्रधान कारण यह है कि मानव-समाज के नेता मनुष्य को भूलकर उस गृह की रचना में उलझ गए हैं जिसमें मनुष्य को निवास करना है।

और यही वह बिन्दु है जहाँ गांधी जी का सिद्धान्त मनुष्यता का सहायक हो सकता है। गांधी जी और मार्क्स के बीच जो एक प्रकार की खाई खोदी जा रही है, वह उचित नहीं है; क्योंकि जो आदमी मार्क्स के यहाँ से घबराकर भागेगा, वह गांधी जी के यहाँ भी त्राण नहीं पा सकता। जिसे यह भय है कि मार्क्स उसकी दौलत को छीनकर सर्वहारा में बाँट देगा, वह जब गांधी जी के पास जाएगा, तब गांधी जी भी उससे यही कहेंगे कि जिन चीजों की तुम्हें नितान्त आवश्यकता नहीं है, वे चीजें तुम्हारी हो ही नहीं सकतीं। तुम्हारा धर्म है कि तुम स्वेच्छा से इन फाजिल चीजों को समाज के स्वामित्व में दे दो।

गांधी जी की कल्पना का समाज इकाइयों का समाज है। उसमें प्रधानता समूह की नहीं बल्कि व्यक्ति की है। समाज के रोग के निदान के लिए वे समाज-रूपी रोगी की कल्पना नहीं करते, बल्कि रोगी तो वे एक-एक सदस्य को मानते हैं और रोग-निवारण के लिए भी वे समाज के ढाँचे पर प्रहार नहीं करके व्यक्ति को ही समझाते हैं। एक तरह से यह बात ठीक भी है; क्योंकि समाज की व्यक्तियों से भिन्न कोई अलग सत्ता तो नहीं मानी जा सकती। समाज के पापी होने का अर्थ उसके सदस्यों का ही पापी होना है और अगर हम समाज को सुधारना चाहते हैं, तो इसका स्पष्ट उपाय उसके व्यक्तियों में ही सुधार लाना है।

गांधी जी की दृष्टि में संसार की सभी समस्याएँ उसमें बसनेवाले व्यक्तियों की समस्याएँ हैं और इन समस्याओं के समाधान का मार्ग व्यक्ति के दृष्टिकोण में परिवर्तन लाने का मार्ग है।

संस्कृति के विषय में कहा जाता है कि हम एक संस्कृति को विनष्ट करके दूसरी संस्कृति का प्रचार नहीं कर सकते; क्योंकि संस्कृति विनष्ट नहीं, रूपान्तरित होती है। गांधी जी भी एक समाज को विनष्ट करके दूसरे समाज की स्थापना की कल्पना नहीं करते, प्रत्युत उसका रूप बदल देना चाहते हैं। जमे हुए पानी को वे उलीचकर फेंकना नहीं चाहते, बल्कि वे बहने का मार्ग बताकर उसे स्वयं कम करने देने के पक्षपाती हैं। यह भी एक प्रकार की क्रान्ति है और सफल हो तो, शायद, मार्क्सवादी क्रान्ति की अपेक्षा यह अधिक दीर्घायु भी हो सकती है। किन्तु, इस क्रान्ति की प्रक्रिया दमन और निर्दलन नहीं, प्रत्युत मूल्यों में परिवर्तन लाना है।

अन्तिम ध्येय के क्षेत्र में भी गांधी जी और मार्क्स एक-दूसरे से दूर नहीं हैं। दोनों का ही कहना है कि मनुष्य को एक शासनहीन समाज चाहिए, जिसमें पुलिस, मैजिस्ट्रेट और सेना की आवश्यकता नहीं हो। किन्तु मार्क्सवादी क्रान्ति के समर्थक आरम्भ में सारी सत्ता शासन को दे देना चाहते हैं। 'सारे अधिकार सरकार को दो जिससे कि एक दिन वह अधिकारविहीन हो जाए'—यह उक्ति

लोगों को अचरज में डालनेवाली उक्ति है। किन्तु मार्क्सवादियों का विश्वास है कि हम काफी दिनों तक लोगों को लाठी से हाँककर उन्हें इस योग्य बना देंगे कि उन्हें फिर हाँकने की जरूरत नहीं रह जाए। इसके विपरीत, गांधी जी आरम्भ से ही व्यक्ति को स्वावलम्बी और स्वाधीन रखना चाहते हैं। सर्वोदय की पंचमुखी योजना यह है कि भोजन, वस्त्र, गृह, शिक्षा और स्वास्थ्य के सम्बन्ध में सारे अधिकार जनता के पास अक्षुण्ण रहने चाहिए जिससे कि जीवन के इन अनिवार्य उपकरणों के मामले में जनता को सरकार का आश्रय नहीं लेना पड़े और जनता में इतनी स्वाधीनता हर वक्त मौजूद रहे कि वह जब चाहे, सरकार के खिलाफ खड़ी हो जाए।

गांधी जी की योजना में जनता की प्रगति तथा शासन की अधोगति के काम साथ-साथ चलते हैं। उनकी कल्पना का सर्वोदय समाज एक प्रकार का स्वावलम्बी एवं विकेन्द्रित समाज है जिसमें जीवन की आवश्यकताओं की पूर्ति के अधिकार जनता के हाथों में अक्षुण्ण रहते हैं।

किन्तु, गांधी जी के संकेतों को संसार किस रूप में ग्रहण करेगा, यह अभी ठीक मालूम नहीं होता। साम्यवाद अगर मानवता के लिए एक क्रान्तिकारी लक्ष्य है, तो इसमें कोई सन्देह नहीं कि इस क्रान्ति का विधाता मार्क्स है। किन्तु, मार्क्स ने क्रान्ति के साधनों में कोई क्रान्ति नहीं की। मगर, गांधी जी के अहिंसक उपायों को संसार ने ग्रहण किया, तो यह क्रान्ति साधनों की भी क्रान्ति समझी जाएगी।

एक बात और है। जिसे हम एवोल्यूशन का विकास कहते हैं, उसकी गति बहुत ही धीमी होती है। चिन्तक आते हैं; सुधारक आते हैं; लड़ाइयाँ होती हैं; नाना प्रकार के प्रयोग किये जाते हैं और तब भी शताब्दियों के बाद आदमी वहीं घूमता-फिरता दिखाई देता है, जहाँ वह पहले था। मगर, कभी-कभी एक ही व्यक्ति आकर मानवता के रथ को इस प्रकार झकझोर डालता है कि प्रगति कुछ अधिक स्पष्ट हो जाती है और चक्कों का आगे घूमना हम देखने लगते हैं। गांधी जी ने भी अपने प्रयोगों के द्वारा, अपने जीवनकाल में ही, मानवता के रथ को कुछ स्पष्ट प्रगति दी है। आज हम विश्व में जो यह गुनगुनाहट सुन रहे हैं कि साधन की पवित्रता उपेक्षणीय नहीं है, इसका कारण सिर्फ यही नहीं है कि दुनिया मारकाट और खूँरेजी की पद्धति से ऊब गई है, बल्कि यह भी कि गांधी जी के अहिंसक प्रयोग ने भारतवर्ष में जो सफलता प्राप्त की, उससे भारत और भारत के बाहर के लोगों की आँखें खुल गई हैं और वे गांधी जी के प्रयोग के आलोक में अपने मतों और विश्वासों में संशोधन लाने की बात सोच रहे हैं।

गांधी जी ने जिस रथ में प्रगति दी है, उसके चक्के का घूमना हम देख रहे हैं। निश्चय ही, गांधीवाद और कुछ होने की अपेक्षा विकास की ही एक सुनिश्चित प्रक्रिया का द्योतक है। पशुता से और भी अधिक दूर जाओ, यह विकासवाद की पुकार है। श्रेणीहीन समाज एक अविचल लक्ष्य है। किन्तु हम उसे कैसे प्राप्त करेंगे? मारकाट, खूँरेजी और 'कूप' से अथवा मनुष्य के भीतर उच्च मानवता को जगाकर? हम मनुष्य के शरीर ही नहीं, उसकी आत्मा की भी रक्षा करना चाहते हैं। जो लोग मार्क्सवादी प्रयोगों से थक गए हैं, उन्हें निराश नहीं होना चाहिए; क्योंकि गांधी जी इसी प्रयोग के दूषण को दूर करने को आए हैं। मार्क्स ने मानव-समाज का लक्ष्य बदल दिया। गांधी जी मनुष्य को उस लक्ष्य तक जाने की निर्मल राह बताएँगे। मगर पहले कहाँ? भारत में या भारत से बाहर? उत्तर देना कठिन है।

गुप्त जी : कवि के रूप में

स्वर्गीय बाबू बालमुकुन्द गुप्त का नाम कवि के रूप में कम, आलोचक और निबन्धकार के रूप में अधिक विख्यात है। हिन्दी भाषा और साहित्य के इतिहास में वे एक उच्च कोटि के पत्रकार के रूप में भी समादृत हैं। सुगठित एवं प्रांजल गद्य के वे एक ऐसे आचार्य हो गए हैं, जिनका लोहा आचार्य द्विवेदी जी को भी मानना पड़ा था। किन्तु पद्य भी उन्होंने कम नहीं लिखे और उनके समय में हिन्दी कविता की जो अवस्था थी, उसे देखते हुए उनके पद्य उपेक्षणीय तो नहीं ही कहे जा सकते।

गुप्त जी की कविता के साथ न्याय करने के लिए यह आवश्यक है कि हम उनके समय को ध्यान में रखें तथा यह बात भी याद रखें कि, प्रायः, पच्चीस वर्ष की उम्र तक हिन्दी भाषा से उनका कोई विशेष सम्पर्क नहीं था। आरम्भ में उन्होंने अपने लिए उर्दू-पत्रकार का जीवन चुना था। हिन्दी के क्षेत्र में तो वे बाद को आए और वह भी मालवीय जी के अनुल्लंघनीय आग्रह के कारण।

तुलसीदास के बाद हिन्दी साहित्य में सबसे बड़ी क्रान्ति भारतेन्दु-युग में हुई। साहित्य के अन्य क्षेत्रों की बात तो जाने दीजिए, एक कविता के ही क्षेत्र में भारतेन्दु जी ने क्या परिवर्तन कर दिखाया, इसे वे ही समझ सकते हैं, जिन्होंने भारतेन्दु के पूर्ववर्ती कवि पजनेस और द्विजदेव की रचनाओं के साथ भारतेन्दु-काव्य का तुलनात्मक अध्ययन किया हो। यह ठीक है कि भारतेन्दु-काव्य की सरसता उनके उत्तराधिकारियों की रचनाओं में नहीं मिलती, किन्तु अपनी रचनाओं के द्वारा भारतेन्दु जी ने साहित्य की भूमि में जो अभिनव बीज गिराये थे, उनमें से एक भी विनष्ट नहीं हुआ तथा उनकी मृत्यु के पचास वर्ष बाद तक हिन्दी साहित्य में जो भी हरीतिमा विकसित होती रही है, वह किसी-न-किसी रूप में भारतेन्दुकालीन क्रान्ति से सम्बद्ध है। तफसील में न जाकर हम भारतेन्दु की दो बातों का उल्लेख यहाँ करना चाहते हैं। पहली बात तो यह है कि भारतेन्दु जी की कितनी ही कविताओं में हम एक ऐसा नवीन स्वर पाते हैं, जो पहले के सभी स्वरों से भिन्न है तथा जो हिन्दीकविता में आगे चलकर उत्पन्न

होनेवाले रोमांटिक आन्दोलन की क्षीण, किन्तु, सुनिश्चित पूर्व-सूचना देता है। और, दूसरी बात यह है कि भारतेन्दु जी ने पहले-पहल समकालीन दुरवस्थाओं को साहित्य के कोमल हृदय में स्थान देना आरम्भ किया तथा कविता के माध्यम का उपयोग वे जन-चेतना को जगाने के लिए करने लगे। इस प्रकार, वे सिर्फ रोमांटिक आन्दोलन के ही पूर्वपुरुष नहीं, बल्कि हिन्दी के प्रगतिवादी आन्दोलन के भी पिता के समान हैं।

भारतेन्दु जी ने रोमांटिक धारा की जो सूचना दी थी, वह उनके बाद बहुत दिनों तक इतिवृत्तात्मकता के सिकता-समूह में विलीन-सी पड़ी रही और बीसवीं सदी के दूसरे दशक से पूर्व उसका स्पष्ट उद्रेक कहीं भी दिखाई नहीं पड़ा। किन्तु प्रगतिवादी धारा का जो उत्स उनकी वाणी में फूटा था, उसने कभी भी विश्राम नहीं लिया तथा उनके उत्तराधिकारियों में से जो भी कवि कविता की ओर उन्मुख हुए, उन्होंने अपने समय की देश-दशा को जरूर प्रमुखता दी।

इस दृष्टि से बाबू बालमुकुन्द गुप्त भारतेन्दु के सच्चे वारिसों में से थे। उनके पद्यों में सौन्दर्य की सृष्टि कम, समय के चित्रण का प्रयास कहीं अधिक है। उनका काव्य-काल कांग्रेस के जन्म के तीन-चार साल बाद प्रारम्भ होता है। अतएव हम देखते हैं कि राजनीति की ओर वे भारतेन्दु की तरह सावधान रहकर संकेत नहीं करते, बल्कि उन्हें जो कुछ कहना होता है, उसे वे बड़ी ही निर्भीकता से कह जाते हैं। स्वदेशी-आन्दोलन के समय उन्होंने जो कविताएँ लिखी थीं, वे तो, प्रायः, उतनी ही निर्भीक हैं, जितनी कांग्रेस-आन्दोलन के समय लिखी गई अन्य कवियों की कविताएँ मानी जा सकती हैं। इंग्लैंड में लिबरल पार्टी की जीत के समय सन 1906 ई. में उनकी 'पॉलिटिकल होली' नामक जो रचना 'भारतमित्र' में छपी थी, उसमें उन्होंने बड़ी स्पष्टता के साथ उस सिद्धान्त का निरूपण कर दिया था, जिस पर भारतवर्ष, प्रायः, सन् 1942 तक चलता रहा :

ना कोई लिबरल ना कोई टोरी,
जो परनाला सोही मोरी,
दोनों का है पंथ अघोरी,
होली है, भई, होली है।

करते फुलर विदेशी वर्जन,
सब गोरे करते हैं गर्जन,
जैसे मिंटो वैसे कर्जन,
होली है, भई, होली है।

उन्नीसवीं सदी के अपरार्द्ध का भारतवर्ष एक अपमानित, प्रताड़ित, रुग्ण और दुर्भिक्ष-पीड़ित देश था। अंग्रेजों ने अपने शासन के साथ देश की छाती पर जो अनेक अभिशाप लादे थे, उनमें से दीनता, अकाल और प्लेग की भयंकरता अत्यन्त कराल थी तथा हिन्दी के तत्कालीन कवि शासकों को किसी भी प्रकार क्षमा करने की मुद्रा में नहीं थे। प्लेग को तो भारतवासी सीधे अंग्रेजों की देन समझते थे, जो बात बिलकुल ठीक भी थी। गुप्त जी ने 'प्लेग की भूतनी' नामक जो विचित्र कविता लिखी थी, उसमें एक स्थान पर हम प्लेग को अंग्रेजों पर ही टूटते देखते हैं :

आओ आओ रे अंग्रेज।
ठहरो ठहरो भागे कहाँ? खाऊँगी, पाऊँगी जहाँ,
फोड़ खोपड़ी भेजा खाऊँ करके रेजारेज।

प्लेग को, उसे भारत में लानेवाले अंग्रेजों पर ललकारने में जो एक प्रतिशोधात्मक भाव है, वह सहज ही समझ में आ जाता है। इसी कविता में गुप्त जी ने बूढ़ों पर भी एक कटु व्यंग्य किया है, जैसा व्यंग्य प्रत्येक युग के अल्हड़ नौजवान अपने समय के सत्तारूढ़ वयस्क लोगों पर किया करते हैं। प्लेग कहती है :

कच्चे कच्चे लड़के खाऊँ युवती और जवान,
बूढ़े को नहीं हाथ लगाऊँ, बूढ़ा बेईमान।

जवानी का अर्थ है साहस, त्याग और प्रयोग करने की आकांक्षा। बुढ़ापे की निशानी अगति, रक्षण और अनुदारता है। गुप्त जी का वोट जवानी के पक्ष में था। सर सैयद अहमद खाँ ने मुसलमानों को कांग्रेस से बचे रहने का जो उपदेश दिया था, उससे गुप्त जी तिलमिला उठे थे और अपना क्षोभ उन्होंने 'सर सैयद का बुढ़ापा' नामक लम्बी कविता में प्रकट किया था, जिसकी आरम्भिक पंक्तियाँ ही भयंकर प्रहार करनेवाली थीं :

बहुत जी चुके बूढ़े बाबा, चलिए मौत बुलाती है,
छोड़ सोच मौत से मिलो जो सबका सोच मिटाती है।

उन्नीसवीं सदी के अपरार्द्ध के कवि अपने देश की दरिद्रता और समाज में फैली हुई विषमता से किस प्रकार ऊबे हुए थे, यह बात भी 'सैयद का बुढ़ापा' शीर्षक कविता से स्पष्ट मालूम होती है। आश्चर्य यह है कि आज हम अपने को प्रगतिवादी सिद्ध करने के लिए कविता में जितनी दलीलों को एकत्र करने के आदी हो गए हैं, वे सारी दलीलें गुप्त जी ने बड़ी ही स्वाभाविकता के साथ पहले ही उपस्थित कर दी थीं :

हे धनियो! क्या दीन-जनों की नहिं सुनते हो हाहाकार?
जिसका मरे पड़ोसी भूखा, उसके भोजन को धिक्कार!

× × ×

भूखों की सुधि उसके मन में कहिए किस पथ से आवे,
जिसका पेट मिष्ट भोजन से ठीक नाक तक भर जावे?
फिर भी क्या नंगे-भूखों पर दृष्टि नहीं पड़ती होगी?
सड़क कूटनेवालों से तो आँख कभी लड़ती होगी।
कभी ध्यान में उन दुखियों की दीन-दशा भी लाते हो,
जिनको पहरों गाड़ी घोड़ों के पीछे दौड़ाते हो?
लूके मारे पंखेवाले की गति वह क्योंकर जाने,
शीतल खस की टट्टी में जो लेटा हो चादर ताने?

× × ×

जिनके कारण सब सुख पाए, जिनका बोया सब जन खायँ,
हाय, हाय, नित उनके बालक भूखों के मारे चिल्लायँ।
हाय, जो सबको गेहूँ दें वे ज्वार-बाजरा खाते हैं
वह भी जब नहिं मिलता तब वृक्षों की छाल चबाते हैं।

इन पंक्तियों में शैली का वह निखार तो नहीं है, जो आज देखने में आता है, किन्तु कौन कह सकता है कि इनमें निरूपित सत्य कहीं से भी कमजोर है?

सर सैयद की फिलॉसफी ने देश का सत्यानाश किया। अगर सर सैयद का जन्म इस देश में नहीं हुआ होता, तो सम्भव था, मुसलमान कुछ अधिक हिम्मत से काम लेते और अपनी किस्मत की डोर कांग्रेस के साथ बाँधकर राष्ट्रीयता को शक्ति पहुँचाते, जिसके लिए कांग्रेस उनसे बार-बार प्रार्थना कर रही थी। सर सैयद का विरोध उर्दू-साहित्य में महाकवि अकबर ने बड़े जोर से किया था। किन्तु हिन्दी कविता में यह विरोध, शायद, गुप्त जी की ही कविता में ध्वनित हुआ है।

अकबर से गुप्त जी की समता और भी कई बातों को लेकर है। दोनों ही अंग्रेजों के खिलाफ और उनके आलोचक थे। दोनों ही यूरोप से आनेवाली रोशनी को नापसन्द करते थे और दोनों ही सुधारों के नारों से घबराते थे तथा दोनों ही ने अपने मतामत के प्रकाशनार्थ कटूक्तिपूर्ण पद्यों का माध्यम चुना था। किचनर और कर्जन के झगड़े में जब कर्जन की हार हुई, तब अकबर ने चार पंक्तियों का एक बन्द लिखा था, जिसकी 'देख लो, यह जन पै नर गालिब हुआ' नामक पंक्ति बहुत ही प्रसिद्ध है। उन्हीं दिनों गुप्त जी भी कितनी ही पंक्तियों में कर्जन की पूरी खबर ले रहे थे। किचनर सेनापति था और कर्जन वायसराय। अतएव वायसराय के हारने पर उन्होंने आनन-फानन लिख दिया :

कलम करे कितनी ही चर-चर
भाले के वह नहीं बराबर।

एक बार कर्जन ने हिन्दुस्तानियों को झूठा कह दिया था, जिस पर अकबर साहब ने लिखा था :

हम झूठे हैं तो आप हैं झूठों के बादशाह।

अकबर साहब की पंक्ति बड़ी ही सटीक बैठी है। किन्तु इसी घटना पर गुप्त जी ने भी कर्जन की काफी खबर ली थी :

मन में कुछ मुँह में कुछ और, यही सत्य है कर लो गौर।
झूठ को जो सच कर दिखलावे, सो ही सच्चा साधु कहावे।
मुँह जिसका हो सके न बन्द, समझो उसे सच्चिदानन्द।

सुधारों के प्रति जिस अनास्था का परिचय अकबर ने दिया है, उसी से गुप्त जी भी आक्रान्त थे। प्राचीन परम्परा के प्रतिनिधि होने के कारण वे सुधार के प्रत्येक आन्दोलन को शंका की दृष्टि से देखते थे। कहीं-कहीं तो ऐसा मालूम होता है, मानो सुधारों के नारों के बीच उन्हें वास्तविकता ही लुप्त होती दिखाई दे रही हो :

हाथी यह सुधार का लोगो, पूँछ उधर भई, पूँछ इधर।
आओ, आओ, पता लगाओ, सूँड किधर भई, मूँड किधर।
इधर को देखो, उधर को देखो, जिधर को देखो, दुम ही दुम।
बोल रहा हूँ, चाल रहा रहूँ सूँड भी गुम, भई, मूँड भी गुम।

गुप्त जी ने प्रकृति-वर्णन और भक्ति के भी पद्य लिखे हैं। किन्तु साहित्य के इतिहास में उनका वैसा महत्त्व नहीं, जैसा उनकी हास्य-मिश्रित कटूक्तियों का हो सकता है। ये कटूक्तियाँ ही उनका वह शस्त्र थीं, जिनके माध्यम से वे तत्कालीन सामाजिक व्यवस्था पर वार करते थे। आगे चलकर रूप तो इनका भी बदल गया; किन्तु यह धारा बहती ही गई और गुप्त जी से बाद वाला साहित्य इस धारा को अब तक भी पुष्ट ही करता आया है।

गुप्त जी ने काव्य की प्रेरणा पं. प्रतापनारायण मिश्र जी से ली थी और मिश्र जी के दृष्टिकोण का उन पर गहरा प्रभाव भी पड़ा था। इन महापुरुषों की कविताएँ आज उतनी गम्भीर भले ही न दीख पड़ें, पर उस समय समाज में जागरूकता तथा निर्भयता उत्पन्न करने में उन्होंने बड़ा काम किया था।

कविवर मधुर

बलिया के श्री रामसिंहासन सहाय जी 'मधुर' हिन्दी के एकमात्र कवि हैं जिन्होंने श्री भारतीय आत्मा की सरणी पर चलकर अपना विकास किया है। वे, प्रायः, 1920 से लिखते आ रहे हैं, किन्तु अब तक भी उनकी रचनाओं की संख्या, शायद दो सौ से अधिक नहीं है। उन्होंने बहुत ही कम लिखा है, किन्तु जो कुछ भी लिखा है, प्रेरणा की मुद्रा और अनुभूति की बेचैनी में लिखा है। इतना कम लिखने का एक कारण यह भी है कि जिस शैली में वे लिखते हैं, वह शैली विचारों से अधिक अनुभूति की तीव्रता और उक्ति की विचित्र वक्रता लिये रहती है और उसमें जितना चाहें उतना लिख डालना सम्भव नहीं दीखता। विचारों को छन्दों में उँडेल देना अपेक्षाकृत कुछ सुगम कार्य है, किन्तु अनुभूतियों को विलक्षण शैली में लिखना, स्वभावतः ही, कुछ कठिन हुआ करता है। यह भी ध्यान देने की बात है कि स्वयं माखनलाल जी की रचनाओं की संख्या भी कुछ बहुत अधिक नहीं है। उनकी कविताएँ भी हम शब्दों की सजावट और भाषा तथा विचारों के चमत्कार के लिए नहीं, बल्कि अनुभूति की बेधनेवाली सच्चाई एवं उक्ति की वक्रता के लिए ही पढ़ते हैं। और ये दुर्लभ गुण मधुर जी की कविताओं का भी मेरुदंड हैं, यद्यपि मधुर जी के प्रयास कहीं-कहीं ढीले मालूम होते हैं, मानो लिखनेवाला कुछ जल्दी में रहा हो; मानो जो शैली उसका लक्ष्य है, उसकी बारीकियों और पूरी कसावट तक पहुँचने की धीरता का उसमें अभाव हो।

याद आता है कि सन् 1928 ई. में मैंने 'मधुर-लहरी' नामक उनकी एक छोटी-सी पुस्तिका देखी थी जिसमें छोटी-छोटी कोई पन्द्रह-बीस कविताएँ संगृहीत थीं और जिसकी भूमिका स्वयं पंडित माखनलाल जी चतुर्वेदी ने लिखी थी। उन दिनों, मैं अपने लिए अभिव्यक्ति का कोई नया मार्ग ढूँढ़ रहा था (जिसकी तलाश, शायद, अभी भी खत्म नहीं हुई है) और मुझे जो भी चीज कुछ नयापन लिये मिलती थी, उसे मैं बड़े ही चाव से पढ़ा करता था। इस छोटी-सी विचित्र पुस्तक ने मेरी मनोदशा के निर्माण में बड़ा ही प्रभाव डाला और जिसे मैं नई राह

कहता था, उसका पता लगाने या रचना करने में उससे मुझे अच्छी प्रेरणा मिली। 'मधुर-लहरी' की वह प्रति मैंने अपने एक मित्र से लेकर देखी थी, अतएव, 1928 के बाद उसके फिर कभी दर्शन नहीं हुए। किन्तु दो-तीन दिनों के संसर्ग में ही उस पुस्तक ने मेरे हृदय में जो आर्द्रता उत्पन्न कर दी थी, वह कभी सूखी नहीं और उसकी गीली तसवीर मेरे मनोदेश में कहीं-न-कहीं बराबर तैरती रही। 'मधुर-लहरी' मुझे एक नवीन क्षितिज से उतरती-सी दिखाई पड़ी, अतः मैं उस दिशा की ओर गहरे मोह से देखने लगा जिसका इंगित उसकी कविताओं ने किया था। उसकी कुछ पंक्तियाँ थीं जिन्हें कभी तो शुद्ध रूप में और कभी स्मृति की लुप्त रेखाओं को जैसे-तैसे जोड़कर मैं जब-तब गुनगुनाता रहा। कई पंक्तियाँ थीं जिनके साथ मादकता की अनिर्वचनीय घटाएँ स्मृति के कूल से उठकर मन के आकाश पर छा जाती थीं और मैं भीतर-ही-भीतर किसी अलभ्य लोक की समीपता का बोध करने लगता था :

यौवन की दुर्गम घाटी में
टीलों से गीत सुनाती हूँ,
उस पार भटकता है भविष्य,
मैं कब से उसे बुलाती हूँ।
अन्तस् में दीप जलाती थी,
वह आग लगी अभिलाषा में,
मैं हाय, जलन में जीती हूँ
हरियाले दिन की आशा में।
मैं जाती हूँ उन खेतों में,
तुम मेघ घेर लाना प्यारे!
मेरी प्यासी हरियाली में
रसबूँदें बरसाना प्यारे!

अथवा

मैं किस राजमहल की थी अलबेली रे छलिया!
तज कर परिजन, पुरजन और सहेली रे छलिया!
तेरे पीछे-पीछे चली अकेली रे छलिया!
पहनी तुझ पर आकर कफनी-सेली रे छलिया!

या

कब से ढरकाते जाते हो माया की यह प्याली,
भर न सके तुम, जन्म-जन्म से यह अंजलि है खाली!

देख चुकी मैं विश्व तुम्हारा, रे निर्धन यदुवंशी।
बेचो अपना मोरमुकुट अब, बेचो अपनी वंशी!

मधुर जी की ये पंक्तियाँ मेरे भीतर एक अपरिचित प्रकाश की सनसनाहट-सी पैदा कर देती थीं और जब-जब मैं गुनगुनाता कि 'मैं जाती हूँ उन खेतों में, तुम मेघ घेर लाना प्यारे' अथवा 'पहनी तुझ पर आकर कफनी-सेली रे छलिया' या 'बेचो अपना मोरमुकुट अब, बेचो अपनी वंशी', तब-तब मैं एक अनिर्वचनीय आनन्द से भर जाता था।

मगर आज वह बात नहीं है। कोई जादू था जो मन से निकल चुका है, कोई आर्द्रता थी, जो शायद सूख चली है। 'छलिया' के लिए 'कफनी और सेली' पहनने की कल्पना में अब वह उन्माद नहीं रहा जो पहले था और खेतों में खड़ा होकर भीगने के लिए मेघों को निमंत्रण देने की अब जैसे फुर्सत ही नहीं रही हो। और 'फूलों की हँसी' बेचने के लिए भी घर से बाहर जाने की हिम्मत नहीं रही; क्योंकि मेरा पड़ोसी सौदागर और एकाउंटेंट, दोनों है। इसके सिवा, वह चुन-चुनकर उन्हीं मालों की तिजारत करता है जिनमें ज्यादा-से-ज्यादा मुनाफाखोरी और चोरबाजारी की गुंजाइश हो। सारी चीजें पीछे छूट गई हैं। वे जब याद आती हैं, तब ऐसा मालूम होता है, मानो दूर पर कहीं कोई वंशी बजा रहा हो!

मगर परिवर्तन कहाँ है? मन के भीतर या मन से बाहर? वड्र्सवर्थ ने कहा था कि फूलों के बीच आँखें बन्द करके चलने में जो सुख है, वह आँखें खोलकर चलने में नहीं। शायद, उसी ने कहा था कि मन जब झपकी लेने लगे तब फूलों के खिलने या नहीं खिलने से क्या? इकबाल की भी इसी से मिलती-जुलती एक पंक्ति है, 'क्या लुत्फ अंजुमन में जब दिल ही बुझ गया हो?'

कल्पना के भीतर विचारों की रीढ़ पैदा हो जाने पर मन फिर इस अवस्था में नहीं रहता कि सौन्दर्य की उन रंगीन लहरियों से बेसुध होकर खेल सके जो सिर्फ दीखती ही हैं; छूने से पकड़ में नहीं आतीं, बल्कि स्पर्श के लगते ही बिला जाती हैं। विचारों के ढाँचे में कहीं कोई तत्त्व है जो फेन और बुद्बुद का विरोधी है; जो इन्द्रधनुष को 'धरती की वेणी' पर बाँधना चाहता है; जो चाँदनी को समेटकर एक छोटी-सी शीशी में बन्द कर देना चाहता है और जिसे यह चिन्ता सताती है कि अन्धकार और प्रकाश इस प्रकार निरवयव होकर क्यों फैले? वे श्वेत और श्याम, दो पर्वतों के समान, पुंजीभूत होकर क्यों नहीं खड़े हो गए? अस्तु।

ऐसा याद आता है कि सन् 1928 के बाद 'मधुर' जी की कविताएँ मुझे फिर कहीं भी देखने को नहीं मिलीं। मैंने समझा, शायद उन्होंने लिखना छोड़

दिया है। और तब त्रिपुरी कांग्रेस के समय गांधी जी ने राजकोट जाकर अनशन शुरू किया और 'मधुर' जी की 'राजाओं से' नामक एक छोटी-सी कविता 'कर्मवीर' में छपी, जो इस प्रकार थी :

ऊपर अम्बर रोता है, नीचे धरती अकुलानी,
यह मुकुट बेच दो राजा! यह महल बेच दो रानी!
विस्तृत साम्राज्य तुम्हारा, मरभूखों की बस्ती है,
परवानों की हस्ती क्या, मर मिटने की मस्ती है।
इन कोटि-कोटि प्राणों में, है एक आग तूफानी।
यह आग बुझाओ राजा! यह आग बुझाओ रानी!
इस बेकलियों के रथ पर, चढ़कर आई है आँधी,
दरबार वीरबाला में, रो पड़ा हमारा गाँधी।
वह रामराज्य तुम भूले, सो गए डाल गलबहियाँ,
नाहक यौवन बीता है, झूलनी की छहियाँ-छहियाँ।
इन कोटि-कोटि आँखों से जब उमड़ पड़ेगा पानी,
मछरी बनकर तैरेगी, यह सेजरिया सैलानी।
जो श्रमकण से सिंचित हैं, उन मैदानों में आओ।
जो खिरमन से खाली हैं, उन खलिहानों में आओ।
स्वागत है आज तुम्हारा, उजड़ी इन झोपड़ियों में,
कल क्या करने आओगे, उन विप्लव की घड़ियों में?
यह धरती धँस जाएगी, है दो दिन की मेहमानी,
इतिहासों के पन्नों पर, उड़ते हैं राजा-रानी।

बाज पंक्तियों का लँगड़ाना और बाज-बाज का राह में ही बैठ जाना मेरे मन को भी खटका; किन्तु कविता की अन्तिम पंक्ति से मैं एकबारगी चौंक पड़ा; मानो मेरी कल्पना को किसी ने चिराग दिखा दिया हो! मानो मेरी अपनी प्राणमणि किसी दूसरे की जिह्वा पर चमक उठी हो! 'मधुर-लहरी' की स्मृति एक बार फिर सजल होकर मेरे मनोव्योम पर छा गई और मैं फिर अचरज करने लगा कि यह कौन है जो इतनी लापरवाही से और इतनी अच्छी चीज लिखता है?

तब से लेकर आज तक मैं बराबर इस कोशिश में रहा कि मधुर जी से किसी भी प्रकार मेरा सम्पर्क स्थापित हो जाए, किन्तु कई कारणों से (जिनमें एक यह भी है कि मधुर जी चिट्ठियों का जवाब कम देते हैं) अभी हाल तक मैं असफल रहा। हाँ, अब उनकी कविताओं का एक संग्रह (हस्तलिखित रूप में

ही) मेरे कब्जे में आ गया है और उन्हें पढ़ लेने के बाद मेरी बीस वर्षों की तृषा कुछ शान्त हो चली है।

ऊपर जो मैंने 'लापरवाह' विशेषण का प्रयोग किया है; वह लापरवाही से नहीं। पूरा संग्रह देख लेने के बाद मैं और भी मानने लगा हूँ कि मधुर जी काव्य-रचना के विषय में कुछ लापरवाह-से हैं। स्पष्ट ही, वे रचनाओं को उतना समय नहीं देते जिसकी वे अधिकारिणी हैं; अथवा यह भी सम्भव है कि वे जिस शैली में लिखते हैं, यह लापरवाही उसकी विवशता का ही एक रूप हो। मेरे ऐसा लिखने का एक कारण यह भी है कि माखनलाल जी के अनुकरणकर्ताओं में से मधुर जी के अतिरिक्त कोई भी कवि विशिष्टता प्राप्त नहीं कर सका जिससे यह व्यंजना आसानी से ली जा सकती है कि उनकी शैली का अनुकरण कोई सुगम कार्य नहीं है।

कभी-कभी मैं यह भी सोचता हूँ कि यह असावधानता भी मधुर जी की कविताओं का एक भूषण है; क्योंकि इसकी पृष्ठभूमि पर उनकी विशिष्ट पंक्तियाँ इतनी तेजी से चमकती हैं जितनी तेजी से वे पूर्ण कौशल से विरचित पृष्ठभूमि पर नहीं चमक सकती थीं। जिसे साहित्य में क्लाइमेक्स कहते हैं, वह कला का एक ऐसा शिखर है जिसके प्रदर्शन और चमत्कार के लिए उसके आसपास के कंगूरों को अपेक्षाकृत कुछ छोटा होना चाहिए। इस दृष्टि से मधुर जी पंक्तियों के कवि हैं। उनकी वाटिका में जो फूल खिलते हैं, उन फूलों के नीचे वृंतों और पत्रों का आकलन बहुत आकर्षक नहीं होता है। धूलों में हरे रंग की धार, कुहासे में भटकती हुई अद्‌भुत किरणें और मन्द तारिकाओं के कुंज में जहाँ-तहाँ जगमगाते हुए अनेक शुक्र (इस प्रभाववादी ढंग के लिए माफी चाहता हूँ)—इन दृष्टान्तों से हम उनके संग्रह का, प्रायः, सही मूल्यांकन कर सकते हैं। मगर क्या मजाल कि आपकी आँखें धारा को छोड़कर धूल पर या शुक्र को छोड़कर अन्य तारिकाओं पर जा अटकें! आलोचना-सम्बन्धी आपके गुण जब तक सँभलें-सँभलें, तब तक आपका हृदय ही आपके हाथ से निकल भागता है, फिर दोनों का विचार कौन करे? और दोषों के विवेचन से आप किसे संतुष्ट करेंगे? हृदय को ही तो? लेकिन वह तो पहले ही आपके हाथ से निकल जाता है!

मधुर जी के काव्यद्रव्य जीवन के अत्यन्त साधारण स्तर से आते हैं जो आज कई वर्षों से संसारभर के साहित्य में अप्रतिम प्रमुखता प्राप्त कर रहे हैं। किन्तु उनका वर्णन अन्य बहुत लोगों के वर्णनों से भिन्न एवं नवीन होता है तथा उससे यह बात स्पष्ट हो जाती है कि मधुर जी का प्रयास बौद्धिक नहीं, वरन् हार्दिक है।

'डोम' पर उनकी एक कविता है :

मुकुटों में मणियाँ रोई हैं, रनिवासों में रनियाँ,
किन्तु एकरस रही सदा से धन्य-धन्य डोमनियाँ!
तेरा निन्दक भी आवेगा मुँह पर ओढ़ कफनियाँ,
उस दिन मौन रहेंगी उसकी पोथी-माला-मनियाँ।

और 'डोमिन' पर उनकी उक्ति है :

आग लगाती तू दीपक में, दीपक बल जाता है,
अतएव स्नेही उसी प्रेम से आकर जल जाता है।

मधुर जी की प्रेरणा के अधिक भाग समय के अन्तराल से आते रहे हैं और इस प्रेरणा को उन्होंने बड़े ही ओज के साथ लिखा है। गांधी जी ने हरिजनोद्धार के लिए जो महान प्रयास किया, उसका प्रतिबिम्ब मधुर जी की कविताओं में बड़ी ही स्पष्टता के साथ पड़ा है :

ले लेंगे वे प्राण, हाय, वह देने पर राजी है,
बक्सर से पत्थर-प्रहार, पूने से बमबाजी है।
डोमराज, भयभीत न होना, निष्ठुरता हारेगी,
प्रभु की करुणा हृदय चीरकर यह बाजी मारेगी।
अन्तर भींग रहा है, कैसे दीपक राग जगाऊँ?
बापू! अपनी चिनगारी दे, मैं भी आग लगाऊँ।

'छुआछूत पर छू मन्तर' नामक अपनी एक छोटी-सी कविता में वे कहते हैं :

हैं तीस कोटि उसके हरिजन,
मत बोलो, कर देगा अनशन,
मच जाएगा घर-घर क्रन्दन,
हम मर जाएँगे हाय-हाय,
वह हो जाएगा अजर-अमर।

लेकिन कौन जानता था कि अन्तिम पंक्ति के भीतर भविष्यत् ही बोल रहा है?

मधुर जी की कविताओं में जो सरलता मिलती है, वह बहुत कुछ वैसी ही है, जैसीकि ग्राम-गीतों में हुआ करती है। कहीं-कहीं तो वस्तुस्थिति के ही स्पष्ट वर्णन मात्र से वे चमत्कार उत्पन्न कर देते हैं।

'हलवाहा' कविता की एक कड़ी है :

इन खेतों में हल चलता है, घर में चक्की चलती है,
हलवाहिन अरमान पीसती और कलेजा मलती है।

गाती है जतसार, पीठ पर व्याकुल बच्चे रोते हैं,
पता नहीं, करुणानिधान भगवान कहाँ पर सोते हैं?

'दिल्ली कितनी दूर' नाम्नी एक छोटी कविता के तो तीनों ही पद अपनी जगह पर इतिहास की महत्ता लिये खड़े हैं। पहले पद की अन्तिम दो पंक्तियों में नेताजी सुभाषचन्द्र बोस का एक म्रियमाण सिपाही, मानो आज भी अर्द्ध-चैतन्य अवस्था में पड़ा सिसकियाँ ले रहा है :

वह अन्तिम बलिदान हमारा, इम्फल का मैदान हिला था,
उत्तर का हिमवान हिला था, सारा हिन्दुस्तान हिला था।
रजकण में कितने सोये हैं सैनिक चकनाचूर!
सपने में सिसकी लेते हैं, दिल्ली कितनी दूर!

दूसरे पद की महत्ता कुछ और भी विचित्र है। एक महान जाति के स्वातन्त्र्य-संग्राम के सेनापति के रूप में बापू का चित्र अनेक बार अंकित किया गया, किन्तु कभी भी किसी कवि को यह साहस नहीं हुआ कि वह बापू से हथियार की माँग करे। अपनी स्थिति तो यह है कि मैंने 'लज्जित मेरे अंगार' कहकर अपनी 'वायलेंस की वीणा' को बापू की आँखों से छिपाकर अलग ही रख दिया! किन्तु, मधुर जी ने एक ऐसी स्थिति उत्पन्न कर दी है, जिसमें बापू से शस्त्र माँगना एक स्वाभाविक बात मालूम होती है और उसके लिए क्षमा-याचना की भी आवश्यकता प्रतीत नहीं होती :

सूम सनन चल री पुरवाई, सेनापति का नाम न पूछो,
कोहनूर की क्या कीमत है, आजादी का दाम न पूछो।
आज कंठ से कंठ मिलाओ, अमर शहीदों की जय बोलो,
लाट, किला, मीनारों वाली दिल्ली का दरवाजा खोलो।
भीम माँगता गदा, द्रौपदी माँग रही है चीर,
बापू, आज लुटा दो झोली, दो अर्जुन को तीर।

कौन कह सकता है कि जिस झोली में निर्भीकता के अंगार और बलिदान की लपटें सँजोई हुई थीं, उसमें अर्जुन के तीर ही नहीं मिलते?

तीसरे पद में जो कुछ विलक्षण है, उसकी व्याख्या के लिए किसी भी हिन्दुस्तानी को अन्यत्र नहीं जाकर अपने हृदय के ही भीतर झाँकना चाहिए। अफसोस कि इसकी अन्तिम पंक्ति भी सत्य है :

नील गगन कितना ऊँचा है, पुष्पक से फिर हम साधेंगे,
सागर में जलयान हमारे सप्तसिन्धु को फिर बाँधेंगे।
आज देश स्वाधीन हो गया, हम किसान-मजदूर—
दिल्ली में ही पूछ रहे हैं 'दिल्ली कितनी दूर?'

मधुर जी ने केवल राष्ट्रीय कविताएँ ही नहीं, स्नेह, करुणा, शादी-विवाह और वात्सल्य से प्रेरित होकर भी अनेक छोटी-मोटी रचनाएँ की हैं और प्रत्येक रचना में उस विलक्षणता का स्पर्श मिलता है जिसे उन्होंने अपनी शैली के वरदानस्वरूप बड़ी ही साधना के बाद प्राप्त किया है। उनके क्रान्ति-गीत ही नहीं, बल्कि लोरी और बारहमासे भी छायावाद-कालीन प्रभाओं से युक्त हैं। ये वे प्रयोग हैं जिनसे प्रेरणा लेकर हमारे कितने ही नवोदित कलाकार साहित्य में नवीन रेखाओं का निर्माण करने में असमर्थ हो सकते हैं। किन्तु अचरज की बात है कि आज जब सभी प्रकार के लोगों को आसानी से प्रकाशन मिल जाता है, तब मधुर जी के समान विलक्षण कवि को ही हिन्दीवाले नहीं जानते।

जॉर्ज रसेल का साहित्य-चिन्तन

जॉर्ज रसेल के बारे में कहा जाता है कि वे रहस्यवादी थे। रहस्यवाद हम भारतवासियों की दृष्टि में अदृश्य और अगोचर की एक प्रकार की अपूर्ण अनुभूति है, अतएव उसे हम योगियों और संतों के जीवन से सम्बद्ध मानते आए हैं। यहाँ तक कि सामान्य गृहस्थ कवि की वाणी में भी जब कभी हमें अदृश्य और अगोचर का धूमिल संकेत मिलता है, तब हमारा विचार होता है कि यह कवि क्षणमात्र के लिए रहस्यवाद के स्तर पर पहुँच गया है।

अब तो साहित्य में ऐसे बहुत-से लोग हैं जो मानते हैं कि अदृश्य और अगोचर की ओर संकेत करनेवाली धुँधली वाणी को रहस्यवाद कहकर उसे व्याख्यातीत नहीं छोड़ना चाहिए। किन्तु उस वाणी की व्याख्या हम किस भाषा में करेंगे जो गोचर और दृश्य की अन्तिम सीमा पर पहुँचकर बोली जाती है? और अगर हम इन कवियों को यह कहकर चुप करा देना चाहें कि तुम जहाँ पहुँचने का दावा करते हो, उस भूमि का अस्तित्व ही नहीं है अथवा तुम जिस अवस्था में पहुँचकर बोलते हो, वह एक प्रकार के मन्दोन्माद की अवस्था है तो स्पष्ट ही इसका परिणाम यह होगा कि मानवीय ज्ञान और अनुभूति के उस पक्ष को भी विज्ञान के अधीन हो जाना पड़ेगा, जिस पक्ष का विश्लेषण और कथन आज तक तार्किक और वैज्ञानिक नहीं, बल्कि कवि और कलाकार करते आए हैं। कवि और कलाकार यानी आदमी के दिल की बोली में बोलनेवाले लोगों का प्राधान्य कुछ इसलिए तो नहीं है कि जो बात वैज्ञानिक और तार्किक बोलते हैं, वही बात कवि और कलाकार भी अपने ढंग पर कहते हैं? एक तरह से यह भी ठीक है। किन्तु इस भिन्नता को अधिक स्पष्टता से उपस्थित करने का उपयुक्त ढंग, शायद, यह है कि प्रत्येक घटना के दो पक्ष होते हैं जिनमें से एक का वर्णन वैज्ञानिक, तार्किक और इतिहासकार करता है और दूसरे का कवि और कलाकार। यहाँ यह स्मरण रखना चाहिए कि जीवन या घटना के अपर पक्ष का जो वर्णन कवि के हिस्से में आता है, वह इसलिए नहीं कि

विज्ञान उसे अप्रमुख मानकर कवियों के लिए छोड़ देता है, बल्कि इसलिए कि विज्ञान इस पक्ष को समझ ही नहीं सकता, यद्यपि मनुष्य के सारे सूक्ष्म संस्कार घटना के इसी अपर पक्ष में पोषित, पालित और रक्षित होते हैं। स्वयं रसेल ने ही एक स्थान पर कहा है कि 'घटनाएँ पहले मनुष्य की आत्मा में घटित होती हैं और तब उसके शरीर में। इसलिए सच्चा इतिहासकार तो वही माना जाएगा जो घटनाओं की सूची तैयार करने के बदले उसके मूल कारणों का विश्लेषण करता हो।'

और मूल कारणों की खोज, सच पूछिए तो जीवन के उद्‌गम की खोज है। यही वह जिज्ञासा है जहाँ से विद्या और कला, दोनों का जन्म हुआ था अथवा जिसके समाधान की ओर दोनों ही प्रगतिशील हैं। अन्तर केवल यह है कि एक जहाँ बुद्धिगम्य तत्त्वों तक पहुँचकर अपनी शक्ति की इयत्ता स्वीकार कर लेती हैं, वहाँ दूसरी बुद्धि की अन्तिम सीमा को भी अपूर्णता की ही भूमि समझकर पूर्णता की खोज में और भी आगे बढ़कर अविश्लिष्ट, अगोचर और अदृश्य की ओर संकेत करती है। अदृश्य और अगोचर की सत्ता है या नहीं, यहाँ इस प्रश्न का उत्तर खोजने से कुछ आने-जानेवाला नहीं है। जो सुधी हैं, जो सचमुच ही सत्य के प्रेमी हैं, वे ऐसे प्रश्नों का समाधान देना नहीं चाहते और समाधान देने के लिए वीरता के साथ आगे आते हैं, वे अपनी विवेकशीलता और श्रद्धा का प्रयोग एक ऐसे स्थल पर करते हैं जहाँ उसके प्रयोग की कोई आवश्यकता ही नहीं है! हाँ, यह सोचने की बात अवश्य है कि जहाँ पहुँचकर मनुष्य की बुद्धि इति कहकर निश्चेष्ट होकर बैठ जाती है, वहाँ मनुष्य की कल्पनाशक्ति पर कैसी प्रतिक्रिया होती है। क्या वह भी बुद्धि के साथ आराम से लेट जाना चाहती है अथवा दुर्गम और दुर्भेद्य के बीच अपनी राह निकालने के लिए शायक-संधान करने का साहस उसमें अभी शेष है?

जॉर्ज रसेल की कल्पना, बुद्धि के साथ लेटकर आराम से पगुरानेवाली कल्पना नहीं है, बल्कि जहाँ बुद्धि थकने लगती है, वहाँ भी उनकी कल्पना साहस के साथ आगे देखने का प्रयत्न करती है। और उनका रहस्यवाद भी उस हीन कोटि का रहस्यवाद नहीं है जिसे हम लोग तोता-मैना काव्य में से अन्योक्ति अथवा अप्रस्तुत प्रशंसा की सीढ़ी लगाकर बड़ी ही आसानी से निकाल लेते हैं। यह ठीक है कि राग की भाषा होने के कारण काव्य में कल्पना का प्राधान्य होता है, किन्तु जो कल्पना ईर्ष्यावश बुद्धि की उपेक्षा या त्याग केवल इसलिए करती है कि वह उसकी तेजस्विता की बराबरी नहीं कर सकती, उस कल्पना के सहारे सच्ची रहस्यात्मकता की सृष्टि नहीं हो सकती। प्रत्येक प्रकार

की धुँधली वाणी को हम रहस्यवाद मान लें, यह रहस्यवाद-जैसे महँगे शब्द का मान घटाना तथा असमर्थ उद्‌गारों को अनुचित महत्त्व देना है। वाणी धुँधली इसलिए भी हो सकती है कि जो तत्त्व बुद्धिगम्य है, उसका सुस्पष्ट चित्रण कवि अपनी अक्षमता के कारण नहीं कर सका हो, उसके भीतर साधारणीकरण की शक्ति सीमित हो अथवा उसकी भाषा में बल नहीं हो। बुद्धि हमारी जिज्ञासाओं का जहाँ तक समाधान कर सकती है, वहाँ तक वह रहस्यवादी को भी ग्राह्य होनी चाहिए। किन्तु उसके आगे के संसार में रहस्यवादी अपनी कल्पनाशक्ति के बल पर प्रवेश करता है। अतएव सच्ची रहस्यात्मकता के पीछे बुद्धि का भी प्रबल आधार होता है। हाँ, यह सम्भव है कि प्रत्येक रहस्यवादी की बुद्धि अध्ययन और मनन-जनित अथवा शास्त्रीय नहीं होती; क्योंकि मनुष्य के भीतर सहज प्रवृत्ति (Intuition) नाम की भी एक शक्ति है जो वही काम करती है जिसका सम्बन्ध ज्ञान अथवा बुद्धि से है। कबीर, दादू और नानक के सम्बन्ध में कहा जाता है कि ये महात्मा बड़े विद्वान नहीं थे और जब-तब मस्ती में आकर उन्होंने पांडित्य का कुछ निरादर भी किया है। फिर भी अपनी साधना के बल पर वे जिन निर्णयों पर पहुँचे थे, वे ज्ञानियों और पंडितों के निर्णय से बहुत भिन्न नहीं हैं। अगर वेदों और उपनिषदों को हम भारतीय ज्ञान का आदिकोश मानते हों तो हमें यह भी मानना पड़ेगा कि वेद का ज्ञान इन महात्माओं के हृदय में सहज रूप से प्रकट हो गया था। न्याय और मीमांसा की सीढ़ियाँ इन साधकों ने नहीं पकड़ीं, किन्तु तब भी वे ज्ञान के उस स्तर पर पहुँच गए जहाँ पहुँचते-पहुँचते पंडितों की भी आयु थक जाती है। यह चमत्कार सहज प्रवृत्ति का है। यह चमत्कार उस शक्ति का है जिसे हम, अन्य कोई नाम नहीं पाकर, हृदय की शक्ति कहते हैं। अक्ल जिसे समझ नहीं सकती, दिल उसे आँखों से देखता है। हठयोगी जिसे विविध क्रियाओं के द्वारा भी प्राप्त नहीं कर सकता, वही समाधि किसी-किसी को आप-से-आप लग जाती है :

साधे, सहज समाधि भली।
गुरु प्रताप जा दिन ते लागी
युग-युग अधिक चली।

गांधी जी की अन्तःध्वनि के किस्से पर विवेकशील लोग अब भी एक प्रकार की हँसी हँसते हैं जिसका अर्थ होता है कि गांधी भी अजब भटका हुआ जीव था। किन्तु यह इस प्रकार हँसी में टालने की बात नहीं है। सहज प्रवृत्ति भी ज्ञान का एक माध्यम है, और गांधी जी इसी शक्ति के बल पर अपने निर्णय पर पहले पहुँचते थे और उनकी दलीलें पीछे उपस्थित किया करते थे।

जहाँ तक बुद्धि की गति है, वहाँ तक कल्पना को भी सुस्पष्ट होना ही चाहिए; क्योंकि अगर अपने देखे हुए दृश्य को वह सुस्पष्टता से उपस्थित नहीं कर सकी तो उसे बुद्धि के ताने सहने पड़ेंगे। क्योंकि जो वस्तु बुद्धि के द्वारा सुस्पष्टता से देखी जा सकती है, उसके चित्रण को अगर कल्पना ने धूमिल छोड़ दिया तो यह उसकी असमर्थता होगी। कल्पना में बुद्धि से कुछ अधिक शक्ति होती है। कवि से हम केवल यही आशा नहीं करते कि वह हमें वैसा ही चित्र दिखलाए, जैसा चित्र हम इतिहासकार और वैज्ञानिक के यहाँ देखते हैं। विज्ञान सुन्दर होने के पहले सुस्पष्ट होता है; बल्कि सौन्दर्य तो उसका आनुषंगिक गुण है, उसका वास्तविक गुण तो सुस्पष्टता ही होना चाहिए। किन्तु कवि से हमारी यह आशा होती है कि वह जो कुछ भी हमारे सामने लाए, वह केवल सुस्पष्ट ही नहीं, वरन् सुन्दर और उद्दीप्त भी हो। इसलिए जहाँ तक बुद्धि और कल्पना की समानान्तर दौड़ का क्षेत्र है, वहाँ तक रहस्यवाद जैसी किसी वस्तु की सत्ता नहीं मानी जा सकती। असल में रहस्यवाद वहीं आ सकता है, जहाँ बुद्धि श्रान्त होकर बैठ जाए और कल्पना आगे बढ़कर अदृश्य का संकेत देती हो। रहस्यवाद पूर्णता की अपूर्ण अनुभूति है। रहस्यवाद उस अगोचर को छूने का प्रयास है जिसे तर्क नहीं छू सकता, जो बुद्धि के स्पर्श के परे है। अपनी समाधि में फैलते-फैलते मनुष्य जब गोचर परिधि के पार जाने लगता है तब उसकी अनुभूति शब्दों में सुस्पष्ट रूप से नहीं कही जा सकती। शब्द उस अनुभूति का सिर्फ संकेत भर देते हैं और उन्हीं संकेतों के बल पर हमें उसे ग्रहण करना होता है। व्यक्ति में किसी ऐसी भाव-दशा की सत्ता सम्भव है या नहीं, इस प्रश्न पर विज्ञान से प्रमाण माँगना उसे व्यर्थ ही असमंजस में डालना है; क्योंकि संसार की विभिन्न भाषाओं में ऐसे कितने ही कवि और संत हुए हैं, जिनकी आत्मा ने ऐसे प्रसार का अनुभव किया था। रह गई उपयोग की बात, सो हमारे भीतर ऐसी कितनी ही शक्तियाँ हैं जिनका आधिभौतिक जीवन में कोई प्रत्यक्ष उपयोग नहीं है, किन्तु जिनके विकास से हमारी आन्तरिक सम्पन्नता में वृद्धि होती है और हमारे चौकोर (Rounded) व्यक्तित्व के निर्माण में सहायता मिलती है। गोचर के घेरे से उमड़कर अगोचर से टकरानेवाला हमारा आत्मिक प्रसार भी, इसी प्रकार हमारे व्यक्तित्व को और भी अधिक सम्पन्न बनाता है, हमें और भी अधिक पूर्ण करता है।

और सच पूछिए तो रसेल की आत्मा का इतिहास पूर्णता के अधिक-से-अधिक समीप पहुँचने के लिए अटूट साधना में संलग्न सतत जागरूक आत्मा का ही इतिहास है। किन्तु उनकी साधना की प्रक्रिया रूढ़िग्रस्त योगियों की साधना की

प्रक्रिया नहीं थी जो शास्त्र का आधार और आप्त वचनों का प्रमाण पकड़कर चलते हैं, जो अपने मन के स्वर्ग में प्रवेश करने के पूर्व बुद्धि के पाँवों में बेड़ी तथा इच्छा के अंग-अंग पर जंजीर कस देते हैं; क्योंकि उन्हें भय लगा रहता है कि अगर इन्द्रियाँ नियंत्रण से कुछ छूट गईं तो फिर मोक्ष का पद हाथ नहीं आएगा। इसके विपरीत, रसेल के जीवन में हम श्रद्धा और बुद्धि को एक ही छत के नीचे निवास करते देखते हैं। उनकी श्रद्धा जितनी प्रबल है, उनकी बुद्धि भी उतनी ही प्रखर है तथा वह प्रत्येक दिशा में एक नई जिज्ञासा का भाव जगाए चलती है। यह बुद्धि शास्त्रों से डरे हुए साधक की अन्धश्रद्धा नहीं, किन्तु एक जाग्रत आत्मा की अदम्य इच्छा का प्रतिरूप है जो प्रत्येक आवरण को हटाकर उसके परे देखना चाहती है। बाह्य जीवन में हम जो कुछ देखते हैं, उसका विधिवत् वर्णन कर देना बहुत आसान काम है। मन में जो तरंगें उठती हैं और समाधि में जो सपने लहराया करते हैं, उनका चित्रण भी उतना कठिन नहीं होता। किन्तु समाधि के मूल में बसनेवाली आत्मा को अपना वर्ण्य विषय बनाकर कविता रचने का कार्य अत्यन्त दुरूह होता है। तो भी यही काम है जिसमें रसेल जीवनभर लगे रहे और इसी श्रद्धा-समन्वित बौद्धिक प्रयास के भीतर से उनका विकास पूर्णता की ओर हुआ।

जॉर्ज रसेल एक साथ कवि, दार्शनिक और चित्रकार थे, किन्तु अपने पीछे उन्होंने जो नाम छोड़ा है, वह महान होता हुआ भी, किसी विशेषज्ञ का नाम नहीं है। यों तो उनके काव्य, चित्र और विचार–सभी का अन्यतम महत्त्व है, परन्तु कला या दर्शन में जिसे सम्पूर्ण सिद्धि कहते हैं, वह उन्हें इन तीनों में से एक में भी नहीं मिली। उनके शब्दों में जो सतही अर्थ हैं, उनमें अधिक विलक्षणता नहीं मिलती; विलक्षणता तो उन शब्दों के भीतर छिपी हुई व्याप्तियों में निहित है। किन्तु आज के युग में इन व्याप्तियों तक पहुँचने की शक्ति या धीरता अधिक लोगों में नहीं पाई जाती। ज्यादा लोग तो ऐसे ही हैं जो उस भाव-जगत को ही गलत समझते हैं जिसमें प्रविष्ट होकर रसेल ने काम किया है। इस स्थिति का एक कारण, शायद, यह भी है कि अपनी सभी क्षमताओं को लेकर रसेल अपने-आपका ही अनुसंधान कर रहे थे–दर्शन, कविता और चित्र, ये उनके लिए सुयश और अमरता के साधन नहीं, प्रत्युत आत्मविकास के ही सोपान थे।

कभी-कभी मुझे ऐसा मालूम होता है कि रसेल का रहस्यवाद अपनी तमाम परम्पराओं को लिये हुए होने पर भी बिलकुल नवीन था। उनमें पहले के रहस्यवादियों की अन्धभक्ति नहीं मिलती। कभी-कभी वे उन शंकाओं से भी ग्रस्त दीखते हैं जो शंकाएँ बहुत-से सामान्य जिज्ञासुओं को सताया करती हैं।

शायद यह कहना उतना ठीक नहीं होगा कि अदृश्य की सत्ता में अटूट विश्वास रखने के कारण वे रहस्यवादी हो गए थे, जितना यह समझना कि मनुष्य के भीतर जो एक अविश्लिष्ट देश है, उसमें उन्होंने कौतूहल और आकुल जिज्ञासा से प्रेरित होकर डुबकी लगाई और ज्यों-ज्यों इस अनुसंधान में उन्हें रस मिलता गया, त्यों-त्यों वे और गहराई में नीचे उतरते गए। और जीवन के अन्त तक उन्होंने इस अनुसंधान में कुछ पाया भी या नहीं, यह बात भी दृढ़ता के साथ नहीं कही जा सकती; क्योंकि बुढ़ापे में आकर एकाध बार, उन्होंने इस बात के लिए भी विलाप किया कि उनकी सारी जिन्दगी उन भावों की उपासना में व्यर्थ ही बीत गई जिनके मूल का पता ही नहीं चलता। रहस्यवादी बनने या कहलाने की भी उन्हें कोई इच्छा नहीं थी। जिस कृत्रिम रहस्यवाद की झाँकी दूसरों की अनुभूति या दूसरों के द्वारा निर्मित प्रतीक का नाम लेकर दिखलाई जाती है, उससे तो उन्हें और भी चिढ़ थी। उन्होंने एक स्थल पर लिखा है कि 'आज के रहस्यवादियों की आत्मा अनगढ़ सिद्धान्तों का आगार बन गई है। वे संस्कृत-साहित्य से कुछ नाम उठा लाते हैं और उनके आधार पर ऐसे-ऐसे प्रतीकों की रचना कर डालते हैं जिनमें रचयिता के हृदय की धड़कन बिलकुल सुनाई नहीं देती।'

सच पूछिए तो रसेल का रहस्यवाद एक बौद्धिक चिन्तक का रहस्यवाद है। प्रस्तुत और दृश्य के पीछे प्रच्छन्न तथा अदृश्य-लोक की जो झाँकी पहले के चिन्तक अपनी समाधि में देखते आए थे, उसी के भीतर प्रवेश करने की जिज्ञासा से रसेल को रहस्यवादी बनाया। और, यह कार्य उन्हें इतना प्रिय प्रतीत हुआ कि जीवन की बाह्य सम्पन्नता की ओर उन्होंने कभी ध्यान ही नहीं दिया। आरम्भ में वे किसी बैंक में क्लर्क थे; पीछे चलकर उन्होंने अपना सारा समय आयरलैंड में सहकारिता के प्रचार में लगा दिया। संस्कृत एवं अन्य प्राच्य दर्शनों का उन्होंने विधिवत् अध्ययन किया था और सच्चे भारतीय ऋषियों का अनुकरण करते हुए उन्होंने अपनी सारी शक्ति अपने-आपको भीतर से सम्पन्न बनाने में लगा दी थी। जनजीवन का साथ उन्होंने कभी नहीं छोड़ा, बल्कि अपने जीवन के अन्तिम पच्चीस वर्ष तो उन्होंने अपने देशवासियों के गहरे सम्पर्क में बिताए। किन्तु मन उनका उसी लोक में घूमता रहा जो चर्मचक्षुओं से देखा नहीं जा सकता, जिसके रूप को विज्ञान की काठ की उँगलियाँ नहीं छू सकतीं। भीतर की दुनिया में उन्हें जो बौद्धिक आनन्द मिलने लगा था, उसके सामने बाहर के सुख, सुविधा और सुयश सभी फीके थे। सुयश की उन्हें इच्छा नहीं थी और न इहलौकिक सुखों पर ही उनका कोई विशेष ध्यान था। यहाँ

तक कि जीवनभर उन्होंने जो प्रभूत चिन्तन किया था, उसका भी एक अप्रमुख अंश ही उन्होंने संसार के लिए छोड़ा है। उनके जीवन-काल में कहा जाता था कि रसेल दूसरों के विचारों की धाय (Midwife) है अर्थात् रसेल से बातें करते समय प्रत्येक मनुष्य के भीतर विचारों का ज्वार-सा उठ खड़ा होता है। किन्तु ऐसा दुर्लभ कार्य भी उन्होंने बहुत नहीं किया। वेद, उपनिषद् और प्राच्य एवं पाश्चात्य दर्शनों के बीच निरन्तर निमग्न एवं जीवन की मौलिक समस्याओं पर कठोर चिन्तन करते हुए वे बराबर अपने भीतर की दुनिया में डूबते गए और इस बात पर कभी सचेष्ट होकर विचार ही नहीं किया कि इसका निचोड़ एक अच्छी मात्रा में मनुष्यता के लिए भी छोड़ जाना चाहिए। तब भी जो कुछ साहित्य वे छोड़ गए हैं, वह उनके चिन्तनशील व्यक्तित्व से स्वेद के समान निःसृत हुआ-सा लगता है।

विशेषतः कविता को वे कवि के व्यक्तित्व की स्वाभाविक द्रुति मानते थे। काव्य-रचना के प्रसंग में लिखते हुए उन्होंने कहा है कि 'जिस ग्रन्थ में मुझे सर्वाधिक ज्ञान मिला है (अर्थात् गीता), उसकी शिक्षा है कि कर्म की प्रेरणा तुम्हारे कर्म में ही निहित होनी चाहिए। अर्थात् कविता रचने और चित्र अंकित करने की मूल प्रेरणा यही होनी चाहिए कि रचना के समय हमें आनन्द की प्राप्ति होती है। हमें कविताएँ तो उसी स्वाभाविकता से लिखनी चाहिए जिस स्वाभाविकता से वृंतों पर फूल खिला करते हैं। किसी सुन्दर वस्तु का निर्माण कर लेने के बाद हमारे भीतर यह लालसा क्यों जगे कि उसे दुनिया याद भी रखेगी या नहीं?'

वस्तुतः वे कला की कृतियों को प्रचार की वस्तु नहीं मानते थे। उलटे, उनका विचार था कि जब संसार की दृष्टि कलाकार की कृतियों पर पड़ने लगती है, तब उस कलाकार का भोलापन कुछ कम होने लगता है। रसेल ने लिखा है कि आरम्भ में जब वे कविताएँ रचते थे तब उन्हें अपने भीतर एक प्रकार की निर्दोषता का आभास मिलता था; किन्तु जभी उनका पहला संग्रह प्रकाशित हुआ और उसकी चर्चा लोगों में सुनाई पड़ने लगी, उनकी इस निर्दोषता में एक कमी आ गई जिसकी पूर्ति वे सारे जीवन में नहीं कर सके।

कविता के सम्बन्ध में जिस कवि के इतने पवित्र और कोमल भाव हों, वह कला को किस रूप से ग्रहण करता होगा, इसका आसानी से अनुमान किया जा सकता है। फिर भी जीवन के प्रति उनमें वह उपेक्षा नहीं थी जो 'कला के लिए कला' नामक सिद्धान्त में विश्वास करनेवाले अनेक विद्वानों में पाई जाती है। दरअसल, सभी कलाओं और विद्याओं के माध्यम से वे

अपने-आपकी खोज कर रहे थे (जो, एक प्रकार से, मनुष्यमात्र की खोज है)। वे अपनी आभ्यन्तर सम्पन्नता की वृद्धि करना चाहते थे। अतएव दायित्वहीन सिद्धान्तों की ओर उनका झुकाव नहीं हो सकता था। फिर भी कविता और चित्र के साथ उन्होंने पवित्रता, सुकुमारता और स्वाभाविकता के जिन भावों को सम्बद्ध कर रखा था, उसमें सहायक होने के कारण 'कला के लिए कला' वाले सिद्धान्त के प्रति वे यत्किंचित सहानुभूतिशील थे। 'रचना की प्रक्रिया में एक आनन्द है जिसे वे लोग नहीं पा सकते जो केवल बनी-बनाई वस्तुओं का उपभोग करते हैं। इसका कारण यह है कि कलाकार जब अपनी कृतियों में अपने-आपको अभिव्यक्त करता है तब वह जीवन के ही किसी नैसर्गिक नियम का पालन करता होता है। अगर मैं ऐसी जगह पर भी कैद कर दिया जाऊँ जहाँ मेरे सिवा और कोई भी नहीं हो, तब भी मैं चित्र बनाना तो नहीं ही छोड़ूँगा। चित्र बनाने में जो एक आनन्द है, वह यह सोचकर न्यून क्यों होगा कि उसे देखनेवाला कोई नहीं है?' इस सन्दर्भ के बाद रसेल ने यह संकेत किया है कि हो-न-हो, 'कला के लिए कला' वाले सूत्र में भी कुछ-न-कुछ सत्य निहित होगा।

सिद्धान्तों का उदय शून्य या नकारात्मकता से नहीं होता। आगे चलकर खंडित हो जानेवाले सिद्धान्त भी अपने भीतर का कोई-न-कोई अंश नवागन्तुक सिद्धान्त के हाथ में धर जाते हैं; क्योंकि यह अंश सत्य होता है और इसके बिना उस सिद्धान्त का भी काम नहीं चल सकता जो पहले के किसी अधूरे सिद्धान्त पर विजयी होता है। 'कला के लिए कला' वाले सिद्धान्त का भी यही हाल है। रचना की प्रक्रिया में एक आनन्द है, इसे तो वे भी स्वीकार करते हैं जिनका विचार है कि रचना समाज के लिए की जानी चाहिए। सम्भव है, कला के भीतर सामाजिकता की दृढ़ता से स्थापना हो जाने के बाद हम फिर इस सिद्धान्त की ओर मुड़ें कि कला में कभी-कभी 'कला' की भी प्रधानता होनी चाहिए।

टॉल्स्टॉय 'कला के लिए कला' वाले सिद्धान्त के प्रबल विरोधी हुए हैं और संयोग से एक स्थल पर रसेल ने टॉल्स्टॉय के सिद्धान्त पर अपना विचार प्रकट किया है जिससे इस बात पर कुछ और प्रकाश पड़ता है कि कला के सम्बन्ध में रसेल के अपने विचार क्या थे। वे लिखते हैं कि 'टॉल्स्टॉय हर चीज को एक नैतिक दृष्टिकोण से देखने के आदी हैं, किन्तु वे यह भूलते हैं कि जीवन की सम्पूर्णता के दर्शन के लिए उसे अनेक दृष्टियों से देखना पड़ता है। सुन्दर की सत्ता टॉल्स्टॉय केवल इसलिए नहीं मानना चाहते कि वह सुन्दर है, बल्कि इस

कारण कि सुन्दरता श्रम करती है, सुन्दरता सूत कातती है और जरूरत होने पर अपने अस्तित्व को सिद्ध करने के लिए वह प्रवचन भी करती है।...मेरा खयाल है कि साहित्य और कला की आलोचना करने में टॉल्स्टॉय ने अपने भ्रम, अहंकार और अन्धवृत्ति का परिचय दिया है। किन्तु, सब कुछ होते हुए भी वे एक महान प्रतिभा-सम्पन्न विद्वान हैं और उनके उद्गारों में भी कुछ ऐसे तो हैं ही जिनसे सहमत होने में मुझे कोई आपत्ति नहीं हो सकती। उदाहरणार्थ, उनका यह कथन सत्य प्रतीत होता है कि विश्वजनीन कला का जन्म तब होता है जब कि कलाकार को किसी गम्भीर भाव की अनुभूति होती है और वह उसे सबके लिए सुलभ बनाना चाहता है। इसके विपरीत, ऐसे भी कलाकार हैं जो इसलिए लिखते हैं चूँकि उनकी रचनाओं से कुछ धनियों का मनोरंजन होता है।' इस विभाजन के साथ रसेल ने अपनी पूरी सहमति प्रकट की है और सभी लेखकों, कवियों एवं कलाकारों को उन्होंने सलाह दी है कि वे टॉल्स्टॉय के कला-सम्बन्धी विवेचन पर अवश्य ध्यान दें, क्योंकि लेखकों में से अधिकांश आज धनियों के पैसों पर जीने लगे हैं और वे जीवन की वही झाँकी सामने लाने लगे हैं जो धनियों को पसन्द है।

रसेल कला के क्षेत्र में उपदेश और प्रवचन के विरोधी थे। वे कला की कृतियों को कलाकार के जीवन का नवनीत तथा उसकी स्वाभाविक सुरभि मानते थे। शुद्ध नवनीत और शुद्ध गन्ध के लिए दूध और फूल का भी शुद्ध होना आवश्यक है। अतएव उनका विश्वास था कि मन्द और मलिन व्यक्तित्व से सुन्दर कृतियों का जन्म नहीं हो सकता। टॉल्स्टॉय जैसे महान लेखक को भी, जो उन्होंने श्रद्धा से स्वीकार नहीं किया, उसका कारण यही था कि टॉल्स्टॉय के आरम्भिक जीवन का पाशविक आवेग उन्हें बराबर याद रहा और उस आवेग की गन्ध उन्हें टॉल्स्टॉय की रचना से अन्त तक विचलित करती रही। टॉल्स्टॉय भी आत्माभिव्यक्ति के लिए अपने जीवन की खान में ही काम करते थे, किन्तु वे कलाकार होने के साथ-साथ उपदेशक भी थे। अतएव अपनी अनुभूति की मिट्टी खोदने में उन्हें वह प्रसन्नता नहीं मिली जो एक कलाकार को मिलनी चाहिए। एक ओर तो उनका कलाकार मिट्टी को उलट रहा था, दूसरी ओर उनके भीतर का उपदेष्टा, मानो यह कहकर घिना रहा था कि यह तो बिलकुल सड़ी-गली चीज है। जॉर्ज रसेल टॉल्स्टॉय की हठयोग-जैसी वृत्ति के भी विरोधी थे, क्योंकि उन्होंने लिखा है कि 'टॉल्स्टॉय की नैतिकता सभी प्रिय लगनेवाली बातों का वध करनेवाली है। शायद, टॉल्स्टॉय इस भाव से पीड़ित हैं कि जो भी इच्छाएँ हमें प्रिय दीखती हैं, वे अवश्य ही पापमयी होंगी, अतएव चुन-चुनकर

हमें सभी सुहावनी इच्छाओं का वध कर डालना चाहिए।' ऐसी उक्ति उसी व्यक्ति के मुख से निकल सकती है जो जीवन के विविध रूपों के प्रति बहुत उदार हो। अगर पाप का लक्षण उसका खूबसूरत होना मान लिया जाए, तो सचमुच ही, जीवन में कहीं रस नहीं टिक सकता है।

मनुष्य की आध्यात्मिक अभिव्यक्ति का माध्यम होने के कारण कला को वे अत्यन्त पवित्र एवं स्वाभाविक मानते थे। फिर भी उनका विश्वास था कि कला की श्रेष्ठता की पहचान अभिव्यक्ति की तेजस्विता और सहजता से ही हो सकती है, केवल शैली की विलक्षणताओं से नहीं। दूसरी ओर, कला में सोद्‌देश्यता के आरोप से उन्हें घृणा थी। वस्तुतः कला का उपयोग वे आनन्द के अतिरिक्त किसी अन्य उद्‌देश्य के लिए करना ही नहीं चाहते थे। 'मैं तो अपना दीपक अपने आनन्द के लिए जलाता हूँ, अगर उससे दूसरों को भी रोशनी मिल जाती है तो अच्छी बात है।' यह भाव उनके कला-सम्बन्धी सभी मतों का निचोड़ है। शैली या टेक्निक के सम्बन्ध में तो उन्होंने स्पष्ट लिखा है कि 'शैली पर आवश्यकता से अधिक ध्यान देना भी एक दोष है जिससे कलाकार को बचना चाहिए। टेक्निक पर अगर हम बहुत अधिक सोच-विचार करने लगें तो इसका एक बुरा प्रभाव हमारी रचना की सहजता पर भी पड़ सकता है। वक्ता का समग्र ध्यान तो अपने विषय पर केन्द्रित रहना चाहिए। अगर वह अपने भाषण की शैली और स्वर के चढ़ाव-उतार को देखने लगेगा तो, निश्चय ही, उसके भाषण की प्रभविष्णुता में कमी हो जाएगी। श्रोताओं से तो यह बात छिपी नहीं रह सकती कि वक्ता का ध्यान एक वस्तु पर है अथवा वह दो वस्तुओं (अर्थात् विषय और शैली) को सँभालने की कोशिश में है और अगर श्रोताओं को यह पता चला गया कि वक्ता अपनी शैली को सजाने या सँभालने की कोशिश कर रहा है तो भाषण से उसका असर ही जाता रहेगा। अतएव, अच्छा यही है कि हम अपने सम्पूर्ण अस्तित्व को विषय के साथ तल्लीन कर दें और अभिव्यक्ति की शैली को प्रकृति के ही अधीन चलने दें।'

शैली और भाव के विषय में रसेल ने जो यह सूक्ष्म विवेचन किया है, साहित्य में उसे बहुत अधिक महत्त्व दिया जाना चाहिए, क्योंकि यद्यपि शैली और भाव, दोनों मिलकर ही साहित्य की रचना करते हैं, फिर भी साहित्य में भाव का स्थान पहले और शैली का पीछे आता है। हम भावों की अभिव्यक्ति के लिए शैलियों की तलाश करते हैं, शैलियों के भीतर स्थापित करने के लिए अनुकूल भावों की खोज नहीं किया करते। कुछ कवि ऐसे भी जरूर होते हैं जो केवल काफिए या अन्त्यानुप्रास के संकेत पर अनुकूल भाव जुटाकर पूरी

गजल-की-गजल लिख डालते हैं, किन्तु काव्य-रचना की सामान्य पद्धति यह नहीं है। कविताएँ तो प्रायः इसीलिए रची जाती हैं कि कवि के हृदय में पहले भाव आते हैं और तब वह उनके अनुकूल छन्दों, रीतियों एवं तुकों का चुनाव करता है अथवा आवश्यकता पड़ने पर छन्दोबंध को ही तोड़ डालता है।

कला की जिस प्रगतिशील व्याख्या को आज के कलाकार उत्साह से ग्रहण करते हैं, उनके मत से रसेल के मत का स्पष्ट ही वैपरीत्य है, क्योंकि रसेल इस बात को जरा भी बर्दाश्त नहीं कर सकते कि कला-जैसी सुकोमल एवं स्वाभाविक वस्तु का उपयोग राजनीतिक आन्दोलनों के प्रचार के लिए किया जाए अथवा उसके माध्यम से सामाजिक अत्याचारों पर प्रहार या राष्ट्रीयता की उपासना की जाए। 'जब जनता विद्रोह करती है तब वह पूर्ण रूप से जाग्रत् अवस्था में आ जाती है। उस समय उसकी वह स्वप्निल चेतना विनष्ट हो जाती है, जो वस्तुतः कविता के जन्म की भूमि है। इसलिए राजनीतिक एवं क्रान्तिकारी आन्दोलनों से सच्ची कविता का जन्म, शायद ही, हो सकता है। क्रान्तियों से कविता में जो विलक्षणता आती है, वह उसकी शक्ति है, आत्मा नहीं।' क्रान्ति की कविताओं को रसेल Rhetoric या रीति कहते हैं। 'रीति से आत्मा जड़ हो जाती है। अगर मैं क्रान्तिकारी कविताएँ पढ़ने लगूँ तो मैं जानता हूँ कि मेरी आत्मा में जिस क्रान्ति-भावना का प्राचुर्य है, वह समाप्त हो जाएगी। इन कविताओं के रचयिता अखबारों के अग्रलेख पढ़-पढ़कर गुस्से में आते रहते हैं, मगर क्रोध के आवेश में आना तो आत्मा को जगाने का सही मार्ग नहीं कहा जा सकता।'

आयरलैंड में स्वाधीनता-संग्राम के प्रसंग में जो अनेक ओजस्विनी कविताएँ लिखी गईं, रसेल उन कविताओं के भी कठोर आलोचक थे। उनका विचार था कि सच्ची कविता में विश्वभर की भावनाओं और विचारों का संकेत रहता है। सच्ची कविता में एक प्रकार की अनन्तता का वातावरण रहता है और उसे पढ़ते समय ऐसा मालूम होता है, मानो यह विश्व के किसी भी कोने में, इतिहास के किसी भी युग में, लिखी जा सकती थी। किन्तु, चूँकि राष्ट्रीय कविताओं में विश्वजनीन भावनाओं का अभाव होता है, इसलिए, वे ऐसी कविताओं को कविता मानने को तैयार नहीं थे।

रसेल की यह उक्ति अप्रिय होते हुए भी सत्य से बहुत दूर नहीं कही जा सकती। विशेषतः, जब हम यह सोचते हैं कि रसेल राष्ट्रीयता को मनुष्य की कमजोरी समझते थे और मनुष्य को उस रूप की याद दिलाना चाहते थे जो उसका सार्वभौम रूप है, तब हम उनके इस मत को भी सहानुभूति से ग्रहण

करने योग्य हो जाते हैं। राष्ट्रीय जागरण को वे मनुष्य के भीतर बसनेवाले पशु का जागरण कहते थे और रवीन्द्रनाथ को उन्होंने जो हार्दिक श्रद्धा अर्पित की, उसका भी मूल कारण यही था कि रवीन्द्रनाथ स्वदेश से प्रेम करनेवाले मनुष्य की खातिर समग्र संसार से प्रेम करनेवाले मनुष्य का बलिदान करवाना नहीं चाहते थे। वह देशभक्ति तो सचमुच ही निंद्य है जो अपनी पुष्टि और विकास के लिए उन तत्त्वों का बलिदान माँगती है जो तत्त्व स्वयं देशभक्ति से भी ऊँचे और महान हैं। किन्तु, देशभक्ति का सर्वत्र वही रूप तो नहीं हो सकता जो पश्चिम के देशों में देखने को मिलता है। एक प्रकार की देशभक्ति की स्थापना गांधी, जवाहरलाल और रवीन्द्रनाथ ने भी की है जो विश्वभक्ति तक जाने में सोपान का काम दे सकती है। अतः रवीन्द्रनाथ के लिए रसेल की श्रद्धांजलि रवीन्द्र और गांधी की देशभक्ति-भावना के लिए भी निवेदित समझी जानी चाहिए।

कविता के द्वारा मनुष्य में जागरण भी लाया जा सकता है और उसके द्वारा समाज में एक प्रकार का कम्पन भी उत्पन्न किया जा सकता है, यह बात रसेल की चिन्ता में भी नहीं आ सकती थी। किन्तु तब भी कला और काव्य, दोनों को ही वे साध्य नहीं, साधन मानते थे—मनुष्य के आध्यात्मिक विकास का साधन, उसकी आन्तरिक सम्पन्नता की वृद्धि का साधन तथा उसके सुकोमल व्यक्तित्व से सौरभ की तरह प्रस्फुटित होनेवाली अनुभूतियों की अभिव्यक्ति का साधन। वे कला को अत्यन्त सहज, सुकोमल और सूक्ष्म मानते हुए भी उसे केवल सौन्दर्य-सृष्टि का माध्यम नहीं मानते थे। 'मैं इस बात का विरोध करता हूँ कि केवल सुन्दरता ही कविता का लक्ष्य और उसका एकमात्र नियम है। सत्य और शिव भी कविता के वैसे ही आवश्यक उपकरण हैं और कवि के मार्ग-प्रदर्शन में उनका भी प्रबल भाग होना चाहिए।'

मांक गिबन ने लिखा है कि कविता को रसेल विशुद्ध कला का पर्याय नहीं मानते थे। कविता का उपयोग वे इसलिए करते थे चूँकि इसके द्वारा सत्य मनुष्य की पकड़ में लाया जा सकता है।

कला निरुद्देश्य नहीं है। किन्तु रसेल के मतानुसार कोई भी स्थूल वस्तु कला का लक्ष्य नहीं हो सकती। कला का काम मनुष्य के भीतरी जगत का विश्लेषण और मनुष्य को उसकी गहराइयों में नीचे ले जाना है। वे सत्यान्वेषण के लिए मनुष्य की बेचैनी को कला कहते हैं; उनके विचार से मानवात्मा की चरम अनुभूतियों की अभिव्यक्ति ही कला का लक्ष्य हो सकती है। कुर्टन ने लिखा है कि रसेल कवि को केवल सौन्दर्य का कारीगर नहीं मानते थे, बल्कि

उनकी दृष्टि में कवि होना नबी और द्रष्टा होने के समान है जिसकी बातों को दुनिया इसलिए सुनती है चूँकि ज्ञान के उद्गम का वासी होने के कारण द्रष्टाओं को मनुष्य मात्र के द्वारा सुने जाने का नैसर्गिक अधिकार होता है।

जिस प्रकार, रहस्यवाद उस लोक की अनुभूति है जो बुद्धि की पहुँच के परे पड़ता है, उसी प्रकार, कविता को भी रसेल उन भावों की अभिव्यक्ति का माध्यम मानते थे जो बुद्धि के द्वारा किसी भी प्रकार व्यक्त नहीं किए जा सकते। अपने एक कवि मित्र को उन्होंने लिखा था कि 'जिसके भीतर यह आस्था प्रबल नहीं हो कि कविता मानवात्मा की चरम अभिव्यक्ति है, उसे कविता लिखने का प्रयास ही नहीं करना चाहिए। और जो कविता लिखने लगा है, उसे यह भी सोच लेना चाहिए कि काव्यगत भावनाओं और विचारों का सौन्दर्य वहाँ तक विकसित किया जाना आवश्यक है, जहाँ तक कवि की पहुँच हो सकती है। कविता की प्रक्रिया शुद्ध विश्लेषण और विशुद्ध चित्रण की प्रक्रिया है। कविता आरम्भ करने के पूर्व कवि में एक प्रकार की बेचैनी होती है और जब कवि कविता लिखने लगे तब उसे बार-बार अपने-आपसे यह पूछते रहना चाहिए कि 'क्या मैं इन चीजों में विश्वास करता हूँ? क्या जो कुछ मैं महसूस कर रहा था, वह यही चीज है? और क्या मेरी कल्पना की अभिव्यक्ति ठीक-ठीक हो रही है?'

कविता में जिस चित्रमयता को, साधारणतः, प्रमुखता दी जाती है, उसके पीछे, मुख्यतः, फैंसी अथवा उपकल्पना का हाथ होता है। किन्तु उपकल्पना पानी की ऊपरी सतह पर ही काम करती है अथवा वह वहीं तक नीचे जा सकती है जहाँ तक सूर्य की किरणें उसे रास्ता दिखलाती हैं। किन्तु जीवन का सत्य तो वहीं तक सीमित नहीं रहता। जीवन सचमुच ही समुद्र के समान गम्भीर है और इसके बहुमूल्य रत्न जलराशि के घनान्धकार के नीचे प्रच्छन्न पड़े हैं। इस अन्धकार को भेदकर समुद्र के तल तक जाने का प्रयास कवि केवल कल्पना के बल पर कर सकता है, उपकल्पना इस कार्य में उसकी सहायता नहीं कर सकती। किन्तु कल्पना और उपकल्पना में शक्ति का भेद होने पर भी, दोनों के स्वरूप, प्रायः, समान हैं और जब उपकल्पना कवि के साथ चल रही हो तब बहुत सम्भव है कि कवि को यह भ्रम हो जाए कि उसकी पथ-प्रदर्शिका स्वयं कल्पना ही साथ चल रही है। रस्किन ने दोनों का भेद बतलाते हुए कहा है कि उपकल्पना ऐसी रंगीनियों की भी सृष्टि कर सकती है जो सत्य नहीं हों। किन्तु कल्पना सत्य को छोड़कर किसी और को ग्रहण ही नहीं करती। जो कुछ असत्य और मिथ्या है, उसकी रचना में कल्पना का हाथ नहीं होता। किन्तु छलनामयी

उपकल्पना से सावधान रहने के लिए ही, शायद, रसेल ने यह कहा है कि कवि को कदम-कदम पर यह सोचते रहना चाहिए कि उसकी अनुभूति ठीक-ठीक चित्रित हो रही है या नहीं; अथवा जो कुछ वह लिख रहा है, वह वही चीज है या नहीं, जिसका उसने अनुभव किया था।

रसेल की अपनी कविताएँ इस कसौटी पर कहाँ तक खरी उतरी हैं, यह कहना जरा मुश्किल-सा काम है; क्योंकि उनकी अनेक कविताओं की शैली कुछ अधूरी और उनमें आनेवाले चित्र धूमिल एवं अस्पष्ट हैं। किन्तु एक बात है कि इन सभी कविताओं की लौ ऊपर की ओर है। कविता रचते समय रसेल मन-ही-मन अपने-आपसे कुछ दूर निकल जाते थे और, सचमुच ही, उनकी धुँधली रचनाएँ भी हमें अपने-आपसे अलग ले जाती हैं। दृश्य और गोचर की परिधि को तोड़कर अनन्तता के किनारे आत्मा का विचरण, ऐसे चित्र रसेल की कविता में बार-बार मिलते हैं और, शायद यही वह चीज है जिसे वे जीवन की गहराई में उतरना कहते हैं।

Let thy young wanderer dream on :
Call him not home.
A door opens, a breath, a voice
From the ancient room
Speaks to him now. Be it dark or bright,
He is knit with his doom.

[GERMINAL]

चूँकि रसेल साहित्य को इतनी बारीक चीज मानते थे, इसलिए उनका यह विश्वास था कि रचना की परिमाण-वृद्धि से साहित्य का मान नीचे जाता है। वे केवल यही नहीं चाहते थे कि लिखनेवालों की संख्या थोड़ी हो, बल्कि उनका यह भी विचार था कि जो लोग लिखने का काम करें भी, उन्हें चाहिए कि वे लेखन कम और चिन्तन अधिक करें; क्योंकि प्रभूत चिन्तन के बिना रचना में कसावट नहीं आ सकती। मुद्रण-यंत्र के आविष्कार और प्रचार से साहित्य की जो बाढ़ आ गई है, उसे वे मुद्रा-स्फीति की भाँति साहित्य की स्फीति (Inflation) कहते थे। जब-जब मुद्रा की स्फीति होती है, तब-तब उसका मान कम हो जाता है। इसी प्रकार, अतिशय स्फीति के कारण आज साहित्य का भी कोई प्रभाव नहीं रह गया है।*

---

* The currency of literature is words and the printing press enables writers to inflate that corrency as readily as the printing press in Germany or Russia enabled the Governments there to manufacture marks and roubles, until, at list, a million mark or rouble note did not pay for the cost of printing it.

[The Living Torch]

बर्नार्ड शॉ की क्षमता रूसो और वाल्तेयर की अपेक्षा कहीं महान है, मगर बर्नार्ड शॉ का आज के समाज पर वह प्रभाव नहीं है जो रूसो और वाल्तेयर का अपने समय में था। कारण स्पष्ट है। शब्द-रूपी जिस मुद्रा के माध्यम से लेखक अपना व्यवसाय चलाते हैं, उसमें स्फीति आ गई है और उसके मान का जादू लोगों के मन पर से जाता रहा है। इस दुरवस्था के सुधार का रसेल ने यह उपाय बतलाया है कि लिखने की छूट केवल उसी लेखक को दो, जो लिखे बिना जी ही नहीं सकता। और ऐसे लेखक को भी चाहिए कि वह अपनी अनुभूति को कम-से-कम शब्दों में अधिक-से-अधिक प्रबलता के साथ व्यक्त करने की कोशिश करे। 'कपिल और पतंजलि के सूत्रों को देखो। सारी आयु तक मनन करते रहने पर भी मनुष्य उनकी तह तक नहीं पहुँच पाता। इन सूत्रों में से एक का भी पूरा अर्थ अगर हम पर प्रकट हो जाए तो हम अपना दर्शन आप बना सकते हैं।' कोई आश्चर्य नहीं कि रसेल का साहित्य परिमाण में इतना थोड़ा रहा।

रसेल ने भारतीय दर्शन से जो कुछ सीखा था, उसी की अनुभूति से उन्होंने साहित्य की जाँच के लिए अपना एक अलग मापदंड बना लिया। भारतीय दर्शन की शिक्षा मनुष्य को अगम और अगाध के आमने-सामने ले जाती है। बाहर के रंगों में जो कुछ झलकता है, भारतीय मनीषी वहीं तक नहीं रुकते। सत्य का वास तो रंगों के परे और आवरण के पार है। कविता में आनेवाले शब्दों की सुकुमारता, पदों की ललित योजना, चित्रमयता और अलंकार तथा भणिति-भंगिमा में से किसी को भी वे कविता का प्रधान गुण नहीं मानते, क्योंकि उनकी दृष्टि में ये सभी गुण अप्रमुख और गौण हैं। कविता की परख के लिए उनके पास केवल एक कसौटी है और वह यह कि 'यह कविता पारदर्शी (Transparent) है अथवा अ-पारदर्शी (Opaque)? अर्थात् इस कविता में मैं केवल बाह्य सौन्दर्य ही देख पाता हूँ अथवा इसके भीतर से मुझे दूर की चीज भी दिखलाई पड़ती है? और इसके बाद मैं दूसरी बात यह जानना चाहता हूँ कि इस कविता का कवि जीवन की कितनी गहराई में से बोल रहा है?' ये बड़े ही मौलिक प्रश्न हैं; क्योंकि साहित्य में, सचमुच ही; हम जिस सौन्दर्य को चर्मचक्षु अथवा स्मृति की आँखों से देख सकते हैं, उसकी रचना अपेक्षाकृत सरल कार्य है। कहते हैं कि कहानी में मनोविज्ञान का जो स्थान है, कविता में चित्रमयता का वही महत्त्व है। कविता की पंक्ति-पंक्ति में चित्र उगाते चलना, सचमुच ही, प्रतिभासम्पन्नता का ज्वलन्त प्रमाण है। किन्तु, इससे भी बड़ी एक और शक्ति है जो वर्ण्य विषय को फूलों, रंगों और मणियों से सजाने के बजाय उसके तल में प्रवेश

करके भीतर के सत्य को ही उद्घाटित कर देती है। जब ऐसा होता है, तब हम महसूस करने लगते हैं, मानो किसी ने हमारे पाँव के नीचे से जमीन खींच ली हो! मानो हम जिस भूमि पर खड़े थे, उसके मूल में कोई विस्फोट हो गया हो! मानो हम जो कुछ देख रहे थे, वह अचानक उलट गया हो! फूलों की तसवीर बनाकर पाठकों को प्रसन्न करना उतना कठिन नहीं होता जितना कि उनके भीतर किसी शंका, जिज्ञासा या विचारोत्तेजना को जन्म देना अथवा उनकी किसी ऐसी शंका का समाधान करना जिसका उत्तर साधारण बुद्धि से नहीं दिया जा सकता हो।

जो कवि अपनी देखी हुई सुन्दरता को हमें भी दिखला दे, वह 'जीनियस' होगा। किन्तु उसे हम क्या कहकर पुकारेंगे जो अपनी देखने की पूरी शक्ति ही हमें दे डालता है?

रवीन्द्र-जयन्ती के दिन

एक ही रवीन्द्रनाथ कितने अधिक रूपों में पूजित और प्रशंसित हो रहे हैं, यह देखकर आश्चर्य होता है। कवि को संत, दार्शनिक, ऋषि, महर्षि तथा नबी या अवतार मान लेने की हमारी पुरानी आदत है, और अब रवीन्द्रनाथ भी अपनी जाति की इस आदत का शिकार होंगे, इसकी सम्भावना बढ़ती जा रही है।

हम भारतवासियों की भावाकुलता का क्या कहना! जीवनभर हम अपने नेताओं की चाहे अवहेलना ही क्यों नहीं करते रहें, उनके मरते ही हम उन्हें देव-कोटि में डालकर अक्षत और फूल चढ़ाने लगते हैं! गांधी जी के मरने के बाद हमने उनके उपदेशों की ओर से तो मुँह फेर लिया; किन्तु बड़े ही उत्साह के साथ अब हम उनकी मूर्तियाँ और मन्दिर बनवा रहे हैं! रवीन्द्र के सम्बन्ध में भी हमारी यही वृत्ति है। यूरोप में उनके सम्बन्ध में कहाँ, किसने, क्या कहा, इसका संकलन करने में हमें बड़ा ही आनन्द आता है; किन्तु, रवीन्द्र-साहित्य की तह में पैठकर उसके सौरभ को रोम-रोम से पीने की धीरता और साहस का हममें अपेक्षाकृत अभाव है। संत, महात्मा, द्रष्टा, ऋषि, दर्शनवेत्ता और राजनीतिज्ञ रवीन्द्रनाथ को हम जो भी चाहें, कह सकते हैं; किन्तु, इनमें से कोई भी उपाधि उनका सम्यक् परिचय नहीं दे सकती। उनका वास्तविक और संक्षिप्त परिचय तो इतना ही है कि वे कवि हैं। उन्होंने स्वयं भी गाने की सामर्थ्य को छोड़कर भगवान से और कुछ नहीं माँगा। और गीतों द्वारा उन्हें जो गौरव और शान्ति मिलनी थी, उसी पर उन्हें नाज भी था :

तुमि जखन गान गाइते बलो,
गर्व आमार भरे उठे बुके!

भगवान के प्रेम पर उनका दावा ज्ञान और कर्म के लिए नहीं, प्रत्युत संगीत के लिए ही था। उन्होंने स्वयं कहा :

God honours me when I work.
He loves me when I sing.

× × ×

There are seekers of wisdome and seekers of truth,
I seek thy company so that I may sing.

और, सचमुच ही, गीतों का स्रष्टा अवतार, नबी, द्रष्टा और ऋषि होने के लिए क्यों ललचाए? कौन ऐसा काम है, जिसे अवतार और नबी तो कर गुजरे; किन्तु कवि नहीं कर सका? जोश ने कहा है कि :

यह शायरी है, अर्शकी सूरतगरी नहीं;
यानी खुदा-न-खास्ते, पैगम्बरी नहीं।

अवतारों और पैगम्बरों की शान में ऐसा कहना शोखी समझा जाता है और लोग ऐसी उक्तियों को खोखली गर्वोक्ति कहकर आसानी से टाल देते हैं। मगर कवि और चिन्तक की उक्ति को हँसकर टालते रहने का अभिशाप टालनेवालों को ही भोगना पड़ता है। बर्नार्ड शॉ को दुनिया ने यह कहकर टाल दिया कि यह ऐसी ही विचित्र बातें बका करता है। किन्तु इस प्रकार शॉ को बर्खास्त कर देने से शॉ की वाणी में से सत्यता का लोप नहीं हो जाता। वह तो सत्य ही हाँ, है। संसार उसके प्रभावों से बचने का जो प्रयास करता है, वही उसका मिथ्याचार है।

साधक और कवि की भावदशा, प्रायः, एक होती है। जहाँ सत्य का निवास है, उस लोक में दोनों ही पहुँचते हैं; किन्तु साधक वहीं बैठ जाता है और कवि वहाँ से लौटकर अपनी अनुभूति का संवाद दुनिया को देने के लिए वापस आता रहता है। दोनों में कौन श्रेष्ठ है, यह वे नहीं समझेंगे, जो हर जगह गैरिक वसन को प्रणाम तथा दाढ़ी का चुम्बन किया करते हैं। कवि, शायद, इसलिए तबाह है कि वह अपनी कमजोरियों, अपनी बेचैनियों और अपने उन्मादों का राज दुनियावालों से नहीं छिपा सकता। इसके सिवा वह मनुष्य-मात्र की वेदना का चित्रकार होता है। उसका आनन्द संन्यासियों की तरह जीवन से भागकर दूर खड़ा होने में नहीं, बल्कि उसके घमासान के बीच घुसकर गीत गाने में है। मगर उसके स्वरों को छूकर, उसके फूलों को सूँघकर दुनिया कहने लगती है, 'यह तो अलौकिक नहीं हुआ। इसमें तो वही गन्ध है, जो बहुत मनुष्यों में मिलती है। अतएव, कवि! तुम भी हमीं-जैसे निकले।' ध्यान देने की बात है कि दुनिया उससे डरती है, जो औरों से कुछ भिन्न दीखे; वह उसे पूजती है, जिसकी कमजोरियों का उसे ज्ञान नहीं हो। मगर जभी यह ज्ञान होने लगता है, पूजा शिथिल और आदर के भाव क्षीण होने लगते हैं। तो फिर दुनिया में वह आदमी संतत्व की कामना क्यों करे, जो कवित्व का स्वामी है? और हमीं अपने कवि को अधिक-से-अधिक सम्मान देने के लिए उसे ऋषि-महर्षि क्यों बनाने लगें? क्या

यह काफी नहीं है कि कवि अपनी तमाम कमजोरियों के साथ भी हमारे हृदय के पास रहता है; अतएव वह हमारा प्यारा है?

और हम फिर पूछते हैं कि अवतारों ने दुनिया को ऐसी कौन-सी चीज दी है, जिसे कवि नहीं दे सकता था? कवि का मस्तिष्क अन्य सभी मस्तिष्कों की अपेक्षा कहीं सत्य होता है। अयोध्या में राम का जो राजमहल बना था, वह कभी का विनष्ट हो चुका। किन्तु वाल्मीकि ने राम के लिए अपने हृदय में जो महल बनाया था, उसमें तो राम आज भी निवास कर रहे हैं। और कौन कह सकता है कि गीता के श्लोकों को भगवान कृष्ण ने व्यास के मुख में रखा या कवि व्यास ने भगवान श्रीकृष्ण के मुख में? भगवान कृष्ण का जीवन इस बात का भी साक्षी है कि जो प्रेम कर सकता है, उसी को गीता भी सूझती है। प्रेम करने की क्षमता साधारण क्षमता नहीं है। यह तो हृदय के आध्यात्मिक प्रसार का नाम है; यह मनुष्य की उस शक्ति का नाम है, जो विकसित होकर उसे दूसरे मनुष्य के साथ एकाकार कर देती है। हाँ, जिसे हम साधारण प्रीति कहते हैं, वह भी हमारी त्वचाओं में पंख और चेतना में बिजली लगाकर हमें ऊपर उठा सकती है।

मनुष्य के हृदय में प्रेम को जाग्रत करके उसकी त्वचा और चेतना की जंजीरों को काटकर उसे व्यापक बनाने के लिए रवि बाबू ने जितना कुछ किया, वही उन्हें मनुष्य का सर्वश्रेष्ठ कवि बनाने को यथेष्ट है। ऋषि-महर्षि कहकर हम उनके कवित्व का अनादर करते हैं, और इस प्रकार की उपाधियों से उनका गौरव भी नहीं बढ़ता। यह बहुत अच्छा हुआ कि यूरोप के लाख शोर मचाने पर भी कि रवीन्द्रनाथ रहस्यवादी संत हैं, उनके अपने देश में उनकी शोहरत सूफी के रूप में नहीं फैल सकी। जब वे जीवित थे, हम उनके समक्ष जाते-जाते थोड़ा सहम जरूर जाते थे, और हमें ऐसा लगता था कि कहीं, सचमुच ही, हम किसी उपनिषत्कालीन ऋषि के सामने तो नहीं आ गए हैं? किन्तु उनकी रचनाओं के कुंज में कहीं भी यह रोबीला आतंक नहीं है। उनकी कविताओं को पढ़ते हुए हमें संत उपदेष्टा के साहचर्य का भान नहीं होता, बल्कि उस समय तो हम यही समझते हैं कि रवीन्द्रनाथ हमारे अपने प्यारे कवि हैं। उन्होंने उन सारी अवस्थाओं का अनुभव प्राप्त किया था, जिनमें से प्रत्येक भारतवासी को गुजरना पड़ता है। उनकी दुनिया हम सबों की परिचित दुनिया है, उनके चित्र हमीं लोगों के घर-द्वार और आत्मा के चित्र हैं। निर्जन देहात की सड़क पर मध्याह्न पवन के साथ उड़ती हुई धूल, अश्वत्थ-वृक्ष की छाया में सोई हुई भिखारिन, आकाश को घेरकर चाँद के चारों ओर उमड़ते

हुए बादल, भरी नदी की तेज धार, वर्षा की झमाझम, नदी के पार वृक्ष-राशि की ओट में छिपा हुआ गाँव, पाल ताने हुए नाव और ईशान कोण से नीले अंजन की छाया बिछाते हुए आनेवाले मेघ—ये सारे-के-सारे चित्र, वे ही तो हैं, जिनमें हम पलकर बड़े हुए हैं।

'गीतांजलि' से तो हमें भी प्रेम है; किन्तु उसकी रहस्यवादिता के चलते नहीं, प्रत्युत, उन मादक दृश्यों के लिए, जो हमारे चिर-परिचित दृश्य हैं और जिन पर रवि बाबू की कल्पना अन्त तक मँडलाती रही :

आमार माँझे तोमार लीला हबे,
ताइ तो आमि एसेछि एइ भबे।

अथवा

आमरा तुमि अशेष करेछो एमनि माया तव।

इन पंक्तियों से यूरोप को चमत्कृत होना ही चाहिए था और वह हुआ भी। किन्तु, हम तो जिस कवि को प्यार करते हैं, वह 'गीतांजलि' की इन पंक्तियों में निवास करता है :

हेरे अहरह तोमारि विरह भुवने-भुवने राजे हे,
कत रूप धरे कानने, भूधरे, आकाश, सागरे साजे हे,
पल्लवदले श्रावणधाराय तोमारि विरह बाजे हे।

अथवा

आषाढ़ सन्ध्या घनिये एलो गेलो रे दिन वये,
बाँधनहारा वृष्टिधारा झरछे रये-रये।

रवि बाबू ने विद्या का कोई भी अंग अछूता नहीं छोड़ा। नन्हे-नन्हे कोमल गीतों से लेकर उन्होंने विज्ञान तक की प्राथमिक पुस्तकें लिखी हैं, और उन्होंने जो कुछ भी लिखा, उसमें एक भी वस्तु ऐसी नहीं है, जो प्रथम श्रेणी में उच्च स्थान की अधिकारिणी नहीं हो। किन्तु संसार में और भी लेखक तथा कवि हुए हैं, जिनकी रचना अपने विषय में प्रथम श्रेणी में उच्च स्थान की अधिकारिणी हो सकती है। उदाहरणार्थ, नाटकों के क्षेत्र में शेक्सपियर है, जिसके सामने नाटककार रवीन्द्र मन्द पड़ते हैं। कहानियों के क्षेत्र में उनके समय में ही शरत् बाबू वर्तमान थे, जो उनके इस क्षेत्र के सुयश के प्रचंड प्रतिद्वन्द्वी थे। कविताओं के क्षेत्र में भी कालिदास, तुलसीदास और सूरदास तथा यूरोप के दो-एक कवि रवि बाबू के प्रतिद्वन्द्वी हो सकते हैं। किन्तु इन सभी विषयों का समावेश किसी एक कवि में कभी नहीं हुआ। विद्या के विभिन्न क्षेत्रों में रवि बाबू ने अपनी प्रतिभा का जो विलक्षण परिचय दिया है, उसे देखते हुए मेरा अनुमान है कि

संसार के सभी कवियों की आत्माएँ अगर एक हॉल में एकत्र की जा सकें और विविध ज्ञानों में अगर उनकी परीक्षा ली जाए, तो इसमें कोई सन्देह नहीं कि रवीन्द्रनाथ को सबसे अधिक अंक मिलेंगे।

फिर भी हमारा निश्चित मत है कि रवीन्द्रनाथ और कुछ होने के पहले कवि हैं तथा सब कुछ हो जाने के बाद भी वे कवि ही रहते हैं। इसका अभिप्राय यह नहीं है कि रवि बाबू के निबन्धों में चिन्तन, गठन और मीमांसा का अभाव है अथवा उनकी आलोचनाओं का बौद्धिक पक्ष दुर्बल अथवा असमर्थ है। इसका यह भी तात्पर्य नहीं कि रवि बाबू की कहानियाँ और उपन्यास उनकी कविताओं के ही तरल रूप हैं। मेरा तो विचार है कि उनके निबन्धों से टक्कर लेनेवाले निबन्ध समग्र विश्व-साहित्य में अत्यन्त अल्प मात्रा में लिखे गए होंगे। उनके निबन्धों में वे सभी गुण हैं, जो उच्चकोटि के निबन्धों में मिला करते हैं। उनके उपन्यासों और कहानियों में भी वे सभी तत्त्व वर्तमान हैं, जिन्हें लेकर अच्छी कहानियाँ और अच्छे उपन्यास लिखे जाते हैं। किन्तु यह सब होते हुए भी कोई एक चीज है, जो रवि बाबू की कविताओं के समान ही उनकी अन्य रचनाओं में भी व्याप्त मिलती है; कोई एक किरण है, जो उनके निबन्धों को काव्य की दीप्ति से विभासित रखती है; कोई एक सौरभ है, जो उनके उपन्यासों के वायुमंडल में फैलता रहता है। उनके दार्शनिक चिन्तन का आधार अनुभूति एवं उस अनुभूति की अभिव्यक्ति का मार्ग कविता का मार्ग है। अतएव, वे जो कुछ भी लिखते हैं, उसमें उनकी काव्यात्मा प्रधान हो उठती है।

हम रवीन्द्रनाथ के काव्यपक्ष की प्रमुखता पर इसलिए भी जोर देना चाहते हैं कि आज की दुनिया में मनुष्य की काव्यात्मक प्रवृत्तियों पर जोर देना अत्यन्त आवश्यक हो गया है। यह मानवता का दुर्भाग्य होगा, अगर हम रवि बाबू को ऋषि-पद पर बैठाकर उनके कवि-पद को गौण कर देंगे—ठीक उसी तरह, जैसे गांधी जी को अवतार मानकर उनकी मानवीयता को गायब कर देने की भूल इस देश में आज अत्यन्त बड़े पैमाने पर खुलेआम की जा रही है। गांधी जी देवत्व की प्रतिमा नहीं, बल्कि इस बात का प्रमाण बनकर संसार से विदा हुए हैं कि मनुष्य की ऊँचाई कहाँ तक जा सकती है। उनकी सच्ची पूजा यही हो सकती है कि संसार के अधिक-से-अधिक लोग उनका अनुसरण करके अपने को उन्नत तथा संसार को आज की अपेक्षा अधिक रमणीय बनावें। इसी प्रकार रवि बाबू की स्मृति का भी सच्चा सत्कार यही है कि हम उनके काव्यात्मक रूप को पहचानें तथा उन्हें अपनी आत्मा के वन में लेकर आनन्द के साथ विचरण करें।

विश्व की वर्तमान वेदना का कारण यह नहीं है कि उसके नेता परस्पर एक-दूसरे का अविश्वास करते हैं, बल्कि यह कि इन नेताओं के अपने हृदय और मस्तिष्क, दोनों ही, एक-दूसरे से विच्छिन्न हो गए हैं। हृदय और मस्तिष्क के सम्बन्ध का प्रश्न संसार की अत्यन्त पुरातन समस्या है। संसार में एक वह भी समय था, जबकि मनुष्य का हृदय ही उसके लिए सब कुछ था तथा मस्तिष्क उसका सहायक मात्र था। मस्तिष्क रोटियाँ पैदा करता है, किन्तु स्वाद उनमें हृदय से आता है। मस्तिष्क कपड़े बुनता है, किन्तु सौन्दर्य उसमें हृदय से उत्पन्न होता है। मस्तिष्क प्रतिमाएँ गढ़ सकता है, किन्तु हृदय के योग के बिना उसमें प्राणों का संचार नहीं किया जा सकता। मस्तिष्क सूझ है, मस्तिष्क आविष्कार और अनुसंधान है। वह चाहे तो तलवारें भी गढ़ ले और एटम बम भी बना ले। मगर हृदय का बस चले, तो वह लोहे और एटम दोनों की ही शक्तियों का उपयोग मनुष्य के सार्वजनीय कल्याण के निमित्त कर सकता है।

किन्तु दुर्भाग्य की बात है कि सभ्यता की विशाल अट्टालिकाओं पर मस्तिष्क हनुमान बनकर ज्ञानाग्नि से सबको दग्ध करता हुआ उछल रहा है और नीचे अशोक के उपेक्षित वन में हृदय की सीता वन्दिनी और उदास बनकर जी रही है। हृदय और मस्तिष्क परस्पर शत्रु नहीं, बल्कि एक-दूसरे के पूरक हैं। इसीलिए, संसार के सच्चे कल्याणकारी नेताओं का लक्षण यह नहीं रहा है कि उनके हृदय और मस्तिष्क परस्पर विरोधी थे, बल्कि यह कि उनके बीच पूरा संतुलन और सामंजस्य था।

कठिनाई यह है कि न तो हृदय मस्तिष्क के अधीन किया जा सकता है और न मस्तिष्क हृदय के। उचित मार्ग यह है कि दोनों में से कोई एक-दूसरे को आदरपूर्वक बुलाकर अपने पार्श्व हृदय के पद्म पर जा विराजा। ये दोनों ही मार्ग श्रेष्ठ हैं; ये दोनों ही पंथ उन्नति और कल्याण के आसन पर बिठा लिया था और गुरुदेव के पक्ष में यह हुआ कि उनका मस्तिष्क ही उतरकर हृदय के पद्म पर जा विराजा। ये दोनों ही मार्ग श्रेष्ठ हैं; ये दोनों ही पंथ उन्नति और कल्याण के पंथ हैं। किन्तु इनके सिवा जो हृदय और मस्तिष्क के वियोग का पंथ है, उस पर चलते-चलते संसार व्याकुल हो गया है। सभ्यता के समस्त रोगों का निदान यह है कि मनुष्य ने हृदय की उपेक्षा करके मस्तिष्क की आवश्यकता से अधिक आराधना की है। जब तक हृदय का आसन मस्तिष्क की ऊँचाई तक नहीं पहुँचेगा, तब तक संसार यों ही दग्ध होता रहेगा।

दुनिया में विज्ञान की बनाई हुई गूँगी तसवीरें मार-काट मचा रही हैं। वे गूँगी हैं और बहरी भी। इसलिए, वे न तो अपना दुःख बोल सकती हैं और न

दूसरों के ही आर्त्तनाद को सुन सकती हैं। इन कुरूप प्रतिमाओं में सुघरता लाने तथा उनके भीतर चेतना को स्फुरित करने के लिए हृदय के उपेक्षित देवता को आमन्त्रित करना होगा। हृदय को जाग्रत एवं चैतन्य करने के लिए गांधी के समान नेता और रवीन्द्र के समान कवि की आवश्यकता है। नेता वह, जो यह कहे कि विज्ञान से अगर लपटें निकलती हैं, तो आओ, हम पैदल या बैलगाड़ियों पर चलें। और कवि वह, जो यह कहे कि :

सबार ऊपर मानुस सत्य तार ऊपर नाइ।

संसार का सम्यक् संचालन करने के लिए केवल यही आवश्यक नहीं है कि हम गणित की पाटी पर खरिये से रेखाएँ खींचकर इस बात का पता लगाएँ कि एक नक्षत्र से दूसरा नक्षत्र कितनी दूर है, बल्कि यह भी कि आकाश की ओर देखते-देखते हम तारों की सुन्दरता पर भूलकर कभी-कभी उनकी पारस्परिक दूरी का हिसाब लगाना भी भूल जाएँ। विश्व में शान्ति की स्थापना करने के लिए केवल यही आवश्यक नहीं है कि हम आँखें मूँदकर अपने शत्रुओं के हृदय में संगीनें चुभोते चले जाएँ, बल्कि यह भी कि हम अचानक अपनी हमदर्दी का कुछ भाग अपने दुश्मनों के लिए रखकर खुद अपने-आपके विरुद्ध भी लड़ने लगें। हर मनुष्य की आत्मा के आँगन में पीपल का एक पेड़ होना चाहिए, जिसकी छाया में आनेवालों पर हाथ नहीं उठाया जाए। मगर यह छाया-तरु बाहर से नहीं लाया जाता। वर्षा की रिमझिम और पत्तों पर गिरनेवाली शबनम की आवाज सुनते-सुनते वह मनुष्य के हृदय में स्वयं अंकुरित हो जाता है। रवीन्द्रनाथ ने अपने सहस्रों गानों द्वारा मनुष्य मात्र के हृदय में इसी छायावृक्ष को अंकुरित और विकसित करने का प्रयास किया है।

रवीन्द्रनाथ की राष्ट्रीयता और अन्तरराष्ट्रीयता

सामान्य मनुष्य को हम जिस गज से मापते हैं, महापुरुषों की ऊँचाई और विस्तार उसी गज से मापा नहीं जा सकता। दूसरी बात यह है कि महापुरुषों का मस्तिष्क इतना विशाल होता है कि उसमें एक साथ दोनों ध्रुव निवास कर सकते हैं और बोलनेवाला जिन्दगीभर एक ही ध्रुव से नहीं बोलता; वह जब, जहाँ रहता है, तब उसी ध्रुव से अपना सन्देश सुनाता है।

मगर सुननेवाले तो छोटे ठहरे। वे कहते हैं–यह विरोधाभास है। वे कहते हैं–कल हमने जितना मापा था, आज उससे लम्बाई कम या अधिक पड़ती है। मगर कौन समझाए उन्हें यह बात कि एक शब्द का अर्थ सभी शब्दों में निहित है और सभी शब्द किसी एक ही अर्थ की ओर इंगित करते हैं।

गांधी जी और रवीन्द्रनाथ को लेकर जब-तब यह विवाद उठाया जाता है कि उनमें से एक राष्ट्रीय और दूसरा अन्तरराष्ट्रीय था। किन्तु ऐसा कहकर गांधी जी को जहाँ हम सीमित करके छोड़ देते हैं, वहाँ रवीन्द्र के भी केन्द्र-बिन्दु का हम लोप कर देते हैं, जिससे संलग्न रहे बिना परिधि की रेखा पर घूमना असम्भव नहीं तो एक निरवलम्ब कृत्य तो अवश्य है।

सच पूछिए तो गांधी जी वही पुरुष थे जिसकी प्रतीक्षा रवीन्द्र के गीतों और नाटकों में की जा रही थी और जिसके स्वागत में कवि ने पहले से ही अपनी कल्पना को मिट्टी पर बिछा रखा था। और रवीन्द्र भारत की ठीक वही आत्मा थे, जिसके उद्‌गारों को मूर्त रूप देने के लिए गांधी का आविर्भाव हुआ था। सच पूछिए तो गांधी और रवीन्द्र एक-दूसरे के पूरक नहीं, बल्कि एक ही हीरे के दो पहलुओं के समान थे।

जब गांधी जी ने शरीर के अखाड़े में आत्मा का शस्त्र निकाला तब सारी दुनिया एक बार अनुपम चमत्कार से भर गई और स्वयं गुरुदेव ने भी अपने चिरपोषित आदर्श को अपनी ही जन्मभूमि में आकार ग्रहण करते देखकर लन्दन से लिखा कि 'हम तो गांधी जी के इसलिए कृतज्ञ हैं कि वे भारतवर्ष को यह

प्रमाणित करने का अवसर दे रहे हैं कि मानवात्मा की दिव्यता में उसका अब भी अटूट विश्वास है।'

इस एक उक्ति से इस बात का संकेत मिलता है कि राष्ट्रीयता का कौन रूप रवीन्द्रनाथ को प्रिय था; या अगर ऊँचा उठकर देखा जाए तो गांधी जी और रवीन्द्रनाथ की राष्ट्रीयता तथा अन्तरराष्ट्रीयता सम्बन्धी धारणाओं में बहुत बड़ा भेद नहीं मिलेगा। गांधी जी ने भी विश्व-वेदना से पीड़ित होकर एक बार कहा था कि हिन्दुस्तान की आजादी अगर पेरिस और लन्दन के भस्मावशेष पर पड़ी मिली भी तो वह किस काम की होगी? गांधी जी रवीन्द्रनाथ की तरह ही विश्ववादी थे। किन्तु इतना होने पर भी अगर गांधी जी में हमें राष्ट्र की रेखाएँ विलीन होती नहीं दिखाई देती हैं, तो उसका सबसे प्रधान कारण यह है कि गांधी जी ने जीवन में राजनीति के माध्यम से प्रवेश किया था और यद्यपि इस माध्यम को फैलाकर वे समस्त विश्व तक ले गए, फिर भी उसके आरम्भिक चिह्न अन्त तक बने रहे। इसके विपरीत, रवीन्द्रनाथ जीवन में कौतुक, विस्मय, श्रद्धा और धर्म के माध्यम से आए थे। ऐसा लगता है, मानो उन्होंने आसपास नजर डालने के पहले दूर क्षितिज पर ही दृष्टिपात किया हो, जहाँ भूमि आकाश से मिली हुई मालूम होती है। निकट से देखने पर एक घर और दूसरे घर के बीच जो अन्तराल है, वही प्रमुख रहता है। किन्तु दूर से देखने पर सारा गाँव निरन्तराल पुंज के समान दीखता है। रवीन्द्रनाथ की प्रथम दृष्टि में ही विश्व की जो निरन्तरालता प्रमुख हो उठी थी, वह बराबर उनके साथ रही।

रवीन्द्रनाथ में राष्ट्रीयता और अन्तरराष्ट्रीयता एकाकार दीखती है। अपनी मान्यता की राष्ट्रीयता की व्याख्या करते हुए उन्होंने 'रिलीजन ऑफ मैन' में कहा है कि भारतवर्ष को मैं कोई भौगोलिक खंड नहीं, बल्कि एक भावना मानता हूँ। यह भावना आध्यात्मिक मनुष्य की सत्ता में विश्वास की भावना है; यह भावना उस मनुष्य की खोज में इस प्रकार लग जाने की भावना है, जिससे सम्भव है, हमारी सारी भौतिक समृद्धियाँ ही समाप्त हो जाएँ। भारत सब कुछ खोकर भी आज तक उस भावना से लिपटा हुआ है, एक यही गौरव उसके भविष्य की आशा के लिए काफी है। उन्होंने कहा है कि विदेशों में भी जब किसी मनुष्य में उन्हें भारतीयता का यह लक्षण मिलता था, तब वे उसे आत्मीय जानकर उसका सत्कार करते थे। एक जाति के लोग, दूसरी जाति के लोगों से सर्वथा भिन्न हैं, इस चेतना से ही कवि घबरा जाते थे और भारतीय होने का अभिमान उन्हें इसलिए था कि वे मानते थे कि भारत की मूलात्मा इस भिन्नता के विरुद्ध है। उनका विश्वास था कि मनुष्य के अनन्त एवं निरवच्छिन्न

व्यक्तित्व को पूजनेवाली इस भावना की जिस दिन भी विजय होगी, उस दिन, असल में, भारत ही विजयी होगा।

यही राष्ट्रीयता उनकी अन्तरराष्ट्रीयता का भी प्रतीक थी। बहुत वर्ष पहले 'प्रवासी' शीर्षक अपनी एक कविता में उन्होंने लिखा था :

सब ठाइ मोर घर आछे आमि सेइ घर मरि खूजिया,
देशे-देशे मोर देश आछे आमि सेइ देश लेबो जूझिया।

मेरा घर सभी जगहों पर है, मैं उसी को खोज रहा हूँ। मेरा देश सभी देशों में है, जिसे प्राप्त करने के लिए मैं संघर्ष करूँगा।

स्पष्ट ही, यह मनुष्य का शारीरिक गृह नहीं है, जो अक्सर दीवारों से घिरा रहा करता है। यह तो आत्मा का गृह और आत्मा का ही देश है। शरीर की दीवार, एक आत्मा को दूसरी आत्मा के साथ, मिलने से रोक नहीं सकती। मनुष्य-मनुष्य में शरीर को लेकर जो भेद है, वही वर्ग, वर्ण, जाति, श्रेणी और राष्ट्र के घेरे उत्पन्न करता है। एक बार अगर इस भेद का बाँध टूट जाए, तो विश्वमानवता का समुद्र एक साथ लहरा उठेगा। रवीन्द्रनाथ योद्धा नहीं थे, इसलिए, भिन्नता के बाँधों पर उन्होंने खुलकर प्रहार नहीं किया। किन्तु, अपने समस्त साहित्य के द्वारा उन्होंने मनुष्य की आत्मा को यह पुकार भेजी है कि इन बाँधों के ऊपर होकर बह जाओ और अपने उस रूप के साथ एकाकार हो जाओ जो बन्धन के परे, न जाने कब से, तुमसे मिलने को बेचैन हो रहा है।

अपनी कल्पना की राष्ट्रीयता और अन्तरराष्ट्रीयता का पारस्परिक सम्बन्ध बताते हुए, उन्होंने अपने एक दीक्षान्त भाषण में कहा था कि आज की अनन्त समस्याएँ, अन्तरराष्ट्रीयता की समस्याएँ हैं। किन्तु इनके उपयुक्त सच्चे अन्तरराष्ट्रीय मस्तिष्क का अभी निर्माण ही नहीं हो पाया है। जिसे जनसाधारण अन्तरराष्ट्रीयता और विश्ववाद कहता है, रवीन्द्रनाथ को उससे प्रेम नहीं था। वे नाम और आन्दोलन नहीं, बल्कि, मनुष्य की आत्मा का निर्बंध प्रसार चाहते थे। विश्ववाद की उपमा उन्होंने वाष्प से दी है। पानी जब भाप बन जाता है, तब वह विशाल और पुंजीभूत तो मालूम होता है, किन्तु उस भाप को लेकर कोई क्या करेगा? और भाप तो किसी की पकड़ में भी नहीं आती। विश्ववाद का नारा भी ऐसा ही अस्पष्ट एवं धुँधला पदार्थ है। असल जरूरत तो यह है कि मनुष्य का हृदय उन्नत हो, उसकी सहानुभूति बढ़े और दूसरों की ओर देखनेवाली उसकी दृष्टि बदल जाए। गुरुदेव का कहना है, सच्चा विश्ववाद यह नहीं है कि हम अपने घरों की दीवारों को तोड़ दें, बल्कि, यह कि हम अपने पड़ोसियों और अतिथियों

को वह प्रेमपूर्ण आतिथ्य अर्पित करने को तैयार रहें, जिस पर उनका जन्मसिद्ध अधिकार है।

धरती अपनी धुरी पर भी घूमती है और वह सूर्य के भी चारों ओर घूमती है। उसी प्रकार, प्रत्येक व्यक्ति की भी दो गतियाँ होनी चाहिए। एक तो अपनी निजी वैयक्तिकता की धुरी पर घूमने के लिए और दूसरी उस आदर्श के चारों ओर घूमने के लिए, जिसमें समस्त मानव-समाज समाहित है।

क्या रवीन्द्रनाथ अभारतीय हैं?

एडवर्ड थॉमसन ने रवीन्द्रनाथ पर जो मोटी-सी किताब लिखी है, उसके अन्त में उन्होंने किसी बंगाली विद्वान का एक गुमनाम पत्र छापा है, जिसमें कहा गया है कि 'रवीन्द्रनाथ का जन्म बंगाल में तो जरूर हुआ था, किन्तु एक ऐसे परिवार में, जिसका सांस्कृतिक वातावरण बिलकुल यूरोपीय था तथा जिसमें उपनिषदों को छोड़कर और किसी भी भारतीय गुण का कोई अस्तित्व नहीं था। रवीन्द्रनाथ का सोचने का ढंग भी एकदम अंग्रेजोंवाला था, यहाँ तक कि उनकी अंग्रेजी 'गीतांजलि' को मैं उनकी बंगला 'गीतांजलि' से अधिक पसन्द करता हूँ।...अगर हमारा देश किसी दिन पाश्चात्य सभ्यता में नख से शिख तक सराबोर हो जाए तो इसमें कोई सन्देह नहीं कि रवीन्द्रनाथ भारत में एक नये युग के अग्रदूत समझे जाएँगे। किन्तु, अगर ऐसा नहीं हुआ तो उनकी प्रसिद्धि धीरे-धीरे खत्म हो जाएगी और साहित्य के इतिहास में उनकी गिनती सिर्फ उस स्कूल के कवियों में रह जाएगी, जिन्होंने अपनी सारी प्रेरणा विदेशों से ली है।...'

पच्छिम के लोग रवीन्द्रनाथ की जितनी भी बड़ाई करें, उस बड़ाई का प्रभाव हम लोगों पर पड़नेवाला नहीं है। उलटे, इससे तो यही सिद्ध होता है कि रवीन्द्रनाथ की शैली इतनी यूरोपीय है कि यूरोपवालों को वह तुरन्त अपील करती है।...रवीन्द्रनाथ को बंगाल ने यूरोप को नहीं दिया है, बल्कि, यूरोप ने ही उन्हें बंगालियों को प्रदान किया है। रवीन्द्रनाथ की प्रशंसा के बहाने यूरोप के विद्वान, दरअसल, अपनी ही प्रशंसा करते हैं।

साहित्य में केवल करुणा, क्षमा और प्रेम ही नहीं लिखे जाते, उसमें ईर्ष्या, द्वेष और छोटापा भी बड़ी ही सफलता के साथ अंकित किए जाते हैं। नोबल पुरस्कार मिलने के बाद जब बंगाल के विद्वान रवीन्द्रनाथ का अभिनन्दन करने को गए तब रवि बाबू ने एक भाषण के सिलसिले में कहा था कि कवि का काम मनुष्य के हृदय में चलता है। किन्तु हृदय में कहीं धूप होती है और कहीं छाया। अतएव, कवि की कविता को पढ़कर कोई सुखी होता है और कोई दुखी। जो दुखी होता

है, वह बदले में, उस काव्य पर प्रहार करता है। और मेरी कविताओं के सम्बन्ध में भी इस नियम का तनिक भी अपवाद नहीं हुआ है।

पता नहीं, थॉमसन के पास पत्र भेजनेवाला यह विद्वान रवीन्द्र के सम्बन्ध में किस भावना से पीड़ित था?

किन्तु क्या कारण है कि रवि बाबू के सम्बन्ध में ऐसी शंका उठाई गई? क्या इसलिए कि उन्होंने अपनी रचनाओं का अंग्रेजी में अनुवाद किया? अथवा इसलिए कि उन्हें नोबल पुरस्कार प्राप्त हो गया? या इसलिए कि भारतवर्ष जब देशभक्ति के जोश में मनमाने ढंग पर बोल रहा था, तब भी रवीन्द्रनाथ अपने शील को नहीं छोड़ सके?

ये फिजूल सवाल मैंने इसलिए उठाए हैं, क्योंकि इन सारी बातों के बहुत नीचे, सत्य की जो असली आधारशिला है, उस पर रवीन्द्रनाथ के अभारतीय होने की कोई भी रेखा या निशान नहीं मिलते। उलटे, उस पर हम जो चित्रकारी पाते हैं, वह भारत की सनातन आत्मा का ही चित्र है। यह ठीक है कि रवीन्द्रनाथ का स्वर पहले के भारतीय कवियों के स्वरों से भिन्न है, किन्तु यह भेद जाति का नहीं, बल्कि गुण का भेद है; यह भेद देश का नहीं, बल्कि समय का भेद है। वैसे, रवीन्द्र-साहित्य के विषय भी भारत की नदी, भारत के फूल, भारत की मिट्टी और भारत के ही नर-नारी हैं, जो उनके पूर्ववर्ती सभी भारतीय कवियों के विषय थे। और यह भी ठीक है कि रवीन्द्रनाथ के भीतर अगर किसी पूर्ववर्ती कवि की आत्मा फिर से उतरी हुई मानी जा सकती है, तो वह कालिदास की ही आत्मा हो सकती है, शेक्सपियर या मिल्टन अथवा शेली या कीट्स की नहीं। मिल्टन के साहित्य का तो किंचित प्रभाव भी उन पर लक्षित नहीं होता। किन्तु हृदय जहाँ उनका कालिदास का था, वहाँ दृष्टि उनकी भोज के समय की नहीं थी। ऐसा लगता है कि भारत की नवीन अनुभूतियों ने जब अपने को कालिदास की सरसता के साथ अभिव्यक्त करना चाहा, तब कालिदास ही भारत में रवीन्द्र बनकर दुबारा पैदा हुए। रवीन्द्रनाथ का भाव पक्ष परम्परागत भारतीयता से पूर्ण था। उनके सामने वही दुनिया झिलमिला रही थी जो हमारे उपनिषत्कालीन ऋषियों की दुनिया थी। उनके हृदय के मूलभाव भी वही थे, जो हमारे देश के मध्यकालीन वैष्णव कवियों के रहे होंगे। उनकी दृष्टि वही नहीं थी, जो मध्यकालीन भारतीयों की थी। वे विज्ञान के जाग्रत युग के मनुष्य थे और अन्धविश्वास तथा निस्सार रूढ़ियों का उन पर कोई प्रभाव नहीं था। भोज के समय से गांधी-युग अथवा जगदीश-काल तक आते-आते हमारी अनुभूतियों में जो परिवर्तन हो गया था, उसी परिवर्तन ने अपनी अभिव्यक्ति के लिए रवीन्द्रनाथ को उत्पन्न किया। अगर

रवीन्द्रनाथ अभारतीय हैं तो उनके समय का प्रत्येक चैतन्य भारतीय अभारतीय कहा जाएगा, क्योंकि रवीन्द्रनाथ ने ऐसी कोई बात नहीं कही जिसकी अनुभूति अस्पष्ट रूप से हमारे हृदयों में नहीं चल रही थी। उन्होंने विश्वात्मा की एकता पर जोर दिया, जो भारत का सनातन सन्देश है। उन्होंने आध्यात्मिक मनुष्य की सत्ता में अपने विश्वास को प्रबलता से दुहराया, जो भारत की आत्मा का चिरन्तन विश्वास है। मनुष्य-मनुष्य के ऊपर जो एक बड़ा मनुष्य है, रवीन्द्रनाथ की कविता की पंक्ति-पंक्ति में उसके चरणों की चाप सुनाई पड़ती है और उसके चरणों की यह चाप भारतीय साहित्य में अनंतकाल से गूँजती आई है। भारत नाम में जो भी दिव्यता और आध्यात्मिकता सुरभि व्याप्त है, भारत अनन्तकाल से मनुष्य के जिन गुण-विशेषों का प्रतीक माना जाता रहा है, रवीन्द्रनाथ उसके सबसे बड़े व्याख्याता थे, और यूरोप ने उनका आदर इसलिए नहीं किया कि वे यूरोपीय धर्म तथा दर्शन पर आसक्त थे, बल्कि इसलिए कि वे उन गुणों और विभूतियों को लेकर खड़े हुए थे जो यूरोप में नहीं थे और जिनके अभाव से पीड़ित होकर बहुत दिनों से पश्चिम की आँख पूरब की ओर लगी रही है।

गांधी और रवीन्द्र–इन दो मूर्तियों के माध्यम से भारत ने पश्चिमी जगत को यह विश्वास दिलाया कि उसकी आत्मा अभी मरी नहीं, बल्कि पूर्ण रूप से जीवित और चैतन्य है। अनादिकाल से भारत उच्च तथा सूक्ष्म मानवता का सबसे जाज्वल्यमान प्रतिनिधि रहा है, जिसकी अन्य देशों में सिर्फ कल्पना की जाती रही है। गांधी जी के विषय में आइंस्टाइन ने कहा था कि कई पीढ़ियों के बाद लोग जब गांधी जी का चरित पढ़ेंगे तब उन्हें यह विश्वास ही नहीं होगा कि ऐसा कोई मनुष्य किसी समय सचमुच जिन्दा था। रवीन्द्रनाथ की कविताएँ जब यीट्स के सामने पहले-पहल आईं तब उसने अपने साहित्यिक मित्रों से चकित होकर कहा कि भारत में तो एक ऐसा कवि उत्पन्न हुआ है, ज़ो हम सबों से कहीं श्रेष्ठ और महान है।

गुलामी के दिनों में भारत से बाहर भारत की काफी भर्त्सना की गई, क्योंकि हमारे मालिकों को संसार पर यह जाहिर करना था कि भारत अर्धसभ्य देश है और उसे सभ्य बनाने के लिए यह आवश्यक है कि ब्रिटेन कई सदियों तक उस पर राज्य करता रहे। हमारी सभ्यता और संस्कृति में जो कुछ भी स्थूल तथा कुरूप था, वह दुनिया की नजरों में प्रमुख बनाया जा रहा था, यहाँ तक कि हमारे अपने देशवासी और धर्मबन्धु भी इस प्रचार से घबराकर ईसाइयत स्वीकार करने लगे थे। इस दुरवस्था का सुधार करने के लिए देश में कितने ही सुधारक उत्पन्न हुए जो हिन्दू धर्म का वह रूप संसार के सामने लाना चाहते थे, जिसे वैज्ञानिक

युग का विवेकशील मनुष्य श्रद्धा से ग्रहण कर सके। राजा राममोहन राय, स्वामी दयानन्द, परमहंस रामकृष्ण और स्वामी विवेकानन्द–सब-के-सब एक इसी उद्‌देश्य की प्राप्ति के लिए प्रयत्नशील थे और इनके उपदेशों के परिणामस्वरूप हिन्दू धर्म का जो परिमार्जन और परिष्कार हुआ, उसी के चलते हम आज भी बड़े ही गौरव के साथ अपने को हिन्दू घोषित कर सकते हैं। समय के साथ सभी चीजों पर मैल की परतें जमा करती हैं और प्रत्येक युग में संत और सुधारक आकर इन परतों को उखाड़कर उनके नीचे के कंचन को माँजते रहते हैं। हमारे उन्नीसवीं सदी के संतों और सुधारकों ने भी हिन्दुत्व को माँजकर नये ढंग से चमका दिया और इस प्रकार, नहा-धोकर जब वह ईसाइयत के मुकाबले में जा डटा तब इस संघर्ष से उसके भीतर एक तरह की जवानी भी आ गई और वह एक बार फिर ताजा और नवीन दीखने लगा। रवीन्द्र की वाणी इसी परिमार्जित हिन्दुत्व की वाणी थी। एक पुराना पर्वत जैसे नवीन हो जाए और उसके कलेजे से कोई कलकल करनेवाला एक निर्झर फूट पड़े; एक पुराना पौधा जैसे ओस से भींगकर ताजा हो उठे और उसके मस्तक पर एक अनुपम फूल खिल पड़े; झाड़-पोंछकर स्वच्छ बनाई गई, किसी सूखी कछार में जैसे स्फटिक-सी उज्ज्वल कोई नई धारा आ जाए, इसी प्रकार संतों और सुधारकों के द्वारा पोषित और परिमार्जित हिन्दुत्व ने अपनी अभिव्यक्ति के लिए रवीन्द्रनाथ को उत्पन्न किया। उनके विचारों के नीचे उपनिषदों का प्रबल आधार था। उनकी कल्पना कालिदास की स्मृति के साथ गलबाँही देकर चल रही थी। उनकी रस-ग्राहिणी शिराएँ विश्व के श्रेष्ठतम साहित्यकारों की हौजों लगी हुई थीं और उनके भीतर यह अरमान था कि मैं भारत की आत्मा में युग-युग से गूँजनेवाली दिव्य और कोमल-से-कोमल भावनाओं को अभिनव वाणी में नये चमत्कार से गा सकूँ। रवि बाबू की आकृति-प्रकृति और वेशभूषा में जो बारीकी और कलामयता थी, वही बारीकी और कलामयता उनके हृदय के कण-कण में परिव्याप्त थी और जब उनका कंठ फूटा, निष्पक्ष रसिकों को लगा, मानो स्वर्ग का कोई देवता गाते-गाते भटककर पृथ्वी पर चला आया है!

इस दिव्यता और कोमलता के साथ जब वे पश्चिम की ओर गए, वहाँ वाले उन्हें देखकर चमत्कृत हो उठे। पश्चिम के बड़े-बड़े साहित्यकारों ने उन्हें मन-ही-मन अपने से श्रेष्ठ मान लिया और वे जहाँ गए, वहीं उनका आदर उस प्रकार से किया गया, जैसाकि मनुष्य नहीं, मनुष्यता के नेता का आदर किया जाता है।

रवीन्द्र की कविता में जो दिव्यता, कोमलता और सांस्कृतिक पवित्रता व्याप्त थी, उससे चकित होकर कवि एजरा पाउंड ने बड़ी ही विनयशीलता के साथ कहा

कि जब मैं टैगोर से विदा होता हूँ तब मुझे मन-ही-मन यह भान होने लगता है कि मैं उनकी तुलना में वह असभ्य मनुष्य हूँ जो अभी खाल ही पहने हुए है और जिसके हाथ में मात्र पत्थर की लाठी पड़ी हुई है। आयरलैंड के उस मेधावी चिन्तक स्वर्गीय जॉर्ज रसेल ने लिखा है कि जिसने रवीन्द्र को नहीं देखा, वह इस बात को समझ ही नहीं सकता कि पूर्वकालीन संसार में मनुष्यों की आत्मा पर कवि की आत्मा का वैसा अभेद्य साम्राज्य क्यों था। हमारे वर्तमान लौहयुग में अगर कविता की मर्यादा को कोई कायम रखे हुए है, तो वह रवीन्द्रनाथ हैं।

स्पष्ट ही, रवीन्द्रनाथ की इन प्रशस्तियों का कारण यह नहीं था कि वे यूरोपवालों को अपना मालूम होते थे, बल्कि यह कि यूरोपवाले उनकी रचना और व्यक्तित्व में उन चीजों की झलक पाते थे, जो उनके पास नहीं थीं और जिनकी उन्हें सख्त तलाश थी।

रवीन्द्रनाथ ने यूरोप के विवेक-तत्त्व को प्रसन्नता से ग्रहण किया था और वे उतने रैशनल थे जितना कि कोई भी अर्वाचीन मनुष्य हो सकता है। किन्तु पश्चिमी जगत की उद्दाम हिंसा-वृत्ति और भोगवाद को उन्होंने कभी भी स्वीकार नहीं किया। यहाँ तक कि यूरोप की कला-सम्बन्धी नवीन अनुभूतियाँ भी उन्हें अग्राह्य थीं। वे एक शुद्ध मानवीय कवि की भाँति कला में सत्य, शिव और सुन्दर के उपासक थे। किन्तु पश्चिम का नया आदमी यह जानना नहीं चाहता कि चीज अच्छी या खूबसूरत हुई है या नहीं। वह तो सदैव यही पूछना चाहता है कि उसकी अभिव्यक्ति में ताकत और जोर है या नहीं। पहले जिस परदे को सरकाना भी अभद्र समझा जाता था, अब उस परदे को भली भाँति उघार देना ही प्रभविष्णुता का द्योतक हो गया है। किन्तु रवीन्द्रनाथ ने कला की इस प्रवृत्ति को कभी भी प्रश्रय नहीं दिया।

रवीन्द्रनाथ यूरोप का अनुकरण करके महान नहीं हुए, बल्कि, समय ने ही उन्हें उत्पन्न किया और समय ने ही उन्हें महत्ता दी। भारत की सनातन आत्मा उस भाषा में अपनी अभिव्यक्ति खोज रही थी जिस भाषा में अर्वाचीन मनुष्य सोचने और समझने का आदी हो गया था। और इसी आवश्यकता से रवीन्द्र का प्रादुर्भाव हुआ।

रवीन्द्रनाथ हमारे राष्ट्रीय कवि हैं; क्योंकि उन्होंने भारतवर्ष की आत्मा के गौरव की जैसी व्याख्या की, वैसी पहले और किसी ने भी नहीं की थी। उनका महत्त्व इसलिए और भी बढ़ जाता है, क्योंकि वे एक ऐसे समय में उत्पन्न हुए जब कि भारतवर्ष को एक ऐसे व्याख्याता की आवश्यकता आन पड़ी थी, जिसकी वाणी को केवल स्वदेश ही नहीं, विदेश भी समझे। अपनी समस्त विविधताओं के

बीच भारत की जो सनातन आत्मा सर्वत्र व्याप रही है, अपने सारे उत्थान और पतन में भारतवर्ष जो मानवात्मा की निरवच्छिन्नता से चिपटा रहा है, अपनी भौतिक समृद्धियों के ह्रास के बीच भी भारत जो दिव्यता की ओर से विमुख नहीं हुआ है, इन सारी विलक्षणताओं को रवि बाबू लिखने आए थे। रवीन्द्रनाथ किसी भी समय उत्पन्न होने पर भारतवर्ष का मस्तक ऊँचा कर सकते थे। किन्तु जिस समय वे उत्पन्न हुए, वही उनका ठीक समय था। ऐसा लगता है, मानो विरंचि की पोथी में भारतवर्ष के भाग्योद्धार का जो लेखा पहले से ही लिखा हुआ था, उसके क्रम में, इस विशाल एवं गौरवशाली देश की आत्मा बहुत दिनों से रवीन्द्रनाथ की प्रतीक्षा कर रही थी। प्रत्येक युग, थोड़ी-बहुत मात्रा में, अपने कवि और व्याख्याता की प्रतीक्षा किया करता है। किन्तु रवीन्द्रनाथ की प्रतीक्षा एकदम ऐतिहासिक महत्त्व की थी और जब वे आए तब उन्होंने अपना मिशन कुछ ऐसी विलक्षणता के साथ पूर्ण किया, जैसा और कोई नहीं कर सकता था।

कभी-कभी मुझे ऐसा भी भान होता है कि जिस उदारता के कारण समस्त विश्व ने रवीन्द्रनाथ को अपने हृदय में स्थान दिया, उसी उदारता ने देश के भीतर उनके लिए आलोचक पैदा किए। अगर वे जरा कम उदार हुए होते, अगर वे मनुष्य की पूर्णता का एक अंश काटकर उसे देशभक्ति की वेदी पर उत्सर्ग कर पाते तो हमारी नजरों में वे तनिक भी अभारतीय नहीं दीखते। किन्तु यह संकीर्णता रवीन्द्रनाथ के लिए एक अजनबी चीज थी।

संस्कृति के सोपान पर उठते हुए वे जीवन के जिस शिखर पर जा पहुँचे थे, वहाँ देशभक्ति के लिए जीवन की पूर्णता का बलिदान असम्भव था। रवीन्द्रनाथ भली भाँति जानते थे कि जो देशभक्ति उन गुणों के बलिदान पर जीना चाहती है, जो देशभक्ति से भी बड़े हैं, वह भक्ति नहीं, तिरस्कार की पात्री है। और, यहीं वे उन सभी कवियों और सांस्कृतिक नेताओं से महान दीखते हैं, जो परिस्थितियों के तकाजों पर अपनी पूर्णता का एक अंश काटकर, समय के चरणों पर उपहार चढ़ाने में, बहुत अधिक नहीं, हिचकिचाते। जो देशभक्ति के नाम पर जीवन की पूर्णता को भूखों नहीं मारता, वह उस मनुष्य से महान है, जिसका एकमात्र गुण उसकी संकीर्ण देशभक्ति है।

महर्षि अरविन्द की साहित्य-साधना

सन् 1928 ई. में, कलकत्ता-कांग्रेस के अवसर पर होनेवाले युवक-सम्मेलन में सुभाष बाबू ने युवकों को परामर्श दिया था कि साबरमती और पांडिचेरी के खिलाफ विद्रोह करो। यह समरोत्सुक यौवन का रणोद्गार था। तो भी यह कितना सत्य है कि पांडिचेरी का आश्रम उसने बसाया जिसने देश को विद्रोह का पहला मंत्र दिया था और साबरमती का ऋषि भी आजीवन किसी-न-किसी रूप में बागी ही रहा।

जब से श्री अरविन्द जनता के सामने से हटकर समाधि के कक्ष में रहने लगे, देश में, उनके सम्बन्ध में, भाँति-भाँति की अटकलबाजियाँ चलने लगीं। किसी ने कहा—यह सीधा वैराग्य है; अरविन्द अब संसार से ऊब गए हैं; वे अपने वैयक्तिक मोक्ष की खोज में हैं और सामान्य मनुष्य के उद्धार की उन्हें अब कोई चिन्ता नहीं है। किसी ने कहा—नहीं; जिस लक्ष्य की प्राप्ति के लिए पहले वे हिंसक शस्त्रों का आश्रय लिये हुए थे, उसी की सिद्धि के निमित्त वे योग की तलवार तैयार कर रहे हैं; किसी दिन वे फिर से शरीर के अखाड़े में उतरेंगे, मगर अब उनके हाथ में लोहे का खड्ग नहीं, ज्योति की कृपाण होगी। कुछ ऐसे भी थे जिन्होंने समझा, यह सब कुछ नहीं है; अरविन्द उसी शून्यता में विलुप्त होने जा रहे हैं, जिसमें अनेक तेजस्वी आत्माएँ विलुप्त हो चुकी हैं तथा उनकी ओर आशाभरी दृष्टि से देखने का कोई वैज्ञानिक आधार नहीं है। किन्तु तब भी अपार मानवता उनकी ओर किसी रहस्यमयी आशा से देखती रही है। जिन्हें आश्रम के सान्निध्य का सौभाग्य प्राप्त था, वे तो विशिष्ट कारणों से उनके प्रति विश्वासी रहे तथा अपने विश्वास की सुरभि संसार में अन्यत्र भी फैलाते रहे। किन्तु, उनके सिवा, असंख्य लोग ऐसे भी थे जिनकी दलीलें बड़ी ही सीधी-सादी, फिर भी यथेष्ट रूप से पुष्ट थीं।

पांडिचेरी आश्रम में श्री अरविन्द आकाश से नहीं टपके, वरन्, उसमें उन्होंने उन सारी उपलब्धियों को लेकर प्रवेश किया था जो नवीन भारत के बड़े-से-बड़े

नागरिक के लिए सम्भव थीं। इंग्लैंड के जिस सार्वजनिक स्कूल से उन्होंने प्रवेशिका परीक्षा पास की थी, उसके प्रधान अध्यापक ने, बाद को चलकर, स्वीकार किया था कि अपने 25-30 वर्षों के कार्यकाल में अरविन्द को छोड़कर मुझे और कोई छात्र नहीं मिला, जिसमें उतनी अधिक बौद्धिक क्षमता का वास रहा हो। इंडियन सिविल सर्विस की परीक्षा उन्होंने बड़े ही गौरव के साथ पास की और अपनी चढ़ती जवानी में जब उन्होंने 'वन्दे मातरम्' का सम्पादन आरम्भ किया, तब ऐसा लगा, मानो भारतीय विद्रोह का निर्दिष्ट देवता मंच पर प्रकट हो गया हो! देश में जो बड़े-बूढ़े नेता आज मौजूद हैं, उनमें से अधिकांश को देशप्रेम की दीक्षा 'वन्दे मातरम्' से मिली थी। जब श्री अरविन्द भारतीय राजनीति के क्षेत्र में खड़े थे, उस समय उनकी उम्र बहुत थोड़ी थी; और, साथ ही, उन दिनों भारतीय आकाश में अनेक ज्योतिष्पिंड ऐसे थे जिनकी ओर देखने में आँखें चौंधिया जाती थीं। किन्तु, ऐसे ही ज्योतिष्पिंडों में से एक, विपिनचन्द्र पाल ने 1909 में लिखा था कि भारत के वर्तमान राष्ट्रीय नेताओं में से अरविन्द यद्यपि उम्र में सबसे छोटे हैं, किन्तु शिक्षा-दीक्षा, शील, गुण और चरित्र में शायद उनके जोड़ का कोई और नहीं है।

श्री अरविन्द की ये प्राप्तियाँ देश के मानस पर अपना अधिकार जमाए रहीं और सभी प्रकार की कानाफूसियों के बीच, लोग भीतर-ही-भीतर अपने-आपसे पूछते रहे कि क्या इतना तेजस्वी पुरुष संसार से अलग जाकर जिस ध्येय की साधना में लग गया है, वह भारत के राजनीतिक स्वातन्त्र्य की अपेक्षा अत्यन्त ही लघु और नगण्य है तथा क्या अरविन्द के व्यक्तित्व में मानवता को जो पथ-प्रदर्शक आलोक मिला था, वह अब सचमुच ही एकान्त कक्ष में ठंडा हो रहा है? दो-एक बार, देश के नेताओं ने यह चेष्टा भी की कि अरविन्द अब बाहर आकर भारत का भाग्य-सूत्र अपने हाथ में लें, किन्तु वे अपने आसन से नहीं डिगे; क्योंकि वे जिस ध्येय को सिद्ध करने में लगे हुए थे, वह मनुष्य को राजनीतिक और आर्थिक स्वाधीनता-सा ही मूल्यवान था।

राजनीतिक और आर्थिक दासता से मनुष्य को मुक्त करना कोई छोटा कार्य नहीं है; किन्तु इससे कहीं महान प्रयास तो वह है जिससे समग्र मानवता विकास के पथ पर एक नया कदम उठाती है। विकास का क्रम बड़ा ही धीमा और मद्धिम होता है। यह चढ़ाई बहुत-कुछ चक्करदार सीढ़ी के समान है। सोपान में प्रगति के वृत्त बनते ही रहते हैं, किन्तु कई सौ वर्षों के बाद जब हम अपनी प्रगति के वृत्त का अवलोकन करते हैं, तब हमें यह जानकर निराशा होती है कि सदियों का प्रयास व्यर्थ हो गया है और हम वहीं के वहीं हैं। हाँ,

विकास की रफ्तार कभी-कभी व्यक्ति-विशेष के कारण अधिक तेज हो जाती है। मानवता का रथ मन्द-मन्द तो चलता है, किन्तु यदा-कदा कोई महापुरुष आकर उसे अपनी तपस्या के एक ही धक्के से बहुत दूर तक ढकेल देता है। उस समय दीखने लगता है कि मनुष्यता, सचमुच ही, तेजी से चल रही है और इस क्षिप्र गति का समन्वित रूप हम उस महापुरुष के व्यक्तित्व में भली भाँति देख लेते हैं। किन्तु ऐसे महापुरुषों का अवतार अनेक सदियों अथवा सहस्राब्दियों के बाद होता है जबकि अनेक गुणों को लेकर ठहरी हुई मानवता इस धक्के को सँभालने के योग्य बनी होती है। महर्षि अरविन्द ने अपनी चालीस वर्ष की समाधि के द्वारा मनुष्यता को ऐसी ही प्रगति देने की चेष्टा की है, अतएव यह कहना बहुत ही उपयुक्त है कि वे एक देश या एक काल के नहीं, बल्कि सम्पूर्ण मानवता के विकास के नेता हैं। उन्होंने अपने आश्रमवासी शिष्यों और प्रशिष्यों को क्या दिया है, इस पर बहस की गुंजाइश हो सकती है, किन्तु लिखित साहित्य के रूप में उन्होंने जो अवदान छोड़ा है, वह अद्भुत और अपार है। दुर्भाग्यवश, संसार में ऐसे लोग बहुत होते हैं जो उसी को सब कुछ मान लेते हैं जिसे उन्होंने प्राप्त कर लिया है और जो कुछ उनकी पहुँच से परे है, उसे वे कोरा धुआँ मानकर उसकी ओर से निश्चिन्त हो जाते हैं। किन्तु जो सत्य के पथ पर आरूढ़ हैं, उनमें दुराग्रह नहीं होता; जो भाविक और जिज्ञासु हैं, वे अपनी पहुँच से परे की भी तलाश में रहते हैं और मनुष्यता की प्रगति के ये ही लोग सच्चे वाहक़ होते हैं। अरविन्द का साहित्य इन्हीं वीर जिज्ञासुओं के निमित्त है, क्योंकि वे ही उस साहित्य के मर्म तक कभी पहुँच सकेंगे और प्रगतिमती मानवता की वह पदचाप जो अरविन्द-साहित्य में अंकित है, उन्हें ही सुनाई पड़ेगी। इसका अर्थ यह नहीं है कि श्री अरविन्द का साहित्य धर्म के ढोंग का परम्परागत चोंगा पहने हुए है और वह सिर्फ उन्हीं के लिए है जो समझने के पहले ही ईमान लाने को तैयार हैं, वरन् यह कि वह उन लोगों के लिए नहीं है जो कठिनाइयों से घबराते हैं, जो मनुष्यता की प्रगति की केवल एक ही राह को जानते हैं और जो मनुष्य के शरीर को छोड़कर उसके और किसी अवयव का अस्तित्व ही नहीं मानते। किन्तु, अरविन्द-साहित्य अभी तुरन्त की कृति है; तिस पर भी वह ऐसे पुरुष की कृति नहीं है जिसके कदम सिर्फ वर्तमान की छाती पर रहे हों। श्री अरविन्द ने मानवता के, अब तक के, सम्पूर्ण विकास की तात्त्विक परीक्षा तथा उसकी वर्तमानकालीन कठिनाइयों का विश्लेषण करके अपने ही ढंग पर उसके भविष्य का मार्ग निर्धारित किया है। और भविष्य का यह निर्धारण उनके आशीर्वाद अथवा उनकी शुभ कामना का

ही द्योतक नहीं है, वरन् वह मानवता का इतिहास और तर्कसिद्ध मार्ग भी प्रमाणित हो सकता है।

एक सुधी ने लिखा है कि श्री अरविन्द के दिव्य जीवन अथवा 'Life Divine' को पढ़ लेने के बाद और कुछ पढ़ने की आवश्यकता नहीं रह जाती। किन्तु मैंने देखा है कि इस अद्भुत ग्रन्थ को पढ़ने तथा समझने के लिए उन सभी विद्याओं का कुछ-न-कुछ परिचय आवश्यक है जो मनुष्य को अतीत से विरासत के रूप में मिली हैं अथवा जिनका वह शनैः-शनैः निर्माण कर रहा है। सोलह सौ पृष्ठों का यह विशाल ग्रन्थ ऐसा है जिसके भीतर उस पुरुष की चिन्ता विराजमान है जिसने पूर्व और पश्चिम की सभी विद्याओं को अपने भीतर आत्मसात कर लिया था तथा जिसने लोक और परलोक को एकाकार करने के लिए देवोपम प्रयास किये थे। 'लाइफ डिवाइन' उनके लिए भी कठिन है जो अपने को दर्शन का पंडित मानते हैं। इस ग्रन्थ का एक-एक वाक्य अपने भीतर निहित रहस्य के उद्घाटन के लिए हमारे मन की सम्पूर्ण एकाग्रता की अपेक्षा रखता है। यही वह ग्रन्थ है जिसमें श्री अरविन्द का समस्त जीवन-दर्शन वर्णित है और जिसे अनेक वर्षव्यापी आयास के द्वारा समझनेवाले कुछ पंडितों का कहना है कि आदिकाल से लेकर आज तक संसार के पंडित, कवि, कोविद, दार्शनिक और रहस्यज्ञाता मनुष्यता को जहाँ तक पहुँचा सके थे, श्री अरविन्द 'लाइफ डिवाइन' के द्वारा उसे उससे आगे ले जा रहे हैं। 'लाइफ डिवाइन' का सारांश लिखने की क्षमता मुझमें तो नहीं है, फिर भी यह चर्चा यहाँ इसलिए उठानी पड़ रही है कि श्री अरविन्द की साहित्य-साधना को समझने में उनके जीवन-दर्शन का यत्किंचित् अधूरा ज्ञान भी कुछ सहायक होगा।

जीवन-दर्शन

श्री अरविन्द के सम्पादकत्व में निकलनेवाले 'आर्य'* नामक मासिक पत्र के मुख पृष्ठ पर एक विज्ञप्ति छपा करती थी जिससे इस बात पर अच्छा प्रकाश पड़ता है कि राजनीतिक क्षेत्र को छोड़कर वे आश्रम अथवा समाधि के जीवन की ओर क्यों आकृष्ट हुए थे। 'समस्त ज्ञान को एक विशाल मिश्रित रूप देना तथा पूर्व और पश्चिम में मनुष्यता की विभिन्न धार्मिक प्रवृत्तियों के बीच सामंजस्य और एकत्व लाना' यह 'आर्य' का उद्देश्य था तथा इस उद्देश्य की प्राप्ति के लिए जो साधन चुने गए थे, उसके सम्बन्ध में घोषणा की गई थी कि 'यह साधन

* यह पत्र 1920 के पूर्व निकलता था।

एक ऐसी वास्तविकता पर आधारित होगा जिसमें हेतुवाद (Rationalism) तथा गोतीतवाद (Transcendentalism) का सम्यक् समन्वय होगा एवं इस वास्तविकता में बौद्धिक एवं वैज्ञानिक अनुशासनों का सहजानुभूति (Intuitive Experience) से पूरा मेल रखा जाएगा।' मैं ऐसे बहुत-से विद्वानों को जानता हूँ जो अध्यात्मवादियों से सिर्फ इसलिए बिदकते हैं, क्योंकि उन्होंने सुन रखा है कि महात्मा लोग बौद्धिकता एवं हेतुवादी तर्कों की सत्ता को नहीं मानते। श्री अरविन्द का जीवन-दर्शन ऐसे सभी लोगों की शंकाओं का समाधान है, क्योंकि वे भी उसी धरातल से उठकर ऊपर गए हैं जिस धरातल पर नवीन विद्याओं के संस्कार के कारण हम कौए के समान सदैव चौकन्ना एवं शंकाग्रस्त रहते हैं। उनकी साधना का लक्ष्य वैयक्तिक मुक्ति नहीं, प्रत्युत सारी मनुष्यता के निमित्त इसी भूमंडल पर दिव्य जीवन का उद्घाटन है। यह दिव्य जीवन संसार के लिए बिलकुल नई कल्पना नहीं है। ऋषि-महर्षि, कवि और दार्शनिक अनन्तकाल से जीवन के भीतर इसकी खोज करते रहे हैं। यद्यपि अनेक अन्वेषियों ने निराश होकर यह कह दिया कि अमृत-तत्त्व हमारी किस्मत में नहीं है, किन्तु अनेक अन्य रहस्यवादियों ने बराबर संकेत दिया है कि किसी-न-किसी मार्ग से भूतल पर अमृत-तत्त्व की उपलब्धि हो सकती है। किसी-न-किसी प्रकार हम इसी जीवन में दिव्यता-लाभ कर सकते हैं। कबीर ने 'जल में मीन पियासी' कहकर जिस सम्भावना की ओर संकेत किया है, उसी सम्भावना की झाँकी एलिजबेथ बैरेट ब्राउनिंग की इन पंक्तियों में भी मिलती है :

> Earth is crammed with heaven
> And every common bush afire with God.

दिव्य जीवन की ऐसी रहस्यात्मक झाँकियाँ साहित्य में बहुत बार प्रकट हुई हैं और उनकी संख्या वर्तमान युग में भी कम नहीं है।

आधुनिक युग की यह भी एक विशेषता है कि जहाँ हम भौतिकता को सत्य की आधारशिला मानकर चल रहे हैं, वहाँ हममें यह भी एहसास पैदा होता जा रहा है कि हम वस्तु की बाह्य परीक्षा से ही संतोष न करें; बल्कि उसके भीतर डूबकर उन तत्त्वों को भी पकड़ें जो साधारण तर्क और सामान्य बुद्धि की पकड़ में नहीं लाए जा सकते। यही कारण है कि आधुनिक साहित्य के उच्चतम शिखर पर रहस्यवाद की कुहेलिका मँडराने लगी है यानी सामान्य बुद्धि पहले जहाँ थककर बैठ जाती थी, अब वह वहाँ से भी सहजानुभूति के सहारे आगे बढ़ने की चेष्टा कर रही है। और यह प्रवृत्ति सिर्फ उन्हीं कवियों में देखने को नहीं मिलती जो धार्मिक अथवा आस्तिक हैं; बल्कि यह उनका भी

प्रमुख लक्षण है जो नास्तिक रहे हैं अथवा जिन्होंने खुलकर ईश्वरीय सत्ता में अविश्वास प्रकट किया है। फ्रांस के प्रसिद्ध कवि चार्ल्स बादेलेयर ने, जो एक प्रकार से आधुनिक अतिवादी चेतना का जन्मदाता कहा जाता है, स्थान-स्थान पर ऐसी प्रवृत्ति का परिचय दिया है। अपनी आत्मा को सम्बोधित करते हुए वह कहता है :

इस घृणित जहर से दूर भागो,
उच्चता पर बहनेवाली वायु में विचरण करके
अपने आपको पवित्र करो।
मेरे मन! इस ज्वाला का छक कर पान करो
जो शून्य में अलौकिक एवं पवित्र सुरा की तरह व्याप्त है।

मेलार्मे, समायं, हाउसमैन, बाल्ट व्हिटमैन, यीट्स और इलियट–प्रायः नवयुग के जो भी तगड़े कवि हुए हैं, उनका धार्मिक विश्वास चाहे जैसा भी रहा हो, किन्तु द्रव्य के विश्लेषण में वे बुद्धि की रेखा से बहुत आगे जाते रहे हैं तथा उस सहजानुभूति से काम लेकर उन्होंने अगोचर को छूने का प्रयास किया है जिसकी सत्ता को स्वीकार करने में विज्ञान को बड़ी झिझक होती है और जिसे वह बुद्धि का ही एक रूप कहके बर्खास्त कर देना चाहता है। हाँ, यह दूसरी बात है कि अब विज्ञान भी एक सीमा पर पहुँचकर रहस्यात्मक संकेतों में अपना समाधान उपस्थित करने लगा है।*

मानव-मस्तिष्क के इस रहस्यवादी परिपाक को श्री अरविन्द भली भाँति समझते थे और जिस स्तर के इस किनारे पर पहुँचकर विश्व के कवि और दार्शनिक वर्षों से उकता रहे थे, उस स्तर का भली भाँति निरीक्षण करके उन्होंने विश्वासपूर्वक अपने दिव्य जीवन के सिद्धान्त की स्थापना की है। 'आर्य' के ही एक अंक में उन्होंने लिखा था कि 'जिन आध्यात्मिक अनुभूतियों एवं सामान्य सत्यों पर हमारा प्रयास आधारित है, वे हमारे सामने पहले से ही मौजूद थे। आवश्यकता इस बात की थी कि हम उन्हें बुद्धि की भाषा में पूर्ण रूप से व्यक्त कर सकें तथा उनके निष्कर्षों को शब्दों में बाँध सकें। इसके लिए लगातार सोचने की आवश्यकता थी, कई दिशाओं में सूक्ष्म एवं अत्यन्त कठिन चिन्तन अनिवार्य था। अतएव तथ्य तक पहुँचने में हमें जिस कठिनाई का सामना करना पड़ा, उसमें हमारे पाठकों को भी भागीदार होना पड़ेगा।' जिस भाव-धारा का परिपाक 'लाइफ डिवाइन' में हुआ है उसका आरम्भ 'आर्य' के ही अंकों में हुआ था। 'आर्य' के जुलाई, 1918 वाले अंक में

* जैसे आइंस्टाइन का दिक्काल-सम्बन्धी सिद्धान्त।

अरविन्द ने लिखा था कि 'मनुष्य को अपनी मानवीय सीमाओं का अतिक्रमण करके ईश्वरीय दिव्यता को प्राप्त करना पड़ेगा, उसे एक प्रकार की पार्थिव अमरता की अपेक्षा है। उसके भौतिक जीवन को भी ईश्वरीय दिव्यता से संवलित होना पड़ेगा।'

किन्तु 'आर्य' के अंकों में जिन सिद्धान्तों का पूर्वाभास मिलता है, वे सिद्धान्त 'लाइफ डिवाइन' में आकर भली भाँति निरूपित हो गए। सहजानुभूति जिसका संकेत देती थी, बुद्धि जिसे भली भाँति ग्रहण नहीं कर पाती थी, अतिमानस के जोर से वह भाषा के कलेवर में आ गया। 'लाइफ डिवाइन' सृष्टि और उस सर्वव्यापी सत्ता के वर्णन का नवीनतम प्रयास है, जिसका वर्णन संसार में अनन्त काल से होता आया है। यह ग्रन्थ हमें यह बतलाता है कि विकास की प्रक्रिया में मनुष्य अभी किस स्तर तक पहुँच सका है, हमारा बाह्य रूप क्या है और आवरण के भीतर हम कैसे लगते हैं तथा जब विकास अपनी पूर्णता को प्राप्त होगा, उस समय हम कहाँ और किस रूप में होंगे। 'लाइफ डिवाइन' के आरम्भ में ही कहा गया है कि मनुष्य आनन्द की खोज में है, वह किसी पूर्णता की ओर गतिशील है, वह निर्मल सत्य एवं ऐसे आनन्द की तलाश में है जिसमें दुख की तनिक भी कालिमा नहीं हो। उसे एक प्रकार की गोपन अमरता की खोज हैरान कर रही है। किन्तु संसार में दुख ही दुख हैं और मनुष्य अशान्त है। दुखों से छुटकारा पाने के कौन से उपाय हैं?* जड़तावादियों का कहना है कि मनुष्य की यह गोपन तृषा ही मिथ्या है। इस जड़ संसार के आगे सब कुछ शून्य है। इसलिए हमें यहीं रमकर आराम करना चाहिए। इसके विपरीत, वैरागियों का दल है, जो यह कहता है कि यह गोचर विश्व, असल में, यात्रा है। इसमें उलझना जीवन के वास्तविक ध्येय से दूर पड़ जाना है। सत्य वह नहीं है जिसे हम देखते हैं, बल्कि वह जो हमारी आँखों से ओझल है। अतएव मनुष्य को चाहिए कि यह संसार का त्याग करके गोतीत तत्त्व की उपासना में लग जाए; द्रव्य को छोड़कर स्पिरिट की आराधना करे, रूप का तिरस्कार करके अरूप को भजे।

जड़तावादी कहता है कि दिव्य जीवन की कल्पना निरी कल्पना ही है। वह कभी पूरी नहीं होगी। अतएव जब तक जीवित हो, पृथ्वी को स्वर्ग

* यह जिज्ञासा सभी दर्शनों का मूल है। सिद्धार्थ ने इसी जिज्ञासा से विचलित होकर संन्यास लिया था और इसी जिज्ञासा ने मानवता के सभी नेताओं को बराबर आन्दोलित रखा और आज भी रख रही है। आज यूरोपीय साहित्य में EXISTENCIALISM अथवा अस्तित्ववाद के नाम से जो नया दृष्टिकोण पनप रहा है, उसके मूल में भी जिज्ञासा काम कर रही है।

मानकर जियो और इसके आनन्दों का उपभोग करो। वैरागी कहता है कि यह पृथ्वी स्वर्ग बन ही नहीं सकती। स्वर्ग तो तब मिलेगा, जब हम मिट्टी के घेरे से बाहर चले जाएँगे। मगर, इन दो विरोधी समाधानों के होते हुए भी जीवन के अन्तराल में एक अनवरत प्रवाह चल रहा है कि हमें इसी जीवन में स्वर्ग चाहिए जिसे पकड़कर हम अपने साथ रख सकें। हम आत्मा की सत्ता की उपेक्षा नहीं कर सकते, क्योंकि हमारे अस्तित्व की समस्त तिमिराच्छन्न धारा ही हमारी इस बात का खंडन करती है कि विश्व में अन्तर्हित किसी सर्वव्यापी सत्य की सत्ता नहीं है। दूसरी ओर, वैरागियों के आत्महनन की प्रक्रिया का भी हम समर्थन नहीं कर सकते, क्योंकि वह दुखदायी और अत्यन्त कठोर मार्ग है, साथ ही, सफलता के बदले उससे हमें भयंकर परिणाम भी भोगने पड़ सकते हैं। इनमें से दोनों ही मार्ग एकांगी पाए गए हैं और मानवता किसी ऐसे मार्ग के लिए तड़पती रही है जिसमें समन्वय का गहरा पुट हो, जिसमें भोग और वैराग्य, दोनों के लिए स्थान हो, जिसमें मिट्टी की गन्ध और आकाश की सुरभि का संतुलित योग हो तथा जो सत्य के किले तक खूब प्रशस्त होकर जा सके।

श्री अरविन्द ने मनुष्यता को व्यथित करनेवाली इस युगव्यापिनी पीड़ा का जो निदान और समाधान दिया है, वह बड़ा ही विलक्षण है। वे मानते हैं कि आधुनिक जड़तावादी दृष्टिकोण ने जिज्ञासा से पीड़ित मनुष्य की अनेक शंकाओं का समाधान करके उसके जीवन के निचले स्तर-सम्बन्धी ज्ञान का भंडार यथेष्ट रूप से बढ़ा दिया है। इसी प्रकार, वैरागियों की वृत्ति ने मनुष्य को संसार के मोह से मुक्त होकर अज्ञात की खोज में निकल पड़ने का साहस प्रदान किया एवं आत्मा की सतह की झाँकी लेने में उसकी सहायता की। किन्तु ये दोनों ही मार्ग सीमित और अपूर्ण हैं। सच तो यह है कि आत्मा का स्वतंत्र होकर फैलने का दावा उतना ही उचित है, जितना द्रव्य का यह आग्रह कि वह इस प्रसार का साँचा और आधार बनेगा। आधिभौतिक दृष्टिकोण और वैराग्यसाधना–ये दोनों ही एक ही वास्तविकता के दो विरोधी पहलू हैं। किन्तु सर्वव्यापी सत्य तो वह है जो इन दोनों को अपने में समेटकर भी इन दोनों से बहुत आगे तक जाता है। फिर तो इन दोनों में से किसी का भी उसमें कोई अलग अस्तित्व नहीं रह जाता और वह सत्य अपने ही आलोक में अप्रतिम होकर चमकने लगता है। संक्षेप में, यही वह आधार है जिस पर दिव्य जीवन का महल खड़ा हो सकता है, वह महल जिसमें सत्य, शिव और सुन्दर–तीनों ही अपने-अपने संतुलित भाग को पाकर संतुष्ट होंगे तथा इसी समन्वय के कारण

श्री अरविन्द के पास जड़तावादी एवं वैरागी, दोनों ही प्रकार के लोगों के लिए कुछ देय सन्देश हैं।

इस प्रकार, सर्वव्यापी सत्य वह है जिसके एक छोर पर द्रव्य है और दूसरे छोर पर आत्मा। इस दूरी को श्री अरविन्द ने आठ सोपानों में विभक्त किया है। सबसे निचला सोपान द्रव्य (Matter) है; उसके ऊपर, क्रमानुसार, जीवन (Life), उपचेतन (Psyche), मानस (Mind), अतिमानस (Supermind), आनन्द (Bliss), चेतनाशक्ति (Consciousness-force) और अस्तित्व (Existence) का स्थान है। अस्तित्व का ही नाम सच्चिदानन्द अथवा शुद्ध अस्तित्व है। इस शुद्ध अस्तित्व में ही इच्छा और क्रिया शक्तियों का एकत्र वास है एवं यही आनन्द का चरम बिन्दु है।

महर्षि ने इनमें से प्रत्येक नाम के भीतर एक निश्चित अर्थ रखा है तथा यह बताया है कि मनोविज्ञान के लोक में चेतना इन सब स्तरों पर भ्रमण करती है। दिव्य जीवन-सम्बन्धी उनके दर्शन का यह भाग अत्यन्त दुरूह है और उसकी गुत्थी, कदाचित, गुरुमुख से ही सुलझाई जा सकती है। मनुष्य के अगले विकास का लक्ष्य इसी अतिमानस के स्तर तक पहुँचना है, क्योंकि यही मानस निर्मल ज्ञान के मूल-उत्स के आमने-सामने पड़ता है। यह मानस सामान्य मस्तिष्क एवं बौद्धिक विचिकित्सा के बिन्दु से बहुत ऊपर स्थिर है तथा सामान्य मस्तिष्क एवं अतिमानस के बीच अज्ञानता की जो दीवार खड़ी है, उसे तोड़ने के पश्चात् ही मनुष्य अपने अतिमानस के लोक में प्रवेश पा सकता है।

बुद्धिवादी होते हुए भी श्री अरविन्द सामान्य मस्तिष्क में विश्वास नहीं करते। 'लाइफ डिवाइन' में वे कहते हैं कि 'मस्तिष्क उसका नाम है जो कुछ नहीं जानता है, जो जानने की कोशिश तो करता है, किन्तु असल में कुछ जान नहीं पाता। उसे जो कुछ दिखलाई पड़ता है, वह धूमिल दर्पण में पड़नेवाली धुँधली छाया के समान है। तब भी इस शक्ति का एक उपयोग यह है कि वह सांसारिक व्यवहार के प्रसंग से सार्वभौम सत्य की एक प्रकार की सीमित व्याख्या कर सकती है। किन्तु सार्वभौमिक सत्य का न तो उसे परिचय प्राप्त है और न वह उसका पथ-प्रदर्शन ही कर सकती है।' 'थाट्स एंड ग्लिम्प्सेज' में भी उन्होंने, व्याजान्तर से इसी बात को यह कहके दुहराया है कि 'तर्क सहायक था, किन्तु तर्क ही बाधक भी है।' किन्तु उनका विश्वास है कि सामान्य मस्तिष्क के स्तर पर मनुष्य अब अधिक काल तक टिकनेवाला नहीं है। विकास की अगली लहर पर चढ़कर मनुष्य अज्ञानता के प्राचीर को तोड़ डालेगा और सामान्य मस्तिष्क के स्तर से उछलकर वह अतिमानस के चेतना

स्तर पर पहुँच जाएगा, जहाँ उसे आयासपूर्वक कुछ जानने की आवश्यकता नहीं रह जाएगी, जहाँ वह उस सर्वज्ञता का स्वामी हो जाएगा जो अतिमानस वाले स्तर से निःसृत होती है। उस अवस्था के आते ही संसार से वैषम्य दूर हो जाएगा, द्वैत की भावना विनष्ट हो जाएगी और मनुष्य इस विधि-प्रपंच के वास्तविक रहस्य का ज्ञाता हो जाएगा। यही मनुष्य श्री अरविन्द की कल्पना का अतिमानस होगा जिसके अवतार के लिए उन्होंने चालीस वर्षों तक चिन्तन और समाधि की है।

काव्य-सम्बन्धी विचार

साहित्य के लिए यह अत्यन्त सौभाग्य की बात है कि महर्षि अरविन्द ने अपने सिद्धान्त को केवल दार्शनिक रूप में ही अभिव्यक्त नहीं किया, बल्कि उनका तत्त्व कविताओं में भी उपस्थित किया है। यही नहीं, डॉक्टर कजिंस की 'New ways in English literature' नामक पुस्तक की आलोचना के बहाने 'आर्य' में उन्होंने जो लेखमाला शुरू की, वह बढ़ते-बढ़ते उनके काव्य-सम्बन्धी अनेक विचारों और उद्भावनाओं की अभिव्यक्ति हो गई। इस लेखमाला के बड़े-बड़े पैंतीस अध्याय हैं और, अनुमानतः, रॉयल साइज के तीन-चार सौ पृष्ठों से कम में वह नहीं समा सकती है। इस लेखमाला का शीर्षक 'कविता का भविष्य' नहीं होकर 'भविष्य की कविता' अर्थात् The Future Poetry है। यह लेखमाला एक तरह से अरविन्द की काव्य-सम्बन्धी धारणाओं का संक्षिप्त विश्वकोश है और उसमें अंग्रेजी कविता का इतिहास, कला की व्याख्या, अंग्रेजी के प्रख्यात कवियों की आलोचनाएँ, कविता के भविष्य के सम्बन्ध में विचार, लय और गति, शैली और विषय, काव्यात्मक सत्य का सूर्य, कविता का रूप और उसकी आत्मा, आदि विषयों का अत्यन्त मार्मिक और प्रेरक विवेचन किया गया है। इन निबन्धों की भाषा, उनकी शैली की गम्भीर भंगिमा और उनमें व्यक्त अतलस्पर्शी विचार ऐसे हैं, जिन्हें देखकर सहसा यह निर्णय करना कठिन हो जाता है कि अरविन्द विकास के नेता हैं अथवा साहित्य के। क्योंकि जहाँ तक मेरी पहुँच है, मैंने काव्यालोचना के इससे अधिक प्रकाशमान रूप और कहीं नहीं देखे और जब मैं यह कहता हूँ, तब उस उक्ति के घेरे में उन अनेक आलोचकों के नाम आ जाते हैं, जो प्राचीन अथवा नवीन आलोचनाओं के निर्माता कहे जाते हैं तथा जिनके विचारों के प्रकाश में कविता नई राह पकड़ती आई है और आलोचना के मानदंडों में परिवर्तन होता आया है। बड़े ही खेद

का विषय है कि ये बहुमूल्य निबन्ध अभी तक पुस्तकाकार में प्रकाशित नहीं किये जा सके हैं। तब भी मेरा विश्वास है कि जिस दिन यह ग्रन्थ-रत्न प्रकाशित होगा, उस दिन साहित्य में एक नई जागृति का आरम्भ होगा और उन लोगों को प्रकाश का एक अप्रतिम प्रस्रवण हाथ लग जाएगा जो साहित्य के नये मानदंडों की खोज के लिए पच्छिम के प्रकांड आलोचकों की रचना-वीथि में घूम रहे हैं।

ऊपर जीवन-दर्शन की व्याख्यावाले प्रसंग में यह संकेतित किया जा चुका है कि अरविन्द मनुष्य के व्यक्तित्व में दिव्यता भरने की कल्पना किस विलक्षणता से करते हैं। जब यह दिव्य मनुष्य अवतरित होगा, तब उसके व्यक्तित्व की आभा उसके परिवेष्टन को भी प्रभावित करेगी तथा कला और काव्य भी उसके आलोक में नवीन रूप ग्रहण करेंगे। अतएव, जिस रूप में अरविन्द भावी मनुष्य की कल्पना करते हैं, उसी के अनुरूप कल्पना से उन्होंने भावी काव्य को भी मंडित किया है और जिस प्रकार, अरविन्द की कल्पना के अति मानव की पृष्ठभूमि बहुत दिनों से प्रस्तुत होती आ रही है, उसी प्रकार, उनकी कल्पना की भावी कविता के चिह्न भी विश्व-साहित्य में यत्र-तत्र मिलने लगे हैं।

भावुकता की दूब से उठकर धर्म की डाल पर, और धर्म की डाल से उठकर विचार के शिखर पर कविता ने अब तक, क्रम-क्रम से, तीन नीड़ बसाए हैं; और प्रत्येक नीड़ में बैठकर उसने अपने समकालीन समाज पर अमृत उँडेला है। फिर भी यह मानना पड़ेगा कि ये तीनों ही नीड़ कविता की ऊर्ध्वमुखी यात्रा के तीन सोपान रहे हैं और प्रत्येक सोपान अपने समय में इसलिए बना चूँकि तत्कालीन मानवीय चेतना उसी सोपान पर कविता में निखार पा सकती थी।

बहुत काल से कवियों के सम्बन्ध में यह बात पूछी जाती रही है कि वे कविता रचते समय चैतन्य रहते हैं अथवा कोई अज्ञात शक्ति उनसे मनमाने ढंग पर काम लेती रहती है? कुछ लोगों का कहना है कि प्रतिभासम्पन्न लोगों की पहचान यह है कि वे जो कुछ करते हैं, उसका उन्हें सम्यक् ज्ञान नहीं रहता। कुछ दूसरे लोग कहते हैं कि परिश्रम से कभी भी क्लान्त नहीं होनेवाला मनुष्य ही प्रतिभाशाली है। किन्तु, अगर विश्लेषणपूर्वक देखा जाए तो पता चलेगा कि प्रतिभाशाली व्यक्ति की विशेषता यह होती है कि वह एक ही समय में कई स्तरों पर जागरूक और चैतन्य रहता है। विशेषतः, कवि के सम्बन्ध में तो यह निश्चित रूप से कहा जा सकता है कि वह एक तो, उस स्तर पर

जागरूक है जिससे उसकी प्रेरणा आ रही है और दूसरे, उस स्तर पर भी, जिस पर बैठकर वह उस प्रेरणा को लिपिबद्ध करता है। साहित्य में पूर्ण सफलता के लिए इन दोनों ही स्तरों पर जाग्रत रहना अनिवार्य है; क्योंकि प्रेरणा की धारा का कलकल सुने बिना हम कुछ लिख नहीं सकते और अगर उस ध्वनि को अंकित करनेवाला हमारा यंत्र कुछ कम जागरूक अथवा अचैतन्य हो तो, स्पष्ट ही, हमारा अंकण असमर्थ होगा। कवि-कर्म की इसी कठिनाई को ध्यान में रखते हुए सुधी आलोचक श्री नलिनीकान्त गुप्त ने कहा है कि श्रेष्ठ कलाकार जागरूक और अजागरूक में से कुछ भी नहीं होकर एक शब्द में 'अतिजागरूक' होता है। किन्तु ऊपर के स्तर का यह जागरण जाग्रत, स्वप्न, सुषुप्ति और तुरीय–चारों अवस्थाओं में कायम रह सकता है। जो समाधि योगी की होती है, उसी प्रकार की समाधि कवि की भी होती है। क्योंकि रहस्यवादी कवि जिस मुद्रा में जाकर अगोचर को छूने का प्रयास करता है, वह बहुत कुछ वही मुद्रा है जिस मुद्रा में देर तक रहकर योगी चराचर और चेतन-अचेतन, सभी जीवों और वस्तुओं के भीतर निहित चेतना के साथ एकता का अनुभव करता है। काव्य की सफलता के लिए यह आवश्यक है कि कवि ऊपर के स्तर पर प्रेरणा की कलकल ध्वनि से अत्यन्त एकाग्र होकर अपना कान लगाए रहे और निचले स्तर पर पूरी तटस्थता और ईमानदारी के साथ उस ध्वनि को सुयोग्य शब्दों में लिपिबद्ध करता जाए। यह कवि और कारीगर के अपने-अपने स्तर पर पूर्ण रूप से जागरूक रहने का सवाल है। मगर, इसमें बाधाएँ आ सकती हैं। कभी तो ऐसा होता है कि प्रेरणा के तूफान में कवि खुद पत्तों-सा उड़ने लगता है और उसकी कारीगरी ढीली पड़ जाती है तथा कभी कारीगर ही अपने रंगों पर इतना आसक्त हो जाता है कि कवि की समाधि में शिथिलता आ जाती है। वस्तुतः, सच्चा कवि कोई योगी ही हो सकता है, जो दोनों धरातलों पर जागरूक एवं साथ ही तटस्थ रह सके। प्राचीन काव्य से जो शिक्षा मिलती है और मानवीय चेतना का जैसा विकास हो रहा है, उसे देखते हुए यह उचित दीखता है कि अभिनव कवि योगी की वृत्ति को अपनाए और दो धरातलों पर समान रूप से चैतन्य रहकर अपनी सामग्री और यंत्र, दोनों पर नियंत्रण रखे; अपने पूर्वजों के समान काव्य-प्रेरणा की उद्दाम लहर में नहीं बहकर क्षण-क्षण यह ध्यान रखे कि जो कुछ वह लिख रहा है, वह ठीक वहीं चीज है या नहीं, जो उसकी प्रेरणा से आ रही है।

जिसे मैंने भावुकता का सोपान कहा है, वह अरविन्द के अनुसार, कविता का आदि-सोपान था, जबकि मनुष्य ने ज्ञान का मजा नहीं चखा था; जबकि

कविगण यह नहीं जानते थे कि वे क्यों और कैसे लिखते हैं; जबकि वे सिर्फ वायु के स्पर्श का अनुभव करते थे, उसके उद्‌गम का उन्हें पता नहीं था। यह विश्वकाव्य के उस भाग का जिक्र है जो क्लासिक के पहले रचा गया था। क्लासिक का काल तब आया, जब मनुष्य इस कोरी भावुकता से आगे बढ़ा और संकल्प के द्वारा उसने केवल स्थूल वस्तु ही नहीं, सूक्ष्म मन को भी प्रभावित करना आरम्भ किया। इसी काल में धर्म काव्य का आधार हुआ और कविता उन अगणित सिद्धान्तों, आख्यायिकाओं और कथाओं का आश्रय लेकर आगे बढ़ी जो धर्म के किसी-न-किसी रूप की अभिव्यक्ति करती थीं। क्लासिक के बाद जो काल आया, उसमें कविता के मेरुदंड भी विचार और विज्ञान बन गए। यही हमारा आधुनिक काल है और जिस प्रकार, मानस के स्तर पर ठहरा हुआ मनुष्य अतिमानस में प्रवेश पाकर दिव्य बननेवाला है, उसी प्रकार, उसकी कविता भी विचार से ऊपर उठकर सहजानुभूति की प्रचुरता का उपयोग करके दिव्य और सूक्ष्म रूप धारण करनेवाली है।

यदि आदिकाल का कवि केवल भावुक एवं क्लासिक युग का कवि संकल्प और ईषत् आत्म-चेतना से युक्त था, तो आज का कवि आत्म-चेतना के आधिक्य से पीड़ित है। उसकी बौद्धिकता इतनी बढ़ी हुई है कि वह दो स्तरों पर जागरूक रहकर केवल रचना ही करना नहीं चाहता, बल्कि रचना करते समय वह उसके दोष और गुण एवं समाज पर होनेवाली उसकी प्रतिक्रिया और प्रभाव का भी मूल्य आँकता जाता है। आज के युग में आदिकालीन, अचेतन कलाकार की कल्पना भी नहीं की जा सकती। आज कलाकार भी वैज्ञानिक हो रहा है। वह जब कोई रचना करता है, तब वह सिर्फ यही नहीं सोचता कि वह क्या रच रहा है, बल्कि उसकी दृष्टि इस बात पर भी रहती है कि वह रचना किस प्रकार से की जा रही है। स्पष्ट ही, इस परिवर्तन के कारण रचना की स्वाभाविकता में कमी आई है, उद्‌गारों की वह गरिमा क्षीण हो रही है जो पहले थी; किन्तु, इस बात को कोई रोक नहीं सकता। यह बौद्धिक युग का अनिवार्य धर्म है। हाँ, इसका समाधान खोजा जा सकता है और इस समाधान का स्पष्ट आभास हमें महर्षि अरविन्द के 'भावी कविता' नामक निबन्ध में मिलता है।

'भावी कविता' नामक निबन्धमाला में 'काव्यात्मक सत्य का सूर्य' शीर्षक अध्याय के अन्तर्गत महर्षि ने इस प्रश्न पर विचार किया है कि कविता की आत्मा से हम किस प्रकार के सत्य की अपेक्षा रखते हैं। सत्य के सम्बन्ध में हमारी धारणाएँ इतनी विभिन्न हैं कि इस शब्द का कोई निश्चित अर्थ करना अत्यन्त कठिन है। फिर अनन्त काल से यह प्रवाद भी चला आ रहा है कि कवि

सत्य नहीं, सौन्दर्य का पुजारी होता है; वह कल्पना का प्रेमी होता है, जो कल्पना सत्य की ही उड्डीयमती दासी और सरस्वती की ज्योतिर्मयी दूतिका है। किन्तु तब भी यह तो नहीं ही कहा जा सकता कि कला प्रकृति की अनुकृति मात्र है। असल में, कला में जो प्रेषणीयता होती है, उसके सहारे कवि उस सत्य का हमें दर्शन कराता है, जो वस्तुओं के बाह्य रूप के भीतर प्रच्छन्न है। इसके ठीक विपरीत यह सिद्धान्त है जिसके आधार पर यह कहा जाता है कि जीवन की ठोस वास्तविकता ही कविता की सामग्री है। जीवन के प्रति पूरी वफादारी निभाने के लिए यह आवश्यक है कि कवि कविता में लय का ऐसा प्रवाह भरे, जो जीवन की वास्तविक मुद्राओं की सच्ची प्रतिध्वनि का प्रतिरूप हो; जीवन की पदचाप जिस रूप में ध्वनित होती है, कविता की लय को उसका पूरा जवाब होना चाहिए। ऐसी कविताओं में सौन्दर्य नहीं, शक्ति प्रधान होती है। ऐसी कविताएँ जीवन का चित्रण ही नहीं करतीं, बल्कि उसके प्रति हमारे हृदय के आवेगों को भी तीव्र कर देती हैं। और तब वह तर्कजनित धारणा आती है जिसके अधीन हम तर्कसम्मत किसी खास कल्पना अथवा रुचि के सत्य को कविता की सामग्री मान लेते हैं। इस धारणा के कितने ही पहलू हैं, जिन्हें हम कविता और दर्शन, कविता और जीवन, कविता और जीवन की आलोचना, आदि विभिन्न सम्बन्धों के नाम से अभिव्यक्त करते हैं।

किन्तु महर्षि कहते हैं कि इनमें से किसी भी सत्य के साथ कविता का कोई लगाव नहीं है। अपने अन्तिम विश्लेषण में, सत्य एक अनन्त शक्ति के रूप में सामने आता है। कल्पना का सत्य से कोई विरोध नहीं हो सकता; क्योंकि वह तो सत्य की ही एक रंगीन झलक-भर है। कविता, असल में, वही सफल होती है जो सत्य की इस अनन्तता की झाँकी हमें सौन्दर्य में लपेटकर दिखला सके। कविता का सत्य दर्शन, विज्ञान अथवा धर्म का सत्य नहीं है। कवि जब अपने धार्मिक अथवा किसी प्रकार के विश्वास के लिए छन्दों में दलीलें गूँथने लगता है, तभी वह काव्य के अत्यन्त आवश्यक नियम को भंग करने का अपराधी हो जाता है। कविता स्वयं एक स्वतंत्र धर्म और विश्वास है तथा कवि जब महासरस्वती के सम्मुख उपस्थित होता है, तब उसे अपनी अन्य सारी मानसिक पोशाकों को उतार देना चाहिए। और तब भी यह सत्य है कि दार्शनिक, धार्मिक और वैज्ञानिक की तरह कवि भी उसी वस्तु के सार को कविता के माध्यम से अभिव्यक्त कर सकता है, जिसे दार्शनिक और वैज्ञानिक अभिव्यक्त करते हैं, बशर्ते कि उसमें दार्शनिक, वैज्ञानिक एवं धार्मिक सत्यों को काव्य के सत्य में परिणत करने की क्षमता विद्यमान हो। काव्यात्मक सत्य को

अन्य सत्यों से बिलकुल विभक्त करके देखनेवाली इस दृष्टि को महर्षि ने अत्यन्त प्रमुखता दी है, और यह उचित भी है; क्योंकि, यद्यपि, इस विभिन्नता के औचित्य को सब लोग स्वीकार करते हैं, किन्तु उसका पालन अब तक विरले ही लोगों ने किया है। आज की आलोचनाओं में इस विभिन्नता पर खूब जोर देने की आवश्यकता है; क्योंकि आगामी युगों की कविता दर्शन, धर्म और विज्ञान को मथे बिना अपना लक्ष्य सिद्ध नहीं कर पाएगी तथा इस मन्थन के बावजूद उसे इन सबसे भिन्न अपनी अलग दृष्टि का विकास करना होगा और वस्तुओं के भीतर पैठकर मूल रहस्य को बेधनेवाली अपनी पतली निगाह को और भी तेज बनाना होगा। दार्शनिक शुष्क तर्कों के सूखे प्रकाश में काम करता है और सत्य के भीतर प्रच्छन्न बौद्धिक सामग्रियों का विश्लेषण उसका प्रधान कर्म है। वैज्ञानिक भी बौद्धिक तर्कों के सहारे चलता है तथा अपने गणित की नोक से परदों को फाड़कर वह अपनी पैनी दृष्टि से तिमिराच्छन्न सत्य को ऊपर ले आता है। किन्तु कवि का मन गतिमान जीवन की पूर्णता का उसकी लय में दर्शन करता है; वह वस्तुओं के चमत्कारी यंत्र का नहीं, उनमें छिपी हुई आत्मा का ग्राहक है।

> It sees at once in a flood of coloured light, in a moved experience, in an ecstasy of the coming of the word, in splendours of forms, in a spontaneous leaping out of inspired idea upon idea.

कविता का उद्देश्य किसी भी प्रकार के सत्य की शिक्षा देना नहीं है; सच पूछिए तो शिक्षा देने का कोई भी कार्य कविता नहीं करती; ज्ञान की साधना, धर्म की सेवा अथवा बड़े-से-बड़े नैतिक उद्देश्य की आराधना में से कोई भी क्रिया कविता का उद्देश्य नहीं है। कवि का काम केवल शब्दों में सौन्दर्य को गूँथकर निर्मल आनन्द की सृष्टि करना है। कविता हमें प्रेरणाभरी दृष्टि देती है; वह गतिमान जीवन का हमें स्पर्श कराती है और अन्त में वह इस स्पर्श के द्वारा हममें कम्पन और उल्लास भरती है, किन्तु, यह कम्पन और उल्लास केवल रोम-कूपों में ही नहीं, हमारी आत्मा के गुह्यतम स्तर पर होना चाहिए।

अंग्रेजी-कविता के ठीक पिछले युग पर दृष्टिपात करते हुए श्री अरविन्द ने कहा है कि कविता का यह युग बौद्धिकता के अतिसेवन का काल था। 19वीं शताब्दी के मध्य के अंग्रेजी-कवि विचारों के कवि थे तथा उनकी प्रेरणा समस्याओं पर चिन्तन करने से आती थी। इंग्लैंड और अमेरिका के तत्कालीन महाकवियों ने बड़ी ही आवेशमयी भाषा में जीवन की आलोचना की है; दर्शन की व्याख्या और नैतिक विश्लेषण के द्वारा उन्होंने मनुष्य को बड़े-बड़े उपदेश दिये हैं और इसमें कोई सन्देह नहीं कि उनकी रचनाएँ बड़ी ही सुन्दर एवं

सुसंस्कृत उतरी हैं। ऐसा लगता है, मानो, ठोस जीवन को छोड़कर उनके सामने कोई और विषय ही नहीं था। किन्तु, यह सब होते हुए भी वे जीवन के सफल प्रतिनिधि नहीं बन सके और न उच्च काव्यात्मकता के साथ वे जीवन की आलोचना ही कर सके; उनमें वस्तुओं की तह में पैठकर देखनेवाली दिव्य दृष्टि नहीं मिलती; ऐसा भासित नहीं होता है कि वे सत्य के किसी गम्भीर एवं महान दृश्य से आन्दोलित होकर ऊपर उठ सके हैं। इन कवियों की कविताओं का वातावरण बोझिल दीखता है और ऐसा लगता है, मानो, कोई अधिक शक्तिशालिनी रचनात्मक प्रवृत्ति उसके भीतर से जन्म लेने की चेष्टा में बेचैन हो! आगे जो कवि आए, उन्हें जीवन का कुछ अधिक सामीप्य प्राप्त था, किन्तु उन्हें भी इस वातावरण के भार के नीचे ही काम करना पड़ा और उनकी साँसों में भी जगह-जगह पर अप्रिय गाँठें नजर आती हैं। यह कविता विकास का गतिरोध है जिसके निराकरण की व्यवस्था अवश्य की जानी चाहिए। मानवीय आत्मा की पुकार है कि नई जमीन पर जो नया जमाना उतर रहा है, उसमें, केवल कविता में ही नहीं, बल्कि, विचार और आत्मा में भी तर्क और आलोचनात्मक बुद्धि के अत्याचार में कमी की जानी चाहिए। इस अत्याचार को हटाये बिना हम जीवन की शक्ति और जिन्दगी की वफादारी के पास फिर से लौट नहीं सकेंगे।

'विजन' अथवा अदृश्य को देखने की क्षमता कवि की मुख्य-शक्ति है। प्राचीन काल में कवि का अर्थ ही द्रष्टा एवं सत्य को प्रत्यक्ष करके दिखलानेवाला समझा जाता था। कवि हमारे भीतर एक आन्तरिक लोचन का उद्घाटन करता है। किन्तु इसके लिए यह आवश्यक है कि उसकी अपनी आन्तरिक दृष्टि भली भाँति पुष्ट और विशाल हो। बड़े-से-बड़े कवियों में पारस्परिक भेद चाहे जो भी रहे हों, किन्तु एक बात में वे सब समान थे कि उनमें से प्रत्येक में किसी-न-किसी मात्रा में सहज ज्ञान (Intuition) के बल पर उस दृश्य को देखने की क्षमता विद्यमान थी जो न तो चर्मचक्षुओं से देखा जा सकता है और न जिसकी तर्क की भाषा में व्याख्या ही की जा सकती है। किन्तु आज के युग में काव्य में विचारशीलता का मूल्य अत्यधिक वृद्धि पर है। हम जिस युग में जी रहे हैं, वह बौद्धिकता से पीड़ित युग है। उसकी प्रजाएँ जीवन और विश्व को लेकर अनेक विचारों में उलझी हुई हैं और यह भी सच है कि इस उलझन से मनुष्य जो संघर्ष कर रहा है, उसे परिणामस्वरूप उसकी बुद्धि का भंडार दिनोंदिन विशाल होता जा रहा है। यह इस बौद्धिकता का ही प्रभाव है कि हम अपने कवियों से भी यही अपेक्षा रखने लगे हैं कि उनके पास

हमारी जिज्ञासा-पीड़ित बुद्धि के लिए कोई सन्देश है या नहीं। यही कारण है कि आलोचनाओं में 'कवि का दर्शन' जैसी चर्चा दिन-प्रतिदिन बढ़ती जा रही है। यह ठीक है कि एक अर्थ में कवि भी द्रष्टा और दार्शनिक होता है। किन्तु, यह आवश्यक नहीं कि उसका दर्शन बौद्धिक हो अथवा उसके पास मानवता के लिए कोई बुद्धिगम्य सन्देश हो।

सन्देश या उपदेश देने की प्रवृत्ति संसार में नई नहीं है। और पिछले युगों में तो सत्काव्य एवं उपदेशवृत्ति के बीच का भेद लोगों पर भली भाँति प्रकट भी नहीं हुआ था। परिणाम यह हुआ कि अत्यन्त शक्तिशाली कवियों ने भी कभी-कभी दर्शन की सरणी को संगीत में बाँधना शुरू किया; यही नहीं, बल्कि, हेसोड और वर्जिल जैसे महाकवियों ने भी कृषि के नियमों को पद्यों में लिखने में कोई हिचकिचाहट नहीं दिखलाई। लेकिन, इसका जो नतीजा निकला, वह बाद की पीढ़ियों के लिए एक चेतावनी है। शायद, भारत ही एक ऐसा देश है, जहाँ ऐसे प्रयास, गीता और उपनिषद् के रूप में एक-दो बार सफल हो सके। किन्तु इसे तो हम एक प्रकार के घुणाक्षर न्याय का ही परिणाम कहेंगे, अन्यथा विचारों और उपदेशों के लिए कविता का उपयोग करना एक भयंकर प्रयोग है। उपदेश की प्रवृत्ति बाद के साहित्य में भी बढ़ी है और आज भी वह न्यून नहीं हो पाई है। सच पूछिए तो आर्नाल्ड ने कविता को जो जीवन की व्याख्या कहा, श्री अरविन्द के अनुसार, कविता की उससे अधिक भयानक परिभाषा हो नहीं सकती। काव्य में बौद्धिक पीड़ा के और भी कितने ही लक्षण वर्तमान हैं, जिन्हें हम लोग भली भाँति देख रहे हैं। इसलिए इस बात पर बार-बार जोर देना आवश्यक है कि कविता की अपनी शक्ति का निवास उसकी अदृश्य को दृश्य बनानेवाली क्षमता में है, बुद्धि के कौशल अथवा प्राचुर्य में नहीं। कविता की खैरियत इसी में है कि वह विजन (Vision) पर अड़ी रहे। कविता के भाव, आवेग और विचार तथा उसके चित्रण और निर्माण की समस्त प्रक्रिया को कल्पना के भीतर से उठना चाहिए अथवा यदि उसका आरम्भ बाहर होता हो तब भी उसकी परिणति कल्पना में ही की जानी चाहिए। कवि को बहुत-से उपदेश दिये जाते हैं और इन उपदेशों से, अक्सर, उसकी उलझन ही बढ़ती है। किन्तु, तब भी एक बात है जिससे कवि को कभी भी विचलित नहीं होना है और वह यह कि उसे इसका व्रत ले लेना चाहिए कि वह उन शब्दों के परे पहुँचेगा, जो उसकी कविता में आते हैं। वह उन चित्रों का अतिक्रमण करेगा, जो उसकी उक्ति को सजीव बनाते हैं। वस्तु के जिस रूप की झाँकी वह अपनी कविता में अंकित करता है, वह रूप कवि

के लिए सीमा या बन्धन का निर्माण नहीं करे, प्रत्युत कवि को अपनी दृष्टि बराबर उस रूप के परे रखनी चाहिए।

किन्तु जीवन का हर एक पहलू युग के अनुसार बदला करता है तथा ऊपर जिस 'विजन' या कल्पना की चर्चा की गई है, वह भी युग के अनुरूप ही रूप ग्रहण करती है। आदियुगीन मानव की दृष्टि आधिभौतिक दृश्यों पर थी, उसकी दिलचस्पी उसी दुनिया से थी जो उसके आसपास फैली हुई थी एवं जीवन की जो स्पष्ट कथा थी, मनुष्यों में जो प्राथमिक आवेग और विचार थे, उन्हीं में उसे रस भी मिलता था। बाद को चलकर, वह अपनी भावनाओं को बौद्धिक रूप देने लगा, किन्तु उसके विषयों का स्तर वही रहा, जो पहले था। गोचरमन के भीतर से कल्पना को अपील करनेवाली सबल कविता और बुद्धि के समीप जीवन की व्याख्या करनेवाले अनेक सुन्दर काव्य इन्हीं युगों की रचनाएँ हैं। इससे ऊँचा स्तर तब आता है, जब मनुष्य जीवन के पीछे काम करनेवाली प्रच्छन्न शक्तियों का परिचय कुछ अधिक सामीप्य के साथ पाने लगता है। सभी मनुष्यों की तरह कवि का चर्मचक्षु भी इन रहस्यों को देख नहीं पाता। किन्तु सहज ज्ञान के सहारे वह उसका जिस रूप में अनुभव करता है, उसे संकेत की भाषा में वह इस ढंग से व्यक्त करता है, मानो यह दृश्यजगत किसी बड़े विश्व का खंड हो! मानो हम छोटे-छोटे मनुष्य किसी महान वास्तविकता के अंश हों! इससे भी कहीं ऊँचा स्तर वह है जहाँ वस्तुओं के भीतर छिपी हुई रूह मनुष्य के पास चली आती है तथा इस दृश्यजगत के परे वाला विश्व उसकी आँखों के सामने निरावृत होने लगता है। किन्तु कविता के भीतर बसनेवाली सारी शक्तियाँ तो उस दिन उन्मुक्त होंगी जब समग्र आध्यात्मिक जगत ही कवि के अधिकार में होगा और वह उस युग और जाति का प्रतिनिधि होकर गाएगा, जो युग विराट के रहस्योद्घाटन के किनारे पर खड़ा होगा।

शब्द और लय में आवेश की तीव्रता भरने से ही कवि के कर्तव्य की इतिश्री नहीं हो जाती, उनमें उसे अपनी कल्पना की सजीवता और सघनता को भी स्थान देना चाहिए। किन्तु, इसके लिए यही काफी नहीं है कि कोई कवि असाधारण रूप से दिव्य दृष्टिवाला हो, प्रत्युत काव्य की इस सफलता का जिम्मा युग और जाति के मानसिक विकास पर भी है। इस कोटि की कविता उसी परिमाण अथवा अनुपात में लिखी जाएगी, जिस अनुपात में समाज के विचार और अनुभूति का विकास होगा; जिस अनुपात में समाज में संकेतों और प्रतीकों की संख्या एवं अर्थगर्भता की वृद्धि होगी तथा जिस

अनुपात में समाज के हृदय में आध्यात्मिक अनुभूतियों की पूँजी एकत्र होगी। केवल सामाजिक ही नहीं, आध्यात्मिक कवि भी अपने ही समय की उपज होता है।

जीवन जिस अविश्लिष्ट लय की लपेट में चल रहा है, कविता उसी लय की श्रव्य स्वरलहरी है; वह जीवन के भीतर प्रच्छन्न संगीत का बाहरी नाद है; किन्तु सदैव स्मरण रखना चाहिए कि यह नाद जीवन के अन्तराल से आता है, उसकी ऊपरी सतह से नहीं। कवि जब अपने-आपके अत्यन्त समीप होता है, तब निश्चित रूप से वह दृश्य को छोड़कर अदृश्य में उतर जाता है और यहीं से वह जो कुछ बोलता है, वह सार्वभौम सत्य का गुंजार बन जाता है। मनुष्य-जाति अपनी यात्रा सदैव सतह पर शुरू करती है और वह बराबर वस्तुओं की तह को अपना निशाना बनाये उनके भीतर धँसती जाती है और इसी क्रम से मनुष्यता आध्यात्मिक जीवन की ऊँचाई की ओर बढ़ती रहती है।

अरविन्द के मतानुसार कविता में वस्तुवाद अथवा जीवन के स्पष्ट और सीधे चित्रण की माँग करना अत्यन्त अनुचित कार्य है। वे कविता को इस योग्य नहीं मानते। उनका विश्वास है कि मानव-मस्तिष्क की कोई भी बड़ी शक्ति इस कार्य को सम्पन्न करके अपने-आपसे प्रसन्न नहीं हो सकती। विशेषतः आगामी युग की कविता तो वस्तुओं के बाह्याकार तक रुकनेवाली ही नहीं है; और वह इसलिए कि बाहर जो कुछ दीखता है, वही जीवन की सम्पूर्णता का प्रतिमान नहीं है। यह सच है कि प्राचीन काव्य में भी वस्तु के भीतर निहित अज्ञात रहस्यों की व्याख्या की गई है, किन्तु इस व्याख्या के साधन, प्रधानतः कथा-कहानी और कृत्रिम प्रतीक रहे हैं। किन्तु अब दिव्य सत्यों की बड़ी-से-बड़ी गहराइयाँ भी मानव मन के सामने निरावृत्त होनेवाली हैं। अतएव कविता में कथा-कहानी के प्रतीकों का महत्त्व दिनोंदिन कम होता जाएगा और जिस विश्व के सम्बन्ध में पहले संकेत किये जाते थे, उसका अब आँखोंदेखा वर्णन काव्य में उपस्थित करना होगा। महर्षि कहते हैं कि सभी जीवन, असल में, एक है और एक नया मानव-मन इस एकता की अनुभूति के लिए आगे बढ़ रहा है। हमारे वैयक्तिक अस्तित्व, सारी प्रकृति, समग्र सृष्टि और स्वयं परमात्मा के बीच जो एकत्व का सूत्र परिव्याप्त है, उस सूत्र की अनुभूति ही अगले युग की वास्तविक अनुभूति होगी और जो कविता इस एकत्व को ध्वनित करेगी, वह हमारे पार्थिव जीवन की वास्तविकता को न्यून करने के बदले उसे कुछ और प्रखर ही बनाएगी। उस कविता के द्वारा आनन्द और भी समृद्ध होगा, जीवन की व्यापकता और भी

वृद्धि और प्रसार पाएगी तथा मनुष्य का व्यक्तित्व और भी प्राणपूर्ण एवं गतिमान हो जाएगा।

> The future poetry will be the voice and rhythmic utterance of our greater, our total, our infinite existence and will give us the strong and infinite sense, the spiritual and vital joy, the exalting power of a greater breath of life.

कविता को श्री अरविन्द मनोवैज्ञानिक प्रक्रिया मानते हैं तथा उनका विचार है कि काव्य के विकास अथवा उसकी प्रगति का मूल्य आँकने में यह जिज्ञासा प्रधान नहीं है कि उसकी टेक्निक किस रूप में बदल रही है, बल्कि यह कि उसके भीतर किस धरातल की चेतना अपना बिम्ब फेंक रही है। मनुष्य का मानसिक धरातल, उसके मन की दिशा, उसकी आत्मा की जागृति– ये ही चीजें प्रधान हैं; क्योंकि इन्हीं की अभिव्यक्ति के लिए भाषा, छन्द और शैलियाँ अभिनव रूप धारण करती हैं। इसलिए, यह आवश्यक है कि कविता मानवात्मा के उत्तरोत्तर होनेवाले विकास का साथ दे और चित्रण की सामग्रियों के मोह में पड़कर वह आत्मा की सहज अभिव्यक्ति के मार्ग में कोई रुकावट नहीं डाले।

श्री अरविन्द मानते हैं कि भावी कविता कल्पना और पांडित्य से नहीं, प्रत्युत् सीधे सुसंस्कृत कवि की आत्मा से जन्म लेगी। ह्विटमैन, कारपेंटर, ए.ई. और रवीन्द्र की कविताओं में अभिव्यक्ति की जो वेदना है, वह इसी आगामी कविता की जन्म-पीड़ा की सूचना देती है।* कविता की प्रगति का इतिहास, वस्तुतः, मनुष्य के सांस्कृतिक मानस के विकास का इतिहास है। बहुत नीचे से बढ़ता-बढ़ता मनुष्य का यह मस्तिष्क अब बौद्धिक स्तर तक पहुँच गया है। प्रश्न यह है कि इस प्रगति के क्रम में मानव-मन और आगे बढ़ेगा अथवा वह मनोविज्ञान की किसी अदृष्ट झुरमुट की ओर भटककर कहीं खो जाएगा। श्री अरविन्द के मतानुसार मनुष्य का अगला कदम आध्यात्मिकता की ओर होना चाहिए; क्योंकि बुद्धि के ठीक आगे वाला स्तर अतिमानस और आध्यात्मिकता का ही स्तर है। जिस धार्मिक युग को हम पीछे छोड़ आए हैं, उसे श्री अरविन्द निचले स्तर की चीज मानते हैं और उनका कहना है कि वह धार्मिकता आगामी आध्यात्मिकता का पर्याय नहीं होगी। असल में, वह

---

* श्री अरविन्द ने इलियट और एजरा पौंड की रचनाओं का विश्लेषण नहीं किया है तथा आलोचना के सिलसिले में वे उन कवियों का उल्लेख अधिक करते रहे हैं जो रोमांटिक मनोदशा से पीड़ित थे। श्री अरविन्द की अपनी रचनाओं में भी रोमांटिक भावुकता का दोष बहुत है।

धार्मिकता बौद्धिक जिज्ञासाओं और अनुसंधानों के नीचे ध्वस्त हो चुकी है। आगे की आध्यात्मिकता उसकी अपेक्षा सर्वथा भिन्न, नवीन और सूक्ष्म वस्तु होगी। प्रायः, वह उस बौद्धिकता से ही नवनीत के रूप में निकलेगी, जिसके प्रकाश में मानवता अब तक चलती रही है तथा जिसके भार के नीचे वह अब कुछ छटपटाने भी लगी है। अगर मनुष्य ने अपने सामने के आध्यात्मिक लक्ष्य को स्वीकार नहीं किया तो वह बौद्धिकता के चरखे से निकलनेवाले सूत के आवर्तों में पड़कर रह जाएगा; क्योंकि इस सूत्र का अब कोई और अगला छोर नहीं है; अथवा यह भी हो सकता है कि सभ्यता पीछे की ओर खिसककर बुद्धि के उस गर्त में गिर जाए, जिसे हम बौद्धिक बर्बरता की खाई कह सकते हैं।

बौद्धिकता के स्तर से निकलकर आध्यात्मिकता के शिखर तक पहुँचने में कविता मनुष्य की असीम सहायता कर सकती है, श्री अरविन्द का यह विश्वास उनके सभी निबन्धों से सहज ही फूटा पड़ता है। किन्तु इस कविता को अत्यन्त सूक्ष्म और बेधक रूप लेना पड़ेगा। वह बहुत कुछ मंत्रों के समान सुगठित और ज्योतिपूर्ण होगी। उन्होंने एक स्थान पर यह कहा भी है कि काव्यात्मक विचार और अभिव्यक्ति के सर्वोच्च एवं सर्वाधिक सघन (Intense) माध्यम मंत्र ही हैं। मंत्रों की रचना वह करता है जिसके देखने का अर्थ प्रच्छन्न भेदों का देखना, जिसके सोचने का तात्पर्य अदृश्य और अगोचर का साक्षात्कार एवं जिसकी अनुभूति का अभिप्राय आत्मा, परमात्मा, मनुष्य, प्रकृति, विचार, अनुभूति और कार्य के बीच एकत्व की अनुभूति होती है। देखने और सुनने में भेद नहीं है; सार्वभौम सत्य की अनुभूति में एक इन्द्रिय जाग्रत और अन्य इन्द्रियाँ सुप्त नहीं रहतीं। सार्वभौम सत्य की अनुभूति एक साथ सभी इन्द्रियों से की जाती है। कानों के लिए जो लय है, आँखों के लिए वही रूप बन जाता है। इसीलिए मंत्रों के द्वारा हमारा मन जिस रूप का दर्शन करता है, वही रूप संगीत बनकर हमारी सम्पूर्ण आत्मा में व्याप्त हो जाता है। किन्तु कविता मंत्र-पद को तभी प्राप्त करती है, जब वह अत्यन्त निगूढ़ सत्य के अन्तराल से प्रकट होती है और उस सत्य के भीतर संगीतमयता की जो अपार शक्ति है, उससे भली भाँति संवलित होती है।

श्री अरविन्द की दृष्टि में भावी कविता का अत्यन्त परिष्कृत रूप मंत्र ही होगा। किन्तु, वे यह नहीं मानते कि इस प्रकार की कविता दूर से आनेवाली अस्फुट तान के समान अस्पष्ट अथवा नीचे से बहुत ऊँचाई पर दीखनेवाली ज्योति के समान धूमिल होगी। इसके विपरीत, उनका कहना है कि यह कविता दूरस्थ को भी समीप लाकर दिखलाएगी, अतीत में जो कुछ कहा जा

चुका है, उसे भी अपूर्व सौन्दर्य और चमत्कार से कहेगी तथा क्षणिक और शाश्वत का भेद नहीं मानकर वह सभी प्रकार के विषयों को एक नई विभा में नहलाकर मनुष्य के जीवन को समृद्ध करेगी। उड़कर वह बहुत ऊँचा भी जाएगी। किन्तु, मिट्टी का वह तनिक भी अनादर नहीं करेगी। वह पृथ्वी को अपना वासस्थान मानते हुए भी उन अनेक अन्य वास्तविकताओं को भी अपना विषय बनाएगी जो मनुष्य के जीवन और व्यक्तित्व पर प्रभाव डालनेवाली हैं। संक्षेप में, सांत और अनन्त, विश्व के दोनों ही रूप उसके साम्राज्य के अन्तर्गत होंगे।

काव्य-कृतियाँ

सामान्य मानसिक स्तर से मनुष्य का अतिमानस की भूमि पर सम्भावित प्रवेश श्री अरविन्द के दर्शन का निचोड़ मालूम होता है। और इसी के अनुरूप वे भावी कविता की भी अतिमानस के क्षरण के रूप में ही कल्पना करते हैं। सम्भवतः, अपनी साधनाओं के द्वारा वे उस धरातल पर पहुँचकर विराजमान हो चुके थे जो मानव-जाति का अगला निर्दिष्ट स्थान है और उस स्तर से उन्होंने काव्य की जो किरणें फेंकी हैं, वे सचमुच ही, अद्‍भुत और महान हैं तथा यद्यपि उस काव्य का सम्पूर्ण अर्थ सब पर नहीं खुलता, तथापि उनमें अभिव्यक्ति के लिए जो बेचैनी और उनके कथन की भंगी में जो चमत्कार है, वही उस बात का प्रमाण बन जाता है कि श्री अरविन्द किसी ऐसी अनुभूति को रूप देना चाहते हैं जो अब तक अछूती और अव्यक्त रही है।

श्री अरविन्द की कविताएँ उस अर्थ में धार्मिक नहीं हैं जिस अर्थ में हम धार्मिक कविताओं को पहचानने के आदी रहे हैं। ये कविताएँ दार्शनिक भी नहीं कही जा सकतीं; क्योंकि श्री अरविन्द भी अन्य कितने ही सुधी आलोचकों के समान दर्शन को काव्य का पर्याय नहीं मानते। वे सामान्य अर्थ में बौद्धिक भी नहीं हैं; क्योंकि उनके भीतर ऐसे अनेक सम्बन्धों की ओर निर्देश है जिन्हें सामान्य बुद्धि ग्रहण नहीं कर सकती। और सबसे विस्मय की बात तो यह है कि इन कविताओं को हम रहस्यवाद की कोटि में भी नहीं रख सकते; क्योंकि रहस्यवादी कवियों में मस्ती, अक्खड़पन और सांकेतिकता चाहे जितनी भी मिले, उनकी वाणी किसी अधूरी अनुभूति का उद्‍घोष मालूम होती है। उनकी कविताओं को पढ़कर मन पर कुछ ऐसा प्रभाव पड़ता है, जैसे वे जो कुछ देखते हैं, उसे भली भाँति समझ नहीं पाते; जैसे उनके विजन (Vision) की झाँकी खुद

उनके लिए भी धुँधली रह गई हो! जैसे वे जो कुछ कहना चाहते हैं, उसके उपयुक्त भाषा का उनके पास अभाव हो! इसके विपरीत, श्री अरविन्द की वाणी के पीछे विश्वास की प्रबलता के दर्शन होते हैं। अपनी आध्यात्मिक अनुभूतियों का चित्र उपस्थित करने का उनका ढंग सर्वथा विलक्षण और नवीन है। इन अनुभूतियों के ऊपर मानवीय संकेतों, प्रतीकों और रूपकों का परिधान नहीं है। वे दैनिक जीवन के चित्रों और अलंकरणों से काम नहीं लेते। ऐसा मालूम होता है, मानो वे अपनी निगूढ़ अनुभूतियों को बिलकुल नग्न रूप में ही उपस्थित कर रहे हों! सत्य में जो एक प्रकार की रुखाई और तिग्मता होती है, उसे वे कम करने की कोशिश नहीं करते; आदमी साहित्य में आकर जिस मिठास के लिए जीभ फैलाने का आदी हो गया है, उस मिठास का एक कण भी श्री अरविन्द की उक्ति में नहीं मिलता। वे पाठकों को प्रसन्न करने की इच्छा से, उनके दिलों को गुदगुदाकर जगाने के अभिप्राय से अथवा रंगीनी दिखाकर उन्हें अपनी ओर आमन्त्रित करने के विचार से अपनी कविताओं में कभी भी किसी प्रकार के मिश्रण (adulteration) को स्थान नहीं देते। अनुभूति वे वही लिखते हैं जो सोलह आने उनकी अपनी है और उनकी शैली को भी केवल इसी का ध्यान है कि जो कुछ वह लिखना चाहती है, वह ठीक-ठीक लिखा जा रहा है या नहीं। उनके विचार अत्यन्त सुघर, उनकी भावना पूरी तरह तराश खाई हुई और उनकी शैली शक्ति और प्रकाश से पूर्ण होती है। इसमें कोई सन्देह नहीं कि 'भावी कविता' नामक निबन्ध में उन्होंने कवि-कर्म की जाँच जिस धरातल पर की है, उस धरातल पर उनकी कविता बहुत दूर तक खरी उतरती है।

यह कविता का सौभाग्य है कि श्री अरविन्द ने उसे अपनी अनुभूतियों का वाहन चुना और चूँकि मानव के अगले विकास की प्रक्रिया को तेज करने में उन्होंने काव्य की सत्ता को स्वीकार किया है, इसलिए, आशा की जानी चाहिए कि अगले युग में कविता एक बार फिर मानवात्मा की सबसे अधिक शक्तिशालिनी अभिव्यक्ति के रूप में प्रतिष्ठित होगी। किन्तु क्या श्री अरविन्द उसी अर्थ में कवि हैं जिस अर्थ में संसार के कोने-कोने में कवि रोज ही पैदा होते और रोज ही मरते रहते हैं? ऐसा मान लेना तो सभी मनुष्यों को ठीक उसी अर्थ में मनुष्य मान लेना है, जिस अर्थ में गांधी जी अथवा श्री अरविन्द भी मनुष्य थे। श्री अरविन्द के काव्य और काव्य-सम्बन्धी निबन्धों से कवि का जो रूप प्रकट होता है, वैसा कवि आज कहाँ है और सम्पूर्ण विश्व के सारे इतिहास में कितने ऐसे कवि हुए हैं, जो श्री अरविन्द के मापदंड पर खरे उतर सकते हैं?

कल्पना और उपकल्पना के सहारे, स्मृति के कोष में से फूलों और कलियों, तरुणों और तरुणियों, खद्योतों और सितारों तथा इन्द्रधनुष और बादलों को चुन-चुनकर कविता के घेरे को सौन्दर्य से खचाखच भरकर बहुत से लोग कवि कहला गए; मगर, यह तो बाजार से दो-चार हीरे, मोती और ज्यादातर रंगबिरंगे काँच के टुकड़े खरीदकर शीशमहल तैयार करने के समान है। और क्या इस महल में जीवन का वह देवता वास करेगा, जिसे बसाने के लिए साधना का सारा प्रयास है? संसार में ऐसे कवि कम हुए हैं, जिन्हें अपनी अनुभूति की सच्चाई पर पूरा विश्वास था और जो संसार को अमिश्रित रूप में केवल अपनी अनुभूति ही देना चाहते थे। अधिक तो ऐसे ही हुए हैं, जिनमें अनुभूति कम, रंगों का मोह और गाने की फिक्र अधिक थी; जो अपनी प्रज्वलित अनुभूति से छूकर दूसरों के हृदय को दीप्त करने से अधिक सुननेवालों को प्रसन्न करने के लिए ही आतुर थे। जो कवि हमें अपनी तसवीरों की रंगीनी दिखाकर तथा अपनी मीठी तान सुनाकर हमसे वाहवाही लेने आता है, वह भला यह कैसे समझ पाएगा कि कवि का कर्म कविता दिखाना नहीं, प्रत्युत कविता के भीतर से कुछ और दिखाना होता है?

नारियों के कुन्तल-जाल और उनकी आँखों की मदिरा की अपेक्षा मनुष्य की सामाजिक मुक्ति की समस्या कहीं श्रेष्ठ और महान विषय है; किन्तु, सबसे महान विषय तो, शायद, यही हो सकता है कि हम कौन हैं? कहाँ से आए हैं? जन्म के पूर्व हम कहाँ थे और मृत्यु के पश्चात् हम कहाँ जाएँगे तथा यह नाना नामरूपमय विश्व कहाँ से उछलकर हमारे सामने आ गया है? किन्तु, सदियों से मनुष्य को सरसता और माधुर्य के सेवन की बान पड़ गई है। पीढ़ी के बाद पीढ़ी के कवियों और आलोचकों ने मनुष्य को यही शिक्षा दी है कि कविता नर-नारी के सामान्य प्रेम में है, कविता कामना की ज्वाला और वेदना के अश्रु में वास करती है तथा कविता के मानी फूल और चाँदनी है।

> Poetry has been treated as the expression of human joys and sorrows—the tears of mortal things of which Virgil spoke. The savour of Earth, the thrill of the flesh has been too sweet for us and we have forgotten other sweetnesses.
>
> –N.L. Gupta

फूल और चाँदनी, नर और नारी, कामना और वेदना–कविता में इनमें से किसी के भी आगमन का निषेध नहीं है। किन्तु इनसानियत के निचले तबके की सनसनाहट और सतह पर के बुलबुलों से खेलनेवाला कवि अगले युग में नहीं ठहरेगा। यह तो बौद्धिकता से भी निचले स्तर की क्रीडा है। श्री अरविन्द

के मतानुसार तो अतिमानस की भूमि पर पहुँचकर दिव्यता का गान गानेवाला कवि ही अगले युग का प्रतिनिधि होगा।

'उत्तरा' की भूमिका में पं. सुमित्रानन्दन पंत ने संसार के अन्य चिन्तकों और दार्शनिकों को ऊँट तथा श्री अरविन्द को पहाड़ कहा है। इस उक्ति से साधारणतया लोग घबराते हैं और उन्हें यह भ्रम सताने लगता है कि हो न हो, यह सम्पूर्ण सत्य नहीं, प्रत्युत वैयक्तिक श्रद्धा की अभिव्यक्ति है। किन्तु एक बार श्री अरविन्द के साहित्य-शिखर के पास पहुँचने पर बड़े-बड़े दिग्गजों का धीरज डोलने लगता है और ज्यों-ज्यों वे अरविन्द-साहित्य के ऊपर चढ़ने का प्रयास करते हैं, त्यों-त्यों उन्हें यह आप-ही-आप विदित होने लगता है कि अरविन्द सचमुच पहाड़ हैं–एक ऐसा ऊँचा पहाड़ जिस पर स्वर्ग से उतरनेवाली किरण सबसे पहले आती है तथा जिसकी गुफाओं एवं दरारों में जीवन के अनेकानेक भेद छिपे हुए हैं। और, जैसाकि श्री सेठना ने कहा है, इस पर्वत की सबसे बड़ी चोटी कविता की ही चोटी है। श्री अरविन्द जन्मजात कवि थे तथा अपनी जवानी के दिनों में भी उन्होंने जो कविताएँ लिखीं, वे परम्परा से सर्वथा भिन्न और किसी नवीन सन्देश की आभा से आभासित थीं। एक मान्यता रही है कि मनुष्य कविता के माध्यम से अपना विकास कर सकता है; किन्तु, कविता को अरविन्द ने अपने विकास नहीं, प्रत्युत, आध्यात्मिक अनुभूतियों के दान का माध्यम बनाया। शायद, इकबाल ने कहा था कि कविता जीवन तक पहुँचने का सबसे सीधा और कम दूरीवाला मार्ग है; मगर अरविन्द जीवन तक कदाचित योग के द्वारा पहुँचे। फिर भी, अन्य असंख्य मानवों को जीवन तक पहुँचाने के लिए वे कविता का अधिक-से-अधिक आश्रय लेते गए। सर्वव्यापी सत्य का उद्गार सूर्यमंडल से आने पर भी धुँधला होता है; जीवन के भीतर जो सबसे बड़ी शक्तियाँ प्रच्छन्न हैं, वे संकेतों की भाषा में अभिव्यक्त होती हैं। यह सबके अनुभव की बात है कि जिस उद्गार से हमारे प्राणों में आलोक का ज्वार-सा उठने लगता है, उसमें स्वयं एक प्रकार की धूमिलता होती है। इसलिए, ऐसी अभिव्यक्तियों का सहज माध्यम कविता ही हो सकती है और जिस कवि में योग की जितनी ही सघन मुद्रा का विकास होता है, उसकी वाणी उतनी ही अधिक धूमिल और धूमिल होते हुए भी आत्मा में उतना ही अधिक प्राणवान आलोड़न मचानेवाली होती है।

श्री अरविन्द को कविता, कदाचित, पारिवारिक विरासत के रूप में मिली थी, क्योंकि उनके भाई श्री मनमोहन घोष भी अच्छे कवि थे। और, दोनों भाइयों पर यूनान के आचार्य कवियों का पूरा प्रभाव था। यूनानी काव्य का

प्रभाव तो श्री अरविन्द की कविता पर इतना अधिक पड़ा है कि कितने ही आलोचकों का विचार है कि कारीगरी और मनोदशा की दृढ़ता में वे बड़े-से-बड़े यूनानी कवियों की पंक्ति में रखे जा सकते हैं। उनकी कविताओं में आनेवाले चित्रों में जो संगतराशी मिलती है, वह प्रायः यूनानी संगतराशों की कला का ही पर्याय है। ढाँचे की खूबसूरती, समृद्धि की प्रचुरता में, कल्पना जहाँ क्षण भर विलास करने की ओर प्रेरित हो, वहाँ भी तटस्थता एवं संयम का भाव तथा अलंकरण और रीति का सहारा लेकर काव्य में कृत्रिम सजावट लाने की प्रवृत्ति का सर्वथा अभाव–ये श्री अरविन्द की कविता के कुछ विशिष्ट गुण हैं। भारतीय साहित्य का भी वही भाग उन पर प्रभाव डाल सका है, जो रीतिवाद के आरम्भ के पूर्व रचा गया था। यों गीता और उपनिषदों में काव्य की जो गम्भीरता मिलती है, वह श्री अरविन्द की अपनी विशेषता है। किन्तु, इससे यह नहीं समझना चाहिए कि श्री अरविन्द मृतकों के साथी एवं अतीत की गुहा में बैठे हुए पंडित कलाकार हैं। असल में, गुजरे हुए जमाने के साथ मानवता की जो दृष्टि विलुप्त हो गई है, उसे श्री अरविन्द ने आज के जीवन और विचारों के साथ एकाकार कर दिया है और वे जो कुछ भी बोलते हैं, उसमें विचारों, भावनाओं एवं कल्पनाओं की वे सभी अच्छाइयाँ प्रतिध्वनित होती हैं जो अतीत या वर्तमान में काव्य और साहित्य का शृंगार कर चुकी हैं। ऐसा कहने का कारण यह है कि जिस प्रकार की कविता श्री अरविन्द ने की है, उसकी परम्परा का विश्व में सर्वथा अभाव नहीं रहा है। किन्तु बात यह है कि श्री अरविन्द का कवि जिस धरातल पर बसता है, उस धरातल की झाँकी पहले के कवियों को कभी-कभी ही मिलती थी और इसी झाँकी की अनुभूति उनकी कविताओं में सर्वोच्च शिखर बनकर चमकने लगती थी। मगर जो चीज इतनी अलभ्य थी, उसका सम्पूर्ण भंडार ही श्री अरविन्द ने मनुष्यता को उठाकर दे दिया है और यह दान, यद्यपि पांडिचेरी की साधना के दिनों में पूर्णता पर पहुँचा, किन्तु, उसकी दिशा का संकेत उनकी आरम्भिक कविताओं में भी मिलने लगा था।

अरविन्द-काव्य को एक आलोचिका ने छह भागों में विभक्त किया है, जिसका आधार, गुण नहीं, प्रत्युत काल है। कवि की प्रगति को आँकने का यह भी एक मार्ग है, किन्तु, इसे हम सच्चा मार्ग नहीं मानते; क्योंकि जिस प्रकार सम्पूर्ण विश्व की कविता एक ही काव्य है तथा भिन्न-भिन्न युगों में, भिन्न-भिन्न कवियों के द्वारा विरचित सारी कविताएँ उसी एक महाकाव्य के अनेक सर्ग और कड़ियाँ हैं, उसी प्रकार प्रत्येक कवि भी जीवनभर में केवल एक

ही कविता लिखता है एवं उसकी सारी कविताएँ उसी एक काव्य की विभिन्न कड़ियाँ होती हैं। जीवनभर की सारी अनुभूतियों को अगर हम एक तार में गूँथना चाहें, तो इसमें कोई कठिनाई नहीं होगी। फर्क सिर्फ यह होगा कि अनुभूतियाँ नीचे-ऊपर गूँथी जाएँगी, अर्थात् उनके स्तरों में भेद होगा। और, यह भी नहीं कहा जा सकता कि कविता केवल एक ही स्तर पर पहुँचकर पूर्ण होती है; असल में अनुभूतियाँ जिस स्तर पर जन्म लेती हैं, उनकी अभिव्यक्ति उस स्तर पर भी उतनी ही पूर्ण हो सकती है, जितनी किसी अन्य स्तर पर। काव्य की उच्चता की पहचान उसमें प्रतिफलित होनेवाली चेतना की ऊँचाई पर निर्भर करती है। किन्तु अभिव्यक्ति की पूर्णता का दारोमदार कारीगरी की खूबी पर है। यह ठीक है कि ऊँची चेतना को अभिव्यक्त करने के लिए कारीगरी को भी ऊँचा जाना पड़ता है और जहाँ चेतना के अनुरूप टेक्निक का विकास नहीं हो पाता, वहाँ हमें काव्य में विशृंखलता और असमानता के दर्शन होते हैं। किन्तु, जिसे साधना का बल है, जो टेक्निक की कमजोरी को अटल मानकर बैठ नहीं जाता, उस कवि की रचनाओं में इस वैषम्य की कोई भी सम्भावना नहीं रहती। लेकिन, ऐसी बातें तो श्री अरविन्द के प्रसंग में चलाई भी नहीं जा सकतीं; क्योंकि उनके दोनों पक्ष समान रूप से बलवान हैं तथा वे जब जिस स्तर पर रहे, वहाँ की अनुभूतियों को उन्होंने बड़ी ही सफलता के साथ अंकित किया है तथा जीवन के सामान्य सम्बन्धों के चित्रण में भी उन्होंने एक अद्भुत दिव्यता भर दी है।

कालक्रम के अनुसार उनका सबसे प्रथम काव्य-संग्रह 'Songs to Myrtilla' है जिसमें संगृहीत कविताओं की रचना उस समय हुई थी जब श्री अरविन्द अठारह-बीस के रहे होंगे। इन कविताओं के सम्बन्ध में आलोचकों का मत है कि वे अतिबौद्धिकता के रोग से पीड़ित हैं और उनके भीतर हम उस अभिव्यक्ति तक पहुँचने का आभास-भर देखते हैं जो आगे चलकर अरविन्द-काव्य की विशेषता बननेवाली थी। इसके सिवा, उनमें हम यदा-कदा स्पेंसर और एलिजबेथ-युगीन कवियों एवं केवेलियर और रेस्टोरेशन काल के कवियों की भी प्रतिध्वनियाँ सुनते हैं। इस संग्रह में कुछ राजनीतिक कविताएँ भी हैं जिन पर ड्रायडन और स्कॉट की शैली की छाप है। हाँ, आयरलैंड को लक्ष्य करके रचित कविता में हम उस सूक्ष्म एवं गम्भीर लोच का आभास पाते हैं जो आगे चलकर उनकी 'बाजी प्रभु' नाम्नी कविता में चरम विकास पानेवाली थी :

Men are fathers of their fate;
They dig the prison, they the crown command.

इन पंक्तियों में भी, यद्यपि, अरविन्द की अपनी विशिष्टता खुलकर प्रकट नहीं हुई है, फिर भी हम निश्चयपूर्वक कह सकते हैं कि इनके भीतर वह शैली अपना जन्म ले रही थी जिसका पूरा चमत्कार हम उनकी बाद की कविताओं में देखते हैं।

इसके बाद, दो विवरणात्मक कविताओं का समय आता है जिनके नाम 'उर्वशी' (Urvasie) तथा 'प्रेम और मृत्यु' (Love and Death) हैं। ये दोनों ही रचनाएँ खंड काव्य हैं। इनमें से एक का नायक पुरुरवा और नायिका उर्वशी तथा दूसरे का नायक रुरु और नायिका प्रियंवदा है। महाभारत की कथा में कहा गया है कि पुरुरवा और उर्वशी का वियोग इसलिए हुआ चूँकि पुरुरवा ने उर्वशी से उत्पन्न अपने पुत्र का मुख देख लिया था। इस शापजनित कारण के बदले श्री अरविन्द ने एक अधिक काव्यात्मक कल्पना से काम लिया है कि स्वर्ग की विभूति का भोग मनुष्य तभी तक कर सकता है जब तक वह अपनी नग्नता पर आवरण दिये रहे। उर्वशी ने पुरुरवा का त्याग इसलिए किया कि असावधानता के कारण पुरुरवा के निर्वसन अंग पर उसकी दृष्टि पड़ गई थी। दोनों कविताएँ एक प्रकार से दुखान्त भी हैं; क्योंकि उर्वशी की खोज में पुरुरवा आकाश को चला जाता है और प्रियंवदा (जो यौवन-प्राप्ति के पूर्व ही मार डाली जाती है) को पाने के लिए रुरु पाताल में प्रवेश करता है। इन कविताओं के सम्बन्ध में बहुधा यह प्रश्न उठाया जाता है कि आशा और उल्लास से पूर्व एक युवक कवि ने इन्हें दुःख में क्यों समाप्त किया? इस प्रश्न का सहज उत्तर यह है कि जिन दिनों इन कविताओं की रचना हुई, उन दिनों अरविन्द भारतीय राजनीति के ध्यान में मग्न थे और वे, कदाचित, इस प्रश्न पर चिन्ता कर रहे थे कि इतने बड़े आध्यात्मिक देश का ऐसा भयंकर पतन क्यों हुआ। पुरुरवा के रूप में उन्होंने भारत के छात्रधर्म और रुरु के रूप में यहाँ की ब्राह्म-शक्ति को रखा है और यह दिखलाने की चेष्टा की है कि भोग और विलास की अतिकामना से दोनों का विनाश हुआ है।

...at last
Their power by excess of beauty falls.
Thy sin, Pururavas—of beauty and love:
And this the land divine to impure grasp
Yeilds of barbarians from the outer shores.

श्री अरविन्द का काव्य-साहित्य काफी विस्तृत है, किन्तु, सामान्य पाठक उनकी सावित्री-काल के पूर्व की रचनाओं में ही विशेष रस लेते हैं। विशेषतः, 'उर्वशी' शृंगार रस का विलक्षण काव्य है। इसकी अनेक पंक्तियाँ 'सावित्री' की

पंक्तियों से होड़ लेती हैं, किन्तु बुद्धिगम्य कथाप्रसंग के भीतर रहने के कारण उनका चमत्कार हमारे सामने आसानी से खुल जाता है। 'प्रेम और मृत्यु' के चित्र भी, इसी प्रकार, हमें आनन्द के सूत्र में बाँधकर बहुत ऊँचा ले जाते हैं। केवल छन्द की गति ही नहीं, काम-चेतना की दिव्यता ने भी इन दोनों कविताओं में अप्रतिम चमत्कार उत्पन्न किया है। उदाहरण के लिए, 'Love and Death' में से रुरु के प्रति काम की इन उक्तियों को देखिए :

I am that Madan who informs the stars
With lustre and on life's wide Canvas fills
Pictures of light and shades, of joys and tears,
× × ×
Makes ordinary moments wonderful
And Common speech a charm,
× × ×
And drive her to the one face never seen,
The one breast meant eternally for her.
× × ×
And soft glad things cluster around my name,
× × ×
But fiercer shafts I can wild storms blown down
Shaking fixed minds and melting marble natures.
× × ×
They who abandon me, shall to all time
Clasp and possess; they who pursue, shall lose.

न जाने, किस पुरुष की कल्पना करते हुए मैंने एक बार चन्द्रमा को 'विरागलोक का रसिक' और 'मधुवन का संन्यासी' कहा था। किन्तु वह रसिक संन्यासी कहाँ है, इसका मुझे तब तक पता नहीं था। और तब, एक दिन 'उर्वशी' और 'प्रेम तथा मृत्यु' नामक कविताओं के भीतर मैंने उसकी पदचाप सुनी। अरविन्द सांसारिक सौन्दर्य से पूर्ण रूप से परिचित हैं, किन्तु उस सौन्दर्य के परे जो एक और भी विलक्षण सौन्दर्य है, अपने हृदय का प्रेम उन्होंने उसी महत्तर सौन्दर्य को अर्पित किया है। कामदेव के नाम में जो मादकता है, वह साधारण कवियों को ही तृप्त कर सकती है। अपनी माधुरी से मोह कर मदन केवल सामान्य जीवों से ही अपने जहरवाले बाण छिपा सकता है। किन्तु योगी अन्तर्दर्शी होते हैं; उनसे छल-प्रपंच का खेल नहीं चल सकता; उनके सामने कामदेव को लज्जा के साथ स्वीकार करना ही पड़ा कि :

They who abandon me, shall to all time
Clasp and possess; they who pursue, shall lose.

'उर्वशी' में भी इसी प्रकार की निर्मल मादकता की धारा प्रवाहित हुई है। बल्कि इस काव्य में प्रेम की विभिन्न मुद्राओं का जैसा सजीव चित्रण हुआ है, उससे तो श्री अरविन्द प्रेम के इतने सफल कवि जान पड़ते हैं कि उन्हें कालिदास को छोड़कर और किसी के पार्श्व में बिठाया ही नहीं जा सकता। हाँ, प्रेम के आन्तरिक हृदय को वे जिस कोमलता से पकड़ते हैं, स्वप्न की तृषा को वे जिस सजगता से तृप्त करते हैं, प्रेम की चेतना के भीतर वे जिस सूक्ष्मता से प्रवेश करके उसे एक नई विभा से आर्द्र बनाते हैं तथा प्रेमी और प्रेमिका की आँखों में वे जिस दिव्यता का जादू उत्पन्न कर देते हैं, वह सब-का-सब नवयुग की सुविकसित शृंगार-भावना की देन है। जिस समय उर्वशी और पुरुरवा का पहले-पहल साक्षात्कार होता है, उस समय का चित्र ऐन्द्रिय होते हुए भी दिव्य और पार्थिव होते हुए भी अलौकिकता से पूर्ण है तथा उसमें कारीगरी की भी अपूर्व छटा निखरी हुई मिलती है :

He moved, he came towards her. She, a leaf
Before a gust among the nearing trees.
Covwred. But all a sea of mighty joy
Rushing and swallowing up the golden sand
With a great cry and glad, Pururavas
Seized her and caught her to his bosom thrilled
Clinging and shuddering All her wonderful hair
Loosened and the wind seized and bore it streaming
Over the shoulder of Pururavas
And on his cheek a softness.

और उर्वशी :

And she received him in her eyes, as earth
Receives the rain.

× × ×

Her naked arms clasping his neck, her cheek
And golden throat averted, and wide trouble
In her large eyes bewildered with their bliss.

यह प्रेम की पहली लहर का परम्परागत वर्णन है, किन्तु परम्परागत होते हुए भी इस वर्णन में एक आर्द्रता है जो केवल चोटी के कलाकारों में ही मिल सकती है। दो शरीरों के आलिंगन में आत्मा के आलिंगन के रूपक की कल्पना बहुत दिनों से की जाती रही है किन्तु शरीर के मिलन के भीतर आत्मा के मिलन की झाँकी काव्य में थोड़े ही लोग दिखला सके हैं। श्री अरविन्द अपने युग के निर्धारित और पूर्व-निर्दिष्ट पुरुष थे, अतएव चढ़ती जवानी में भी उनकी दृष्टि

मांस के ताप को पार करके आत्मा की शीतलता तक पहुँच रही थी और वे प्रेम की पार्थिव मुद्रा में भी दिव्यता का प्रसार देख रहे थे :

Amid her wind-blown hair their faces met,
With her sweet limbs all his, feeling her breast
Tumultuous up against his beating heart,
He kissed the glorious mouth of heaven's desire.

तथा

So clung they as two ship-wrecked in a surge.

'उर्वशी' का प्रत्येक चरण प्रेम के आवर्तशील एवं सबको प्लावित करनेवाले महानन्द की धारा से परिपूर्ण है। उसमें एक ओर जहाँ रक्त और मांस की पुकार दिव्यता के स्तर पर चढ़कर गूँजती हुई मिलती है, वहाँ दूसरी ओर उसमें ऐसे दृश्य भी अनेक हैं जहाँ प्रेम ईश्वरत्व का प्रतिरूप बन जाता है, जहाँ प्रेम मनुष्य की स्थूलता को बहाकर उसके चारों ओर ईश्वरता की जाली बुन देता है तथा जहाँ प्रेम की अनुभूति की चोट से द्रव्य की कठोरता गलकर सोने का पानी बन जाती है। विरही पुरुरवा जहाँ उर्वशी की खोज करता हुआ हिमालय के शिखरों पर घूम रहा है, वहाँ श्री अरविन्द कहते हैं :

He ceased and Himalay bent towards him, while.,
The mountains seemed to recognise a soul.
Immense as they, reaching as they to heaven,
And Capable of Infinite solisude.

यहाँ पुरुरवा की वेदना में स्वयं सर्वात्मा की गूँज सुनाई पड़ती है और अपने उच्च सपनों की भाषा में कवि पर्वतों को भी प्रमुख और चैतन्य किए हुए है। 'उर्वशी' एवं 'प्रेम और मृत्यु' में ऐन्द्रियता की आर्द्रता के साथ आदर्शवाद का जो आलोक आलिंगन में लिपटा हुआ है, उसे देखते हुए श्री सेठना की यह उक्ति अत्यन्त समीचीन मालूम होती है कि :

Urvasie and Love and Death are created out of mind vibrant with an idealistic sensuousness in which body and soul mingle their fervours, a high-toned passion based on the urgent tangibilities of the flesh without the crude and the cramped which ordinarily go with the fleshimpulses.

'उर्वशी' एवं 'प्रेम और मृत्यु' के बाद, रचना-क्रम की दृष्टि से 'Poems' का स्थान आता है। इस संग्रह की कविताओं में पूर्ववर्ती कविताओं की आवेशमयता नहीं मिलती और न उनमें रक्त और मांस का ही प्रभाती राग है। उनके भीतर हम बौद्धिकता के स्वर को प्रमुख होते देखते हैं और बौद्धिक द्रव्य से युक्त होने के कारण, बहुधा, उनकी तुलना ब्राउनिंग, टेनिसन (अंशतः), वड्र्सवर्थ और अंग्रेजी के अठारहवीं सदी के कवियों की कविताओं के साथ की गई है। कुछ लोगों का

कहना है कि 'Poems' के जमाने में कवि का काव्यावेग शायद शिथिल पड़ गया था किन्तु यह भी सम्भव है कि कवि ने जान-बूझकर ही अपना स्तर बदल दिया हो और कविता की सेवा में बुद्धि को जोतने के उद्देश्य से ही वे बौद्धिक स्तर पर चले गए हों! जो भी हो, किन्तु इस संग्रह में भी हम कवि के उस प्रयास का चमत्कार अवश्य देखते हैं जिसका उद्देश्य मनुष्य को यह बतलाना है कि वह छोटा और तुच्छ नहीं, प्रत्युत एक परम विशाल सत्ता का अपना अंश है तथा उसके भीतर आकाश की उच्चता और व्यापकता, दोनों का प्रच्छन्न निवास है।

But the third Angel came and touched my eyes :
I saw the morning of the future rise,
I heared the voices of an age unborn.
And from the heart of an approaching light.
One said to man, 'know thyself infinite,
Who shalt do mightier miracles than these,
Infinite, moving mid infinities.

[A vision of Science]

'Baji prabhu and Perseus' नामक संग्रह की कविताओं की मूल प्रेरणा राजनीति से आई है। और इन कविताओं में श्री अरविन्द की कवि-प्रतिभा बिलकुल परिपक्व रूप में सामने आती है। 'उर्वशी-काल' की रचनाओं में फिर भी भावुकता के प्रति एक प्रकार का मोह था जो यौवन का स्वाभाविक लक्षण है : 'उर्वशी' एवं 'प्रेम और मृत्यु'–इन दोनों कविताओं में हम अलंकरण की पटुता का भी प्रयोग देखते हैं। किन्तु 'बाजीप्रभु' में काव्य के अपेक्षाकृत इन हीन कौशलों का प्रयोग नहीं हुआ है। यह कविता कटु नहीं, प्रत्युत शक्तिशाली और कठोर शब्दों के ढाँचे में उतरी है तथा उसके सारे बन्द अपनी-अपनी जगह पर वज्र की खूँटियों में ठुके हुए जान पड़ते हैं। अगर उर्वशी के प्रतीक ऊषा और फूल हैं, तो बाजीप्रभु का प्रतीक दोपहरी का ताप समझा जा सकता है। इस कविता में जो दृढ़ता और तेजस्विता धूप में खड़ी ताम्र प्रतिमा की तरह जगमगा रही है, उसे देखते हुए यही कहना चाहिए कि श्री अरविन्द के प्रचंड राजनीतिक संकल्प ने ही इसमें आकर मूर्त आकार ग्रहण कर लिया था।

By men is mightiness achieved; Baji
Or Malsure is but a name, a robe,
And covers one alone. We but employ
Bhavani's strength, who in arms of flesh
Is mighty as in the thunder and the strom.

काव्यात्मक सत्य की जो कठोरता और सुस्पष्टता हम ऊपर की पंक्तियों में देखते हैं, उसका और भी निखरा हुआ रूप 'Ahana and other poems' में प्रकट

हुआ। इस संग्रह की कविताओं में हम उस मेनिफेस्टो का काव्यगत उदाहरण देखते हैं जिसकी ओर श्री अरविन्द ने अपनी 'भावी कविता' नामक निबन्धमाला में संकेत किया है। इस संग्रह में रहस्यवादी संकेत और रूपक का सहारा बहुत कम लिया गया है। उसके वातावरण में विश्वास की स्वाभाविक ज्योति है तथा उसकी कविताओं को देखते हुए ऐसा लगता है, मानो सत्य अपने घर में आकर विराजमान हो गया हो! जिस प्रकार हम पृथ्वी की ओर बड़े ही राग से प्रेरित हैं, उसी प्रकार इन कविताओं में श्री अरविन्द अध्यात्म की भूमि की ओर प्रेरित दीखते हैं और जिस प्रकार हमारे लिए धरती के आनन्द सहज और स्वाभाविक लगते हैं, उसी प्रकार इन कविताओं में अध्यात्म का विश्व श्री अरविन्द के लिए बिलकुल स्वाभाविक हो गया है। मैं जिन कविताओं के सम्बन्ध में ऐसे अतिवादी उद्‌गार प्रकट कर रहा हूँ, उनमें सांसारिक जीवन की मधुरिमा और तारल्य का सर्वथा अभाव है; फिर भी क्या कारण है कि मुझे उनकी प्रशंसा करनी पड़ रही है? कविता, कदाचित्, केवल वही वस्तु नहीं है जो हमें प्रसन्न करती है, जो हमारे रक्त में सनसनाहट और मांस गें एक गुदगुदी का संचार करती है। उसकी सीमा, शायद, वहाँ भी नहीं है जहाँ हम कवि के स्पर्श से भीतर-ही-भीतर आलोड़ित होने लगते हैं। प्रत्युत, कविता मनुष्य को आविष्ट भी करती है; वह हमें समाधि में ले जाकर संसार से ऊपर भी उठाती है–एक ऐसी सहज समाधि जिसमें विचार जब बहुत शान्त रहते हैं तभी उनमें आलोड़न भी अत्यधिक होता है–एक ऐसी समाधि जिसमें बाहर की ओर खुली रहने पर भी हमारी आँखें बाहर की अपेक्षा भीतर की ओर अधिक देख पाती हैं।

Through endless space and on time's iron wings
A rhythm runs.

× × ×

He made an eager death and called it life,
He stung himself with bliss and called it pain.

× × ×

O Flowers, o delight on the tree tops burning.

× × ×

Cold are your rivers of peace and their banks are leafless
and lonely.

× × ×

Skies of monotonous clam and his stillness slaying the ages.

× × ×

O thou golden image.
Miniature of bliss,
Speaking sweetly, speaking meekly!
Every word deserves a kiss.

ये कुछ स्फुट पंक्तियाँ हैं जो प्रसंग से छिन्न हो जाने पर भी हममें समाधि की तन्मयता को जाग्रत् करने में समर्थ हैं; प्रसंग में पढ़ने पर तो पुस्तक बन्द करके मानसिक पारावार के किनारे खड़ा होकर पाठक को अपने भीतर आप ही निमग्न हो जाना पड़ता है। ऐसी अनुभूतियों के अलावा भी, इस संग्रह में अनेक ऐसे चरण और पद हैं जिनमें किसी अदृश्य लोक की रहस्यात्मक अनुभूतियों के चित्र हैं, जिनमें न जाने किस पृथ्वी और किस आकाश के बिम्ब झिलमिलाते नजर आते हैं।

Through glimmering veils of wonder and delight,
World after world bursts on the awakened sight,

[The other Earths]

अब अरविन्द की उस कृति की चर्चा बच जाती है जो उनके अनेक शिखरों के बीच गौरीशंकर की तरह सबसे ऊपर विद्यमान है और जिसमें उस कवि की अदृश्य-दर्शिनी कल्पना का चमत्कार है जिसने चालीस वर्षों की गहरी और लम्बी समाधि में काव्य-कला के एक-एक रेशे की परीक्षा की और इस बात का पूरा ध्यान रखकर अपनी सबसे बड़ी कृति का निर्माण किया कि किस स्तर की अनुभूति किस प्रकार की शैली में व्यक्त की जा सकती है तथा रचना की प्रक्रिया के समय जब कवि का मन खूबसूरती, मिठास और पच्चीकारी के मोह में पड़कर मूल लक्ष्य से भटकने लगता है तब कवि को योग की किस मुद्रा का सहारा लेना चाहिए। मैंने 'सावित्री' के कई भागों को पढ़ा है और कुछ भागों को एक से अधिक बार भी पढ़ा है। किन्तु, 'सावित्री' के सारे अर्थ मुझ जैसों के हाथ नहीं लगते। तब भी जितना कुछ हाथ आता है, वह तन्मयता की स्थिति को उत्पन्न करने में पूर्ण रूप से समर्थ है तथा उन धुँधली पंक्तियों के भीतर से एक नई दुनिया भी दिखलाई पड़ने लगती है। 'सावित्री' काव्य समय से पूर्व अवतीर्ण हुआ है अथवा सम्भव है कि उसका समय आसन्न हो। अपने निबन्ध में श्री अरविन्द ने कहा है कि उनकी कल्पना का भावी काव्य तभी लिखा जाएगा, जब युग और जातियाँ उसके लिए प्रस्तुत हो गई होंगी। किन्तु विकास के नेता-कवि की हैसियत से उन्होंने उस कविता का आरम्भ, कदाचित्, समय से कुछ पूर्व ही कर दिया। फिर भी ऐसा नहीं है कि 'सावित्री' का सारा कवित्व हमसे दूर रह जाता हो। उसके भीतर एक पौराणिक कथा का सूत्र है तथा जो लोग श्री अरविन्द की विचारधारा से परिचित हैं, वे अपनी सामर्थ्य के अनुसार उससे आनन्द और आलोक अवश्य ग्रहण कर सकते हैं।

कहते हैं, 'सावित्री' की रचना में पैंतीस वर्ष लगे हैं और यह लगभग छह बार आदि से अन्त तक फिर से लिखी गई है। इन संशोधनों का लक्ष्य काव्यात्मक दुर्बलताओं का अपहरण नहीं था, बल्कि इस दीर्घ अवधि में श्री अरविन्द ज्यों-ज्यों

विकास के पथ पर ऊपर उठते गए, त्यों-त्यों 'सावित्री' में और भी उन्नत स्तर की चेतना भरने के निमित्त उन्हें उसे फिर से लिखना पड़ा। 'सावित्री' काव्य का आरम्भ 'उर्वशी' एवं 'प्रेम और मृत्यु' नामक कविताओं के बाद ही और, प्रायः, उसी मनःस्थिति में हुआ था जिसका प्रमाण अब भी कहीं-कहीं वर्तमान है।

Measuring vast pain in his immortal mind.

[Love and Death]

Time like a snake coiling among the stars.

[Urvasie]

इन पंक्तियों में चेतना की जो धारा विलास करती हुई मिलती है, उसकी छाया 'सावित्री' में भी जहाँ-तहाँ विद्यमान है। किन्तु श्री अरविन्द जब चेतना के इस स्तर से ऊपर चढ़ गए, 'सावित्री' का आमूल संशोधन अनिवार्य हो गया। जिस स्तर पर पहले वे केवल समाधि के क्षणों में पहुँचते थे, वह स्तर जब उनके लिए स्वाभाविक हो उठा, तब यह उचित ही था कि अपने सर्वश्रेष्ठ काव्य को वे अपनी आध्यात्मिक उपलब्धि के अनुरूप बना दें। इस व्याख्या रो यह निष्कर्ष ध्वनित होता है कि यदि 'सावित्री' का वह संस्करण प्रकाश में आ जाए, जिसे महर्षि ने पहले-पहल लिखा था तो, कदाचित् अरविन्द की कारयित्री प्रतिभा के विकास की रेखाएँ अधिक स्पष्ट हो जाएँ। किन्तु यहाँ यह खतरा है कि तब, शायद, 'सावित्री' उस ध्येय को चरितार्थ नहीं कर सकेगी जिसके लिए महर्षि ने उसे विश्व के हाथों में अपने अन्तिम दान के रूप में छोड़ा है। और, शायद, यह इसलिए भी ठीक नहीं होगा कि 'सावित्री' जिस रूप में मनुष्य को उपलब्ध हुई है, उस रूप में वह श्री अरविन्द के सहस्रार की रचना है, उसमें चेतना के उस स्तर का सौरभ लिपटा हुआ है जिस स्तर पर पहुँचकर उसका नेता-कवि निर्वाण को प्राप्त हुआ है।

जो सुधी 'सावित्री' की गहराइयों में काफी नीचे उतर चुके हैं, उनका कहना है कि यद्यपि 'सावित्री' की कविता मंत्र-काव्य है और यद्यपि उसका वातावरण वेदों और उपनिषदों का वातावरण है, तथापि यह निश्चित रूप से कहा जा सकता है कि 'सावित्री' काव्य की आत्मा जिस स्तर पर भ्रमण करती है, उस पर वेदों और उपनिषदों के रचयिताओं के चरण नहीं पड़े थे। जिस स्तर पर चढ़कर ऋषियों ने उपनिषदों का गान किया था, उसी स्तर पर महर्षि अरविन्द भी थे। किन्तु इस स्तर से श्री अरविन्द ने जो कुछ देखा, वह प्राचीन काल के ऋषियों को दिखलाई नहीं पड़ा था।*

---

* ऐसे मत शुद्ध श्रद्धा की अभिव्यक्ति हैं अथवा उनका साहित्यिक महत्त्व भी है। इसकी परीक्षा में अभी कुछ विलम्ब है, क्योंकि जो लोग संसार के विभिन्न देशों में आज साहित्य का नयन कर रहे हैं, उनका ध्यान अभी सावित्री की ओर नहीं गया है।

अतीत को पुकारकर भविष्य की ओर चलने का 'सावित्री' में स्पष्ट संकेत है और यह संकेत उसके संक्षिप्त कथानक में ही परिव्याप्त मिलता है। सावित्री और सत्यवान की कथा महाभारत में आई है जिसके माध्यम से वेदव्यास ने प्रेम और मृत्यु के संघर्ष की भीषणता चित्रित की है। सावित्री ने यह जानते हुए भी सत्यवान का वरण किया था कि वह शीघ्र ही काल के कवल में पड़नेवाला है, अतएव श्री अरविन्द ने सावित्री को जीवन-शक्ति के संकल्प की मूर्ति मानकर उसे अपने काव्य की नायिका चुना। सावित्री शब्द का आदिम अर्थ भी सूर्यवाचक है, अतएव महर्षि ने सावित्री के रूप में जीवन की अपराजेय ज्योति देखी जो मृत्यु के अन्धकार को भेदने के लिए कृतसंकल्प है। सावित्री ने अपने संकल्प के जोर से अपने पति को मृत्यु के मुख में से निकाल लिया, जिसका सीधा अर्थ यह होना चाहिए कि मनुष्य चाहे तो स्वयं भी मृत्यु से बच सकता है तथा अपने प्रिय पात्रों को भी बचा सकता है; किन्तु प्राचीन ऋषि इस सिद्धान्त में, सचमुच, विश्वास करते थे या नहीं, इसका कोई प्रमाण नहीं है। कदाचित् इस कथा के भीतर एक कल्पना का आभास मात्र है जिसे ऋषियों ने अपनी सहज ज्ञानशक्ति (Intuition) के बल पर प्राप्त किया था, किन्तु जिसे वे व्यावहारिक रूप नहीं दे सके। वही कल्पना श्री अरविन्द के मन में भी थी और वे विश्वास करने लगे थे कि मनुष्य के आधिभौतिक ढाँचे को विध्वस्त कर देना मृत्यु के सनातन अधिकार की बात नहीं है। मनुष्य कभी मृत्यु पर भी विजय पाने योग्य हो सकता है। अपनी इसी अनुभूति की सिद्धि उन्होंने 'सावित्री' काव्य में की है और एतत्सम्बन्धी अपने सारे अनुसंधानों को आध्यात्मिक काव्य की अलौकिक किरणों के समान उन्होंने इस अनुभूति के चारों ओर गूँथ दिया है।

यह इस महाकाव्य का कथानक है, किन्तु कथानक से बढ़कर महत्त्वशाली तो उसका चित्रण होता है और 'सावित्री' में रूप और भाव जिस ढंग से चित्रित हुए हैं, वह अरविन्द की भी पहले की कृतियों को देखते हुए बिलकुल नवीन है। ऊपर हम 'उर्वशी' के चित्रण का उदाहरण दे चुके हैं। 'सावित्री' का आरम्भ भी 'उर्वशी' काल में ही हुआ था, किन्तु चेतना के स्तर-परिवर्तन से 'उर्वशी' और 'सावित्री' के रूप-चित्रण में कितना भेद पड़ गया है, यह 'सावित्री' के निम्नलिखित स्वरूप-वर्णन से विदित होगा :

A body like a parable of dawn
That seemed a niche for veiled divinity
Or golden temple doors to things beyond.
Her look, her smile awoke celestial sense

Even in Earh-stuff and their intense delight
Poured a superoal beauty on men's lives.

× × ×

The whole world could take refuge in her singleheart.
The great unsatisfied godhead here could dwell.

× × ×

For even her crevices were secreceis of light.
At once she was the stillness and the word.
A continent of self-diffusing peace,
An ocean of untrembling virgin fire.

'सावित्री' काव्य में सौन्दर्य का जो सागर लहरा रहा है, पाठकों को उसका दर्शन कराना इस छोटे-से निबन्ध में सम्भव नहीं है। उसके लिए धैर्य के साथ प्रगाढ़ अध्ययन करने एवं पद-पद पर छोटी-बड़ी तन्मयताओं में जाने की आवश्यकता है। तब भी नीचे की कुछ पंक्तियों को देखकर पाठक अनुमान कर सकेंगे कि 'सावित्री' किस धरातल की रचना है तथा जिस कवि ने कविता के आदर्श की कल्पना गंत्र के रूप में की थी, उसके हृदय से काव्य की पंक्तियाँ किस भंगि के साथ निःसृत हुई हैं :

A thought was sown in the unsounded void.
A sense was born within the darkness's depths,
A memory quivered in the heart of time
As if a soul long dead were moved to live.

× × ×

Power laid its head upon the breasts of bliss.

× × ×

She has lured the Eternal into the arms of Time.

× × ×

In moments when the inner lamps are lit
And the life's cherished guests are left outside.
Our spirit sits alone and speaks to its gulfs.

× × ×

Then flaming from her body's nest alarmed
Her violent spirit soared at Satyavan.

× × ×

Delight shall sleep in the cloud-net of her hair
And in her hody as on his homing tree
Immortal Love shall beat his glorious wings.

× × ×

Straining Closed eyes of vanished memory
Like one who searches for a bygone self
And only meets the Corpse of his desire.

× × ×

And sighing she laid her hand upon her bosom
And recognised the close and lingering ache.
Deep, quiet, old, made natural to its place.

अन्त में, इस लेख को मैं श्री कृष्णप्रेमी के एक विश्लेषण के उद्धरण के साथ समाप्त करता हूँ कि अत्यन्त आदिकाल में कविता जाति का मंत्र समझी जाती थी और कवि उसके द्रष्टा कहलाते थे। यह उस समय की बात है जबकि आत्मचैतन्य मस्तिष्क का उत्थान नहीं हुआ था और मनुष्य जहाँ एक ओर प्रकृति के समीप था, वहाँ दूसरी ओर वह परमसत्ता का भी सामीप्य अनुभव करता था। उन दिनों जो कविताएँ लिखी जाती थीं, उनका उद्देश्य अदृश्य का प्रत्यक्षीकरण यानी Revelation होता था और कविता का माध्यम अपनानेवाले सभी लोग द्रष्टा, नबी और अदृश्य के सन्देशवाहक समझे जाते थे। आगे चलकर जब आत्मचैतन्य मस्तिष्क (Self-conscious Mind) का उत्थान हुआ, सहज ज्ञान से देखी जानेवाली वास्तविकता खंड-खंड होकर गिरने लगी। मस्तिष्क ने जीवन की सामग्रियों को दो भागों में विभक्त कर दिया और जो भाग आधिभौतिक जीवन के लिए अधिक आवश्यक था, उसे लिपिबद्ध करने के लिए उसने गद्य के माध्यम का आविष्कार किया। इस प्रकार, कविता बेचारी अपना गौरव खोकर निःस्व एवं हतसर्वस्व हृदय की पूँजी बन गई और उसके भीतर अतृप्त कामनाओं, अपूर्ण इच्छाओं तथा गर्वोद्धत मनुष्य की मनुहार के लिए सस्ती रंगीनियों की भरमार होने लगी। वर्जिल और दांते, मिल्टन और ब्लेक ने कविता को इस दैन्य से उठाकर ऊपर ले जाने की चेष्टा अवश्य की, किन्तु मनुष्य का भाव नहीं बदला। वह बुद्धि की आराधना में लीन रहने के कारण हृदय की अधिकाधिक अवज्ञा करता गया और इस प्रकार, हृदय और मस्तिष्क के बीच की खाई और भी चौड़ी होती गई। जीवन के सोते में जो जल बह रहा था, वह बुद्धि की पूँजी और मस्तिष्क का अर्जन था। कविता बहुत दिनों से इस प्रवाह के ऊपर इन्द्रधनुष बनकर खड़ी थी, क्योंकि इन्द्रधनुष बनकर खड़ी रहने को छोड़कर उसके सामने और कोई चारा नहीं था।

सौभाग्य की बात है कि श्री अरविन्द ने 'सावित्री' काव्य के द्वारा हृदय और मस्तिष्क के बीच की इस खाई को पाट दिया है।

कला के अर्धनारीश्वर

नई समीक्षा का आग्रह है कि साहित्य की परीक्षा ऐतिहासिक प्रक्रिया के आधार पर मत करो, क्योंकि साहित्य की जो अपनी विशेषता है, वह साहित्येतर ज्ञान के द्वारा परखी नहीं जा सकती।* बात कुछ दूर तक सही मालूम होती है, फिर भी वह बिलकुल सही नहीं है; क्योंकि साहित्य न तो ऐसी कला है जो समय, परिस्थिति और समाज के प्रभावों से मुक्त हो और न कवि ही ऐसा प्राणी होता है जिस पर शिक्षा-दीक्षा और संस्कार का असर नहीं पड़ता हो। इलियट ने जो यह कहा है कि अतीत का एक अंश वर्तमान बन जाता है तथा भविष्य और वर्तमान, दोनों ही, कुछ दूर तक अतीत में छिपे रहते हैं,** वह उक्ति बहुत दूर तक साहित्य पर भी लागू की जा सकती है। आज के धुँधले विचार कल प्रकाशमान होंगे और कल जो चिनगारियाँ मन्द एवं प्रच्छन्न थीं, वे ही आज किरणें बनकर चमक रही हैं। कारीगरी और संगतराशी की तरह साहित्यकला के भी अपने कानून हैं, जिनका आश्रय लिये बिना साहित्य के कलापक्ष की व्याख्या नहीं की जा सकती, किन्तु जिस द्रव्य पर यह कारीगरी की जाती है, वह बराबर समय, समाज और संस्कार के भीतर से आता है। यही नहीं, बल्कि प्रत्येक नया द्रव्य अपनी अभिव्यक्ति में भी कुछ-न-कुछ नवीनता लिये आता है और प्रत्येक प्रभावशाली नवीन कवि हमें यह सोचने को मजबूर करता है कि कविता की वह परिभाषा काफी है या नहीं जिसे हमने पहले कवियों को देखकर बनाया था।*** आलोचना की बदलती हुई रूपरेखा के पीछे, असल में, उन कवियों का व्यक्तित्व काम करता है जो अपने पूर्वज और समकालीन कवियों से भिन्न होते हैं। कविता में शैली और द्रव्य के बीच विभाजक रेखा नहीं खींची जा सकती।**** लेकिन, विचार की सुगमता के लिए यह कहा जा सकता है कि काव्य का प्रभाव केवल

* Theory of Literature by R. Vellek and A. warren (chapter ix)

** Time present and Time past,
Are both perhaps present in time future,
And time future contained in time past. *[Burnt Norton]*

*** Modern Poetry and Tradition by Cleanth Brooks

**** Theory of Literature.

द्रव्य या भाव पर ही नहीं पड़ता, उसका प्रभाव उस द्रव्य की अभिव्यक्ति करनेवाली भाषा में भी लक्षित होता है। दरअसल, काव्य का इतिहास, बहुत दूर तक, भाषा और शैली में होनेवाले परिवर्तनों का इतिहास है। समय की विशेष प्रकार की ऐंठन, समाज के हृदय में गूँजनेवाले विशिष्ट भाव और वैयक्तिक एवं सामूहिक चेतना की विशिष्ट लहरें अपनी अभिव्यक्ति के लिए विशिष्ट प्रकार के माध्यम की खोज करती हैं। अतएव, जब कोई नया एवं समर्थ कवि काव्य के क्षेत्र में प्रवेश करता है तब उसके साथ केवल कुछ नये भाव ही साहित्य में नहीं आते, वरन् अभिव्यंजना की भी एक नई अदा उसके साथ आती है। अतएव, काल के पृष्ठाधार पर साहित्य की परख, उसमें आनेवाले नये भावों की ही परख नहीं, कुछ दूर तक उन शैलियों के उद्गम की भी खोज है जो इन भावों की सुष्ठु अभिव्यक्ति के लिए रूप ग्रहण करती हैं।

ऐतिहासिक पृष्ठाधार

रवीन्द्र और इकबाल के सम्बन्ध में यह पृष्ठाधार 19वीं सदी में होनेवाले सांस्कृतिक जागरण या रिनासां पर जाकर टिकता है, जिस रिनासां का तेज इन दोनों कवियों में प्रत्यक्ष हुआ है। इस रिनासां की दो प्रमुख विशेषताएँ दूर से ही दिखाई पड़ती हैं। एक तो यह कि भारत के मन पर यूरोप की उद्दामता, उसकी जीवन को सत्य समझने की दृष्टि तथा परलोक की चिन्ता में इस लोक की उपेक्षा नहीं करके इसे ही स्वर्ग बनाने के भाव का विशेष रूप से प्रभाव पड़ा।* दूसरी यह कि इस रिनासां के समय भारतीय संस्कृति के कुछ प्राचीन सत्यों ने दुबारा जन्म लिया** और भारतवासी हिन्दू और मुसलमान, दोनों ही अपनी प्राचीन संस्कृतियों के सार को यूरोप से मिलनेवाले गतिपूर्ण ज्ञान के साथ एकाकार करके आगे बढ़े। यह सांस्कृतिक जागरण इतिहास में हिन्दू-रिनासां के नाम से विख्यात है, क्योंकि इसके मुख्य नेताओं में से राममोहन राय, दयानन्द, केशवचन्द्र, रामकृष्ण और विवेकानन्द–सब-के-सब हिन्दू थे। किन्तु सत्य यह है कि यह रिनासां केवल हिन्दू समाज तक ही सीमित नहीं था, इसका प्रभाव मुसलमानों पर भी पड़ रहा था।

तत्कालीन मुस्लिम समाज के भीतर से, गरचे, बहुत बड़ी-बड़ी हस्तियाँ नहीं निकलीं, फिर भी रिनासां का जो प्रभाव मुस्लिम समाज पर पड़ रहा था, उसका प्रतिनिधित्व सर सैयद अहमद खाँ और हाली ने काफी योग्यता से किया और

* Modern India & the West : Edited by L.S.S.O'Malley. लॉर्ड मेस्टन की भूमिका।

** वही, सर राधाकृष्ण का लेख।

उनके व्यक्तित्व से मुसलमानों के बीच रिनासां के प्रसार में यथेष्ट सहायता मिली। इसके सिवा, वहाबी-आन्दोलन तथा अफगान के द्वारा संचालित आन्दोलन भी बहुत अंशों में सांस्कृतिक थे और उन्हें भी रिनासां से सम्बद्ध मानना चाहिए।

सच पूछिए तो जहाँ तक यूरोप से आनेवाली विद्याओं का सवाल था, हिन्दू और मुसलमान उनसे समान रूप से प्रभावित हो रहे थे। फिर भी इस रिनासां का रूप एक-दूसरे क्षेत्र में विभक्त हो रहा था, क्योंकि अपने प्राचीन सत्यों की खोज में अतीत की ओर देखते-देखते हिन्दू वेद की ओर भागे जा रहे थे तथा मुसलमान कुरान की ओर; और धीरे-धीरे दोनों जातियों का जोर उन बातों पर पड़ता जा रहा था जो उन्हें एक-दूसरे से अलग करनेवाली थीं, उन पर नहीं जिनसे उनके बीच की चौड़ाई कुछ कम हो सकती थी। नतीजा यह हुआ कि जब सुधरा हुआ हिन्दुत्व खुलकर प्रकट हुआ तब उसके एक हाथ में वेद और उपनिषद् तथा दूसरे में विज्ञान की मशाल थी; एवं जब इस्लाम अपनी नींद से जगा तब उसके भी एक हाथ में विज्ञान की मशाल और दूरारे में कुरान-पाक के साथ अरबी संस्कृति का सपना था जिस संस्कृति की पवित्र मिट्टी पर इस्लाम ने जन्म लिया था।

हिन्दू-रिनासां के चोटी के नेताओं में से रामकृष्ण शुद्ध संत थे और सभी धर्मों के प्रति समभाव रखने के कारण उनके भीतर हिन्दुत्व एक विश्वधर्म के पृष्ठाधार का रूप ले रहा था।*

विवेकानन्द, यद्यपि, संन्यासी थे, फिर भी, उनमें राष्ट्रीयता का स्पष्ट तेज था। लेकिन वे भी हिन्दुत्व को विश्वधर्म के पृष्ठाधार के रूप में ही उपस्थित करना चाहते थे।

राजा राममोहन राय समाज-सुधारकों में अग्रण्य थे। किन्तु, ब्रह्मसमाज की संस्थापना के कारण इतिहास उन्हें भी एक धार्मिक नेता के रूप में अधिक याद करता है।

ये तीनों-के-तीनों बंगाल में उत्पन्न हुए थे जहाँ की संस्कृति में वैष्णव-पदावलियों की मधुरता भली भाँति पच चुकी थी। अतएव यह स्वाभाविक था कि जिस भूमि को इन महापुरुषों ने सींचा था, उससे उत्पन्न होनेवाला प्रतिनिधि-कवि विश्वधर्म का द्रष्टा, विश्वमानवता का प्रेमी और काव्य में माधुर्य-गुण का उपासक हो तथा उसकी राष्ट्रीयता और अन्तरराष्ट्रीयता में कोई भेद नहीं रहे। हिन्दू-रिनासां के इन प्रमुख नेताओं में से केवल दयानन्द ही ऐसे हुए, जिनमें कर्मठता का भी कुछ जोर था। बाकी सब-के-सब विशुद्ध आदर्शवादी

* Modern India & the West : सर राधाकृष्ण का लेख।

और माधुर्य के उपासक थे। इस अनुमान का समर्थन इस बात से भी मिलता है कि बीसवीं सदी में जब कर्म का व्यापक क्षेत्र तैयार हुआ, तब उसमें दयानन्द के अनुयायी तो अच्छी संख्या में आए, किन्तु आदर्शवादियों का दल, प्रायः, किनारे पर से ही आशीर्वाद देता रह गया।

ब्रह्मसमाज का जन्म ही ज्ञान और संस्कृति के ऊँचे स्तर पर मनुष्यमात्र की एकता को प्रोत्साहित करने के लिए हुआ था तथा, आदि से अन्त तक, वह एक बौद्धिक आन्दोलन के समान था जिसके अनुयायियों की धाक उनकी संख्या के कारण नहीं, बल्कि, धन-मान, पद-प्रतिष्ठा और बौद्धिक योग्यता को लेकर थी।* ब्रह्मसमाज की प्रेरणा सामान्य जनता की अनुभूति से नहीं आई थी और न समाज के भौतिक संघर्षों से उसका कोई सरोकार था। उसे एक बौद्धिक प्रयोग ही समझना चाहिए जिसके अधीन उसके नेता अनेक धर्मों से रस-संचय करके मनुष्यमात्र के लिए एक नूतन मधुचक्र तैयार कर रहे थे। राममोहन राय पर ईसा की नैतिक शिक्षाओं के अलावा, इस्लाम के तौहीद का भी पूरा असर था। रवीन्द्रनाथ के पिता महर्षि देवेन्द्रनाथ ठाकुर ने अपने तीन वर्षों की समाधि में सूफीवाद और यूरोप के विवेकमय दर्शन को मथकर एकाकार कर दिया था। स्वयं केशवचन्द्र सेन ने भी यह घोषणा की थी कि उनका आधा हृदय एशिया के साथ और आधा यूरोप के साथ है।** अतएव कोई आश्चर्य नहीं कि इन घटनाओं की कविता लिखने के लिए बंगाल में रवीन्द्रनाथ का जन्म हुआ जिनका द्रव्य जीवन नहीं, बल्कि जीवन के व्योम में फैली हुई दर्शन की सुरभि हुई, जिनका आराध्य राष्ट्रीय नहीं, अन्तरराष्ट्रीय मनुष्य हुआ तथा जिनका स्तर ब्रह्मसमाज का वही स्तर रहा जो अपनी ऊँचाई के कारण धरती की धूल और जिन्दगी की कराह की पहुँच से परे था।

सर सैयद और मौलाना हाली के सामने इस्लाम को विश्वधर्म से एकाकार करने की समस्या नहीं थी। ईसाइयत के आगमन से हिन्दुत्व जितना घबराया था, इस्लाम को उतनी घबराहट नहीं हुई थी। वह ईसाइयों का जाना-पहचाना हुआ धर्म था। इसके सिवा, इस्लाम अभी-अभी राज्य-सिंहासन से नीचे आया था। उसे इस बात का जरा भी तजुर्बा नहीं था कि गुलामी की वेदना कैसी होती है। इसके विपरीत, हिन्दुत्व के कई सौ वर्ष गुलामी में बीत चुके थे और अब वह और कोई साधन नहीं पाकर अपनी आत्मा की तेजस्विता से ही उन लोगों को जीतने की कोशिश में था जो उसके शरीर पर नई मुश्कें कस रहे थे।

---

* 'Their followers were strong, not in numbers, but in rank, influence and intellectual attainments.'

–Modern India & the West : L.S.S.O' Malley का लेख।

** Modern India & the West.

इस्लाम के नेताओं को अगर कोई चिन्ता थी तो यह कि बदली हुई परिस्थिति में मुसलमान क्या करें? अभी कल तक वे भारत के शासक थे। मगर अब जो परिस्थिति उनके सामने आ गई थी, उससे बाहर निकलने का रास्ता था हिन्दुस्तान की अन्य जातियों से मेल और उनके कन्धे से कन्धा मिलाकर खोई हुई सल्तनत को वापस लाने की कोशिश करना। मगर यह रास्ता जमहूरियत का रास्ता था जिसमें अधिकारों का उपभोग संख्या के अनुपात से ही किया जाता है और दुर्भाग्यवश, मुसलमानों को यह विश्वास नहीं हो सकता था कि प्रजासत्ता के अन्दर मुसलमानों की अवस्था एक महज 'माइनारिटी' से कुछ भी अच्छी होगी। यह मेरा अनुमान है। सम्भव है, और भी बहुत-से कारण रहे हों! लेकिन सच बात तो यह है कि जब हिन्दू और मुसलमान अपने पीछे की ओर देखते-देखते वेद और कुरान पर आसक्त हो रहे थे, तब हिन्दुओं की दृष्टि तो इतिहास के गह्वर से टकराकर वर्तमान की भूमि पर लौट आई। चूँकि उसके आगे अब कोई मार्ग नहीं था, किन्तु, मुसलमानों की भावना एक तरह के रहस्यवाद के फेरे में पड़कर असंतुष्ट रहने लगी और जब तब एक प्रकार के अस्पष्ट वृहत्तर इस्लाम का सपना उसे मोहित करने लगा।* रिनासां के काल की मुस्लिम जनता का कोई अच्छा हाल नहीं था। हिन्दू और मुसलमान साथ रहते आए थे। उन्होंने गदर के समय साथ मिलकर अपने समान शत्रु का सामना भी किया था और कई सौ वर्षों तक साथ रहने के कारण उनकी कुछ समान परम्पराएँ और विरासतें भी बन गई थीं। ये सारी बातें इस चीज की दलील थीं कि हिन्दू और मुसलमान एक हैं तथा राष्ट्रीयता उनका समान धर्म है। किन्तु फिर भी कोई बात थी जो उन्हें चौकन्ना रखती थी। दिल के भीतर कोई दर्द था जिसका उन्हें स्वयं भी पता नहीं था। उपचेतन के भीतर कोई गूँजती हुई आवाज थी जिसे वे सुन नहीं पाते थे। अतएव रिनासां से जन्मे हुए मुस्लिम समाज को एक ऐसे कवि की आवश्यकता हुई जो उसके उपचेतन की आवाज को सुनकर उसका सही मानी उसे बतला सके; जो उसकी मंजिल की परिभाषा करके उसे उस ओर बढ़ने की प्रेरणा दे सके; जो कोई ऐसा दर्शन तैयार कर सके जिससे भौगोलिक राष्ट्रीयता के बदले धार्मिक या सांस्कृतिक राष्ट्रीयता का सिद्धान्त निरूपित और पुष्ट होता हो।

19वीं सदी के मुस्लिम समाज ने जैसी कठिन उलझनों को लेकर अपने कवि की इन्तजारी की, वैसी उलझनों को लेकर किसी भी देश के किसी भी समाज ने किसी भी कवि की राह नहीं देखी होगी। यह काम दार्शनिकों के बूते से बाहर

* A secular state for India by Lanka Sundaram.

था, क्योंकि दर्शन के शब्दों में न तो पंख ही होते हैं कि वे तुरन्त लोगों के दिलों में पैठ जाएँ और न उनसे खुशबू ही निकलती है जिससे खिंचकर लोग आप-से-आप उसके पास चले आएँ। यह काम राजनीतिज्ञों की भी शक्ति के बाहर था; क्योंकि कोई भी राजनीतिज्ञ ऐसा नहीं हो सकता जो एक शब्द में एक अध्याय और एक मिसरे में पूरी किताब कह डाले। अखबार के कालमों में भी कोई ऐसी स्पीच नहीं छपती जिसे लोग कुरआन की तरह बगल में बाँधकर साथ लेते फिरें। इकबाल ने बड़ा ही कठिन काम पूरा किया है और जो लोग यह कहते हैं कि वे कवि नहीं होकर केवल राजनीतिज्ञ थे, वे शायद इस रूढ़ि से ग्रसित हैं कि हर हालत में साहित्य राजनीति की गन्धमात्र से दूषित हो जाता है।

शायद यह भी इतिहास के क्रम में ही एक निश्चित बात थी कि इकबाल उन सभी कवियों से भिन्न हों, जिन्हें देखने और सुनने के मुसलमान आदी रहे थे। मुसलमानों को एक ऐसे कवि की आवश्यकता थी जो उन्हें अपने साथ हँसी-मजाक करने की आजादी नहीं दे; जिसे वे अपना गायक ही नहीं, बल्कि इमाम भी समझें और जो उनके ध्यान को सस्ती चीजों से हटाकर उस ओर ले जाए जहाँ इस्लाम की आरम्भिक गरिमाएँ (गरीबी का फख्र, मकसद के लिए मर मिटने की उमंग और चेतना का सूफियाना विस्तार) दमक रही थीं। इस कवि के लिए यह भी आवश्यक था कि वह संगतराश नहीं होकर जिन्दा पत्थरों का पारखी हो और कारीगरी के फेरे में वह इतना तो पड़े ही नहीं कि जब तक वह छेनी से पत्थरों की नोक ठीक करने में लगा हो, तब तक उसके दिल की आग ही मद्धिम पड़ जाए। इकबाल के सामने जितना कठोर और महान लक्ष्य था, उसे देखते हुए अचरज की बात यह नहीं दीखती कि उन्होंने साहित्य के नियमों और रीतियों की अवहेलना की; बल्कि अचरज की बात तो यह समझी जानी चाहिए कि साहित्य की परम्पराओं को तोड़कर भी वे कवि कैसे बने रहे, उनकी कविताएँ गद्यात्मक होकर क्यों नहीं रह गईं, उनमें रस का अभाव और चमत्कार की कमी क्यों नहीं आई तथा उनकी पंक्तियाँ मनुष्य के हृदय को झकझोरने में इतनी समर्थ कैसे हो गईं। क्या यह क्षणस्थायी प्रभाव है और इकबाल को सौ-पचास वर्षों के बाद लोग भूल जाएँगे? क्या इकबाल का तेज समकालीनता का तेज है और सनातनता के सामने वह नहीं टिक सकेगा? क्या उनकी कविताओं का बाँकपन साहित्य की वक्रोक्ति का पर्याय नहीं? क्या उनके शेरों से फूटनेवाली रोशनी वही रोशनी नहीं है जिससे कवियों के अक्षर और शब्द सैकड़ों बरस तक जगमगाते रहते हैं? कदाचित् ऐसी चिन्ता ही फिजूल है, क्योंकि इस प्रकार का निर्णय आनेवाली संततियाँ ही कर सकती हैं। यह भी

सम्भव है कि इकबाल आज जिन गुणों के लिए प्रशंसित और पूजित हो रहे हैं, अगले जमाने में उनके बदले वे किन्हीं अन्य कारणों से प्रशंसित हों!

रवीन्द्रनाथ

रवीन्द्रनाथ का जन्म एक कलाप्रिय वंश में हुआ था जिसमें सौन्दर्य के सिवा, विश्वबन्धुत्व और औपनिषदिक ज्ञान की भी चर्चा प्रधान थी। उत्तराधिकार में उन्हें बंगला के वैष्णव कवियों की कोमलकान्त पदावलियाँ भी मिली थीं। अतएव आरम्भ से ही वे सौन्दर्य की उपासना की ओर बढ़ने लगे और जब उनके मुख से धार्मिक अनुभूतियाँ व्यक्त होने लगीं तब वैष्णव कवियों का प्रभाव भी स्पष्ट रूप से लक्षित होने लगा।

रवि बाबू के लिए यह बड़ा ही अनुकूल रहा कि जो परम्पराएँ उन्हें विरासत के रूप में मिली थीं, उनका कोई निश्चित अथवा स्थूल उद्देश्य नहीं था और काव्य की भूमि से बाहर रहने पर भी वे बहुत कुछ कविता के ही समान तरल और सूक्ष्म थीं। मनुष्य-मनुष्य के बीच एकता, निरंजन और निराकार की उपासना, सभ्यता और संस्कृति को सुन्दर-से-सुन्दर और कोमल-से-कोमल बनाने का प्रयास, ये ऐसे कार्य नहीं हैं जिनका कोई स्थूल उद्देश्य ढूँढ़ा जा सके। यह बिलकुल स्वाभाविक था कि रवि बाबू का कला-सम्बन्धी दृष्टिकोण भी इस परम्परा के स्वभाव से मिलता-जुलता हो। कला की परिभाषा करते हुए उन्होंने कहा है कि आत्मरक्षा अथवा जाति-रक्षा के लिए जितने ज्ञान और प्रयास की आवश्यकता है उतना ज्ञान और प्रयास मनुष्य तथा पशु में समान रूप से पाया जाता है। किन्तु इस आवश्यकता की परिधि से बाहर भी एक भूमि है जिसमें पशु नहीं जा सकता, केवल मनुष्य ही जाता है और अपने ज्ञान तथा प्रयास के द्वारा इस भूमि में वह जो आनन्द उठाता है, वह उसके 'बायोलॉजिकल' अस्तित्व या विकास के लिए तनिक भी आवश्यक नहीं है। इस आनन्द का लक्ष्य केवल आनन्द है। दृष्टान्त देकर विषय को स्पष्ट करते हुए उन्होंने यह भी कहा है कि यह बहुत कुछ वैसी ही बात है, जैसे कोई व्यक्ति इतना धनी हो जाए कि अपनी जरूरतें पूरी करने के बाद भी उसके पास बहुत-सा धन बच रहे। इस धन को वह अपने किसी उपयोग में तो नहीं ला सकता; फिर भी धन की स्थिति-मात्र से अपने को धनी समझने में जो एक सुख है, वह धन के उपयोग से प्राप्त होनेवाले सुखों से भिन्न होता हुआ भी सुख ही कहा जाएगा। जो अनावश्यक है, जिसका कोई उद्देश्य नहीं, वही भूमि कला की जन्मभूमि है और उसी भूमि में कला विकास पाकर फूलती-फलती है। रवीन्द्रनाथ कला को इसी रूप में मानते

थे और यद्यपि 'कला के लिए कला' वाले सिद्धान्त की निन्दा उनके समय में खूब हो रही थी, मगर वे बड़ी ही निर्भीकता के साथ इस सिद्धान्त का समर्थन करते रहे। केवल समर्थन ही नहीं, अपनी तमाम कृतियों के भीतर उन्होंने अपना जो रूप रखा है, वह निरुद्देश्य गीत गानेवाले 'पलातक बालक' का ही रूप है :

संसारे सबाइ यबे सारा क्षण शत कर्मे रत,
तूई शुधू छिन्नबाधा पलातक बालकेर मतो,
मध्याह्ने माठेर माँझे एकाकी विषण्ण तरुछाये,
दूर गन्धवह मन्दगति तप्तवाये
सारा दिन बाजाइलि बाँशि।

[चित्रा : एबार फिराओ मोरे]

रवीन्द्रनाथ को विरासत में जो दुनिया मिली थी अथवा जिस विश्व की उन्होंने अपने लिए रचना की थी, वह आनन्द और सौन्दर्य का विश्व था। यह वह दुनिया है जिसे धूल और धुएँ से कोई वास्ता नहीं। यह वह संसार है जहाँ लोहे और पत्थर भी पिघलकर चाँदनी बन जाते हैं। मगर धरती का चीत्कार भी असर रखता है और कलाकार चाहे जहाँ भी जाकर छिप जाए; वह इस चीत्कार को सुने बिना नहीं रह सकता। रवीन्द्रनाथ की चेतना अत्यन्त विकसित थी, अतएव यह चीत्कार उन्हें स्वदेशी-आन्दोलन से भी बहुत पूर्व, उन्नीसवीं सदी में ही सुनाई पड़ा था जबकि अपने-आपको सम्बोधित करते हुए उन्होंने लिखा था :

उ रे, तूई उठ आजि,
आगुन लेगेछे कोथा? कार शंख उठियाछे बाजि
जागाते जगत जने? कोथा होते ध्वनिछे क्रन्दने
शून्यतल? कोन अन्धकारा माझे जर्जर बन्धने
अनाथिनी माँगिछे सहाय?

× × ×

कवि, तबे उठे एसो यदि थाके प्राण,
तबे ताई लहो साथे, तबे ताई करो आजि दान।
बड़ो दुःख, बड़ो व्यथा, सम्मुखेते कष्टेर संसार
बड़ोइ दरिद्र, शून्य, बड़ो क्षुद्र, बद्ध अन्धकार।

× × ×

स्वर्गेर अमृत लागि पबे धन्य हवे मोर गान,
शत-शत असंतोष महागीते लभिवे निर्वाण।

[चित्रा : एबार फिराओ मोरे]

'एबार फिराओ मोरे' नामक जिस कविता से ये उद्धरण लिये गए हैं, उससे स्पष्ट झलकता है कि रवि बाबू को देश की पीड़ाओं की बड़ी ही तीव्र अनुभूति हुई थी और उनमें यह उमंग भी पैदा हुई थी कि बड़े-बड़े आदर्शों के हवाई महल को छोड़कर नीचे के अपार लोगों के आँसू में आँसू मिलाना भी कोई हेय कर्म नहीं है। 'कहो कि अपना दुःख मिथ्या है, अपना छोटा सुख भी मिथ्या है। जो व्यक्ति स्वार्थ में निमग्न होकर बड़े जगत से दूर रहता है, उसने अभी जीना नहीं सीखा।' कविता पढ़ते-पढ़ते यह आशा बँध जाती है कि जब आरम्भ इतना बेधक और क्रान्तिकारी है तब अन्त में भी कोई ठोस चीज अवश्य मिलेगी जिसकी रोशनी में इन पीड़ाओं का निदान खोजा जा सके। किन्तु ऐसे पाठकों की आशा पूरी नहीं होती। ज्यों-ज्यों कवि कविता की समाप्ति के पास आता है, त्यों-त्यों वह साकारता से उठकर निराकारता के बीच छिपने लगता है तथा अन्त में वह केवल यह कहकर छुट्टी ले लेता है कि जीवन की सारी तृषाएँ एक महागान में तृप्ति पाएँगी। 'शत-शत असंतोष महागीते लभिवे निर्वाण'। यह रवीन्द्रनाथ की अपनी विशेषता है। वे पथ-प्रदर्शन की जिम्मेवारी लेने से घबराते हैं। मनुष्य की पीड़ाओं की ऐसी मार्मिक अनुभूति कर लेने के बाद भी वे कर्म की प्रत्यक्ष प्रेरणा नहीं दे सकते, केवल मानवता के लिए बलिदान करनेवालों की ऊँची प्रशस्ति गाकर लौट जाते हैं। उनकी दृष्टि में कला का साम्राज्य यहीं तक है। इसके बाद की भूमि प्रचारकों की भूमि है, उपदेशकों का क्षेत्र है। कला तो अनावश्यकता की बेटी ठहरी। वह मनुष्य की आवश्यकता वाली परिधि के उसी पार रहती है। जिस लक्ष्मण-रेखा के भीतर जीवन की आवश्यकताएँ घिरी हुई हैं, उसे लाँघकर भीतर आने में कला को भय लगता है कि कहीं उसका रूप विकृत न हो जाए। कवि के लिए विश्व-वेदना की अनुभूति भी स्वाभाविक है। किन्तु इस अनुभूति से भी उसे एक प्रकार का आनन्द ही लेना है, जो कला और अभिव्यक्ति का आनन्द है।

'साहित्य की आत्मा आनन्द है–और वह भी ऐसा आनन्द जिसमें किसी भी उद्‌देश्य की गन्ध नहीं होती।'*

और जो बात रवीन्द्रनाथ कला के बारे में कहते हैं, वही व्यक्तित्व के बारे में भी, क्योंकि उनके मतानुसार कला और व्यक्तित्व एक ही वस्तु के दो नाम हैं और दोनों ही उसी भूमि से विकास पाते हैं जो भूमि अनावश्यक या Superfluous है। जब तक मनुष्य आवश्यकता की परिधि से बाहर नहीं निकलता, तब तक न तो उसकी कला का निखार होता है और न उनका व्यक्तित्व ही बन पाता है।

---

* Enjoyment is the soul of literature–the enjoyment which is disinterested.

[Personality : By Rabindra Nath Tagore]

'वैयक्तिक मनुष्य का अस्तित्व ही उस लोक में होता है जहाँ पहुँचकर हम शरीर और मन, दोनों की, सभी प्रकार की आवश्यकताओं से मुक्त हो जाते हैं, जो लोग उपयोग और मसलहत की दुनिया से कहीं ऊँचा और महान है।'*

इस प्रसंग को भी उन्होंने दृष्टान्तपूर्वक समझाते हुए लिखा है कि स्त्री का व्यक्तित्व माता, बहिन या सखी-रूप में नहीं, बल्कि, उसकी प्रसन्न मुद्रा में, उसकी सजधज की रंगीनी में तथा उसकी गति की भंगिमा और अदा में है।

'नारी का जो असली रूप है, वह उसकी सजधज की चित्रमयता तथा वाणी एवं गति की संगीतमयता में प्रकट होता है। नारी क्या है, इस जिज्ञासा का समाधान उसके उपयोगी होने में नहीं, बल्कि, उसकी आनन्दमयी मुद्राओं में मिलेगा।'**

और योद्धा का व्यक्तित्व भी उसके युद्धकौशल में नहीं होता! युद्ध तो एक आवश्यक कृत्य है, अतएव उसके भीतर से योद्धा के व्यक्तित्व की अभिव्यंजना सम्भव नहीं हो सकती। व्यक्तित्व की अभिव्यंजना के लिए उसे बाजे चाहिए, सजावट और पोशाक चाहिए।

'योद्धा में जो योद्धा होने की एक तीव्र चेतना है उसकी अभिव्यक्ति के बिना उसका व्यक्तित्व व्यंजित नहीं हो पाता, यद्यपि इस चेतना की अभिव्यक्ति केवल अनावश्यक ही नहीं, कभी-कभी आत्मघातक भी हो सकती है।'***

जहाँ तक मुझे मालूम है, रवि बाबू के इस विचार में कभी कोई परिवर्तन नहीं हुआ। आज के युग में कला के सम्बन्ध में ऐसा विचार रखना संसारभर के आलोचकों को अपने सिर के बाल नोचने का निमंत्रण देना है। और तब भी जिस हिम्मत और सफाई के साथ रवि बाबू अपने वाक्यों का प्रमाण छोड़ गए हैं, वही इस बात का सबूत बन जाती है कि कला को वे शुद्ध आनन्द का साधन और पर्याय मानते थे।

'कार्य से मुझे भगवान के हाथों सम्मान और गीत से उनका प्रेम प्राप्त होता है।'****

---

* Personal Man is found in the region where we are free from all necessity, above all needs, both of body and mind, above the expedient and the useful.

[Personality]

** She has to be picturesque and musical to make manifest what she truly is. She is not to be judged merely by her usefulness. But, by her delightfulness.

[Personality : what is art]

*** He must give expression to the heightened consciousness of the warrior in him which is not only unnecessary but in some cases suicidal.

[Personality : what is art]

**** God honours me when I work.
He loves me when I sing.

[Tagore's Birthday number]

इससे व्यंजित होता है कि रवि बाबू कर्म की महत्ता को अस्वीकार नहीं करते। किन्तु दूसरी पंक्ति यह भी बतला देती है कि गान उन्हें अन्य किसी भी कर्म की अपेक्षा अधिक प्रिय है।

और गान से रवीन्द्रनाथ का तात्पर्य केवल उन्हीं कविताओं से है जिनमें कर्म की प्रेरणा नहीं होती, जो मनुष्य को आनन्द छोड़कर और कुछ नहीं देती हैं। अनुवाद की तो कोई बात ही नहीं, रवीन्द्र गद्य की अपेक्षा अपनी कविताओं में महान हैं और कविताओं से भी बढ़कर उनकी महत्ता उनके गीतों में निखरी है। गीत, शायद, कविता का निचोड़ होता है। कथानक नहीं, कोई ऊँचा विचार नहीं, उपदेश और ज्ञानोदूगार नहीं, स्थिति और चरित्र-चित्रण भी नहीं; फिर भी गीत न जाने कैसे निकल आते हैं! क्यों वे कलेजे को इस कदर बेधते हैं और कैसे उनकी उम्र इतनी लम्बी होती है! बिहारी के दोहे जैसे गर्दन घुमाने, नासिका मोड़ने अथवा नृत्य की भंगिमा से घूम जाने की अदा की तसवीर लिये आज तीन सौ वर्षों से ताजे चले आ रहे हैं, उसी प्रकार गीत भी, अधिक-से-अधिक, कवि की किसी मनादेशा को लेकर प्रकट होते हैं, वैसी ही मनोदशा पाठकों में उत्पन्न करके प्यारे बन जाते हैं और उसी मनोदशा को ताजा रखने के कारण जीवित रहते हैं। गीतों के भीतर ज्ञान की कोई बात नहीं रहती और न उनके अर्थों का कोई निश्चित आकार ही ठीक से पकड़ में लाया जा सकता है। गीत कवि के मन की एक तरह की बेचैनी की तसवीर है। स्मृति का दर्शन, सौन्दर्य की चोट, किसी अस्पष्ट उमंग की एक लहर अथवा मन का कोई धुँधला आवेग, ऐसी कोई भी बात कवि के भीतर एक प्रकार की मनोदशा को उत्पन्न करती है जिसकी अभिव्यक्ति शब्दों की ताकत के बल पर नहीं की जा सकती, क्योंकि किसी भी भाषा में ऐसे शब्द नहीं होते जो मनुष्य की इतनी सूक्ष्म मनःस्थिति को ठीक-ठीक चित्रित कर सकें। फिर भी कवि जो शब्दों के माध्यम से ही उसे व्यक्त कर पाता है,

वह इसलिए कि शब्दों के साथ केवल अर्थ ही नहीं होते, उनमें गीतमयता और नाद भी होता है। असल में, गीतों में नाद और अर्थ एकाकार हो जाते हैं, जैसाकि अक्सर संगीत में हुआ करता है। अथवा यह कहना अधिक उपयुक्त होगा कि शब्द, जो अन्य कविताओं में वर्णन का साधन रहते हैं, गीतों में आकर खुद ही साध्य बन जाते हैं। मानना होगा कि काव्य की भूमि में सफल गीतों की रचना बहुत ही बारीक काम है, क्योंकि यहाँ कवि का चिन्तन और ज्ञान उसका सहायक नहीं होता, बल्कि उसे केवल उन्हीं शक्तियों से काम लेना पड़ता है जो उसे अन्य प्रकार के कलाकारों से भिन्न करती हैं। रवीन्द्र की कवि-प्रतिभा अथवा उनके

बहुत बड़े कलाकार होने में जिन्हें सन्देह हो, वे एक बार उनके गीतों के कुंज में प्रवेश करें जहाँ कविगुरु की शक्ति अपने पूरे चमत्कार के साथ विराजमान है।

अपनी शिक्षा-दीक्षा, नति और मति से रवीन्द्रनाथ जिस दुनिया के लिए तैयार हुए, वह इल्म नहीं, हुनर की दुनिया थी। वह कर्म नहीं, चिन्तन का जगत था। वह ज्ञान नहीं, गान का संसार था। रवीन्द्र-साहित्य के भीतर प्रवेश करने पर कर्म और कोलाहल का विश्व पीछे छूट जाता है। वहाँ आँसू नहीं, स्वेद नहीं, चीख और चिल्लाहट नहीं और न मध्याह्न के सूर्य का जलता हुआ ताप है। रवीन्द्र शीतलता के कवि हैं। वे मनुष्य या प्रकृति में दाह के अस्तित्व को तटस्थ भाव से नहीं देख सकते। अपनी एक कविता में रवि बाबू ने ग्रीष्मकाल की दोपहरी के जलते हुए सूर्य का चित्र खींचना चाहा है, किन्तु दो-तीन पदों के बाद ही आकाश में पद्मासन पर बैठे हुए शीर्ण संन्यासी के त्राटक की मुद्रा में तने हुए रक्तनेत्र तथा नीचे प्यास से फटी हुई पृथ्वी को देखकर, वे मानो अपनी कल्पना से आप ही घबरा उठे हैं और तुरन्त ही प्रार्थना आरम्भ कर दी है :

हे वैरागी, करो शान्तिपाठ;
तोमार गेरुआ वस्त्रांचल
दाउ पाति नभस्तले विशाल वैराग्ये आवरिया
जरा-मृत्यु-क्षुधा-तृषा, लक्ष कोटि नरनारि-हिया चिन्ताय विकल।

रवीन्द्रनाथ मधुरता के ऐसे उपासक हैं कि भगवान का भी माधुर्यहीन ऐश्वर्य उन्हें अधिक काल तक अपने में नहीं रमा सकता।

धूप को चाँदनी में बदलने की ख्वाहिश, मध्याह्न के जलते हुए आकाश को सान्ध्य सूर्य के गैरिक वसन से ढँक देने की चाह तथा कोलाहल से भरे विश्व को शान्ति की शुभ्र चादर से आवृत कर देने की कामना रवीन्द्रनाथ की अपनी विशेषता है। प्रकृति की क्रियाओं के भीतर व्याप्त जिस सनातन नियम का उन्हें पता चला है, वह नियम शान्ति का नियम है। वह नियम सामंजस्य और सौन्दर्य का नियम है। वह नियम मनुष्य-मनुष्य के बीच एकता और सहानुभूति की सत्ता का नियम है। जहाँ भी मनुष्य-मनुष्य का संगम है, जहाँ भी मनुष्य के व्यक्तित्व को गौरव, विस्तार और अनन्तता प्रदान करनेवाले उपकरण हैं, वे सभी स्थल रवीन्द्रनाथ के प्राणों के पहचाने हुए हैं। इसके विपरीत, जातिरक्षा, देशरक्षा, समाजरक्षा और आत्मरक्षा के लिए किये जानेवाले सारे प्रयत्न आवश्यकता के वृत में पड़ते हैं। अतएव वे छोटे और उपेक्षणीय हैं। इस आवश्यकता की परिधि के बाहर जो अनावश्यक आनन्द की भूमि है, रवीन्द्र उसी भूमि में रहते हैं। यह वह भूमि है जहाँ कला का कोई उद्देश्य नहीं; जहाँ आदमी का विकास संघर्ष के

तनाव में कसे रहने से नहीं, बल्कि अपने हाथ से छूटे जाने के कारण होता है। धूल, धूम, कोलाहल और कर्कशता से पूर्ण इस गोचर विश्व के बीच अनन्तकाल से एक और विश्व चला आ रहा है जिसे रूप नहीं है, जो उन लोगों की रचना है जो वास्तविकता को अपने व्यक्तित्व के माधुर्य से दबा सकते हैं, जिनकी कल्पना में काँटा भी फूल और पत्थर भी पानी हो जाता है। वास्तविकता की उपेक्षा करके आनन्द की वायु में झूलनेवाली वह अनोखी दुनिया जिसमें बैठकर कवि सुख से यह कह सके कि :

आज कोनो काज नय, सब फेले दिये
छन्दोबन्ध, ग्रन्थगीत, एसो तूमि प्रिये,
आजन्म साधना-धन, सुन्दरी आमार
कविता, कल्पना-लता।

[मानस-सुन्दरी : सोनार तरी]

यह कला के एक रूप की बात हुई जिसकी प्रक्रिया सौन्दर्य का विधान और जिसका लक्ष्य निरुद्देश्य आनन्द है। यह वह कला है जो हमें संसार के कोलाहल से ऊपर ले जाकर जीवन के उस रूप का दर्शन कराती है जिसमें शान्ति, सुषमा और सामंजस्य ही सामंजस्य है। मगर जिन्दगी में केवल शान्ति, सुषमा और सामंजस्य ही नहीं हैं, वहाँ संघर्ष की ज्वाला, अशान्ति का कोलाहल और वैषम्य के घात-प्रतिघात भी हैं और कला उनकी भी अभिव्यक्ति कर सकती है।

इकबाल

रवीन्द्रनाथ में भारतीय समाज की संघर्ष-भावना, हलचल और अशान्ति तथा वैषम्य के घात-प्रतिघातों की सीधी और बेधक अभिव्यक्ति क्यों नहीं हुई, इस बात की व्याख्या इस प्रसंग में की जा चुकी है जिस प्रसंग में यह बतलाया गया है कि उनके उद्भव और विकास की पृष्ठभूमि क्या थी। रवीन्द्रनाथ ने कर्म को प्रेरित करने के उद्देश्य से कुछ भी नहीं लिखा, क्योंकि जिन परिस्थितियों ने उन्हें उत्पन्न किया था, वे कर्म की अपेक्षा ज्ञान और आनन्द के अधिक समीप थीं। किन्तु इकबाल का जन्म एक सर्वथा भिन्न परिस्थिति के कारण हुआ था, अतएव उनके भीतर कला भी एक सर्वथा भिन्न रूप में प्रकट हुई। वे समाज का मनोरंजन करने नहीं, बल्कि उसके रूप को बदलने आए थे, इसलिए यह आवश्यक था कि उनकी कला में रंगीनी कम, बेधकता अधिक हो; मन को मोहनेवाली खूबसूरती थोड़ी, दिल को झकझोरनेवाली ताकत अपार हो तथा उसमें मम्मट की 'सद्यःपरिनिर्वृत्ति' के अंश अल्प एवं 'कान्तासम्मित उपदेश' की

मात्रा ज्यादा हो। कला के इन दो रूपों में कौन श्रेष्ठ और कौन हीन है, इस पर फतवा देने की कोशिश मुझे बेकार मालूम होती है, क्योंकि कविता के कलाकार को अपने-आप पर उतना बस नहीं होता जितना संगीतज्ञ के समान कुछ अन्य कलाकारों को होता है। प्रेरणा की लहर पर चलनेवाला कवि पंडितों के हाथों ज्यादा नम्बर पाने के उद्देश्य से अपने-आपको किसी धारा-विशेष के साथ बाँधकर नहीं रख सकता। क्रोसे की अगर कोई बात मुझे सबसे अकाट्य दीखती है तो वह यह है कि कला में विषयों का चुनाव नहीं होता। जिस प्रकार प्रत्येक कविता लिखने के समय कवि किसी अनिर्वचनीय प्रेरणा के अधीन होता है, उसी प्रकार उसके समस्त जीवनव्यापी भाव अथवा सन्देश पूर्व से ही निश्चित रहते हैं और उन्हें छोड़कर वह अन्यत्र नहीं जा सकता। कविता लिखना हमेशा सधे हुए गले से मनचाही आवाज निकालने के समान अपने बस की बात नहीं होती। उसमें कुछ संयोग और जुएवाली भी कैफियत है जिसे कवि लाख कोशिश करने पर भी नियंत्रण में नहीं ला सकता। चाहे ऐतिहासिक प्रक्रिया के प्रभाव के कारण हो अथवा शिक्षा-दीक्षा और संस्कार के कारण, किन्तु प्रत्येक योग्य कवि का कोई एक निश्चित क्षितिज बन जाता है जिससे उसके भाव उतरा करते हैं। उसके भीतर कोई एक शासिका-शक्ति पैदा हो जाती है जिसकी वह अवहेलना नहीं कर सकता। किसी कवि पर यह लांछन लगाना कि उसने अपने विषय का ठीक चुनाव नहीं किया, बहुत कुछ वैसी ही बात है जैसे किसी आदमी से यह कहना कि वह अपनी इच्छा के अनुसार जन्म क्यों नहीं ले सका। और शास्त्राचार्यों के इस प्रकार के निर्णय से कुछ आता-जाता भी नहीं है। टेक्नीशियन की प्रशंसा कोई अनुचित प्रशंसा नहीं होती, मगर टेक्निक की कसौटी को ठोक-पीटकर सदा के लिए एकरूप कर छोड़ना साहित्य में नवीनता के द्वार को अवरुद्ध करना है। कोई नया कलाकार या कवि केवल यह कह देने से कवि और कलाकार की श्रेणी से बाहर नहीं किया जा सकता कि वह उस कसौटी पर खरा नहीं उतरता है जिस पर पहले की कृतियाँ कसी जा चुकी हैं। सम्भव है, पहले की कृतियाँ उन परिस्थितियों के जवाब में नहीं जन्मी हों जो पहाड़ों का उन्मूलन और आसमान को समेटकर मुट्ठी में बन्द करना अपना लक्ष्य समझती हैं। सम्भव है, उन्हें उस भावना से पाला ही नहीं पड़ा हो जो वास्तविकता की छाती से निकलनेवाले चीत्कार को अपना गीत बनाना चाहती है। जिनके आगमन से दुनिया डाँवाँडोल होने लगती है, पेड़ के पुराने पत्ते झरने और मृत्यु की ठंडी राख सुगबुगाने लगती है, उनकी कृतियों को केवल टेक्निक की कसौटी पर कसकर यह फतवा देना कि वे ऊँचे या छोटे कवि हैं, बड़ी ही हिम्मत का काम है।

'कोई कृति साहित्य है या नहीं, इसका फैसला तो साहित्यिक मानदंडों से ही होता है, किन्तु साहित्य की उच्चतम कृतियों की पहचान केवल साहित्यिक मानदंडों से ही नहीं की जा सकती।'*

समय जब अपने लिए नई तलवार बनाना चाहता है तब वह नये-नये भावों को रूप देने के लिए नये कवि और कलाकार पैदा करता है जो प्राचीन भावधाराओं को मोड़कर अथवा नई भावधाराओं की ईजाद करके समय की प्रगति में सहायक होते हैं। इस दृष्टि से समय की ताकत बहुत बड़ी चीज है और वह साहित्य की शैली को भी प्रभावित करती है। जब शैली की भूमि में नवीनता की आभा पड़ती हो अथवा जब कोई महान कवि या कलाकार हमसे यह माँग करता हो कि तुम काव्य-सम्बन्धी अपनी धारणा में थोड़ी तरमीम लाओ, तब उचित यही है कि हम सोच-समझकर यह संशोधन स्वीकार कर लें अन्यथा जनता और काव्यशास्त्र के बीच कोई मेल नहीं रह जाएगा। शास्त्राचार्य एक चीज कहें और जनता अपनी भक्ति ठीक उलटी चीज को आर्पित करे, इससे तो अधिक शोभाजनक और सत्यसमन्वित कार्य यह होगा कि शास्त्रविद् सच्चाई के हृदय से निकलनेवाली नई आवाज की कद्र करें और उसे वह स्थान देने में हिचकिचाहट नहीं दिखलाएँ जिसकी वह अधिकारिणी है।

जिस प्रकार, रवि बाबू के कलाविषयक विचार उनके शान्तिप्रेम और विश्ववाद-विषयक विश्वासों से प्रभावित हैं, उसी प्रकार इकबाल के कला-सम्बन्धी सिद्धान्त उनकी संघर्षप्रियता से जन्मे हैं। इकबाल यह नहीं मानते कि शान्ति और निश्चेष्टता मनुष्य के स्वाभाविक धर्म हैं। वे यह भी नहीं मानते कि कला अथवा कलाकार का व्यक्तित्व उस भूमि में उत्पन्न होता है जो Superfluous या अनावश्यक है। इस सम्बन्ध में उनकी उक्तियों से जो सार ध्वनित होता है, वह कदाचित्, इस प्रकार रखा जा सकता है कि मनुष्य का व्यक्तित्व शान्ति नहीं, संघर्ष से विकसित होता है और कला इसी संघर्ष की अभिव्यक्ति है। इस प्रकार, इकबाल के मतानुसार, कला जीवन से निकलकर फिर जीवन को ही प्रभावित करती है। अतएव, कला की उन्नति और विकास की पहली शर्त यह है कि कलाकार का जीवन उन्नत और शक्तिशाली हो। जो जाति जितनी बड़ी है, उसकी कला भी उतनी ही ऊँची और महान होती है। कला एक प्रकार की निर्झरिणी है जो हमारे हृदयों से फूटकर फिर हमें ही अभिषिक्त करती है। इसलिए अगर हमारी भीतरी हालत ठीक नहीं है तो जो रोग इस निर्झरिणी के साथ बाहर निकलता है, वही फिर

* The greatness of literature cannot be determined solely by literary standard, though, we must remember that whether it is literature or not can be determined by literary standard only.

[Eliot]

लौटकर हममें वापस आ जाता है। ऐसी अवस्था में कला जीवन का अभिशाप हो जाती है और वह जातियों को और भी कमजोर बना देती है।

जिस प्रकार, अपने स्तर पर रवीन्द्रनाथ ने कला और व्यक्तित्व के बीच अन्योन्य सम्बन्ध का होना स्वीकार किया है, उसी प्रकार एक भिन्न दिशा में इकबाल भी कला और व्यक्तित्व को एक-दूसरे से सम्बद्ध मानते हैं। 'असरारे-खुदी' नामक अपने फारसी काव्य की दार्शनिक पृष्ठभूमि की व्याख्या करते हुए उन्होंने लिखा है कि 'सभी जीवन का रूप वैयक्तिक होता है, विश्व-जीवन जैसी किसी चीज का वजूद नहीं है। स्वयं परमात्मा भी एक व्यक्ति है, यद्यपि उसका व्यक्तित्व अन्य सभी व्यक्तित्वों से अनोखा और भिन्न है। यह सारी सृष्टि व्यक्तियों के एक वृहत समूह के समान है और हम सब उस महान और अनूठे व्यक्तित्व का अनुकरण कर रहे हैं।' परमात्मा के महान व्यक्तित्व में अपने व्यक्तित्व के लय कर देने को सभी धर्मों ने मनुष्य का चरम लक्ष्य माना है, किन्तु इकबाल इस दर्शन को स्वीकार नहीं करते। वे कहते हैं, मनुष्य को अपने भीतर ईश्वरीय गुणों का विकास करना चाहिए जिससे कि वह खुद भी ईश्वर के समान हो जाए। 'ब्रह्मविद् ब्रह्मैव भवति'—यह वेदान्त की भी घोषणा है। किन्तु, इकबाल इस अवस्था से भी आगे बढ़कर मनुष्य से यह कहना चाहते हैं कि तू अपने-आपका इतना विकास कर कि तू इस दुनिया में नहीं, बल्कि यह दुनिया ही तुझमें खो जाए और स्वयं भगवान की इच्छा तेरी इच्छा में विलीन हो जाए।

ख़ुदी को कर बुलन्द इतना कि हर तक़दीर से पहले,
खुदा बन्दे से खुद पूछे, बता तेरी रजा क्या है?

[बाँगे-दरा]

जँचते नहीं कंजश्को-हमाम इसकी नज़र में,
जिबरीलो-सराफील का सैयाद है मोमिन।

[बाले-जिबरील]

काफ़िर की ये पहचान कि आफ़ाक में गुम है,
मोमिन की ये पहचान कि गुम इसमें हैं आफ़ाक!

[बाले-जिबरील]

मनुष्य का यह विकास केवल शान्ति-सेवन और निवृत्ति की आराधना से नहीं हो सकता। इसके लिए तो उसे निरन्तर संघर्ष करना चाहिए। जीवन के विकास का मार्ग निवृत्ति नहीं, प्रवृत्ति है। वास्तविकता से पीठ फेर लेना अपने पौरुष का आप ही अपमान करना है। व्यक्तित्व तो उसे कहते हैं जो इस वास्तविकता को अपने भीतर खींचकर पचा ले।

'मनुष्य का नैतिक और धार्मिक आदर्श निवृत्ति नहीं, प्रवृत्ति है और अपने इस आदर्श की प्राप्ति के लिए उसे अधिक-से-अधिक वैयक्तिक, औरों से अधिक-से-अधिक भिन्न और निराला होना पड़ता है।'*

जीवन बहुत सारी बाधाओं से घिरा हुआ है। जिन्दगी बहुत-सी शर्तों के अधीन है। सृष्टि में सबसे अधिक स्वतंत्र व्यक्ति परमात्मा है। अतएव परमात्मा तक पहुँचने के लिए हमें भी अपनी बाधाओं से मुक्त होना चाहिए। परमात्मा की कामना, असल में, अपनी मुक्ति की ही कामना है। इसलिए मानव जीवन को स्वाधीनता अथवा मुक्ति के लिए किया जानेवाला अनवरत प्रयास समझना चाहिए।

और चूँकि जीवन का धर्म चेष्टा और प्रयास है, इसलिए इकबाल व्यक्तित्व को संघर्ष अथवा तनाव की स्थिति कहते हैं और यह मानते हैं कि व्यक्तित्व की सत्ता तभी तक कायम रहती है जब तक यह तनाव ढीला नहीं होता।

'जिसे हम व्यक्तित्व कहते हैं, वह एक संघर्ष की अवस्था है और जब तक यह अवस्था बनी रहती है तभी तक मनुष्य में व्यक्तित्व का भी तेज रहता है।'**

जब यह संघर्ष शिथिल होने लगता है, आदमी का व्यक्तित्व भी मन्द पड़ने लगता है। अपने भीतर संघर्ष की यह अवस्था पैदा करना मनुष्य की सबसे बड़ी सफलता है और जो चीजें इस तनाव को कायम रखती हैं, वे ही हमें अमरता की ओर ले जाती हैं तथा जो चीजें उसमें शैथिल्य उत्पन्न करती हैं, वे हमें मृत्यु की ओर ले जाती हैं। व्यक्तित्व का यही तनाव, निरन्तर संघर्ष में लीन रहने की यही मनःस्थिति इकबाल के सारे दर्शन का आधार है और इसी कसौटी पर वे कला, धर्म, नैतिकता और राजनीति—सभी का मूल्य आँकते हैं।***

इकबाल कहते हैं कि मनुष्य के सभी प्रयासों का लक्ष्य अपने जीवन को गौरवपूर्ण, सबल और समृद्ध बनाना है। आदमी की जितनी भी कलाएँ हैं, उन्हें इस एक लक्ष्य की अधीनता स्वीकार करनी ही चाहिए, क्योंकि सभी कलाओं की केवल एक कसौटी है कि उनमें जीवनदायिनी क्षमताओं का कितना प्राचुर्य है। इकबाल के मतानुसार सबसे बड़ी कला वह है जो हमारे भीतर सोई हुई इच्छा-शक्ति को जगाकर उसे कार्य की ओर प्रेरित करती है तथा हमारी शिराओं

---

* The Moral and religious ideal of man is not self-negation, but self-affirmation and he attains to this ideal by becoming more and more individual, more and more unique.
[Secrets of the Self by R.A. Nicholson : भूमिका-भाग]

** Personality is a state of tension and can continue only if that state is maintained.
[Secrets of the Self by Nicholson]

*** That which fortifies personality is good, that which weakens it is bad.
[Secrets of the Self]

में चेतना भरकर हमें वीरतापूर्वक जीवन की कठिनाइयों का सामना करने को तैयार करती है। इसके विपरीत, जो भी कला हममें आलस्य भरती अथवा कल्पित सौन्दर्य के भुलावे में डालकर हमें जीवन से दूर ले जाती है, वह हीनता, विनाश और मृत्यु की कला है।

'जो भी चीजें हममें आलस्य और निद्रा का संचार करती हैं; जो भी चीजें हमारी आँखों से उस वास्तविकता को ओझल करती हैं, जिसे अधिकार में लाए बिना जीवन टिक नहीं सकता, वे सब-की-सब मृत्यु और विनाश लानेवाली हैं।'*

'कला के लिए कला' वाले सिद्धान्त का तिरस्कार करने में इकबाल को उतनी भी झिझक नहीं है जितनी झिझक कलावादियों को उसे स्वीकार करने में होती है। जो कला जीवन को प्रेरणा नहीं देती, उसे वे कथमपि स्वीकार करने के पक्ष में नहीं हैं।

'कला में अफीम-सेवन के लिए गुंजाइश नहीं होनी चाहिए। 'कला के लिए कला' का सिद्धान्त पतनशीलता का प्रपंचपूर्ण आविष्कार है और उसका ध्येय भुलावे में डालकर हमें अशक्त बनाना है जिससे कि हमारे हाथों का अधिकार दूसरों के हाथ में चला जाए।'**

निरुद्देश्यता, वायवीयता और कर्महीनता के साथ कला का जो परम्परागत सम्बन्ध रहा है और कला के जिस अपार्थिव रूप पर पंडितों और आलोचकों का अत्यधिक जोर रहा है, शायद उसी को देखते हुए इकबाल ने जगह-जगह पर यह इंगित किया है कि मैं कवि नहीं हूँ, मेरी वाणी को केवल कविता के रूप में ग्रहण मत करो। जिस प्रकार रवीन्द्र में धरती की पीड़ाएँ भी निराकार सुषमा का रूप धारण कर लेती हैं, उसी तरह इकबाल में आकर सारी खूबसूरती का मकसद आदमी के भीतर कोई बड़ा भाव जगाना हो जाता है। रवीन्द्रनाथ की 'आज कोनो काज नय सब फेले दिये' वाली मुद्रा कहीं-कहीं इकबाल में भी मिलती है।

दुनियाँ की महफिलों से उकता गया हूँ या रब,
क्या लुफ्त अंजुमन में जब दिल ही बुझ गया हो?

[बाँगे-दरा]

इस कविता में इकबाल एक शुद्ध कलाकार की तरह अपने हाथ से छूटे हुए-से प्रतीत होते हैं और वे घूम-घूमकर उन सुषमाओं का रस लेते हैं जो रवीन्द्र

* All that brings drowsiness and makes us shut our eyes to reality around, on the mastery of which abone life depends, is a message of decay and death.

[*Secrets of the Self* : *भूमिका-भाग*]

** There should be no opium-eating in art. The dogma of art for the sake of art is a clever invention of decadence to cheat us out of power.

[*Secrets of the Self* : *भूमिका-भाग*]

की अनावश्यक भूमि की सुषमाएँ हैं, जिनका उद्देश्य केवल आनन्द का दान है, जो आदमी को भुलाकर जिन्दगी से दूर ले जाने की ताकत रखती हैं और जिन पर सदियों से शुद्ध कलावादियों का समुदाय जी-जान से लट्टू रहा है।

पानी को छू रही हो झुक-झुक के गुल की टहनी
जैसे हसीन कोई आईना देखता हो।
मेहँदी लगाये सूरज जब शाम की दुलहन को,
सुखी लिये सुनहरी हर फूल का कबा हो।
पच्छिम को जा रहा हो कुछ इस अदा से सूरज,
जैसे कोई किसी के दामन को खींचता हो।
जुल्मत झलक रही हो इस तरह चाँदनी में,
ज्यो आँख में सेहर की सुरमा लगा हुआ हो।

[बाँगे-दरा]

मगर ये सुषमाएँ इकबाल के मकसद पर परदा नहीं डाल सकतीं। जो चीज उनके दिल को जितना ही हिलकोरती है, वह उनके उद्देश्य को भी उतना ही तेज बनाती है। ये सुन्दरताएँ, शायद, मोहनी हैं जिन्हें दिखलाकर वे लोगों को अपने दिल की बात सुनने को तैयार करते हैं। ये छवियाँ, शायद मम्मट की कल्पना की 'कान्ताएँ' हैं जिनके मुख से वे अपना दर्द लोगों के दिलों तक पहुँचाना चाहते हैं। 'एबार फिराओ मोरे' में रवीन्द्रनाथ ने स्थूल को लेकर क्रान्तिकारी की तरह आरम्भ किया, किन्तु, अन्त तक जाते-जाते वे निराकार की भूमि में चले गए। इसके प्रतिकूल, वर्तमान कविता को इकबाल कवि की तरह से आरम्भ करके उसे देशभक्त की तरह समाप्त करते हैं। यह उन दिनों की रचना है जब इकबाल खाँटी देशभक्त थे और जब अपने वतन की किस्मत पर रोने से बढ़कर उनके लिए और कोई प्यारा काम नहीं था। खूबसूरती की इस महफिल में घूमते-घूमते न जाने क्या सोचकर वे रो पड़ते हैं और जिस नज्म में आनन्द और खुशी की ऐसी घटा उठी थी, वह नाले या रुदन में समाप्त हो जाती है।

दिल खोलकर बहाऊँ अपने वतन पै आँसू,
सरसब्ज जिसके नम से बूटा उमीद का हो।
इस खामुशी में जायें इतने बलन्द नाले,
तारों के काफले को मेरी सदा दरा हो।
हर दर्दमन्द दिल को रोना मेरा रुला दे,
बेहोश जो पड़े हैं, शायद उन्हें जगा दे।

[बाँगे-दरा]

इकबाल ने जो खुलकर सोद्देश्य कला के पक्ष का समर्थन किया, उससे इकबाल की मुखालफत करनेवाले आलोचकों के हाथ में एक तलवार तो अनायास ही आ गई; मगर सब कुछ होते हुए भी हम उनकी सच्चाई से इनकार नहीं कर सकते। अपनी रचनाओं से वे सहज ही यह प्रभाव उत्पन्न करते हैं कि उनमें कोई प्रज्वलित सत्य छिपा हुआ है जो बाहर आना चाहता है। उनके सामने कोई लक्ष्य है जिसे वे शीघ्र से शीघ्र प्राप्त करना चाहते हैं। महाकवि अथवा महान कलाकार कहलाने में जो सुख है, वह उनका ध्येय नहीं है।

जीना वो क्या जो हो नफ़से-ग़ैर पर मदार,
शुहरत की ज़िन्दगी का भरोसा भी छोड़ दे।

[बाँगे-दरा]

काव्यकला का माध्यम उन्होंने इसलिए नहीं चुना कि आनन्दविधायक कलाकारों की पंक्ति में उन्हें इज्जत की जगह हासिल करनी थी, बल्कि इसलिए कि उन्हें मुस्लिम समाज का हृदय झकझोरकर उसे जाग्रत् करना था और आदमी के दिल पर कब्जा करने की 'शार्टकट राह' कविता ही है। सिद्धान्त के स्तर पर कला को साधन तो सभी मानते हैं, मगर आचार्यों की एक कमजोरी है कि वे कला को साध्य समझ लेने को भी कोई बड़ा दोष नहीं मानते। इकबाल ने कला को जीवन से कभी भी ऊपर नहीं माना। असल में, व्याख्या उन्हें जीवन की करनी थी, कला उसमें सहायता देने को आई। उनका आनन्द केवल अभिव्यक्ति का आनन्द नहीं है, वे उस अभिव्यक्ति को लोगों तक पहुँचाना भी चाहते हैं और कला का महत्त्व वे यह मानते हैं कि वह इस काम को बखूबी अंजाम दे सकती हैं। और उनका यह विश्वास बहुत सही निकला है; क्योंकि रुदन और गर्जन, दोनों का उनकी कला ने पूरी सफलता से वहन किया है। इकबाल के गरजते हुए भावों का साथ उनकी कला ने जिस सहजता से दिया है, इसका उदाहरण 'शिकवये-खुदा' का वह अंश है जहाँ इकबाल इस्लाम की गत गरिमाओं की याद करते हैं और उनका रुदन कला से मिलकर कितना रंगीन हो सकता था, इसका उदाहरण 'तस्वीरे-दर्द' की ये पंक्तियाँ हैं, जिनमें उनके दिल की कचोट इन्द्रधनुष की सतरंगी साड़ी पहनकर सामने आई हैं :

उठाये कुछ वरक़ लाले ने, कुछ नरगिस ने, कुछ गुल ने,
चमन में हर तरफ बिखरी हुई है दास्ताँ मेरी।
उड़ा ली कुमारियों ने, तूतियों ने, अन्दलीबों ने,
चमनवालों ने मिलकर लूट ली तर्जे-फुगाँ मेरी।

टपक अय शमआ, आँसू बन के परवानों की आँखों से,
सरापा-दर्द हूँ, हसरत-भरी है दास्ताँ मेरी।
हुवेदा आज अपने ज़ख़्मे-पिनहाँ करके छोड़ूँगा,
लहू रो-रो के महफ़िल को गुलिस्ताँ करके छोड़ूँगा।
जलाना है मुझे हर शम-ए-दिल को सोजे-पिनहाँ से,
तेरी तारीक रातों को चिराग़ाँ करके छोड़ूँगा।
पिरोना एक ही तसबीह में इन बिखरे दानों को,
जो मुश्किल है तो इस मुश्किल को आसाँ करके छोड़ूँगा।

[बाँगे-दरा]

भाषा और भाव, जब दोनों एक-दूसरे से मिलने के लिए बेकरार होते हैं, तभी साहित्य में ऐसी अनमोल पंक्तियाँ लिखी जाती हैं। कलावादी की राय में यह कला का चमत्कार समझा जाएगा और विषयवादी कहेंगे कि इसमें भाव की तीव्रता का चमत्कार है। परन्तु सच्चाई यह है कि जब तक भाव और भाषा का भली भाँति मेल नहीं हो जाए, तब तक काव्य में वह चमत्कार नहीं आता जिसे खोकर रसिक मग्न और आलोचक मूक हो जाते हैं।

जिस प्रकार, रवीन्द्र का कला-सिद्धान्त उनके जीवन-दर्शन में गुँथा हुआ है, उसी प्रकार इकबाल के भी कला-सम्बन्धी विचार उनके दर्शन से ही आए हैं। मगर दोनों महाकवियों के दृष्टिकोण में बड़ा ही भेद है। रवीन्द्र शान्ति के प्रेमी, सुन्दरता के पुजारी और भगवान के विनम्र भक्त हैं। उनकी अन्तिम कामना है, शान्ति के समुद्र में बहते हुए परमात्मा की शरण में पहुँच जाना।

सम्मुखे शान्ति-पारावार,
भासाओ तरणी हे कर्णधार!

मगर इकबाल की कल्पना संघर्ष से तनी हुई उद्दाम पुरुष की कल्पना है, और आदि से अन्त तक अंगारों की तरह जीकर वे भगवान के पास भी इसी रूप में पहुँचना चाहते हैं, जिससे भगवान से उन्हें अपनी खता की माफी करानी नहीं पड़े, उलटे भगवान ही उनसे पूछे कि बता, तुम्हारी क्या इच्छा है। और इकबाल की सौन्दर्य-भावना भी उनकी संघर्ष और शक्तिशाली भावना से अलग नहीं है। वे किसी भी ऐसे सौन्दर्य को स्वीकार नहीं करते जिसके भीतर सुन्दरता के साथ शक्ति का भी मेल नहीं हो, जिसके चारों ओर जिन्दगी की चिनगारियाँ नहीं छिटक रही हों :

न हो जलाल तो हुस्नो-जमाल बेतासीर,
निरा नफस है अगर नग्मा न हो आतिशनाक।

[बाले-जिबरील]

और तो और, इकबाल कहते हैं कि अगर मुझे नरक में जाना पड़ा तो वहाँ भी मैं उस आग को तो कभी बर्दाश्त नहीं करूँगा, जिसके शोले बेबाक और तेज नहीं हों :

मुझे सजा के लिए भी नहीं कबूल वह आग,
कि जिसका शोला न हो तुन्दो-सरकशो-बेबाक।

[बाले-जिबरील]

रवीन्द्र कण-कण में परमात्मा की विभूति का दर्शन करनेवाले रसस्निग्ध कवि हैं तथा वे आकाश के सन्देश को पृथ्वी की पहुँच में लाते हैं :

एई ये तोमार प्रेम ओ गो हृदयहरण,
एई ये पाताय आलो नाचे सोनार वरण।

× × ×

चित्त आमार हारालो आज मेघेर माझखाने,
कोथाय छूटे चलेछे से कोथाय के जाने?

[गीतांजलि]

प्रकृति में परमात्मा की विभूतियों के दर्शन इकबाल ने भी किये हैं और उनके चित्रण से इकबाल की सूफियाना मुद्रा काफी खुशनुमा और रंगीन भी हुई है। मगर उनके कला-सम्बन्धी सिद्धान्तों को समझने में वे कविताएँ सहायक नहीं होतीं जिनमें अनन्तता की झिलमिलाहट अथवा कल्पना की रंगीनी आशकार हुई है। इस प्रसंग में तो उनकी वे रचनाएँ ही उपयोगी और महत्त्वपूर्ण हैं जिनमें उनके व्यक्तित्व का तनाव झलकता है, जिनमें वे मिट्टी की आग को आकाश की ओर भेजते हैं और पुरुष को यह सन्देश देते हैं कि जहाँ भी कोई जोखिम और विरोध है, वहीं तुम्हारी क्रिया का भी क्षेत्र है :

मेरी नवाये-शौक से शोर हरीमे-जात में,
गौगाये-हाये-अल्लमा बुतकदा-वो-सिफात में,
हूरो-फरिश्ते हैं असीर मेरे तखैयुलात में।
मेरी निगाह से खलल तेरी तजल्लियात में।

[बाले-जिबरील]

× × ×

खतर-पसन्द तबीयत को साजगार नहीं,
वो गुलिस्ताँ कि जहाँ घात में न हो सैयाद।

[बाले-जिबरील]

ऊपर के एक प्रसंग में कहा जा चुका है कि 19वीं सदी का मुस्लिम-समाज अपनी तमाम उलझनों के निदान के लिए एक कवि की राह देख रहा था और

वह कवि इकबाल के व्यक्तित्व में आया। अतएव इकबाल को एक तरह से जिन्दगी की जरूरतों ने पैदा किया था। उनका दर्शन केवल पुस्तकीय दर्शन नहीं था। किताबों के साथ-साथ उन्होंने जिन्दगी का भी दूध पिया था और अपने जीवन-दर्शन का विधान करते हुए वे बराबर इस बात से अवगत रहे कि उन्हें, प्रधानतः, दुरवस्था में पड़े हुए मुस्लिम समाज का उद्धार करना है। अतएव इस राह में जो-जो बाधाएँ आईं, उन्हें उन्होंने बड़ी ही बेरहमी से कुचल डाला। प्लेटो का निवृत्ति-मार्ग, हिन्दुत्व का मायावाद, बौद्धमत का शून्यवाद और मुस्लिम कवियों का रहस्यवाद–ये सभी चीजें इकबाल को बाधक मालूम हुईं और उन्होंने इन सबके प्रभाव से इस्लाम को मुक्त करने का ध्येय अपने सामने रख लिया। 'असरारे-खुदी' में प्लेटो के सिद्धान्तों का जो खंडन उन्होंने किया है, वह अनुवाद में भी बड़ा ही तेजस्वी और बेधक दीखता है।* इसी प्रकार का प्रहार उन्होंने हाफिज पर भी किया, क्योंकि उनका विश्वास था कि हाफिज जैसे कवियों की गजलों के कारण भी इस्लाम के पौरुष का ह्रास हुआ है। जीवन की नश्वरता का चित्र खींचकर मनुष्य को अकर्मण्य अथवा विरक्त करनेवाला दर्शन इकबाल की दृष्टि में मृत्यु का दर्शन है। अपने इस पक्ष का समर्थन करते हुए उन्होंने लिखा है कि :

'प्लेटो का मैंने जो विरोध किया है वह, असल में, दर्शन के उन सभी सिद्धान्तों का विरोध है जो जीवन की जगह मृत्यु को अपना आदर्श मानते हैं। जीवन की सबसे बड़ी बाधा द्रव्य अथवा प्रकृति है। मगर ये दर्शन इस मूल बाधा से ही आँखें फेर लेते हैं और मनुष्य को उसे जीतकर आत्मसात् करने के बदले उससे पीठ फेरकर भाग खड़े होने की सलाह देते हैं।'**

इसी प्रकार, हाफिज जैसे मादक कवियों का अनुकरण करनेवाले कलाकारों के लिए भी उनके पास सिर्फ उपेक्षा, व्यंग्य और भर्त्सना के ही शब्द हैं :

इश्को-मस्ती का जनाज़ा है तखैयुल इनका,
इनके अन्देशये-तारीक में कौमों के मजार।
चश्मे-आदम से छिपाते हैं मोकामाते-बलन्द,
करते हैं रूह को खाबीदा बदन को बेदार।
हिन्द के शायरो? सूरतगरो? अफसाना नबीस?
आह! बेचारों के आसाब पै औरत है सवार।

[बाले-जिबरील]

---

* देखिए Secrets of the Self. Chapters VI & VII

** My Criticism of Plato is directed against those philosophical systems which hold up death rather than life as their ideal-systems which ignore the greatest obstruction to life, namely matter, and teach us to run away from it instead of absorbing it.
[Secrets of the Self : भूमिका-भाग]

संघर्ष और तनाव का कवि होने के कारण हम इकबाल को किसी असंतोष की वृत्ति से बेचैन पाते हैं। कोई चीज है, जिसकी जुस्तजू उन्हें सोने नहीं देती। कोई दृश्य है, जिसे वे सबको दिखलाना चाहते हैं। उनके भीतर कोई आग है, जिसे वे सबके दिलों में पहुँचाने को बेकरार हैं :

जवानों को सोज़े-जिगर बख्श दे,
मेरा इश्क़, मेरी नज़र बख़्श दे।
मेरी नाव गिरदाव से पार कर,
ये साबित है, तू इसको सैयार कर।
मेरे दीदये-तर की बेखाबियाँ,
मेरे दिल की पोशीदा बेताबियाँ,
मेरा दिल, मेरी रज्मगाहे-हयात,
गुमानों के लश्कर, यक़ीं का सबात;
यही कुछ है साक़ी, मताये-फ़क़ीर,
इससे फ़क़ीरी में हूँ मैं अमीर।
मेरे काफ़ले में लुटा दे इसे,
लुटा दे किनारे लगा दे इसे।

[साकीनामा : बाले-जिबरील]

ऐसी पंक्तियाँ कारीगरी से नहीं गढ़ी जातीं, वे तभी लिखी जाती हैं जब कलाकार के दिल में प्रेरणा की लहर और बेचैनी की आग होती है। सच पूछिए तो यह निरी कारीगरी से बहुत ऊपर की चीज है। यह वह अवस्था है जब जिन्दगी की धारा को बदलनेवाले कवि के भीतर नबी या पैगम्बर की मुद्रा प्रकट होती है और वह तीर की तरह समाज के हृदय को चीर डालना चाहता है।

संघर्ष और निरन्तर संघर्ष, सफर और जिन्दगी भर का सफर, यह इकबाल की कविता से बार-बार ध्वनित होनेवाला एक सन्देश है। वे मनुष्य को कहीं भी बैठने की इजाजत नहीं देते। आदमी का काम चलना है, तब तक चलना जब तक आगे की राह शेष हो :

तू रह नवर्दे-शौक़ है, मंज़िल न कर क़बूल,
लैला भी हमनशीं हो तो महमिल न कर क़बूल।

[टीपू की वसीयत : बाले-जिबरील]

तथा :

सितारों से आगे जहाँ और भी हैं,
अभी इश्क़ के इम्तिहाँ और भी हैं।

तू शाहीं है, परवाज़ है काम तेरा,
तेरे सामने आसमाँ और भी हैं।

[बाले-जिबरील]

रवीन्द्र और इकबाल, दोनों दो शिखरों के वासी हैं। किसी ने खूब कहा है कि रवीन्द्र शान्तिनिकेतन में रहते थे, किन्तु इकबाल ने अपने रहने का घर ज्वालामुखी के मुख पर बनाया था। यह उक्ति और किसी की नहीं, सआदत अली खाँ नामक एक मुस्लिम आलोचक की है* जिन्हें, शायद, यह भय था कि जिस दिन यह ज्वालामुखी फटेगा; इकबाल हवा में उड़ जाएँगे। ज्वालामुखी को फटे कई साल हो गए, मगर यह विस्फोट इकबाल को हवा में नहीं उड़ा सका, वे तो अपने ही 'स्पिलन्टर्स' पर चढ़कर लोगों के दिलों में जा पहुँचे हैं और वहाँ उस रूप में पूजित हो रहे हैं जिस रूप में कवियों की पूजा तब होती थी जबकि दुनिया आज की तरह जवान नहीं थी। रवीन्द्र और इकबाल को लेकर शैली और द्रव्य का झगड़ा उठाना भी बेकार है, क्योंकि द्रव्य की समृद्धि रवीन्द्र में भी कम नहीं है और इकबाल की उक्तियाँ जो हम सबों को अभिभूत करती हैं, वह इस कारण नहीं कि हम उनके दार्शनिक दृष्टिकोण को स्वीकार करते हैं, बल्कि इसलिए कि उनमें साहित्य का चमत्कार है। शायद रवीन्द्र और इकबाल से मिलनेवाले दो प्रकार के आनन्द दो रसों की भिन्नता का द्योतन करते हैं और, यद्यपि, विश्लेषण के समय इकबाल की कविताओं में रस-निष्पत्ति की सभी सामग्रियों को ढूँढ़ निकालना जरा कठिन काम होगा, लेकिन मैं मानता हूँ कि रवीन्द्र की रचनाओं में शृंगार का वातावरण है तथा उसका प्रधान फल चित्त की द्रुति और विकास है। इसके विपरीत, इकबाल की रचनाओं का वातावरण वीर रस का वातावरण है तथा हमारे चित्त पर उसका प्रभाव ओज और दीप्त के रूप में पड़ता है। मगर सच्ची बात यह है कि साहित्य में शृंगार का स्थान वीर रस से हमेशा ही ऊँचा रहा है। यह भी कि रवीन्द्र विश्वभर के कवि हैं और उनकी कविताओं से भारतवर्ष से बाहर के लोगों को भी उतना ही आनन्द मिल सकता है जितना भारतवासियों को। मगर इकबाल, प्रधानतः, अपने धर्म के कवि हैं और उनकी कविताओं का एक सन्देश तो सिर्फ उन्हीं के लिए है जो उनके धर्मबन्धु हैं। एक अन्य रूप में देखने पर रवीन्द्र और इकबाल के बीच वही भेद झलकता है जो तांडव और लास्य में है। तांडव की उत्पत्ति शिव से हुई थी जब वे सती की मृत्यु से क्षुब्ध थे। लास्य का जन्म पार्वती से हुआ, जब वे प्रेम के कारण प्रसन्न थीं। तांडव की उत्पत्ति पहले हुई, लेकिन, वह नीरस और शुष्क

* Iqbal: the Poet and his message By Dr. S. Sinha, Page 239

निकला, तभी पार्वती ने कृपा करके लास्य का आविष्कार किया। कहते हैं, पुरुष ही पहले बना था, किन्तु मानवता का पूरा चमत्कार उसमें नहीं निखर सका, तभी ब्रह्मा को लाचार होकर नारी-मूर्ति की रचना करनी पड़ी। तब से सभ्यता का रथ नारी और नर, दोनों के संतुलित योग से चलता रहा है। सत्य दोनों में से किसी एक के तिरस्कार में नहीं, प्रत्युत दोनों के समुचित सहयोग में है। जहाँ लास्य हो, वहाँ तांडव भी रहेगा। जहाँ तांडव है, वहाँ लास्य को भी स्थान मिलना चाहिए, क्योंकि :

विश्वे या किछु महान, सृष्टि-चिर-कल्याण-कर,
अर्धेक तार करियाछे नारी, अर्धेक तार नर।

—नजरुल

✿✿✿